GERHARD WINKLER

DIE MÜLLSAMMLERIN

Roman

2. Auflage: Februar 2017
© 2014 Gerhard Winkler
Herstellung und Verlag:
BoD – Books on Demand, Norderstedt
ISBN: 9783738626551
Gestaltung und Satz:
Nicole Simon · www.garanten.de
Foto auf der Umschlagseite:
Helga Ulmer

Wer viel reist, erfährt vieles.
Einiges davon auch über sich selbst.

Ich lebe mein Leben in wachsenden Ringen,
die sich über die Dinge ziehen.
Ich werde den letzten vielleicht nicht vollbringen,
aber versuchen will ich ihn.

Ich kreise um Gott, um den uralten Turm,
und ich kreise jahrtausendelang;
und ich weiß noch nicht: bin ich ein Falke, ein Sturm
oder ein großer Gesang.

RAINER MARIA RILKE [1]

TEIL 1

*»Es gibt keine Chance, wenn du sie nicht nutzt.
Viele wunderbare Dinge werden nie passieren,
wenn du sie nicht selber tust. Darin besteht
das Leben. Fange heute damit an: Hab keine
Angst, dass das Leben einmal zu Ende geht.
Hab eher Angst, dass es nie richtig anfängt.«*[2]

ICH fange also mit dem Früher an, wenn ich diese Geschichte beginne. Obwohl ich von der Reise, die mich sehr verändert hat, längst zurück bin. Veränderung? Einspruch! Sie hat mich nicht verändert, diese Reise, aber sie hat fast vergessene, vorher kaum noch gelebte Schichten in mir freigelegt; verblasste Erinnerungen erneut mit Farben gefüllt; Traumbilder und Visionen in Realität umgesetzt und Realität in Traumbilder verrückt; ja, sie hat mir Zeit und Raum für mich geschaffen, mich oft glücklich, zeitweise verdammt unglücklich gemacht, diese Reise, und doch so angefüllt, dass ich sie aufschreiben möchte.

Also doch Veränderung?

Von mir aus auch das: aber letztlich nur so, wie es ist, wenn ich morgens aufwache, wenn du aufwachst.

Immer bin ich, wenn ich aufwache, bist du, wenn du aufwachst, der Gleiche und doch ein anderer. Das Wasser im nahen Fluss ist weitergeflossen, die Erde hat sich gedreht; vielleicht liegt scheinbar der gleiche Mensch wie gestern neben dir, vielleicht: und dennoch ist dieser Morgen ein neues Leben, genauer gesagt, der erste Tag vom Rest deines Lebens.

Du kannst ihn gestalten wie den Tag gestern und wie den morgen, du kannst, aber du musst nicht.

Veränderung also nichts anderes, als eine andere, lange nicht mehr oder noch nie benutzte Schublade im eigenen Inneren öffnen? Oder die Schublade langsam öffnen, etwas Kleines dazulegen, vielleicht auch nur das Alte umsortieren, eine neue Rangordnung ausprobieren? Könnte sein, aber so gesehen fühle ich mich doch sehr verändert.

Natürlich brauche ich einen Titel, wenn ich meine Geschichte aufschreiben möchte.

Das ist einfach, denn „Die Müllsammlerin" schlummert schon lange tief in meinem Kopf und Bauch.

Warum gerade den?, frage ich mich selbst.

Die Antwort soll diese Geschichte geben, die Geschichte meiner Reise …

ALS es zur Pause klingelt, endlich klingelt, atmet er innerlich sichtbar auf. Ich habe es satt, denkt er, als er „Rechtschreibung: das-dass Übungen" ins Tagebuch der 7c einträgt. Hausaufgaben hat er keine gegeben, viel zu anstrengend, sie in der nächsten Stunde kontrollieren und die zehn Schüler, die sie vergessen, verloren, nicht gemacht haben, bestrafen zu müssen.

Ich bin müde, und ich habe es satt. Er seufzt. „Es" sind die pubertierenden Kinder eines Kleinstadtgymnasiums, dreizehn, vierzehn Jahre alt, quicklebendig, hormongesteuert, nervig, aufgedreht, wach und für jeden Mist bereit, ganz normale Jugendliche also; jeder und jede für sich wirklich okay, in einer dreißigköpfigen, durcheinander quasselnden Meute jedoch kaum zu ertragen.

Aber ich konnte doch damit die ganzen letzten Jahre umgehen, denkt er. Was ist los, was kaputtgegangen? Wieso verliere ich nach zehn Minuten die Beherrschung und schreie herum, frustriere nach zwanzig Minuten, verliere jeden Humor und sehne nur noch das Ende der Stunde herbei? Ich schaue ja mehr auf die Uhr als die Kids.

Er fühlt sich schwerfällig und alt, als er seine Unterrichtsvorbereitung, von der er nur einen Bruchteil in der Stunde umsetzen konnte, zusammenpackt und den Gang zum Lehrerzimmer entlang schlurft.

Ausgebrannt! Ja, ich bin ausgebrannt, gesteht er sich ein.

Große Pause. Etliche Kolleginnen und Kollegen schimpfen lautstark über ihre Klassen und die letzte Stunde. Die Kinder werden immer schwieriger, unzumutbar dieser Job; das Niveau sinkt ab, Computer und Fernseher haben die Schüler längst im Griff, die Eltern haben allemal den Erziehungsauftrag versäumt, die Frechheiten sind kaum noch zu überbieten ... in allen Variationen hört er Gesprächsfetzen dieser Art im langsam sich füllenden Raum. Früher hat er wenigstens innerlich gegen diese verzweifelten Entlastungen und Verdammungen rebelliert. Nein, die Jugend ist nicht dümmer, desinteressierter, gewalttätiger, Medien versklavter geworden, nur wir älter, frustrierter, neidisch auf das unbekümmerte Jungsein, das hat er vertreten und wirklich geglaubt.

Außerdem hat er die Geschichten hinter den Kids gesehen: geschiedene Eltern mit aufreibenden Kämpfen zwischen den früheren Partnern, Alkoholprobleme und häusliche Gewalt, bei den ausländischen Jugendlichen der Crash zwischen den Kulturen. All das hat er in vielen Gesprächen erfahren und gehört, es hat sein Verständnis für die Schüler gestärkt, seine Toleranz bei Konflikten haltbar und sicher gemacht.

Aber jetzt fällt ihm das nicht mehr ein. Am liebsten würde er in den Frustrationskanon einstimmen, er setzt schon dazu an, doch da wird er an die Tür des Lehrerzimmers gerufen. Eine eifrige Schülerin der Oberstufe gibt ihr Handout für das Nachmittagsreferat ab, pünktlich und gut ausgearbeitet, ob er es für alle kopieren könne?

Kann er natürlich … und während die Kopien durchlaufen, wird ihm klar, dass er gerade das Gegenteil von dem erlebt hat, was er noch eine Minute vorher im Lehrerzimmer gehört und gedacht hat. Verlässlichkeit, Pünktlichkeit, Engagement, all das gibt es in dieser Schule, genauso wie das Gegenteil.

Ich muss hier raus, weiß er plötzlich, ich bin ein Großteil meines Problems, nicht die anderen. Ich funktioniere ja fast nur noch, da ist kaum noch Freude und Kraft für meinen Beruf …

Genau dieses Gefühl taucht wieder in ihm auf, als er im Gemeinschaftskundekurs in der letzten Reihe sitzt und dem Referat zuhört. Es ist gut aufgebaut, nicht zu viele, nicht zu wenige Medien, klare Gliederung, gute Beispiele, von der Schülerin mit leicht nervöser, aber stimmiger Lebendigkeit vorgetragen, und auch das Thema „Greenpeace – eine NGO im Umbruch" stimmt. Selbst der Kurs scheint, dem Nachmittagstermin entsprechend, am Thema interessiert, nur er ist nicht wirklich dabei. Kein

Funke an echtem Interesse ist in mir … ich arbeite mein Leben nur noch ab, denkt er plötzlich, zutiefst verzweifelt über die Leere und Hoffnungslosigkeit, die da mitschwingt.

Und auch als sie das „Wahlsystem der Bundesrepublik Deutschland" anschließend an das Referat vor der Klausur in der nächsten Woche wiederholen und vertiefen, spürt er nicht nur, dass die Schülerinnen und Schüler vor allem wegen der Klausur mitarbeiten, was ja eigentlich verständlich ist, auch er funktioniert nur, weil er halt da ist … und so verrinnen die Minuten seines Lebens, Anfang fünfzig, noch 15 Jahre bis zur Pension, immer im müden Trab weiter … und diese frustrierte Auflehnung begleitet ihn in den frühen Abend und bereitet ihm eine von Zweifeln zermarterte Nacht.

....

AM nächsten Morgen sitzt er wie gerädert auf seinem Meditationskissen und wieder kommt dieses Gefühl von „Es ist genug!" in ihm auf. Atme ein und aus, gibt er sich vor, lass es weiterziehen wie Wolken am Himmel … doch das graue Wolkenband bleibt, bis die Uhr nach fünfundzwanzig Minuten piepst.

Ich muss Esther anrufen, denkt er plötzlich, die kennt mich auswendig; mal hören, was die spontan zu meinen Ideen sagt. Zwanzig Jahre waren sie verheiratet, vor vier Jahren die Trennung. Auseinandergelebt irgendwie. Keine wirklichen Gründe, mal abgesehen von einigen Liebschaften auf seiner Seite und einer größeren Verliebtheit auf der ihren. Schmerzhaft, sehr schmerzhaft war es am Anfang trotzdem, aber dann, nach einiger Zeit, sinnvoll. Er hatte die abbezahlte Eigentumswohnung behalten und das Wohnmobil, sie war mit den Bausparverträgen bei ihrem neuen Freund eingezogen. Eine faire Trennung, ohne unnötige Schmerzen und Intrigen, einen Anwalt hatten sie nicht gebraucht. Von einigen Freunden waren sie gar scherzhaft als das Scheidungspaar des Jahrhunderts tituliert worden.

Einige hässliche Szenen hatte es natürlich gegeben, doch als der erste Ärger und die eigentlich eher selbstbezogene Wut verraucht waren, er hatte sowieso bald gemerkt, dass bei ihm im Grunde mehr Angst vor dem Alleinleben als echter Zorn auf Esther im Hintergrund stand, waren sie allmählich wieder alte, vertraute Freunde. Ohne Sex zwar, klar, aber voller Verständnis für das Leben des anderen. Sogar streiten konnten sie noch, wie in ihrer Beziehungszeit, nur dass er schneller zurückzog und seine verletzende Art früher bemerkte. Es ging ja jetzt schließlich auch nicht mehr um ein Machtspiel in der Beziehung, sondern um eine Freundin, der man nicht sinnlos wehtun will …

Wo bin ich nur wieder gelandet?, bemerkt er plötzlich und wiederholt in sich: Ich will Esther anrufen … nur jetzt nicht, denn sie schläft noch, und er muss schauen, dass er in die Schule kommt.

Mit wem kann ich noch über das Ganze reden?, fragt er sich, als er zwischen den spätherbstlich herumwirbelnden Blättern die letzten Stufen zum Schulgebäude hoch läuft. Und da sieht er den Schulleiter, der vom Parkplatz von der anderen Seite kommt.

„Ich würde gerne etwas mit Ihnen besprechen, Herr Löffinger", hört er sich, selbst überrascht, sagen.

„Mmh, in der fünften habe ich eine Hohlstunde, passt Ihnen das?"

„Ja, prima, da habe ich auch frei."

„Worum geht's denn?", fragt der Direktor leicht neugierig, während sie die letzten Stufen im Gleichschritt nehmen.

„Ich muss hier raus", entwischt ihm in diesem Moment die Wahrheit, „und ich dachte, Sie wissen vielleicht am besten, welche Wege es gibt."

Überrascht schaut ihn der Chef von der Seite her an.

„Wer will das nicht", brummelt er, „gut, wir sehen uns in der fünften Stunde."

„Was heißt, Sie müssen hier raus?", empfängt ihn der Schulleiter, als er in sein Zimmer tritt. „Aber setzen Sie sich erst einmal." Er erzählt, was seit einiger Zeit in ihm vorgeht und in den letzten Tagen mit Macht in sein Bewusstsein gedrungen ist. Vor allem von den Farben, die ihm häufig abhanden gekommen sind. Grau in grau, die Luft schwer, kaum ein Lächeln im Gesicht; Alltag von vorne bis hinten und das, obwohl er regelmäßig meditiere, sich um Achtsamkeit bemühe, das Hier und Jetzt leben wolle. Diesen letzten Satz fügt er selbstironisch hinzu, ein Eingeständnis seiner momentanen Verlorenheit.

Löffinger grinst. „Kann ich alles verstehen. Ich denke auch daran, früher aufzuhören. Wir werden jedes Jahr älter, die Schüler bleiben immer gleich alt, ist das nicht gemein?"

Der Schulleiter hört sich trotz allem souveräner an als er gerade. Der hat noch den Überblick, spürt er respektvoll.

„Also, passen Sie auf", fährt Löffinger fort. „Kurzschlussreaktionen bringen da nichts, ganz Aussteigen ist Blödsinn, denn Sie müssten ja den Beamtenstatus aufgeben. Das würde außerdem die Pensionsansprüche extrem verringern. Außerdem sind Sie ein viel zu guter Lehrer, um der Schule endgültig den Rücken zu kehren. Für Sie kommt nur ein Sabbatjahr oder die dreijährige Auszeit ohne Bezüge in Frage."

Fünf Minuten später steht er mit dem „Handbuch für Lehrer", einem dicken Wälzer, vor der Tür, inklusive einiger Seitentipps.

Und er ist für diesen Moment glücklich. Er hat intuitiv den richtigen Menschen zur richtigen Zeit gewählt, der hat ihn verstanden, hat ihm Infos an die Hand gegeben und … er hat ihn gelobt. So einfach kann das Leben sein.

....

ALS er Esther nachmittags erzählt, dass er, zumindest vorübergehend, aussteigen möchte, meint sie nur: „Na endlich!"
„Was heißt 'na endlich'?", fragt er zurück.

„Na endlich heißt, dass ich glaube, es ist längst Zeit, dass du deinen Hintern hoch kriegst und was für dich machst. Ich meine, nicht nur Geldverdienen und so, sondern etwas, was dich rausholt aus der Routine, deinem starken Immerso, so wunderbar organisiert und diszipliniert es auch immer war. Ich kenne niemanden, der alles so gut wie du hinbekommt und dabei so langweilig leer vor sich hinlebt. Was meinst du eigentlich, warum unsere Beziehung vor die Hunde gegangen ist?"

Was er in den nächsten Minuten hört, ist ernüchternd, erhellend und ein bisschen viel. Eben Esther pur. Er merkt, dass er ein wenig wütend wird, eigentlich ein lebendiges Gefühl, aber plötzlich amüsiert es ihn auch.

Da ist was dran! Er dreht sich wirklich wie ein Leuchtturm im wabernden Nichts auf der Stelle. Sein Leuchtfeuer verliert sich in der Dunkelheit, die Feinabstimmung stimmt nicht mehr. Die kleinen, feinen Momente, die verpasst er regelmäßig in letzter Zeit … ich will wieder den Ruf des Vogels am Morgen hören und nicht die Klassenarbeit der Siebten am Nachmittag korrigieren, denkt er. Ein überstarker Ruf nach Freizeit überrollt ihn plötzlich. Habe alles durchorganisiert, den ganzen Tag minutiös um mich herum verplant, aber wo bleibt der spontane Augenblick, der in mein Leben fällt, einbricht, mich überrascht?

Ich höre ja, und nicht nur in der Schule, überhaupt nicht mehr hin.

....

EINIGE Wochen später, direkt vor den Winterferien, steht er mit dem ausgefüllten Formular „Beurlaubung ohne Dienstbezüge aus arbeitsmarktpolitischen Gründen" erneut vor der

Tür des Schulleiters.

„Hab ich mir gedacht", meint der trocken, als er es in der Hand hält.

„Respekt. Es ist Ihnen aber klar, dass Sie in diesen drei Jahren weder Gehalt noch Beihilfe bekommen, das heißt, Sie müssen auch Ihre private Krankenversicherung aufstocken."

„Alles mehrmals durchgerechnet", meint er grinsend, „aber das will ich mir wert sein. Sie wissen ja, ich habe keine Kinder und ich habe ordentlich gespart. Außerdem, und das ist der große Vorteil bei der Sache, ist mir mein Job nach den drei Jahren wieder sicher, wenn natürlich auch nicht hier an der Schule."

„Gut, dann geht das also Ende Januar zur Regierungsbehörde", erklärt der Direktor.

„Wie Sie wissen, werden Versetzungs- und Beurlaubungsanträge von dort entschieden, nicht von der Schule direkt. Aber meine Unterstützung haben sie natürlich", und damit unterschreibt Löffinger in der dafür vorgesehenen Ecke.

„Wie sind meine Chancen, dass es vom Oberschulamt durchgewinkt wird, was glauben Sie?"

„Sehr gut, denke ich. Bei Lehrerüberhang werden solche Anträge mit Freude gesehen. Und nachdem wir in diesem Jahr damit rechnen müssen, dass viele Referendare keine Stelle bekommen, was immer schlecht für die Presse der Landesregierung ist, ist die Wahrscheinlichkeit groß, dass Ihrem Beurlaubungsantrag schnell zugesagt wird. Außerdem sind Ihre Fächer Deutsch und Gemeinschaftskunde keine Mangelfächer."

Er nickt zufrieden und gibt dem Schulleiter die Hand, um ihm schöne Weihnachtsferien zu wünschen.

„Ja, ich wünsche Ihnen ebenfalls eine gute und besinnliche Zeit", dankt ihm Löffinger.

„Was ich übrigens noch sagen wollte. Sie wissen sicher, dass, wenn diese Beurlaubung klappt, damit keine Zusicherung auf den alten Schulort oder gar die alte Schule danach verbunden ist. Sie müssen also damit rechnen, dass Sie nach den drei Jahren einer neuen Schule zugewiesen werden."

Er nickt.

„Aber", fährt der Direktor fort, „ich möchte Ihnen sagen, dass wir, wenn es möglich ist, Sie gerne wieder an dieser Schule sehen würden. Melden Sie sich also zum Ablauf der Beurlaubung frühzeitig bei uns, wenn Sie hierher möchten."

Die beiden Männer drücken sich noch einmal fest die Hand.

....

DAS letzte Schulhalbjahr vor den Sommerferien vergeht in Windeseile. Schon Ende Februar kommt die Zustimmung zur dreijährigen Beurlaubung vom Regierungspräsidium. Plötzlich geht ihm die Arbeit leichter von der Hand. Die Klassenarbeiten nerven, aber sie korrigieren sich ohne größeren inneren Widerstand. Das anstehende Abitur des Gemeinschaftskundekurses wird mehr Abenteuer als angsterregende Beschwernis, was natürlich auch die Schüler unbewusst merken und so wesentlich entspannter mit ihm zusammenarbeiten können. Die weiter heftig pubertierende Siebte bleibt, wie sie ist, aber nun sieht er mit ruhigerem, weniger persönlich betroffenem oder gar beleidigtem Blick hin.

„Alles verklärt sich ein wenig", erklärt er den Kollegen und Kolleginnen, die ihn auf die kommende Freiheit ansprechen.

Das Interesse in der Schule an seinem Schritt, der sich allmählich herumspricht, ist groß. Viele fragen ihn nach den Modalitäten dieser Beurlaubung, von der sie überhaupt noch nie etwas gehört haben, wollen wissen, wie er sie finanziert, was seine Pläne sind. Die meisten reagieren positiv und verraten ihm, dass sie auch schon lange von einem freien Jahr träumen.

„Was würdest du machen?", fragt er neugierig zurück, denn es interessiert ihn jetzt, wo er selbst ins Träumen kommt, wirklich brennend, welche Ideen und Träume die anderen haben.

Einer würde gerne in der Toskana einen Herbst bei der Wein- und Olivenernte in einem biologischen Bauernhof mitarbeiten. „Ich will schon immer wissen, mit den Händen selbst erfahren, wie der Wein von der Rebe in die Flasche kommt", meint er. Das fasziniert ihn. So eine klar umrissene Idee findet er gut, seine Pläne sind dagegen noch diffus.

Andere reden von dem Wunsch, ein Buch zu schreiben, eine vor vielen Jahren begonnene Doktorarbeit endlich abzuschließen oder einfach nur Zeit für sich zu haben, ohne Korrektur und Unterrichtsvorbereitung, ohne Zeugniskonvente und Elterngespräche.

Plötzlich erfährt er öfters bereichernde Begegnungen in den Hohlstunden oder der Mittagspause. Viele machen deutlich, wie gut sie es finden, dass er diesen Schritt wagt. Und er spürt auch, dass sie ihn mögen.

Das stärkt ihn ungemein. Zu selten drückt man, das wird ihm deutlich, seine Freundschaft und Sympathie anderen gegenüber aus. Wir verbringen unser Leben wie in einer Ritterrüstung … und öffnen selten genug das Visier. Eingeengte Lebenszeitverschwendung! Was wir alles verpassen, wenn wir uns eingepackt in Metall begegnen, anstatt die Haut des anderen zu berühren.

Was hemmt da? Was lässt uns schweigen, anstatt dass wir ab und zu einfließen lassen, dass wir andere schätzen, mögen, für unser Leben bereichernd finden? Welche Angst haben wir voreinander … oder sind es nur die Überlastungen des Alltags?

Berauscht von seinen neuen Möglichkeiten denkt er über diese Fragen nach und beginnt unwillkürlich, offener seine Zuneigung den Kolleginnen und Kollegen zu zeigen. Und feiert dadurch viele kleine persönliche Abschiede in diesen Monaten.

Natürlich begegnet ihm da und dort eine Spur Neid. Manchmal verpackt in Sätzen wie „Es ist wichtig, die Verantwortung zu tragen und nicht abzugeben" oder „Du hast halt keine Kinder und kein Haus, da ist das einfach". An beidem ist was dran, völlig klar.

Manchmal kommt es auch zu kleinen Sticheleien.

„Na, du kannst es wohl kaum noch erwarten, hier wegzukommen!?"

Doch das ist nicht so, stellt er verwundert fest. Er freut sich nicht, „hier" wegzukommen, im Gegenteil, er spürt eher eine kleine Abschied nehmende Traurigkeit. Aber das Besondere ist, dass vielerlei Gefühle in ihm auftauchen, mehr als in den letzten Monaten, dass er Zwischentöne wahrnimmt, sich selbst sozusagen wieder auf die Spur kommt.

Schließlich beginnt die letzte Runde der Konferenzen, einige Wochen vor dem Ende des Schuljahres; bei den Notenkonferenzen ist er natürlich dabei, aber zu den Treffen, bei denen die Klassendeputate des nächsten Schuljahres diskutiert und abgesegnet werden, wird er nicht eingeladen.

Er hat diese Konferenzen nie besonders gemocht. Doch jetzt ist plötzlich das überraschende Gefühl da: du wirst hier nicht mehr eingeplant, nicht mehr gebraucht.

Wer bin ich eigentlich, wenn ich nicht mehr gebraucht, nicht mehr eingeplant werde?, fragt er sich.

Wer bin ich, wenn ich keine Noten mehr gebe, Bewertungen verteile, keine „Macht" habe?

Wer war ich in den letzten fünfundzwanzig Jahren?

....

DIE Fragen bleiben, doch mittlerweile haben sich grobe Pläne, zumindest für die ersten Monate dieser drei Jahre, herauskristallisiert. Er will allein mit dem Wohnmobil los. Durch Frankreich bis hin zum Atlantik, zum Wandern in die Pyrenäen, im Herbst nach Spanien. Den Atlantik im Süden Frankreichs kennt er, nur dass er diesmal so lange bleiben will, bis es wirklich genug ist. Alles andere ist ihm unbekannt, völlig neu zu betretende Landschaften. Vorfreude und leichte Ängste, die sich vor allem in wirren Träumen zeigen, mischen sich in die letzten Arbeitswochen. Schaffe ich das alleine? Man hört so viel von Überfällen auf Wohnmobile … und wo soll ich überhaupt hin?

Als die Kollegen fragen, was er sich zum Abschied wünscht, fallen ihm nur Wohnmobil- und Reiseführer ein und er kauft selbst noch ordentlich dazu.

Auch das Womo muss auf Reisetauglichkeit überprüft werden. Zwei Wochen Istrien und Österreich in den Pfingstferien, wo er Freunde trifft, die auf einem Campingplatz ein Ferienhäuschen gemietet haben, sind ein erster, gelungener Test nach der neuen Hauptuntersuchung und etlichen kleinen Verbesserungen.

Also kann es losgehen. Entschleunigung ist das Thema, eigentlich das Thema, doch die beiden Monate vor dem letzten Schultag kommen ihm eher vor, als säße er in einem Hochgeschwindigkeitszug.

Allerdings tut ihm der Rhythmuswechsel gut. Bei etlichen Abschiedsabenden im Biergarten, immer im kleinen Kreis – denn er kann große Feste nicht ausstehen, da er sich dort in der Regel verloren vorkommt – oder gar mit einzelnen Freunden, genießt er das Sommerlicht in neuer Frische; die Farben scheinen ihm intensiver und er erlebt viel öfter Glücksmomente als in den vergangenen Jahren.

Ja, er ist sogar kurz davor, sich in eine jüngere Kollegin zu verlieben; zum Glück bremst sein Verstand ihn aus und zieht die Beziehung zurück auf Sparflamme. Das wäre jetzt nicht der richtige Moment, doch was ist überhaupt der richtige Moment wofür?

LANGSAM geht es ans Einkaufen von Grundnahrungsmitteln und die Überlegungen beginnen, was er mitnehmen will. Vor allem aber weiß er, was er nicht dabei haben wird: kein Handy, kein Notebook, keinen Fernseher.

Sowieso wird er von den jüngeren Kollegen und den Oberstufenschülern mehr oder minder liebevoll „Fossil" oder „Technikdino" genannt. Er scheut die neuen Medien, benutzt den Computer oder das Internet nur im Ausnahmefall. Und die Begriffe „twittern", „Facebook" oder „Blogger" lässt er sich hin und wieder von seinen Schülern erklären, nur um sie nach einer Woche vergessen zu haben. Ein hoffnungsloser Fall. „Authentisch" wird er dafür von manchen Oberstufenschülern genannt, „cooler Alt68iger" titulierte ihn die Zeitschrift des letzten Abiturjahrgangs.

Manchmal fragt er sich selber, ob diese Technikverdrossenheit, nein, es ist eher echtes Desinteresse, nicht sogar eine unbewusste Masche von ihm ist, um sich alternativ interessant zu halten. Dass er kein Handy hat und die Schülerinnen und Schüler nicht über das Internet betreut, wie das für die meisten seiner Kollegen in der Oberstufe längst Normalität ist, schadet ihm nämlich letztendlich nicht in Schülerkreisen. Sie schätzen die Zeit, die er sich sonst für sie nimmt, vor allem wenn schulische oder private Probleme auftauchen. Seine Technikresistenz sehen sie eher als sympathische Macke, jedenfalls bildet er sich das ein. Und die regelmäßigen Diskussionsrunden im Deutsch- oder Gemeinschaftskundeunterricht über das Thema „ Macht das Handy das Leben sicherer?" erfreuen sich großer Beteiligung.

Anfangs sehen fast alle nur die Vorteile der immerwährenden und durchgängigen Vernetzung mit Freunden, Familie und Geschäftspartnern. Wenn er aber die Frage stellt: „Wie fühlst du dich, wenn du unterwegs bist und hast das Handy vergessen oder der Akku ist leer?", kommt bei einigen Nachdenklichkeit auf. Wenn er danach erzählt, dass er mittlerweile viele Menschen kennt, die abends nicht mehr das Haus verlassen oder mit dem Auto fahren ohne ihr tragbares Telefon, weil sie sonst Angst hätten, haben viele Schüler Beispiele, die zeigen, wie all diese Kleincomputer befreien, aber auf der anderen Seite ängstigen und verunsichern. Auch die Gefahr des fast süchtigen Immer-in-Verbindung-sein-Müssens und des ständigen Erreichbarseins spricht er an. Das sehen die meisten Kids natürlich anders. Doch in jeder dieser Diskussionen wird heftig gerungen, nachgedacht und ausführlich argumentiert. In vielen Aufsätzen danach hat er bemerkt, wie differenziert sich die Klassen mit dem Thema beschäftigt haben.

Natürlich schafft niemand nach einer solchen Gesprächsrunde sein Handy ab, das war auch gar nicht sein Ziel, aber er merkt, dass einige für Momente größer gedacht und gelernt haben, mehrere Seiten einer Problematik anzuschauen, denn, wie er oft in seinen Klassen sagt: kein Licht ohne Schatten.

Also: außer dem Autoradio und einem Rasierapparat keine Technik dabei auf der Reise. Auch die GPS-Überzeugungsversuche etlicher Bekannter lehnt er freundlich, aber bestimmt ab.

„Ich fahre mit Karte und Reiseführer", meint er nicht ohne Stolz, zu diesem Zeitpunkt nicht wissend, dass er diese Aussage in den kommenden Monaten manchmal verfluchen wird. Jetzt aber kommt er sich abenteuerlich und cool vor. Nicht mehr, wie früher, mit dem Rucksack durch Brasilien und Indonesien, aber immerhin mit dem Wohnmobil und einem alten Fahrrad hinten auf dem Ständer ohne Schnickschnack durch Südeuropa.

....

UND plötzlich, drei Wochen vor der geplanten Abfahrt, kommt sein „Geheimnis" ins Spiel: Rena, seine heimliche Geliebte. So geheim, dass er mit niemandem über sie spricht, selbst nicht in Andeutungen, dass er sie in keine seiner vielen Überlegungen der letzten Monate einbezogen hat, ja, so geheim, dass er sie manchmal für einige Tage selber vergisst. Rena, die für ihn äußerst attraktive Ehefrau eines flüchtigen Bekannten, mit der er ab und zu wunderbare Liebesstunden teilt.

Angefangen hat alles vor mehr als drei Jahren, kurz nach seiner Trennung von Esther. Ziemlich verzweifelt und frustriert hat er damals die eine oder andere Sportart aus seiner Jugendzeit nochmals hervorgekramt, nur um nach dem Volleyballspiel am nächsten Morgen mit schmerzenden Knien die Treppen zur Schule empor zu humpeln oder nach dem übertriebenen Tennismatch drei Tage mit Rückenschmerzen durch die Gänge zu schleichen. Die alten Sportarten waren schnell wieder in Vergessenheit geraten, er hält seitdem Wandern, Dehnübungen und Meditieren für die angemessenere Betätigung in seinem Alter, aber Rena war geblieben.

Er hatte damals seinen Bekannten zum Volleyballtraining abgeholt. Der kam mit einer Frau, die einen Einkaufskorb trug, aus seinem Haus.

Wow, ist die hübsch!, durchfuhr es ihn, als sie ihn lächelnd begrüßte. Der frühlingshaft blühende Kirschbaum hinter ihr unterstützte diesen perfekten Moment, er war verzaubert.

Längeres Schweigen, als er mit ihrem Mann Minuten später im Auto saß.

Dann meinte er: „Du hast eine sehr attraktive Frau, Hannes. Ich kannte sie ja noch gar nicht."

„Hmm, passt schon. Aber weißt du, nach zwanzig Jahren Ehe ist vieles nur noch Gewohnheit. Man lebt gut eingespielt nebeneinander her, alles funktioniert soweit gut, die großen Hormonsprünge bleiben allerdings aus. Aber das kennst du ja alles", meint der Mann, der von seiner Trennung weiß.

Hmm, denkt er bekümmert. So wie Hannes seine Frau kaum

noch sieht, hat er Esther übersehen. Scheiße!

„Weißt du, unter uns gesagt, die Kicks hole ich mir auf meinen beruflichen Reisen", fährt der gut aussehende Mann in seine Überlegungen hinein grinsend fort. „Ich will ja nicht angeben, aber ich komme super an bei den Frauen."

„Und hast du keine Schuldgefühle?", fragt er, der sich bei jedem außerehelichen Techtelmechtel zunehmend mit Gedanken und Sorgen überhäuft fühlte.

„Nö", meint Hannes leichthin, „ich nehme meiner Frau da nichts weg. Sie hat eh nicht so viel Lust auf Sex wie ich und wenn ich nach Hause komme, bin ich entspannt und locker drauf. Klar wäre sie eifersüchtig und sauer, wenn sie von meinen Frauengeschichten wüsste. Andererseits nehme ich dadurch den Druck aus unserer Beziehung, verstehst du."

An diesem Abend vor drei Jahren lag er traurig und nachdenklich in seinem Bett. Überall der gleiche Mist von Gewohnheiten und Abstumpfung, dachte er, und ich mittendrin. Trotzdem ließen ihn Renas Gesicht und ihre schlanke Figur nicht los. Unruhige Nacht.

Zwei Abende später, so will es der Zufall, sieht er sie in der Kneipe, in die es ihn seit seiner Trennung regelmäßig zieht.

„Hallo, du bist die Frau von Hannes, nicht wahr", begrüßt er sie, „wo ist er denn?"

„Ja, ich bin die Rena", lacht sie, „und Hannes ist beim Handballtraining der alten Herren, das findet jeden zweiten Freitag statt."

Später spielen sie im Nebenzimmer Billard miteinander. Die Kugeln rollen ziellos dahin, aber sie haben ungemein Spaß und lachen viel. Zeit und Raum fließen in eins, sie sind überrascht, als Hannes nach seinem Training mit einigen Kumpels zum Bier dazu kommt. Als der Wirt die lockere Truppe spätnachts aus seiner gemütlichen Kneipe vertreibt, hat er Rena viel angeschaut.

„Ich bin ein bisschen verliebt", trällert er vor sich hin, als er gutgelaunt nach Hause schwankt.

....

SIE hat ihn auch angeschaut, gesteht sie ihm wenige Wochen später. Hannes ist, wie so oft, auf Geschäftsreise, sie haben sich zufällig, vielleicht aber doch nicht so zufällig wie beim ersten Mal in der Kneipe getroffen, Billard gespielt, ein wenig geflirtet, am Ende hat sie ihn zu Kaffee und Kuchen für den nächsten Nachmittag eingeladen.

Alles ist frühlingshaft verzaubert, innen wie außen, als er durch die Straße zu ihrem Haus läuft. Die Spannung zwischen den beiden wächst mit jedem Schluck Kaffee, bei jedem Bissen des selbstgemachten Kuchens. Wirre Gedanken schießen durch seinen Kopf: das kann ich Hannes nicht antun, was ist hier los, spürt sie das Gleiche wie ich? Doch im Grunde ist ihm alles egal. Er genießt ihre Gegenwart, verwirrt und aufgeregt, sein Herz schlägt, er schaut in ihre Augen, die ihn ebenfalls festhalten.

„Wer ist der junge Mann auf dem Bild?", fragt er nach einer Weile.

„Unser Sohn", lächelt sie, „er studiert Betriebswirtschaft, wohnt in Frankfurt."

„Hätte ich eigentlich gleich sehen können. Er hat die gleichen blonden Locken wie du."

„Hannes findet die eher altbacken."

Es klingt eine Spur traurig, sie schaut ihn leicht fragend dabei an.

„Ich finde sie bezaubernd, echt bezaubernd!"

„Jetzt mal nicht übertreiben."

Sie lacht, aber sie freut sich.

Er wagt es, streichelt kurz sacht über ihr Haar.

„Wirklich bezaubernd."

Ihm ist heiß, Teenagergefühle im Bauch.

Ein Glas Sekt gibt es anschließend auf dem kleinen Sofa vor dem Kamin. Der brennt zwar nicht, aber sie sitzen dort, weil es gemütlicher ist. Irgendwann hat sie sich in seinen Arm gekuschelt. Lange sitzen sie so, still und nahezu bewegungslos, ein wenig ängstlich, aber warm und aufregend.

Seine Hand streichelt wieder ihr Haar, den Arm, den Saum ihres Pullovers, dort wo er ihre Haut am Hals berührt. Sie atmet schneller, als er sanft über ihr Schlüsselbein streicht.

Verheiratete Frau, verbotene Zone, denkt er, als er vorsichtig zu ihrem Brustansatz wandert. Doch sie dehnt sich ihm eher eine Spur entgegen, als er sanft mit einem Finger ihre Brüste auf dem weichen Pullover umkreist. Sein Penis pocht in der Hose, die Zeit schweigt, sie sprechen nicht mehr. Verwegen ertastet sein Finger ihre Brustwarze, die unter der Kleidung hart geworden ist. Sie stöhnt kurz auf, kuschelt sich mehr in ihn hinein, ihre Hand liegt an seinem Schenkel. Einige Zentimeter nur und sie würde seinen harten Schwanz berühren. Etwas Scheu hat er davor und sehnt es genauso stark herbei. Langsam wandert seine Hand zum Bund ihrer Jogginghose, streichelt ihre Hüfte, den Hüftknochen, nach einiger Zeit mutiger durch den Stoff über ihr Geschlecht. Sie stöhnt jetzt lauter und öffnet ihre Beine ein wenig, damit er die Innenseite ihrer Beine berühren kann. Dabei rutscht ihre Hand auf seinen Penis, er zuckt erregt zusammen. Sie lässt ihre Hand scheinbar still liegen, während er mit leichtem Druck die Mitte zwischen ihren Schenkeln erforscht. Auch sie zuckt jetzt unter seinen Fingern und als er die Stelle berührt, wo er unter der weichen Hose ihre Klitoris vermutet, kommt sie stöhnend nach wenigen Sekunden.

„Weinst du?", fragt er erschrocken. Sie hat die Beine zusammengezogen, sich in seinem Arm zusammengerollt. Sein

Schwanz brennt vor Begierde, aber ihr leichtes Schluchzen hat die Stimmung verändert.

„Ein bisschen", meint sie, „aber vor allem vor Freude ... Weißt du, das war so schön gerade. Ich konnte mich einfach gehen lassen, hab mich total sicher bei dir gefühlt und ... geil."

„Ja, den Eindruck hatte ich auch", frotzelt er.

Sie knufft ihn mit dem Ellenbogen leicht in seinen Bauch.

„Und warum hast du geweint?"

„Das war alles so entspannend und schön und plötzlich war ich traurig, weil mir das mit Hannes fehlt."

„Schlaft ihr nicht mehr miteinander?"

„Doch, ab und zu und es ist auch ganz gut. Wir sind uns vertraut, jeder weiß, was der andere braucht. Aber das eben, dieses Überraschende, Neue, Besondere, das ist schon lange weg."

„War ja auch das erste Mal", brummt er und hofft, dass dieses erste Mal jetzt noch nicht zu Ende ist, denn er würde lieber weiter schmusen als reden.

„Ja, aber das allein ist es nicht. Es war kein Anspruch an den anderen da, dafür so viel Leichtigkeit. So schön ... da kann ich wirklich mehr davon vertragen ..."

Sie beginnt ihn zu küssen, drückt sich an ihn, er spürt, wie ihre Hand unauffällig, aber deutlich über sein Geschlecht streichelt ...

....

SO also ist er Renas Geliebter geworden. Sie wissen beide, dass viel von der erotischen Spannung, die auch nach drei Jahren noch zwischen ihnen knistert, von dem Geheimen kommt, dem Verbotenen, den außergewöhnlichen Orten, an denen sie sich treffen und lieben, und den besonderen Situationen, die sie kreieren. Dazu heizen die Pausen zwischen ihrem Zusammensein zusätzlich die Wünsche und Begierden auf, die sie umschwirren, wenn sie sich begegnen.

Sein manchmal aufkeimendes schlechtes Gewissen beruhigt er immer mit dem Gespräch, das Hannes mit ihm damals im Auto geführt hat. Rena dagegen hat keine Schuldgefühle, sagt sie.

„Ich genieße einfach die Zeit mit dir als Geschenk. Hannes kann und will mir das so nicht geben, ich habe aber das Gefühl, mir stehen diese besonderen Augenblicke zu."

Und ein anderes Mal, nachdem sie sich köstlich auf dem Sofa vor dem Kaminfeuer geliebt haben, meint sie: „Ich will nicht alt werden, ohne das hier zu erleben. Wir leben doch nur einmal, worauf soll ich warten?"

Einen Tag später hängt an seinem Fahrrad, das er hinter der Schule abgestellt hat, ein Zettel.

Es ist wichtiger,
den Tagen Leben
als dem Leben Tagen
hinzuzufügen.

CICELY SAUNDERS

Kein Absender. Er muss grinsen.

Bei ihm zu Hause war Rena allerdings noch nie.

„Nein, das wäre mir irgendwie zu persönlich", meint sie kategorisch. „Ich will weder in dein Leben einbrechen noch richtig darin ankommen. Außerdem will ich dich als Geliebten, nicht als Partner. Nur nicht zu viele Gewohnheiten …"

Rena fasziniert ihn mit ihrer Freiheit und ihrem Radikalismus in ihrer Liebesbeziehung. Er wäre gerne mehr mit ihr zusammen.

Als er einmal vorsichtig auf das Thema Trennung von Hannes kommt, lacht sie nur.

„Bist du verrückt? Hannes und ich haben eine vernünftige, gute Ehe. Er nimmt sich seine Freiheiten auf den Geschäftsreisen, das weiß ich schon. Ich bin schließlich nicht dumm. Und ich nehme mir auch meine Freiheiten auf seinen Geschäftsreisen."

Sie lacht.

„Aber wenn er nach Hause kommt, hat er ein gemütliches Zuhause und ich auch. Versteh mich nicht falsch. Ich mache mir keine Illusionen, aber Hannes und mir geht es insgesamt gut miteinander. Wir haben unser Zusammenleben sinnvoll geregelt. Ich kenne viele Paare und vor allem Singles, die haben es deutlich schlechter als wir. Außerdem, Hannes verdient ordentlich Geld, er ist großzügig und teilt es gerne mit mir. Schau dich um, was wir uns für einen Luxus leisten können. Meinst du, ich hätte Lust, das alles aufzugeben und noch mal neu anzufangen?"

„Und ich, welche Rolle spiele ich?", fragt er leicht entrüstet.

„Du, du bist das Sahnehäubchen in meinen Leben, das weiß und genieße ich zutiefst. Aber zusammenleben wollte ich mit dir nicht."

„Und wieso nicht?"

Allmählich wird er fast sauer.

Rena denkt eine Weile nach.

„Das ist gar nicht leicht zu formulieren. Ich finde, du bist noch nicht richtig orientiert, wo es langgehen soll bei dir. Trotz deiner langjährigen Ehe und der Konstanz in deinem Job wirkst du irgendwie … mmh, ich würde vielleicht 'flüchtig' dazu sagen. Genau, flüchtig passt gut. Das Luftige daran liebe ich an dir, das macht unsere Treffen so toll, aber da steckt halt auch das Wort „Flucht" drin. Ich habe das Gefühl, auf eine Art flüchtest du vor etwas, oft sehr verborgen, aber plötzlich bist du ganz schnell verschwunden. Hannes ist viel langweiliger als du, würde ich mal ins Unreine formulieren, aber eben auf seine Art verlässlicher. Du sprichst auch selbst öfters von Aussteigen, Veränderung, Neuorientierung. Das klingt zwar spannend, aber ich will das, glaube ich, gar nicht. Das hört sich für mich als Dauerthema viel zu gefährlich an. Ich habe das Gefühl, du suchst etwas, oder besser gesagt, etwas in dir sucht etwas. Das ist nicht so mein Ding. Ich suche eigentlich nichts, abgesehen natürlich von einigen zusätzlichen Farbtupfern in meinem Leben, und da gehörst du unbedingt und sehr deutlich dazu. Aber ansonsten will ich lieber meine Ruhe. Ich genieße mein Leben, wie es jetzt ist, so gut ich kann, mit all seinen Hochs und Tiefs … und mit meinen kleinen Fluchten."

„Hey, das klingt fast, als würdest du mich ausnutzen."

Rena denkt lange nach.

„Ausnützen, das ist es nicht für mich und das würde ich auch nicht wollen. Ich würde sagen, wir benutzen, nein, besser, wir nutzen uns gegenseitig in dieser Phase unseres Lebens. Wir nutzen uns, um Großartiges für begrenzte Zeit miteinander zu erleben. Wir beschenken uns mit Zärtlichkeit, Sex, außergewöhnlichen Situationen."

„Und was ist mit Liebe?"

Er ist selbst überrascht, dass er dieses Wort ausspricht.

„Das ist Liebe", meint Rena überzeugt, „sich im Augenblick freiwillig zu beschenken. Von Herzen."

Etwas an diesem Gespräch beunruhigt und verunsichert ihn. Sie hört sich viel sicherer und reifer an, als er sich häufig fühlt. Und an der Fluchtgeschichte ist auch was dran, das spürt er genau. Aber darüber will er später nachdenken. Alleine. Jetzt möchte er lieber diese Sicherheit ins Wanken bringen, die Rena ausstrahlt und die ihn ärgert. Wo ist der Haken an ihren Aussagen?

„Und was ist, wenn ich eine neue Beziehung eingehen möchte,

in der du keinen Platz mehr hast?", fragt er schließlich leicht aggressiv.

„Das wäre großer Mist für mich. Aber damit muss ich rechnen und auch mit den Konsequenzen. Das gehört zu unserem Tanz dazu", meint Rena, plötzlich sehr ernst geworden.

„Aber bis dahin genieße ich, dass es dich gibt und du neben mir liegst", lächelt sie und streichelt über seinen Rücken.

....

Rena ist also nicht besonders überrascht, als er ihr, etliche Monate nach diesem Gespräch und anfangs ganz nebenbei, von seinen Auszeitideen erzählt.

„Das passt zu dir", meint sie nur lapidar.

Als die Ideen konkreter werden und er nicht nur von der Zustimmung des Regierungspräsidiums, sondern gleichzeitig von seinen Reiseplänen mit dem Womo berichtet, wirkt sie nachdenklich.

„Das passt auch und das habe ich befürchtet."

„Du wirst mich vermissen", versucht er sie zu necken.

„Werde ich", nickt sie ernst, „und damit wird wohl unsere Zeit zu Ende gehen."

„Wieso?"

„Weiß nicht genau, aber ich spüre es."

Kein gieriger Sex an diesem Nachmittag, kein freies Lachen, nur in sich verlorene Zärtlichkeit. Sie ahnen beide einen Abschied, ohne deutlich zu wissen, wie er aussehen und was er bedeuten wird. Gedankenvoll, ohne viel zu sprechen, verbringen sie die wenigen geschenkten Stunden, nicht ganz nah beieinander, nicht weit voneinander entfernt.

Einige Tage später ein Anruf in der Schule.

„Wahrscheinlich eine Mutter, die einen Sprechstundentermin

ausmachen will", meint die Sekretärin, als sie ihm das Telefon ins Lehrerzimmer bringt.

„Hi, hier ist Rena", hört er erstaunt, denn sie hatte noch nie in der Schule angerufen.

„Ich habe eine Idee. Ich komme die ersten Tage auf deiner Reise mit. Sag jetzt nichts, bitte. Denk erst darüber nach. Wir reden bei Gelegenheit darüber. Tschüß."

Völlig durcheinander und überdreht bringt er den Schultag zu Ende. Was heißt: „Ich komme die ersten Tage auf deine Reise mit?"

Anfangs hat er kein Gefühl dazu, ob ihn das freut, eher belastet oder ob er es überhaupt möchte. Und Rücksprache ist nicht möglich, denn ein ungeschriebenes Gesetz in ihrem Geheimnis lautet: keine Anrufe bei ihr zu Hause, wenn Hannes nicht auf Reisen ist, da er sein Büro in der Kellerwohnung hat.

....

MEHRERE Tage vergehen. Anfangs neugierig und erwartungsvoll, wann Rena sich meldet, fängt er an, sich zu ärgern. Was soll diese ewige Geheimnistuerei?

Abends sitzt er mit einem Kollegen, den er eher als Freund bezeichnen könnte, im Biergarten. Er fragt ihn plötzlich, selbst überrascht, was er von Geheimnissen hält.

„Geheimnisse", meint der Freund nach einem großen Schluck Bier, „die würden mich total abnerven. Wenn zum Beispiel meine Frau Geheimnisse vor mir hätte, ich würde sofort unsere Beziehung in Frage stellen. Ich glaube, das kommt aus meiner Kindheit. Mein Vater hat mir immer eingebläut, dass man die Wahrheit sagen muss, nicht lügen und keine Geheimnisse haben darf. Es fällt mir schon schwer, damit umzugehen, wenn Schüler mich belügen, obwohl ich zu verstehen versuche, dass die manchmal aus einer

Drucksituation heraus fast nicht anders können. Aber ich werde dann schnell sehr sauer und reagiere ab und zu ungerecht. Ich kann nicht anders …"

„Würdest du auch nicht fremdgehen?", unterbricht er ihn.

„Niemals", meint er mit Nachdruck, „mein gesamtes Weltbild würde aus den Fugen geraten …"

Er fragt sofort nach.

„Und wenn dich eine Frau so richtig anmacht und durcheinander bringt?"

„Ich weiß, man soll nie Nie sagen, aber ich kann mir das nicht vorstellen bei mir … und ich will es auch nicht. Ich sag dir doch, das ist für mich fast heilig …"

„Und wenn deine Frau …"

„Hey, mach mich nicht nervös", unterbricht ihn sein Freund, „das kann und will ich nicht denken. Ich krieg jetzt schon einen Hals, wenn ich es mir nur theoretisch vorstelle."

Spannendes Gespräch. Als er nach drei Bier und einem Sommersalat in der lauen Sommernacht mit dem Fahrrad heim gondelt, wird ihm immer klarer, in was für eine andere, ihm völlig fremde Welt er gerade hinein riechen durfte.

Ich, der Spezialist für Geheimnisse, denkt er.

Er hält am Springbrunnen, der beleuchtet mitten im Städtchen in unregelmäßigen Rhythmen seine Fontänen in die Nacht hinein wirft. Setzt sich auf eine im Dunkel liegende Bank, wo er ungestört ist.

Geheimnisse, die verraten werden, sind keine mehr.

Also zählt er sie auf:

Ich onaniere häufig, obwohl ich über fünfzig bin.

Ich begehre Frauen, nein, ehrlicher, ich könnte Frauen bumsen, ohne mehr von ihnen als ihren hübschen Körper zu kennen.

Ich glaubte lange, dass ich unter eine Brücke gehöre, ein Versager bin. Okay, das ist Vergangenheit, heute glaube ich eher, dass ich mein Leben gut hinbekomme.

Ich kann tierisch neidisch sein, wenn es anderen gut geht, obwohl ich doch gerne verständnisvoll Menschen unterstützen möchte.

Das reicht eigentlich für diesen Abend und Nachhauseweg, denkt er. Aber die innere Geheimnisdiskussion lässt ihn nicht mehr los. Es muss mehr raus und so spuckt er das größte seiner Geheimnisse aus, während hinter ihm die dunkle Nacht lauert.

Ich bin nicht der Sohn meines Vaters!

Er hat es erst Ende dreißig erfahren. Dass er diesem von seiner Mutter und Schwester angstvoll gehüteten Geheimnis überhaupt auf die Spur gekommen ist, war eher Zufall. Mit Esther hatte er darüber gesprochen, ansonsten jedoch, das merkt er, während er nachdenklich auf den romantisch beleuchteten Brunnen schaut, hat er es tief in sich verborgen, als trüge er eine unermessliche Schuld.

Sozusagen mit der Muttermilch aufgesogen, ist er unbewusst schon als Baby zum Spezialisten für Geheimnisse geworden, denn seine Mutter hat sich regelmäßig mit ihrem Geliebten bei ihnen zu Hause getroffen, wenn sein Vater Nachtdienst hatte. Ganz sicher hat er das atmosphärisch mitbekommen, ohne es allerdings konkret selbst zu wissen.

Gelebt habe ich, wird ihm plötzlich klar, später eigene Geheimnisse. Vor und während meiner Ehe, vor all den Menschen, die mich zu kennen glauben, denen ich mich aber innerlich nicht schenken kann, ja, sogar vor mir selbst, indem ich mir vieles in meinem Leben nicht eingestehen will.

Überraschend fühlt er sich auf seiner dunklen Bank plötzlich sehr erleichtert. Sie ist ein guter Ort, dies alles loszuwerden.

Nein, verflucht, dieser einsame Brunnen kann lediglich ein Anfang sein, ruft er sich zu. Wann soll ich mit meiner Wahrheit beginnen, wenn nicht jetzt, wo bald so viel freie, ungeplante Zeit vor mir liegt? Wenn nicht jetzt, wo ein solch großer Einschnitt in meinem Leben kommt?

Er will es Rena erzählen, der Frau, mit der er einen Teil seines Lebensskripts wiederholt.

....

AM nächsten Nachmittag, er sitzt in seinem Wohnzimmer, überlegt, wie er Rena erreichen kann, ohne Hannes ans Telefon zu bekommen, und ärgert sich dabei über diese erneute Vertuschungsinszenierung, klingelt das Telefon.

„Ich bin's, Rena, na, hast du nachgedacht?"

„Hab ich, aber es gibt eine wichtige Sache, die ich vorher mit dir besprechen möchte. Hast du Zeit?"

„Gut, ich kann morgen kurz nach eins an deiner Schule sein. Passt das?"

„Ja, wir könnten ein bisschen raus fahren, für zwei, drei Stunden."

„Das kann ich einrichten. Ich komme mit dem Auto."

Als er neben ihr sitzt, schaut sie ihn aufmerksam an.

„Was ist los? Du hast unterschwellig aufgeregt geklungen am Telefon. Ist irgendwas passiert oder kommt dir meine Idee völlig abwegig vor?"

Es gefällt ihm, dass sie sich Sorgen um ihn macht. Die Beziehung, so eigenartig sie ist, stimmt, merkt er. Das hilft ihm anzusprechen, was er sich vorgestern Nacht vorgenommen hat.

„Das mit deinem verrückten Vorschlag finde ich sehr spannend, aber darüber sollten wir später reden", beginnt er.

„Ich bin nicht der Sohn meines Vaters", platzt es danach aus ihm heraus, „das ist beziehungsweise war das große Geheimnis in meiner Familie; habe ich dir gegenüber schon mal etwas angedeutet?"

„Nein, du hast überhaupt nicht viel von deiner Familie erzählt. Und was soll das heißen: Du bist nicht der Sohn deines Vaters? Das ist doch paradox! Wie soll das denn gehen?"

Sie sitzen auf einer Decke am Rand einer Wiese unter einer spät blühenden Linde, in der die Bienen summen. Er erzählt und erzählt.

„Das ist kaum zu glauben", meint Rena nach einer Weile, „und deine Mutter hat das nie jemandem gestanden?"

„Meine Schwester, die sehr viel älter ist als ich, war ihre Mitwisserin und das hat sie als Mädchen sehr belastet, wie sie mir später berichtet hat. Aber sie durfte mir nichts sagen, denn meiner Mutter, die im Grunde eine konservative Frau war, war das alles extrem peinlich. Ich war also, bis es herauskam, völlig ahnungslos. Ich habe nur meine ganze Jugend hindurch gemerkt, nein, besser, ganz weit hinten in mir gefühlt, dass etwas nicht stimmig ist in unserem Familiensystem. Stell dir vor, mehr als zehn Jahre hatte meine Mutter meinen Samenvater, so nenne ich ihn für mich, im Gegensatz zu meinem sozialen Vater, mit dem meine Mutter unglücklich, aber dauerhaft zusammengelebt hat, als Geliebten. Zehn Jahre dieses Geheimnis und erst als ich ungefähr sechs Jahre alt war, hat sie die sexuelle Beziehung beendet mit der Begründung, dass der Bub sonst etwas merken könnte."

„Und danach, was war mit deinem Samenvater?"

„Er war und blieb der beste Freund unserer Familie. Fast jeden Sonntagvormittag, wenn mein sozialer Vater und ich vom Kirchgang zurückkamen, verbrachte er anderthalb Stunden bei uns, spielte mit mir Karten, brachte mir Schach bei, saß am Küchentisch, während meine Mutter Braten und Knödel kochte und mein anderer Vater ausgiebig seinen Garten inspizierte. Um Punkt zwölf war allerdings das Treffen vorbei, mein sozialer Vater bestand darauf, dass am Sonntag auf die Minute pünktlich gegessen wurde, und der andere musste gehen, heim zu seiner

Familie und seinem Sohn."

„Das hört sich fast an, als hätte dein sozialer Vater euch, wenn auch genau begrenzt, Zeit geschenkt …"

Er muss weinen. Rena sitzt still bei ihm, die Bienen summen über ihnen, es ist ein schrecklicher und guter Augenblick.

„So habe ich das noch nie gesehen", sagt er nach einer Weile, „aber das könnte sein. Es ist mir viel unklar, wenn ich an diese Zeit denke und mich frage, was in den Personen dieser Sonntagvormittage vorgegangen sein muss. Die muss es doch innerlich zerrissen haben. Klar ist auf jeden Fall, dass es meinen Samenvater zerstört hat. Ich erinnere mich noch genau, dass er in dieser kurzen Zeit jedes Mal einen Liter Weißwein getrunken hat. Er hat den Wein meinen Eltern sogar bezahlt, denn er war viel reicher als wir. Er ist ungefähr zwanzig Jahre später als Alkoholiker gestorben, lag das letzte halbe Jahr seines Lebens im Koma. Das habe ich aber nur am Rande mitbekommen, denn ich habe in dieser Zeit schon als junger Lehrer gearbeitet, 2oo Kilometer entfernt, und Onkel Robert, so habe ich ihn genannt, war längst aus meinem Blickfeld entschwunden. Ich hab ja gar nicht gewusst, dass er mein Vater ist …"

Wieder laufen ihm Tränen über das Gesicht.

„Und das Verrückte ist, mein sozialer Vater ist im gleichen Jahr gestorben", schluchzt er.

„Ich erspare dir und mir seine Leidensgeschichte der letzten fünfzehn Jahre seines Lebens, will nur so viel sagen, dass er innerlich von Fisteln, die sich nach einer Galleoperation über viele Jahre hinweg gebildet haben, zerfressen wurde. Auch er hat die meiste Zeit seiner letzten Monate im Koma verbracht."

„Von Fisteln zerfressen..?"

„Ja, das Ganze war schrecklich. Als ich später die verstrickte Familiengeschichte erfahren habe, ist mir klar geworden, dass auch das Bedeutung hat. Er war oft extrem aggressiv, aber eher passiv aggressiv, ich glaube, er hat seine ganze Wut auf seine Frau und seinen Freund gegen sich selbst gewendet. Natürlich hat er etwas geahnt oder gewusst von der ganzen Geschichte, aber er hat es vor anderen, vielleicht sogar vor sich selbst verborgen, denn schließlich gab es ja mich, die Frucht des Geheimnisses, seinen Sohn, den er geliebt hat", flüstert er, die Stimme versagt ihm fast, „und den er auf keinen Fall verlieren wollte …"

Völlig erschöpft verbirgt er seinen Kopf in Renas Schoß, kann nicht mehr. Es tut ihm gut, endlich seine Geschichte am Stück zu erzählen. Es kommt ihm vor, als wenn eine alte Narbe, unter der ein Eiterherd glimmt, aufgebrochen worden wäre und dieses Erzählen sie vorsichtig, sehr schmerzhaft reinigt. Es tut gut und weh gleichzeitig, allmählich fühlt er sich leichter …

Er muss eingeschlafen sein.

Als er aufwacht, streichelt Rena sanft über sein Haar, er hört sie leise summen. Langsam dringen die Außengeräusche in sein Bewusstsein: die Autos auf der entfernten Landstraße, Insekten, die in der Wiese und im Baum brummen, Blätter, die sich leicht im Wind bewegen. Die Sonne scheint durch das Dach des Baumes, es ist sommerlich warm, Schatten spielen um sie herum Fangen.

„Ach, war das gerade schön", seufzt er, „habe ich lange geschlafen?"

„Nein, nur ein paar Minuten", lächelt Rena.

Ein wenig bleiben sie noch, eingebettet in Stille und Natur.

„Okay, ich muss los", sagt Rena dann, „du weißt schon …"

Auf dem Weg zum Auto merkt er, dass er ihr gegenüber unsicher ist, geradezu scheu.

„War das jetzt zu viel?", fragt er vorsichtig.

„Nein", antwortet sie ernst, „aber ich glaube, ich muss auf mich aufpassen. Du bist mir eben sehr nahe gekommen, weißt du. Deine Geschichte hat mich tief berührt und mitgenommen. Aber das passt nicht ganz zu unserer Beziehung. Du weißt schon:

guter Sex und genügend Abstand. Ein wenig durcheinander bin ich auch."

Plötzlich hat Rena Tränen in den Augen. Sie nehmen sich vor dem Auto in den Arm, halten sich eine Weile ganz fest.

„Und wie war das mit dem Anruf in der Schule", fragt er leise, „hast du wirklich Zeit und Lust, die ersten Tage auf meiner Reise mitzukommen?"

„Da muss ich jetzt noch mal neu nachdenken und reinfühlen", meint sie. „Lass mir ein bisschen Zeit."

Sie reden nicht viel auf der Heimfahrt. Als Rena ihn in der Nähe seiner Wohnung aussteigen lässt, schauen sie sich lange an.

„Danke!", flüstert er.

„Mmmh", brummt sie liebevoll und drückt kurz seine Hand, „ich melde mich bald."

....

ZWEI Abende danach sitzt er mit drei Kollegen im Biergarten. Es ist verrückt, was ein bevorstehender Abschied alles bewirkt. Viel offener ist ihr Umgang in den letzten Wochen geworden, vertrauter, in den Gesprächen intensiver. Als wenn das näher kommende Auseinandergehen die Chancen vergrößert, dass man sich jetzt begegnet.

Sie diskutieren über Abschied und Neubeginn an diesem Abend unter den riesigen Kastanien, sitzen bei Bier und Wein, lassen es sich gut gehen. Wieder einmal hat er gefragt, was die anderen mit einer langen Auszeit beginnen würden. Und tatsächlich, nach und nach und immer lebendiger legt einer nach dem anderen, begleitet von großem Gelächter und ernsthaftem Zuhören, seine Träume auf den Tisch.

Sven, der vor seinen drei Kindern öfters mit dem Rucksack in Südostasien unterwegs war und sich intensiv mit der buddhistischen Kultur auseinandergesetzt hat, würde am liebsten ein ganzes Jahr dort verbringen.

„Die Jugendlichen in Thailand, von denen viele für einige Monate in ein Kloster gehen, bevor sie eine Ausbildung beginnen, lassen sich zu diesem Neuanfang eine Glatze schneiden", berichtet er.

„Das ist so Tradition. Alles Weltliche hinter sich lassen, sich äußerlich deutlich verändern, hygienische Vorschriften im Kloster wegen Läusen, was weiß ich, was es genau bedeutet. Aber ich glaube, wenn ich ein Jahr in Asien unterwegs wäre und dabei einige Wochen in einem Kloster verbringen würde, würde ich das auch machen."

Alle lachen und reden wild durcheinander. Wie wohl der, die oder du mit Glatze aussehen würde?

In ihm ist es ganz still geworden. Der Gedanke hat ihn gepackt. Zwar wird ihm total heiß, wenn er daran denkt, ohne Haare durch die Gegend zu laufen, nackt und bloß, aber er ist fasziniert.

„Hey, ich glaube, das mache ich", hört er sich sagen.

Alle starren ihn an. Stimmung zwischen Gelächter und nachdenklicher Stille. Ein witziger Gedanke, nur innerlich durchgespielt, könnte gerade Realität geworden sein.

„Weißt du was", meint Sven, „das könnte bei dir sogar passen. Irgendwie werde ich das Gefühl nämlich nicht los, dass diese ganze Ausstieg-auf-Zeit-Geschichte was ganz Wichtiges für dich hat. Irgendeine tiefere Bedeutung. Frag mich nicht, was genau, aber ich denke das immer wieder in letzter Zeit."

„Ja, das meine ich auch", wirft Simone ein, die sonst eher still ist und von der jeder überrascht war, als sie gemeint hatte, sie würde gerne an diesem Abend in den Biergarten mitgehen.

„Du bist viel offener geworden, seitdem dein Antrag durch ist. Fast befreit. Für mich würde ein radikal veränderter Haarschnitt zu deinem Neuanfang passen."

„Aber Schüler sollen mich so nicht mehr sehen", meint er

nachdenklich, „das wäre mir zu viel."

„Ich habe eine Idee!", ruft Sven. „Meine Frau hat vor den Kindern als Friseurin gearbeitet. Für sie wäre es kein Problem, dir eine Glatze zu verpassen. Komm doch, kurz bevor du auf die Reise gehst, bei uns vorbei, vielleicht in den ersten Ferientagen, bevor wir in Urlaub fahren …"

„Ich denke darüber nach", meint er, aber er weiß schon, dass der Stachel sitzt.

....

„HALLO, hier ist Rena. Was hältst du von einer sehr netten und hocherotischen Reisebegleitung für die ersten drei, vier Tage?"

Er lacht lauthals am Telefon los.

„So, so, und wie soll das gehen?"

„Hannes ist Anfang August einige Tage weg in Dänemark auf Geschäftsreise und ich habe ihm erzählt, dass ich in dieser Zeit zu meiner Freundin Claudia nach Freiburg fahren möchte. Er findet das gut, weil ich, wie er sagt, nicht zu Hause alleine rumsitzen muss."

„Und die Freundin in Freiburg, gibt es die wirklich?"

„Klar! Und die könnten wir tatsächlich besuchen. Ich weiß nicht, welche Pläne du bisher gemacht hast, aber ich fände das toll. Claudia ist außerdem schon ewig eingeweiht in unsere Bez…, äh, in unser Spiel. Sie mag Hannes sowieso nicht besonders, findet, er sei ein alter Macho. Und Freiburg liegt doch eh auf deiner Route Richtung Frankreich. Also, was meinst du?"

„Keine Angst mehr vor zu viel Nähe?", will er noch wissen.

„Dem will ich mich aussetzen", kommt halb lachend, halb ernst zurück.

„Ich finde die Idee toll, aber ich hab ein wenig Schiss."

„Ich auch. Ohne Ende. Aber hör zu. Ich will dir etwas vorlesen:

Es gibt keine Chance, wenn du sie nicht nutzt.
Viele wunderbare Dinge werden nie passieren,
wenn du sie nicht selber tust.
Darin besteht das Leben.
Fange heute damit an.
Hab keine Angst, dass das Leben einmal zu Ende geht.
Hab eher Angst, dass es nie richtig anfängt."

„Puh, das ist heavy! Wo hast du das her?"

„Hängt an meiner Pinnwand, seit ewigen Zeiten. Gerade eben, als ich dich anrufen wollte, ist mein Blick darauf gefallen, und da wusste ich, dass alles gut ist."

Das ist es, es ist alles gut.

„Du bist wirklich der Hammer, Rena. Ich bin völlig durcheinander, aber ich glaube, eine nette Reisebegleitung, das ist eine Wahnsinnsidee."

Völlig aufgedreht schenkt er sich nach dem Telefonat erst einmal ein Bier ein. Tatsächlich gibt es kein Halten mehr, seitdem er seinen Auszeitentschluss gefasst hat.

Sein Leben ist so voll und lebendig geworden, seitdem.

Er prostet im Geiste seinem Samenvater zu, danach dem sozialen Vater.

„Ich lebe mein Leben in wachsenden Ringen, die sich über die Dinge ziehn. Ich werde den letzten vielleicht nicht vollbringen, aber versuchen will ich ihn", fallen ihm die ersten Zeilen von einem Rilke-Gedicht ein.

„Ja, das will ich", sagt er laut mit Nachdruck und nimmt einen großen Schluck.

Von der Glatze hat er Rena allerdings vor lauter Aufregung nichts erzählt. Gut, das soll eine Überraschung werden.

....

DANN ist er tatsächlich da, der letzte Schultag. Er erlebt ihn wie in Trance. Er bekommt zwar die Freundlichkeiten der Kolleginnen und Kollegen mit, erinnert sich allerdings zum Teil erst Wochen später wirklich an all die intensiven Begegnungen. Auch den Abschied von den Klassen, der ihm freundlich und cool vorkommt, nimmt er nur mit einem Teil seines Bewusstseins wahr. Er freut sich über die Geschenke, die Reiseführer, die herzlichen Abschiedsworte, die ihn umschmeicheln, aber zeitweise fühlt er sich wie abgeschnitten. Zu viele Gefühle, denkt er, das kann ich kaum aushalten, auf jeden Fall aber nicht voll an mich heranlassen; das kann ich überhaupt nur verkraften, wenn ich mich innerlich, zumindest teilweise, wegbeame.

Nach dem traditionellen Sommerferienmittagessen, das der Personalrat organisiert, nach vielen Umarmungen und Schulterklopfen, nach einigen Tränen und mehreren Gläsern Wein, überfüllt mit guten Wünschen für die Auszeit und seine Reisen, stößt ihn Sven von der Seite her an.

„Auf, Alter, meine Frau wartet mit dem Rasiermesser auf dich. Sie ist begierig, deinen Schädel freizulegen, und ich bin gespannt, was herauskommt."

Plötzlich überfällt ihn Angst. Ist das nicht alles zu viel? Wie wird er ohne Haare aussehen? Wird er nicht für einen Neonazi gehalten?

Ich glaube, ich habe mich übernommen, denkt er, als er neben Sven im Auto sitzt. Aber übernommen hin oder her, es gibt kein Zurück – und er will auch kein Zurück mehr.

Svens Frau Monika, die er von einer Geburtstagsfeier kennt, hat einen Stuhl in die Mitte des Wohnzimmers auf den Parkettfußboden gestellt. Die Kinder sind bei Freunden, feiern den letzten Schul- und den ersten Ferientag gleichzeitig.

„Setz dich", meint Monika, „na, wie geht's dir als freier Mann?"

„Weiß nicht, ist alles ein bisschen viel."

„Kann ich völlig verstehen. Aber ich kann dir sagen, unser liebevoller Neid begleitet dich in deine freie Zeit. Und damit du dabei neu aussiehst, geht es ohne weitere Verzögerungen los."

Monika, die ihn auf den Stuhl bugsiert, lacht bei diesen Worten, scheint aber zu spüren, wie verunsichert er ist.

„Keine Panik, die wachsen wieder", meint sie betont fröhlich, „und die Erfahrung ist es doch allemal wert."

Er sieht die ersten halblangen Haarbüschel fallen, die sie radikal mit ihrer Friseurschere abschneidet.

„Erst mal die Hauptwolle weg", meint sie burschikos, „die Feinarbeit kommt später."

In diesem Moment wird ihm bewusst, worauf er sich eingelassen hat. Nicht nur mit den Haaren, überhaupt mit allen Entscheidungen in den letzten Monaten. Jetzt werden seine Träume wahr, mit allem Licht und Schatten, die die Realität mit sich bringt.

Unbändiger Stolz erfüllt plötzlich sein Herz, die weiter bestehenden Ängste werden in diesem Augenblick von einer Welle von Euphorie weggespült.

„Ja", sagt er nachdrücklich, „das ist gut."

....

ZWANZIG Minuten später hält Monika ihm einen Spiegel vor die Augen. Er erschrickt, als er den weißen Schädel über dem sonnengebräunten Gesicht sieht.

„Keine Angst, das bräunt schnell nach", meint Monika, „Sonnencreme die ersten Tage und eine Mütze gegen die Sonne und die Kühle werden dir helfen. Denn du wirst merken, dass du am Anfang ganz schön frierst da oben."

„Und hier ist die Mütze", schreit Sven, der während der Aktion aus dem Zimmer verbannt war und anscheinend neugierig auf sein Stichwort gewartet hat, „die schenken wir dir für die Reise.

So, lass dich mal ansehen …"

Sven umkreist ihn.

„Na ja, von vorne gut, abgesehen von dem auffälligen Farbunterschied. Aber hinten sieht es bescheuert aus, wenn du mich fragst. Dir fehlt irgendwie der markante Hinterkopf."

„Du bist ein echter Freund, vielen Dank!", entfährt es ihm.

„Ist es wirklich so schlimm, Monika, wie dieser Sven, dein ekelhafter Mann, sagt?"

„Ist, ehrlich gesagt, schon gewöhnungsbedürftig", meint sie, „und das mit dem wenig ausgeprägten Hinterkopf ist mir auch gleich aufgefallen. Aber wart mal ab, wenn der ganze Kopf braun ist, wird das schon und außerdem hast du in einer Woche wieder einen Flaum."

Ihm bricht bei diesen offenen Worten der Schweiß aus, interessanterweise vor allem auf der Schädeldecke. Entsetzt merkt er, dass die Schweißtropfen aus der Kopfhaut dringen, ohne von den Haaren aufgehalten zu werden. Und in der Tat, wie Monika gesagt hat, wird ihm danach sofort kalt auf dem Kopf von dem kühlenden Schweiß.

Das kann heiter werden, denkt er, worauf habe ich mich nur eingelassen?, und laut fragt er: „Habt ihr einen zweiten Spiegel? Ich möchte mich von hinten sehen."

Er steht im Bad und sieht sofort, die beiden haben Recht. Sein Hinterkopf ist flach, nicht füllig gerundet.

„Okay, so bin ich!", stärkt er sich grimmig nach dem ersten Schock.

Als er ins Wohnzimmer zurückkommt, perlt Sekt in den Gläsern.

„Alles Gute für dich und deine freien Jahre, Glatzenmensch!", ruft Sven ihm freudig zu und da muss er mitlachen. Anschließend fährt Sven ihn heim, damit ihn an diesem Tag in der Stadt niemand mehr sieht. Die bunte Mütze, die ihn wie einen orthodoxen Juden aussehen lässt, hat er trotz der sommerlichen Temperaturen über den Kopf gestülpt.

Auf seinem Balkon setzt er den nackten Kopf zum Eingewöhnen Licht und Luft aus. Und als er an diesem Abend im Bett liegt, ist er tief erschöpft. Ich habe mich heute total übernommen, denkt er, aber auch: wer hat schon die Chance, an einem Tag so viele Gefühle erleben zu dürfen?

Er fährt mit seiner Hand zärtlich über seinen kahlen Kopf, schnell schläft er ein.

....

VÖLLIG vertraut ist ihm sein Gesicht noch nicht, als er am nächsten Morgen in den Spiegel schaut, aber nicht mehr ganz fremd. Gezieltes, gemäßigtes Sonnen auf dem Balkon ist angesagt an diesem ersten Ferientag, dazwischen räumt und packt er. Rena ruft kurz an.

„Übermorgen kann es von mir aus losgehen. Hannes geht morgen auf Geschäftsreise. Ich bin ziemlich aufgeregt, du auch? Wann holst du mich ab?"

„Ich bin auch aufgeregt", meint er und denkt dabei nicht nur an seine Glatze.

„Gegen zehn Uhr komme ich, passt das?"

„Passt wunderbar, also, ich freu mich!"

Ich auch, denkt er, aber ich bin froh, dass ich noch zwei Tage Gewöhnung an mich selbst habe. Als er aufgelegt hat, wischt er sich zuerst die Schweißtropfen vom glatten Kopf, die wieder ein unangenehmes Kältegefühl mit sich bringen. Kappe auf.

Der Tag vergeht schnell mit weiterem Packen, alles noch einmal Überdenken, ziellos durch die Wohnung laufen, sonnen. Abends meint er, die Kopfhaut habe sich schon ein wenig der Gesichtshaut angepasst.

Er klingelt bei den Nachbarn, die den Briefkasten leeren werden und denen er einen Umschlag mit einem Wohnungsschlüssel und seinen kopierten Reisedokumenten geben will. Er hat außerdem ein kopiertes Dokumentenset im Womo versteckt; doch im Notfall, falls ihm die Originale und die Kopien abhanden kommen würden, könnten ihm die Nachbarn den Umschlag zuschicken, was eine Neuausstellung in einer deutschen Botschaft vereinfachen würde. Ja, trotz aller Spontanität ist es ihm wichtig, sich gut zu organisieren. Zusätzlich enthält der Umschlag einen Brief an seine Schwester und ein Testament. Er will im schlimmsten Fall sein Erbe geregelt wissen. Am Anfang war es ein mulmiges Gefühl gewesen, das eigene Testament zu schreiben, doch schließlich ist ihm der Prozess des Nachdenkens regelrecht wertvoll geworden. Gerade, wo er voll ins Leben tritt, möchte er die Gedanken an den Tod nicht ausblenden. Sie sollen nicht überwertig, aber auch nicht verdrängt werden. Er hat gemerkt, wie ihn diese Tätigkeit gestärkt hat, als sei er dabei eine Spur erwachsener geworden.

„Huch!", entfährt es Fritzi, als sie die Tür öffnet, „du hast dich aber verändert", und ihr Mann meint trocken: „Glatze, he!"

Er erzählt von dem buddhistischen Brauch, doch das kann die beiden nicht überzeugen.

„Pass nur auf, dass du nicht in die Neonaziszene reingesteckt wirst", meint Stefan, als er bei ihnen im Wohnzimmer sitzt, aber Fritzi nimmt ihn in Schutz.

„Dafür siehst du zu weich im Gesicht aus. Ich muss eher an Krebs denken, wenn ich einen Menschen mit Glatze sehe."

Wahnsinn, welch unterschiedliche Assoziationen ein radikaler Haarschnitt in den Menschen auslösen kann, denkt er, dabei bin ich doch der gleiche Mensch wie gestern. Langsam bekommt er ein Gefühl dafür, wie sich Punks fühlen müssen, wenn sie an Bahnhöfen angestarrt werden. Wir sind ganz schön unseren Gewohnheiten verhaftet …

„Aber dran gewöhnen muss man sich schon", hört er Fritzi, der er für einen Moment nicht zugehört hatte, weitersprechen.

„Ist klar, mir fehlt der markante Hinterkopf", seufzt er, das kennt er schon.

Der Abschied von den beiden ist herzlich, er weiß, dass er sich auf sie verlassen kann. Sie verabreden, dass er sich meldet, wenn ein Notfall eintreten sollte, und dass sie einmal im Monat in seine Wohnung schauen werden.

Er ist trotzdem froh, als er seine Wohnungstür hinter sich schließt. Die Glatzengespräche verunsichern ihn. Ist gut, dass ich es zum Schluss gemacht habe und übermorgen hier raus-komme, denkt er. Leute, die mich nicht kennen, werden mich eher so nehmen, wie ich jetzt bin. Und anscheinend habe ich mir noch nie klargemacht, wie wichtig Haare sind. Neonazis, Krebs, spiritueller Rückzug … viele solcher Gespräche könnte ich nicht mehr aushalten, aber bei Rena muss ich wohl noch durch … und wieder stehen ihm Schweißperlen, nein, nicht auf der Stirn, sondern auf dem kühlen Schädel.

....

SEIN Strickkäppi bedeckt seinen Kopf, als er bei Rena vor-fährt. Sie schaut ihn aufmerksam an, sagt aber nichts, sondern lädt lieber schnell ihren Rucksack ein, schließlich will sie keine interessierten Blicke neugieriger Nachbarn provozieren. Dann sitzt sie neben ihm, streichelt, als er losfährt, kurz sein Knie.

„Ich freu mich so und ich bin wahnsinnig aufgeregt!", meint sie.

Wieder der prüfende Blick.

„Irgendetwas ist anders an dir. Was ist denn unter der Kappe?"

„Nichts!", meint er und muss grinsen.

„Ja, sieht aus wie nichts. Hast du die Haare … alles weg?"

Rena ist ziemlich verdutzt.

„Kann ich dir die Kappe runter ziehen?"

„Okay, aber du solltest wissen, dass mein Hinterkopf nicht besonders ausgeprägt ist", brummelt er.

„Ha, das schau ich mir genauer an", und schon hat sie ihm beim Fahren die Kappe weggezogen. Sie betrachtet ihn aufmerksam, still, lange. Schweißperlen, natürlich …

Schließlich meint sie: „Das mit dem Hinterkopf stimmt. Aber ich finde dich ganz schön mutig. Was du dich alles traust. Das mit den Haaren würde ich nie schaffen. Und du hast wirklich was vor mit deiner freien Zeit, stimmt's? Veränderung auf vielen Ebenen scheint angesagt … mmh … gefällt mir."

So hat er das noch nicht gesehen in den letzten Tagen. Erst war es eher eine lustige Idee gewesen, dann hatten ihn die haarlosen Tage ziemlich belastet; aber jetzt, gerade als sie auf die Autobahn gen Südwesten auffahren, spürt er es selbst: da ist auch ein großer Stolz.

Stolz, diese Schritte gegangen zu sein im letzten Jahr, Stolz, viel Ballast abgeworfen zu haben, und, ja, große Zufriedenheit, bildlich gesprochen, die alten Zöpfe abgeschnitten zu haben. Und ein paar Kilo abnehmen werde ich auch, verspricht er sich im Stillen. Viel laufen und wandern, bewusster essen und trinken.

Plötzlich steigt stiller, warmer Jubel in seine Brust, läuft über seinen Rücken und seine Kopfhaut, ein Strom freudvoller Energie: Ich habe es wirklich gewagt.

„Wo geht es heute hin?", reißt ihn Renas Frage aus seiner wohligen Glückstrance.

„Ich dachte, Richtung Südschwarzwald", meint er, „du wolltest doch am Ende in Freiburg bei deiner Freundin sein."

„Finde ich gut, aber zuerst gehören einige Tage uns. Schwarzwald, das gefällt mir."

„Also, nimm mal die Übersichtskarte aus dem Fach. Da sind

die größten Sehenswürdigkeiten der Gegend eingezeichnet. Vielleicht interessiert dich irgendetwas besonders."

Sie fahren mit gemütlichen neunzig Stundenkilometern, die Sonne scheint, Rena liest vor. Was für ein besonderer Tag.

„Blautopf, von dem habe ich gehört, aber ich war noch nie dort. Der liegt auf dem Weg, wenn wir bei Ulm von der Autobahn abfahren. Danach könnten wir auf der Landstraße weiter Richtung Schwarzwald fahren."

„Blautopf, hört sich gut an, dort war ich auch noch nie …"

„Und die Wutachschlucht scheint toll zu sein", fährt Rena fort.

„Ich lese vor, was da steht … Grand Canyon des Schwarzwalds … einzigartige Pflanzen- und Tierwelt … bis zu 150 Meter tief eingeschnitten … Buntsandstein und Granitfelsen … Muschelkalkwände …"[3]

„Hast du überhaupt Wanderschuhe dabei?", unterbricht er sie.

„Klar, und Badesachen auch, du Witzbold! Hältst du mich für eine Modetussi? Ich will was erleben mit dir. Also, Radio an und lass die Sommermusik rein."

Ihre Laune ist prächtig und bleibt es, als sie nach der Blautopfumrundung bei Kaffee und Käsekuchen sitzen.

„Ich hätte ihn mir auffälliger vorgestellt", meint er.

„Stimmt, aber wenn du dir vorstellst, wie tief und verzweigt dieses Höhlensystem in die Erde hineinreicht …"

„Mmhh, und die verschiedenen Blau- und Grüntöne, je nach Wassertiefe, sind eindrucksvoll, … aber ein wenig größer hätte ich ihn mir eben doch vorgestellt."

„Okay, fahren wir halt jetzt zu einem großen, großen See, wo wir baden können. Bist du damit zufrieden?"

„Sehr, und wenn du weiterfährst, kann ich im Wohnmobilstellplatzführer[4] schauen, ob einer auf unserem Weg liegt", meint er lächelnd und schaut sie prüfend an.

„Ich soll dieses Riesenteil fahren? Das traust du mir zu? Wie lang ist das Womo eigentlich?"

„6,80 Meter lang mit Fahrradständer, 2,30 Meter breit und fast drei Meter hoch", doziert er grinsend.

„Riesenteil, sag ich doch!", ruft sie, „hast du keine Angst, dass ich einen Unfall baue?"

„Eigentlich nicht. Aber du musst nicht fahren, wenn du nicht willst. War nur so eine Idee von mir. Ich dachte plötzlich, das könnte ein kleiner Abenteuerkick für dich sein."

„Kick ist gut, ich kriege schweißnasse Hände, wenn ich nur daran denke."

„Lieber du an den Händen als ich auf dem Kopf", lacht er und erzählt ihr von den ersten Erlebnissen ohne Haare.

„Darüber habe ich noch nie nachgedacht", meint sie, „aber klar, die Haare nehmen sonst den Schweiß, der aus den Kopfporen tritt, sofort auf."

Schweigend und nachdenklich schlendern sie zum Wohnmobil.

„Also gut", sagt sie, „wenn du so viel wagst, werde ich auch ein wenig aus mir herausgehen."

Ihr Grinsen bei diesem Satz wirkt eine Spur verkrampft. Sie geht langsam um das Auto herum, sieht es, vielleicht zum ersten Mal, von allen Seiten genau an, inspiziert den Fahrradständer.

„Aber Rückwärtsfahren is nich", murmelt sie, „das sag ich gleich."

Sie steigt in die Fahrerkabine, stellt den Sitz auf ihre Größe ein, hört aufmerksam zu, als er ihr die wichtigsten Funktionen erklärt.

„Auf denn", seufzt sie und kurvt vorsichtig von dem zum Glück ziemlich leeren Parkplatz. Langsam beschleunigt sie auf der Bundesstraße, nach einigen Minuten eher verkrampfter Anstrengung wird sie sicherer.

„Was mich am meisten irritiert, ist, dass man nur mit den Außenspiegeln fahren kann. Das ist mit dem PKW ganz anders. Puh, das ist wirklich ein Riesenauto."

„Ich finde, du machst das prima; lass nur etwas mehr Abstand zum Fahrbahnrand."

„Ja, aber ich habe Angst, ich touchiere mit den entgegenkommenden Autos."

„Passt schon", lächelt er. „Meinst du, ich kann jetzt im Stellplatzführer suchen?"

„Nein, noch nicht!", sagt sie bestimmt. „Bitte schau noch eine Weile mit mir auf die Straße. Ich brauche dich jetzt!"

Das berührt ihn. „Ich brauche dich jetzt!", wow, was für ein Satz. Ein wohliges Gefühl im Bauchbereich. Verbindung. Ein toller Tag.

„Rena, ich finde dich klasse", hört er sich sagen.

Ein kurzer Blick zu ihm, sofort gehört ihre Konzentration wieder der Straße.

„Blödmann!", knurrt sie, aber er sieht ihr Lächeln. „Außerdem hat mein Deo völlig versagt."

Er schaut zu ihr hinüber und tatsächlich, ein riesiger Schweißfleck ist in ihrem T-Shirt unter den Achseln sichtbar. Alles ist so gut!

Zwei Stunden später sehen sie den See, den er herausgesucht hat, im nachmittäglichen Sonnenlicht vor sich liegen. Vorne ein kleines Strandbad mit Restaurant, weiter hinten stehen einige Wohnmobile. An dem kleinen Holzhäuschen neben der Schranke, die geöffnet ist, hängt ein Schild.

„Suchen Sie sich einen Platz. Zwischen 18.00 und 19.00 Uhr können Sie sich hier anmelden. Der Platzwart", liest er laut vor.

Einige der geschotterten Plätze sind frei und sie finden einen, von dem sie auf den See schauen können. Er dirigiert mit den Händen, Rena parkt ein. Eine gute Abstellfläche, ganz gerade, sie brauchen keine Auffahrkeile; Stromkabel anschließen, Kühlschrank auf Strom umstellen, Tisch und zwei Stühle raus … Seeblick.

„Und ich", ruft Rena, „brauche jetzt ein ausgiebiges Bad!"
Sie zieht das verschwitzte T-Shirt über den Kopf, schlüpft aus dem kurzen Rock. Während er ihr zuschaut, als sie den Slip abstreift, überfällt ihn wildes Begehren. Sie sieht seinen Blick „Nein! Auf keinen Fall!", lacht sie. „Zuerst muss ich den Fahrstress im See abspülen und danach ein Feierabendbier trinken. Ist überhaupt Bier kaltgestellt?"

„Klar!", grinst er und betrachtet ihren nackten, schlanken Körper voller Lust, als sie ihren Bikini anzieht. Sie drängelt sich an seinen übermütigen Händen vorbei ins Freie.

„Bis später!", ruft sie und rennt über die Liegewiese zum sonnig blitzenden Wasser.

....

AM frühen Abend sitzen sie bei Spaghetti mit Pesto, einer Schüssel mit gemischtem Salat und kühlem Bier am Campingtisch. Es ist warm, fast drückend, Türen und Fenster des Womos sind weit geöffnet. Tief im Westen schiebt sich langsam eine Wolkenschicht in Richtung der sinkenden Sonne. Oben ballt sich zusehends eine dicke, dunkle Wolkenwand zusammen, darunter gleißen blitzend helle Schichten und spiegeln sich im See, auf dem sich leicht der Wind kräuselt und kleine Wellen vor sich her schiebt.

„Da ballt sich was zusammen", spricht sie im Vorübergehen ein Nachbar an, der mit seinem Fotoapparat vor zum See geht, um dieses Schauspiel festzuhalten. Auch Rena holt nach dem letzten Bissen ihren Foto hervor und sie schlendern zum Wasser. Stärkerer Wind kommt auf und schickt eine Vorahnung des schnell heranziehenden Gewitters.

„Kann sein, dass es rechts vorbeizieht", sagt er.

„Hoffentlich nicht", lächelt sie ihn an, „ich möchte bald mit dir im Auto liegen und bei Donner und Blitz kuscheln."

Sie nimmt seine Hand. Er erschrickt fast in diesem Moment. Es ist das erste Mal, dass sie sich in der Öffentlichkeit berühren. Sie haben Glück. Die Wolkenmassen schieben sich zügig und gefährlich aussehend näher. Ein Foto, schon eilen sie zum Womo, um es regenfest zu machen. Das Geschirr ist schnell zusammengestellt und unter das Auto geschoben, die Stühle zusammengeklappt und während sie die Fenster schließen, rennen um sie herum andere Wohnmobilisten, um ihre Markisen einzukurbeln oder zu überprüfen, ob sie wetterfest gespannt sind.

Als die erste Windböe über den Platz fegt, verschwinden alle in ihren Fahrzeugen. Auch sie liegen bald nackt auf dem großen Bett im hinteren Teil des Wagens. Es ist noch sehr warm im Auto.

„Schön, dass das Gewitter kommt. Sonst hätten wir so lange warten müssen, bis es dunkel geworden wäre, weil hier viele Leute herumlaufen", freut er sich. „So sind wir jetzt schon ganz für uns."

Sie verwöhnen und beschenken sich mit ihren Händen und Mündern, bald nimmt sie ihn warm und tief in sich auf, während der auf das Dach prasselnde Regen und die Donnerschläge das Spiel ihrer Körper und ihre Seufzer umhüllen.

....

SPÄTER, das Gewitter ist weitergezogen, sitzen sie beim Rotwein draußen und schauen auf den dunklen See. Wolkenfetzen fliegen vorüber, ab und zu werden blitzende Sterne oder ein halber Mond frei, bevor die Wolken sie erneut verschlucken. Sie sprechen nicht viel.

„Scheiße!", meint sie irgendwann, „das alles ist zu schön. Ich kann das kaum aushalten, tut beinahe weh."

„Ja, so viel Romantik ist kaum zu toppen", versucht er einen Witz, „hab ich alles für unseren ersten Abend bestellt."

„Gut gemacht", antwortet sie lächelnd, „aber bitte nicht übertreiben."

„Süßer Schmerz", sagt er halblaut vor sich hin, „den Begriff habe ich in den romantischen Gedichten nie recht verstanden. Ich glaube, gerade bekomme ich eine Ahnung davon."

„Süßer Schmerz zerreißt ihm, ach, das Herz!", deklamiert sie.

Sie steht auf, schenkt sich das Glas noch einmal voll.

„Ich geh runter zum See mit meinem letzten Glas Wein; muss ein bisschen allein sein am Ende dieses Wahnsinnstages. Wart nicht auf mich."

....

ALS er aufwacht, liegt sie schlafend neben ihm. Was für ein Geschenk, denkt er. Er schleicht sich leise zur Womotoilette, danach holt er sein Sitzkissen, um am Fußende des Bettes zu meditieren. Als ungefähr fünfundzwanzig Minuten verstrichen sind, öffnet er seinen Blick hin zu ihr. Ein warmes Glücksgefühl, intensiver noch als beim Aufwachen, durchströmt ihn, als er Rena in seinem Bett liegen sieht. Sie liegt mit dem Kopf auf dem Kissen und schaut ihn an.

„Wusste gar nicht, dass du meditierst. Machst du das regelmäßig?"

„Ja, jeden Tag."

„Immer zur gleichen Zeit?"

„Nein, wie es zeitlich passt, mal morgens, manchmal abends."

„Und gestern?"

„Gestern, bevor ich dich abgeholt habe. Da war ich aber so aufgeregt, dass mir die fünfundzwanzig Minuten ewig vorgekommen ist."

„Wie lange meditierst du schon?"

„Hey, du willst es ganz genau wissen. Zwanzig Jahre ungefähr."

„Darüber will ich mehr erfahren."

„Gerne, aber nicht unbedingt jetzt, oder? Denn jetzt habe ich Lust auf Schwimmen, Frühstück oder ... morgendliche Liebe."

„Genau!", lacht sie.

„Wie 'genau', was heißt das?"

„Genau! Erst Schwimmen, anschließend Frühstück und danach können wir sehen, was der Tag so bringt."

....

ZWEI weitere Tage und Nächte bleiben sie an dem See. Reden viel, schwimmen, umwandern ihn, sitzen im Restaurant, lieben sich. Dies ist nicht die Realität, weiß jeder für sich, und dennoch spüren beide: dies ist eine Möglichkeit meiner Wirklichkeit.

Sie genießen aus vollem Herzen. Ein großes Wir ohne Trennungsscheibe, dazwischen jeder für sich; wie zwei Tänzer, die sich fest im Arm halten und führen, um sich danach wieder loszulassen und ohne Berührung über das Parkett des Lebens zu schweben.

Am letzten Abend im beginnenden Dämmerlicht, sie sitzen still auf der Wiese direkt am See und schauen auf die gelblich schimmernden Wellchen, beobachten sie, wie ein kleiner Kopf auf das Ufer, nicht weit weg entfernt, zu schwimmt.

„Eine Bisamratte oder ein junger Biber", flüstert er.

Das Tier kriecht an das sandige Ufer und putzt sich in den Farben der untergehenden Sonne. Ein überwältigender Anblick, der ihm vor Glück Tränen in die Augen treten lässt. Nach einer Weile nähert sich ein Spaziergänger und das Tier gleitet gelassen ins Wasser zurück. Gemächlich schwimmt es in Richtung des gegenüberliegenden Ufers. Von Kopf und Rücken aus breiten sich hinter ihm kleine, sonnendurchflutete Wellen aus, die sich absolut gleichmäßig nach links und rechts im goldgelben Licht schimmernd brechen und ausweiten.

Bei diesem wunderschönen Anblick überflutet eine große

Ruhe und Gelassenheit seinen Körper. Es gibt keine Zweifel mehr, kein Davor und Danach, kaum beschreibbar in Worten. Man könnte sagen, er ist verzaubert, aber das wäre es nicht. Er ist angekommen für diesen Moment, das ist es.

Langsam verliert sich das Tier in der Mitte des Sees.

„Einfach, so gelassen und ruhig wie möglich, meinen Weg gehen, dann kommt schon etwas hinten heraus", versucht er leise dem Unnennbaren Worte zu geben.

„Was flüsterst du?", fragt Rena, die zwischen seinen Beinen sitzt.

„Die Bisamratte, sie schwimmt auf ein nur ihr bekanntes Ziel zu. Siehst du, was hinter ihr herauskommt?"

„Na, diese wunderschönen kleinen Wellen, die sich ausbreiten. Tolles Bild", meint sie.

„Genau! Und für mich ist es daneben noch ein Bild eines Lebensweges. Ich sehe das so: Wenn du authentisch deinen Weg gehst, braucht dich nicht zu kümmern, was dadurch geschieht, was hinten herauskommt. Es wird gut sein."

„Mein kleiner Philosoph", lächelt sie. „Mir ist in diesen Tagen mehrmals aufgefallen, dass du gerne Naturerlebnisse in dir als größere Bilder, als eine Art Symbol, siehst oder spürst. Kommt das vom Meditieren?"

„Keine Ahnung. Vielleicht vom Umgang mit Literatur, vielleicht vom Meditieren, ach, übrigens, wir sagen 'Sitzen' dazu, das klingt nicht so hochgestochen. Aber ich habe das auch gemerkt. Vielleicht hat es mit meiner neuen Lebenssituation zu tun, und außerdem ist mein – und unser? – Leben gerade so dicht, da ist das Symbolische eingeladen, ins Alltägliche einzubrechen."

„Wieder so ein eigentümlicher Satz. Du beunruhigst mich echt ein wenig. Geht's dir denn sonst gut?"

„Mir geht es sehr, sehr gut! Mit dir und mit mir."

Rena kuschelt sich noch enger zwischen seine Beine. Er spürt ihren warmen Körper, der sich weich an ihn lehnt. Er beginnt, ihre Oberschenkel zu streicheln, fährt mit einer Hand zart unter ihren kurzen Rock. Nach einer Weile seufzt sie.

„Das macht mich an", flüstert sie.

„Mich auch."

„Das kann ich an meinem unteren Rücken spüren."

Es ist so leicht, gerade. Alles darf sein.

„Komm, lass uns zum Auto gehen", meint sie, „ich habe Lust auf dich."

....

ALS er am nächsten Morgen nach dem Sitzen aufblickt, sieht sie ihn von ihrem Kopfkissen aus an und sagt nur:

„Heute Wutachschlucht!"

„Es könnte Regen geben", wirft er ein.

„Heute Wutachschlucht!", wiederholt sie.

„Vorher Frühstück?"

„Vorher Frühstück, danach Wutachschlucht."

Zwei Stunden später steht das Womo an einem kleinen Wanderparkplatz. Sie packen Regencapes und Wasser in den Rucksack, ziehen die Wanderstiefel zu den kurzen Hosen an. Es ist dämpfig warm, die Luft ist noch gesättigt von Dunstschleiern, es muss tüchtig gegossen haben an diesem Morgen. Sie laufen zu dem Schild mit den Wandervorschlägen.

„Drei-Schluchten-Wanderung, ein Rundweg mit drei Stunden Gehzeit, was hältst du davon?", fragt er.

„Wutachschlucht, Gauchachschlucht und Engeschlucht, ja, das hört sich gut an. Und vor der letzten Schlucht gibt es eine Einkehrmöglichkeit."[5]

„Genau. Hinterher fahren wir zu einem Stellplatz an einem Schwimmbad in einem Ort in der Nähe. Da kann man laut Wohnmobilführer für einige Euro die Nacht inklusive Schwimmbadeintritt stehen."

Als sie gemächlich zur Schlucht hinab wandern, umfängt sie schnell eine Art Sommerurwald. Unterarmstarke Lianen, die sich im Bannwald um die umgefallenen Bäume ranken, riesige Blätter von dunkelgrünen Pflanzen, die am Flussrand wachsen. Ein mystischer Zauberwald voll von Nebelschleiern und Tautropfen verschluckt sie; lachend rutschen und schlittern sie über den matschigen Weg, tasten sich vorsichtig unter den Felsvorsprüngen über die aalglatten Felsen, kommen langsamer voran als gedacht, aber das ist gleich. Es gibt kein Zurück aus diesem Traum, der heute nur von wenigen Wanderern kurz gestört wird, die ihnen entgegenkommen, die aber mit ihren Kapuzen und nassen Capes eher wie Wichtel oder Märchenfiguren wirken, vor allem wenn die Rucksäcke unter den Regenumhängen einem überdimensionalen Buckel gleichen.

Das Wirtshaus hat Ruhetag, das haben sie am Wanderschild übersehen. Zum Glück hat Rena Kekse und Schokolade eingepackt, die vorzüglich zum frischen Wasser schmecken. Schließlich liegt er vor ihnen, der Anfang des Weges durch die Engeschlucht, der sie in der nächsten Stunde nach oben, zum Licht, aus dem eindrucksvollen Dschungel führen soll. Der Regendunst ist mittlerweile zum sommerlichen Landregen geworden, und sie schwitzen stark unter den undurchlässigen Capes, als sie langsam bergan steigen; vorbei an umgefallenen Bäumen, von den sie manche übersteigen, bei anderen müssen sie unter den moosig grünen Stämmen hindurch schlüpfen. Eine Holzstiege rettet sie an einem sonst kaum zu bewältigenden Abhang, manchmal können sie sich an Stahlseilen festhalten, um nicht ins unter ihnen liegende Bachbett abzurutschen.

Plötzlich sitzt er auf seinem Hosenboden.

„Einfach ausgerutscht", murmelt er unzufrieden, aber Rena, die hinter ihm läuft, lacht ihn lustig aus, sodass er unwillkürlich mitlachen muss. Er wirft einen Klumpen Lehm, in dem er sitzt, nach ihr, sie weicht grinsend aus. Hände verschmiert, Hose verdreckt, Strümpfe nass und eingesaut, die Schuhe matschig und voller Erde; als Rena schließlich ebenfalls ausrutscht und einen Meter über Graserde abgleitet, bevor sie sich halten kann, ist auch ihr T-Shirt und das Cape über und über verschmutzt.

Dafür ist der Regen stärker geworden und wäscht ihr Haare und Gesicht ab.

„Siehst du, deine Haare können nicht dreckig werden, hast wieder mal Glück gehabt."

Sie fährt ihm mit ihrer erdigen Hand über den Kopf und da fühlt sie es.

„Flaum!", schreit sie, „deine Haare wachsen langsam."

Überrascht streicht er über seinen Kopf und hinterlässt weitere Lehmspuren.

Als sie am Ende, der steilere Teil des Anstieges ist geschafft, durch ein Wiesental wandern, kommt ihnen ein Pärchen mit Regenumhängen entgegen. Die beiden mustern sie … und müssen lachen.

„Na, die Engeschlucht scheint heute ihre Tücken zu haben", meint der Mann, „der Weg ist wohl ziemlich seifig und glatt."

„Allerdings", meint Rena, „ich würde ihn heute nicht nach unten gehen. Das könnte gefährlich werden."

„Ja, das haben wir gehört. Die Drei-Schluchten-Wanderung ist sowieso eher etwas für geübte Wanderer, haben uns unsere Wirtsleute erzählt, weil sie steil und ganzjährig rutschig und nass ist."

„Da ist was dran", meint er, „mich hat es mehrmals von den Füßen geholt. Aber schön war es trotzdem."

„Glaub ich Ihnen gerne, aber wir lassen das heute lieber."

Und damit schlägt das Paar einen anderen Weg ein.

Am Auto angekommen sind sie tropfnass, völlig verdreckt, aber glücklich.

„Nur was für geübte Wanderer", meint Rena stolz und ein

wenig ironisch, „nur damit du Bescheid weißt."

„Auf zum Schwimmbad!", ruft er und holt einen Plastiksack aus dem hinteren Laderaum, in den sie alle Klamotten inklusive Unterwäsche stopfen. Schnell schlüpft sie in Badesachen und zieht nur ein T-Shirt darüber, denn im Womo ist es noch sehr warm, und nach kurzer Fahrt haben sie den Übernachtungsplatz erreicht. Nur ein Wohnmobil mit französischem Kennzeichen steht da, der Parkplatz ist nahezu leer, denn das Schwimmbad, das oberhalb liegt, scheint an diesem Regentag kaum besucht zu sein.

„Wir kommen mit dem Wohnmobil", stellt er sich an der Kasse vor.

„So sehen Sie nicht gerade aus", lacht die dicke Frau, die hinter der Scheibe sitzt, mit einem Blick auf sein Gesicht, „das sieht eher wie nach einer Schlammschlacht aus."

„Ja, so ähnlich", meint er, „Wutachschlucht und Engeschlucht", und da lacht die Frau noch fröhlicher.

„Ein perfekter Tag für diese Wanderung, wahrscheinlich sind Ihnen kaum andere begegnet."

„Stimmt, Leute haben wir in der letzten Stunde keine mehr gesehen", lächelt Rena versonnen.

„Und jetzt wollen Sie die Nacht bei uns verbringen? Bei uns ist es ruhig, es kommt kaum ein Wohnmobil, wir sind ein Geheimtipp. Also, es kostet zehn Euro mit Strom und Eintritt ins Schwimmbad, aber unbedingt duschen vorher, gelle!"

Sie schaut die beiden freundlich lächelnd an, immer noch belustigt von ihrem Aussehen.

„Sehen Ihre Wandersachen aus wie die Gesichter?"

Als die beiden nicken, sagt sie: „Wir haben eine Waschmaschine für uns Angestellte. Wissen Sie was, die werfen wir für Sie an, das kann ich verantworten. Also los, Klamotten holen."

Beim Duschen überrollt ihn ein Glücksgefühl. Die Welt hat sich für uns verschworen, denkt er. Das gibt es doch gar nicht. So viele gute Zufälle in den letzten Tagen …

Sie schwimmen zügig einige Bahnen im nahezu leeren Becken. In Jogginganzügen sitzen sie später bei einem Weizenbier im Bistro und schauen weit übers Land, bis die nette Kassiererin sie ruft.

„Wir schließen heute früher, weil bei diesem Wetter eh keiner mehr kommt. Aber die Putzfrau bleibt länger. Ich habe ihr gesagt, dass sie Ihre Kleider in den Trockner steckt."

„Vielen Dank!"

„Schon gut. Ich freue mich, wenn ich anderen so einfach helfen kann …", und damit geht die dicke Frau schwerfällig zu ihrem kleinen Auto.

Die beiden schauen sich sprachlos dankbar an. Rena beugt sich zu ihm.

„Und es ist doch eine gute Welt", flüstert sie ihm zu.

....

AM nächsten Morgen rollt das Wohnmobil durch den Schwarzwald hinunter nach Freiburg. Hinter ihnen liegen unwirklich paradiesische Momente und Erlebnisse, vor ihnen der letzte Tag, morgen geht Renas Zug. Zwar scheint heute Morgen die Sonne, er fühlt sich allerdings eher wie die Täler, auf die sie schauen und die im Morgennebel wie erdrückt wirken.

„Nicht traurig sein", meint Rena, die wieder mal alles spürt, „noch nicht. Heute lernst du Claudia, eine tolle Frau und meine beste Freundin, kennen."

Die sieht ihm lange und forschend ins Gesicht, nachdem sie Rena ausgiebig und herzlich umarmt hat, als würde sie ihm sagen: mal sehen, ob der meiner Freundin gut tut, mal sehen, ob Männer überhaupt gut tun, aber eine Chance soll er, sollen die Männer schon haben.

Schnell ist das Eis gebrochen, als sie fragt: „Na, was habt ihr zwei Hübschen alles erlebt auf eurer Romantiktour?", und Rena völlig begeistert von der Wutachtalwanderung und dem Schwimmbaderlebnis erzählt.

„Weißt du", endet sie schließlich, „alles hat in diesen Tagen wunderbar zueinander gepasst. Erschreckend einfach, wie ein Puzzle, in dem alle Teile zusammengehören."

Er nickt zustimmend. Es ist genau, wie es Rena erzählt und formuliert hat.

Claudia wirkt mitgerissen, dennoch cooler.

„Also, ich will euch etwas sagen. Erstens, ihr wirkt total verliebt, ihr beiden. Ist euch das schon aufgefallen?"

Sie starren sich an.

„Ich habe mich in Rena verliebt in den letzten Tagen, ich gebe es zu."

Mehr hat er dazu nicht zu sagen.

„Na ja, es war und ist wirklich eine klasse Zeit", meint Rena etwas stockend, „verliebt ist natürlich ein großes Wort, aber, ja, ich bin verliebt."

„Gut, dazu später mehr. Mich interessiert schon, wie das weitergehen soll. Aber zuerst ein etwas unerfreulicher Aspekt. Hannes war gestern Abend auf meinem Anrufbeantworter. Er meinte, er habe dich nicht auf dem Handy erreichen können, und wollte wissen, wie es uns Mädels geht ohne ihn."

„Oh, Mist! Aber er weiß doch, dass ich das Handy nicht mitgenommen habe. Ich habe ihm extra gesagt, dass ich ohne Elektronik und zeitlos unterwegs sein will."

Obwohl es für Rena gerade eine unangenehme Situation ist, muss er grinsen.

„Was für ein Glück, dass du nicht ans Telefon bist. Das wäre eine bescheuerte Situation gewesen, wenn du ihm hättest erklären müssen, dass ich nicht da bin", fährt Rena fort.

„Ja, da bin ich auch froh. Das wäre, gelinde gesagt, ziemlich unerfreulich für mich gewesen. Mir wäre auf die Schnelle vielleicht gar keine Lüge eingefallen. Na ja, ist noch mal gut gegangen. Aber du solltest ihn vielleicht zurückrufen, damit er sich keine Gedanken macht."

„Hannes ist in dem Punkt ziemlich lässig", meint Rena, „normalerweise telefonieren wir nie, wenn er mehrere Tage weg ist. Er will das nicht, damit er sich ganz auf seine Arbeit konzentrieren kann, wie er sagt. Was ihn wohl bewogen hat, diesmal anzurufen?"

„Na, diesmal bist du auch weg, das könnte der Unterschied sein. Vielleicht ist es etwas anderes für ihn, wenn die Ehefrau nicht brav zu Hause sitzt, sondern selber auf Tour geht", meint Claudia.

„Das könnte sein. Ich geh rüber in dein Schlafzimmer und versuche ihn zu erreichen, damit er beruhigt ist."

Claudia und er bleiben in gedämpfter Stimmung zurück. Ihn hat die Realität eingeholt, spürt er, das Paradies hat Risse bekommen. Er hatte Hannes tatsächlich vergessen, na ja, verdrängt wäre wahrscheinlich der genauere Ausdruck.

„War kein Problem", sagt Rena, als sie zurückkommt, „er wollte wirklich nur wissen, ob es uns gut geht und was wir unternehmen."

„Und, was hast du ihm erzählt?", fragt Claudia.

„Dass wir wandern waren und schwimmen im See und abends durch die Kneipen ziehen, wie früher."

„Du bist ganz schön abgebrüht, liebe Rena. Macht dir dieses Versteckspiel überhaupt nichts aus?"

„Weißt du was, überraschend wenig. In den letzten Tagen hatte ich Hannes nahezu vergessen."

„Mir ging es genauso, nur sollte es vielleicht besser 'verdrängt' heißen", bemerkt er dazu.

„Okay, dann eben verdrängt. Aber ich meine, zumindest

meinte ich vor dieser gemeinsamen Kurzreise, dass ich das Ganze gut auseinander halten könnte. Einerseits mein Alltagsleben mit und ohne Hannes, andererseits der vorübergehende Kick mit dir, der es verschönert. Und dass Hannes kein Kind von traurigen Eltern ist, weißt du ja, Claudia. Der lässt auf seinen Geschäftsreisen nichts anbrennen, da bin ich sicher."

Er sagt nicht, dass er es auch weiß, hin und her gerissen zwischen einer dubiosen Männerehre, die einschließt, dass man solche Gespräche, wie er und Hannes sie damals im Auto geführt haben, nicht weitergibt, seiner neu entbrannten Verliebtheit und dem fatalen Wunsch, sein Wissen zu seinem Vorteil zu nutzen.

„Das ist mir klar, du weißt ja, dass ich Hannes wegen seiner Starallüren noch nie besonders gern mochte. Selbst mich hat er mal angebaggert", unterbricht Claudia seine Überlegungen.

„Dich auch!?", ruft Rena leicht erbost dazwischen.

„Mich auch, aber das ist lange her und muss nicht ausgebreitet werden. Außerdem, finde ich, zahlst du es ihm in den letzten Jahren mit diesem Herrn hier ganz ordentlich zurück. Deswegen sage ich gar nichts dagegen. Ich frag mich nur, ob euch beiden das gut tut, gerade nach diesen intensiven Tagen. Ich wollte vorhin, am Anfang unseres Gesprächs, noch einen zweiten Punkt einbringen, bevor meine Erinnerung an den Anruf von Hannes dazwischen kam. Den trage ich jetzt nach, wir kommen automatisch wieder zu eurer Geschichte zurück."

Claudia geht zum Regal und zieht ein Taschenbuch hervor.

„Ihr habt doch erzählt, wie wunderbar auf eurer Fahrt alles ineinander geflossen ist und sich verbunden hat. Ich glaube, das nennt man 'Synchronizität'."

„Synchronizität, hat den Begriff nicht Jung geprägt?", murmelt er.

„Nicht schlecht, Herr Deutschlehrer, wirklich nicht schlecht. Ich mache nämlich gerade für mich selber ein Dreimonatsprogramm mit diesem Buch hier. 'Der Weg des Künstlers' lautet der Titel und es wurde von einer Amerikanerin namens Cameron[6] geschrieben. Das Programm soll mich unterstützen, meine Kreativität mehr zu entdecken und vor allem zu leben. Und hier, in der dritten Woche, spielt dieser Begriff eine entscheidende Rolle. Jetzt hört mal zu."

Claudia setzt ihre Lesebrille auf und liest vor:

„'Wenn wir diesem Ruf', die Autorin meint hier den Ruf unseres tiefsten Selbst, 'gehorchen, wenn wir uns ihm verpflichten, dann setzen wir das Prinzip in Gang, das C.G. Jung Synchronizität genannt hat, das man etwa als zufälliges Zusammenspiel von Ereignissen definieren könnte. In den sechziger Jahren haben wir das Gelassenheit genannt. Egal, wie Sie das Phänomen nennen, wenn Sie mit der Aktivierung Ihrer Kreativität beginnen, dann werden Sie vielleicht mit Erstaunen feststellen, dass es überall auftaucht.'"

Claudia schaut die beiden begeistert an.

„Versteht ihr? Das heißt nichts anderes, als dass das, was wir selbst in Gang setzen, später, scheinbar zufällig, auf uns zukommt. Die Autorin meint dazu: 'Das Leben ist so, wie wir es gestalten'. Klingt einleuchtend, oder?"

„Zufall wäre also das, was uns zu-fällt, weil wir es in der Vergangenheit in Gang gesetzt haben!?", fragt Rena.

„Genau! Und ihr seid das beste Beispiel dafür in den letzten Tagen. Ihr seid verliebt, es fließt zwischen euch und dem Leben, ihr gestaltet euer Leben glücklich; kein Wunder, dass das Glück in freundlichen Begegnungen und Fügungen auf euch zufließt. Und – hört zu", Claudia ist nun völlig von sich selbst und ihren Gedanken mitgerissen, „hier schreibt sie: 'Wir tun gern so, als ob es schwer sei, den Träumen des Herzens zu folgen. Die Wahrheit ist, dass es schwierig ist, nicht durch die vielen Türen zu gehen, die sich öffnen werden ... Das Universum ist verschwenderisch in seiner Unterstützung. Wir sind wählerisch in Bezug darauf, was wir annehmen. Wir schauen allen geschenkten Gäulen ins Maul und schicken sie in der Regel an den Absender zurück. Wir sagen, dass wir Angst vor dem Versagen haben, was uns jedoch wesentlich mehr erschreckt, ist die Möglichkeit des Erfolges. Gehen Sie einen kleinen Schritt in Richtung eines Traumes und beobachten Sie, wie die synchronen Türen auffliegen.‘ "

Claudia schaut hoch und den beiden ins Gesicht.

„Und, was ist mit euren verliebten Träumen und der Möglichkeit des Erfolges? Habt ihr Angst oder wollt ihr springen?"

„Auszeit!", ruft Rena, „definitiv Auszeit, das ist zu viel! Du weißt, ich bin mit meinem Leben zufrieden, selbst wenn es mit Hannes oft nicht einfach ist. Mit mir im übrigen auch nicht. Ich habe mich gut und nahezu problemlos eingerichtet. Warum sollte ich die 'Möglichkeit eines Erfolges', die Taube auf dem Dach, diesen glatzköpfigen, leicht orientierungslosen, zugegebenermaßen sehr liebenswerten Träumer meinem angenehmen Luxusleben vorziehen?"

„Klingt ein bisschen zwischen ängstlich, faul und spießig, liebe Rena", kontert Claudia, „keine Lust mehr auf Experimente?"

„Experiment und Abenteuer schon, das kriegst du ja mit. Aber mein ganzes Leben mit Ende vierzig umkrempeln, nur wegen höchstwahrscheinlich vorübergehenden Liebesgefühlen, ich meine, nur weil ich mich gerade sehr glücklich fühle, das finde ich doch etwas übertrieben. Ich bin keine zwanzig mehr! Verliebtsein ist superschön, aber was ist mit Alltag? Nee, nee, so einfach möchte ich mich nicht aus meinem gemütlichen Lebensabend herauskatapultieren."

Alle drei müssen über dieses Bild lachen, aber dennoch, die Frage bleibt in der Luft hängen. Doch die Stimmung ist längst gekippt, sein innerer morgendlicher Nebeldunst ist vertrieben, er lässt sich von der großen Offenheit und Nähe dieser Frauenfreundschaft mitreißen.

„Also, zu dem Begriff 'glatzköpfigen, leicht orientierungslosen, sehr liebenswerten Träumer' hätte ich gerne noch etwas gesagt. Mir fehlt zwar ein wenig der Hinterkopf …",

„gut, dass du es selbst sagst, mir ist das gleich aufgefallen", unterbricht ihn Claudia lachend,

„aber vorne in der Birne ist einiges drin", fährt er fort.

„Vielleicht entsteht die Synchronizität dieser Tage, die wir ja aus unserem Leben alle hoffentlich schon kennen, vor allem von einem Glückshormon, ausgeschüttet durch meine neue Freiheit, was meint ihr dazu?"

„Das spielt auf jeden Fall eine Rolle, du wirkst sowieso viel lockerer und freudiger als die letzten Jahre", meint Rena, „sonst hätte ich mich vielleicht schon viel früher in dich verliebt und nicht in erster Linie das Körperliche, wenn ich mal so sagen darf, an unserer Beziehung geschätzt."

„Wisst ihr was, es ist zwar erst Mittag, aber darauf machen wir einen Sekt auf", ruft Claudia, „die coole Rena und verliebt, wer hätte daran noch mal gedacht!"

„Bist du eigentlich auch gerade verliebt", feixt er dazwischen.

„Lieber nicht", ist die kurze Antwort. „War mal alleinerziehende Mutter, jetzt sind die Kids beim Studieren. Aber ehrlich, ganz ehrlich, auf euch könnte man neidisch werden."

Claudia läuft zum Kühlschrank, um den vorsorglich kaltgestellten Sekt zu holen.

Und wieder entfaltet sich ein perfekter Tag. Sie gehen an der Dreisam spazieren, mal wild diskutierend, dann wieder nachdenklich schweigend. Im Zentrum setzt er sich für eine Zeitlang ab, damit die Freundinnen Zeit für sich haben, schlendert durch halb vertraute Straßen und einige Erinnerungen.

Kochen oder Essen gehen, ist später die Frage, doch die ist schnell geklärt, sie wollen gemeinsam kochen.

„Ich helfe gerne schnippeln", meint er, „aber zuerst möchte ich mich ein halbes Stündchen zurückziehen."

„Sitzen?", fragt Rena und er nickt.

„Wie, du sitzt!?", ruft Claudia überrascht, „ich auch. Wollen wir gemeinsam … ?"

„Hey, ich will auch dabei sein, oder gibt es irgendwelche Einweihungen oder so was?", fragt Rena.

„Kein Problem", kommt es wie aus einem Mund.

Sie setzen sich vor die weiße Wand in Claudias Schlafzimmer, wo sie sich einen kleinen Altar aufgebaut hat. Eine Kerze, einige Steine, ein bunter Stoff, ein Bild von einer freundlich blickenden älteren Frau.

„Also, was soll ich tun?", fragt Rena.

„Willst du auf dem Boden sitzen oder auf einem Stuhl?", fragt Claudia.

„Stuhl."

„Gut; Rücken gerade, aufrichten, die Hände legst du so ineinander", Claudia zeigt es ihr, „verfolge einfach deine Atemzüge, ein und aus, ein und aus, und wenn Gedanken kommen, versuche sie weiterziehen zu lassen wie Wolken am Himmel. Nicht festhalten an den Gedanken, sie nur wahrnehmen …"

„Das ist alles?", staunt Rena.

„Das reicht für ein ganzes Leben", meint er trocken.

„Wie lange sitzen wir?", will Rena noch wissen.

„Fünfundzwanzig Minuten."

Die drei nehmen ihre Plätze ein, oben auf dem Stuhl, unten auf den Sitzkissen. Claudia schlägt eine Glocke, dreimal. Als ihr helles Klingen erlöscht, wird es still im Raum, nur noch Vogelrufe und ferner Verkehrslärm sind zu hören.

Nach fünfundzwanzig Minuten, eine Eieruhr hat gepiepst, als die Zeit herum war, lässt Claudia zum Abschluss wieder das Glöckchen ertönen. Rena folgt dem Beispiel der beiden anderen, steht auf, verbeugt sich mit gefalteten Händen in den Raum hinein. Spontan umarmen sie sich.

„Das war gut, so still und friedvoll", sagt Rena leise.

Ein kleines Leuchten steht in ihren Augen.

„Wer einmal sitzt, sitzt Augenbrauen an Augenbrauen mit den großen Meistern", murmelt er vor sich hin, während sie langsam zurück auf den Balkon gehen.

„Zwischendrin war es ein wenig langweilig. Ist das normal?", fragt Rena.

„Ja, natürlich, das ist oft so", meint Claudia, „man fragt sich immer wieder, was das Ganze eigentlich soll, wenn man vor der Wand sitzt. Nichts passiert, manchmal juckt irgendwo eine Stelle am Körper, Gedanken lassen einen nicht in Ruhe, man wird zornig, traurig oder fühlt sich einfach nur sinnlos gelangweilt. Das gehört zur Übung dazu."

„Und wenn dir jemand erzählt, Meditation sei Gedankenlosigkeit, kannst du davon ausgehen, dass die Person wenig Ahnung hat", fährt er fort, „denn es ist schwer und selten, dass man tatsächlich länger nichts denkt."

Rena will mehr wissen. Wo sie das gelernt haben, was das Ziel ist, warum man gegen die Wand sitzt, was ein Meister ist, was der von einem will. Claudia erzählt vom Sonnenhof[7] nahe des Schwarzwälder Berges Belchen, wo sie einen Einführungskurs besucht hat und seit diesem Jahr an 'sesshin', intensiven Meditations- und Stilletagen, teilnimmt. Er berichtet von einem Kloster mitten im Zentrum von Würzburg, seiner ehemaligen zweiten Heimat, wie er sagt, das leider jetzt geschlossen ist. Sein alter Lehrer ist nach einigen Jahre der Suche nach Holzkirchen, einem Dorf dreißig Kilometer von Würzburg in ein Seminarhaus gezogen, das seitdem umgebaut und erweitert wird.

„Dort war ich bisher nur dreimal, meinen Lehrer habe ich seit mindestens zwei Jahren nicht mehr besucht."

„Warum nicht?", will Claudia wissen, „stimmt dort etwas nicht für dich?"

„Unklare Geschichte", meint er, „zu groß, zu neu, zu erfolgreich, teurer, zu geleckt für mich."

Er denkt nach.

„Ich glaube, das sind alles nur Scheinargumente von mir. Es sind eher Tricks, um der Leere, der Stille, den Schmerzen in den Knien zu entgehen."

Wieder schweigt er eine Weile nachdenklich.

„Aber insgesamt ist das auch nicht mehr so wichtig. Wie soll ich sagen, ich hoffe, ihr versteht mich richtig, mein Gefühl ist, mein alter Meister, er ist jetzt 88 Jahre alt, ist eh in mir. Das Wichtige, das er zu sagen hat, hat er mir immer wieder gesagt, viele Jahre lang, ich kann ihn hören, wenn ich in mich hineinhorche. Alles andere ist nicht bedeutsam. Könnt ihr mich verstehen?"

Beide nicken. Rena hat noch jede Menge Fragen, die besprechen sie beim Kochen und Essen auf dem Balkon an diesem sommerlichen Augustabend.

Wie ist ein 'sesshin' oder 'retreat' aufgebaut, zu dem Claudia ein- bis zweimal im Jahr geht? Warum sitzt man am Boden auf einem Sitzkissen? Bekommt man nicht fürchterliche Schmerzen? Wie ist das mit dem Schweigen? Was will ein Lehrer, Meister, Guru von einem? Welche Meditationsrichtungen gibt es? Muss man dazu Buddhistin werden? Was ist euer Ziel, eure Absicht, warum macht ihr das Ganze überhaupt und vor allem regelmäßig?

Am Ende drückt Claudia Rena das Jahresprogramm des Seminarhauses in die Hand, von dem sie erzählt hat.

„Es gibt jede Menge anderer Richtungen, Häuser, Klöster, über ganz Europa verteilt und natürlich in Asien. Informiere dich und entscheide, was dich wo interessiert. Ich habe mich für den Sonnenhof entschieden, weil er nahe bei Freiburg liegt, mitten in der Natur und vor allem, weil mir meine Lehrerin dort zusagt.

Das, finde ich, ist sowieso das wichtigste Kriterium, wie bei einer Therapie. Die Person, mit der man arbeitet, sollte passen …"

....

ALS sie spätabends in Claudias großem Bett liegen, sie hat es ihnen großmütig für diese Nacht abgetreten und ist ins ehemalige Kinderzimmer umgezogen, das Womo parkt verwaist an der Straße, blättert Rena noch in dem Heft.

„Ich glaube, so einen Einführungskurs mache ich."

„Finde ich gut", brummt er, „sogar sehr gut. Jetzt komm noch ein bisschen her."

„Nur kuscheln", meint sie, „alles andere wäre mir zu viel. Mein Kopf ist voll, mein Körper erschöpft."

„Aber es ist unser letzter Abend …"

„Hör auf, du Idiot, sonst wird mein Herz traurig. Komm her und verhalte dich still …"

Tatsächlich schnieft sie ein wenig, und auch ihm wird mulmig zu Mute. Klar, Sex wäre gut gewesen, aber nicht passend gerade. Sie haben den letzten Abend toll hingekriegt, mit spannenden Gesprächen, doch eigentlich, merkt er, war das nur eine Verdrängungsshow, denn das wirkliche Thema, das zwischen ihnen brennt, haben sie nicht weiter verfolgt. Er spürt, wie aus seinem Bauchraum Traurigkeit aufsteigt, ein wehes Gefühl von Abschied und Verlorenheit. Was soll diese Reise eigentlich ohne Rena?

TEIL 2

AM Morgen sitzen alle ziemlich schweigsam und zerknautscht am Frühstückstisch. Er hat unruhig geschlafen, verfolgt von Träumen, die er nicht erinnert, die aber ein schales Gefühl beim Aufwachen in ihm zurückgelassen haben. Claudia will Rena später zum Bahnhof bringen, er will losfahren.

„Wie lange bist du jetzt weg?", fragt Claudia in die Stille hinein.

„Zwei, drei, vier Monate, wie es sich entwickelt."

„Und wie willst du Kontakt mit Rena halten?"

In der Tat! Wie will er Kontakt zu Rena halten? Will er überhaupt in Verbindung mit ihr sein?

„Gerade habe ich das Gefühl, ich kann gar keinen Kontakt aushalten", sagt er leise, „mir tut mein ganzer Oberkörper weh."

Auch Rena schüttelt traurig ihren Kopf.

„So schön es auch war, jetzt ist alles hoffnungslos. Er hat weder ein Handy noch einen Laptop dabei. Ich weiß nicht mehr, ob diese Tage eine gute Idee waren. Will nicht heim, kann nicht dableiben, ich hocke im Nirgendwo."

„Ich kann euch verstehen, ihr Trauerklöße", versucht Claudia sie aufzuheitern, „aber seht es doch einmal so. Jetzt muss jeder von euch sein Ding, seine Hausaufgaben sozusagen, machen. Was das bedeutet, werdet ihr sehen in der nächsten Zeit. Und entweder eure Paradieszeit ist in einigen Wochen ein Traum, den ihr niemals vergessen werdet, der aber langsam verblasst, oder sie wird euch zum Handeln zwingen. Und dann ist es eh besser, finde ich zumindest, wenn ihr euch wenig beeinflussen könnt. Wenn du, Rena, dich je trennen solltest, was ich sowieso nicht glaube, hihi, musst du das alleine, ohne ihn und für dich, durchziehen. So gesehen ist die Trennung gut, auch wenn sie wehtut."

„Das sagt sich leicht", murmelt er und schenkt sich Kaffee nach.

„Natürlich ist das nicht leicht", fährt Claudia fort, „aber so ist es. Also, was ist mit Kontaktmöglichkeit? Ich habe einen Vorschlag. Du könntest zum Beispiel Briefe zu mir schicken, und ich kann sie an Rena, ungeöffnet, weiterleiten."

„Das ist gut, als letzte Möglichkeit sozusagen, wenn mir ganz arg danach ist", meint er.

„Und ich, was ist mit mir? Wenn ich Kontakt mit dir halten will?", fragt Rena.

„Der einsame Abenteurer schlägt sich mit wildem, langem Bart durch die öde Wildnis des Lebens", sinniert er.

„Blödmann!", meint Rena, „bleib ernst."

„Mir ist ziemlich ernst, Rena."

„Also, wie kann ich dir etwas mitteilen?"

Sie diskutieren hin und her. Claudia könnte ihm schnell noch eine E-Mail-Adresse einrichten, dann könnte Rena schreiben und er könnte in Internetcafés Kontakt mit ihr halten. Will er nicht!

„Sturkopf!", meint Rena.

„Das entspricht weder meiner Lebens- und schon gar nicht meiner Reisephilosophie", kontert er.

„Was soll das heißen? Erklär mal", mischt sich Claudia ein, die seine Position genauer verstehen will.

„Das ist nicht ganz einfach. Ich kann mich dem Ganzen nur annähern, weil ich bisher noch nicht ausführlich darüber nachgedacht habe.

Mmh, fangen wir so an. Warum mache ich eine dreijährige Auszeit?"

„Na, weil du Ruhe, Zeit, Freiheit für dich haben willst", überlegt Rena.

„Und vielleicht darüber nachdenken willst, wie dein letztes Lebensdrittel aussehen soll", ergänzt Claudia.

„Genau, in diese Richtung geht es. Mir geht es jedenfalls nicht um Leistung oder Karriere, sondern eher um Mensch-Sein, Verbundenheit, Entschleunigung, wie immer man das nennen mag."

„Und was hat das mit dem Internet und den neuen Medien zu tun?", fragt Rena.

„Die bremsen nach meiner Meinung diese Verbundenheit, obwohl genau das Gegenteil behauptet wird. Die Beschäftigung damit erscheint mir größtenteils als eine Art Selbstläufer, eine Art Selbstbefriedigung weg von Verbundenheit hin zum Füllen von Leere im eigenen Leben. Klar, kann man diese Medien hervorragend nützen, aber die meisten wenden sehr viel Zeit dafür auf, die ihnen für das Ganz-Einfach-Nur-Leben fehlt. In der Schule, ich habe selbst dir, Rena, davon vielleicht nie erzählt, war ich als Technik-Dino bekannt. Hatte noch nie ein Handy, iPhone oder etwas Ähnliches, benutzte das Internet und den Computer fast nur in der Schule, sehr selten – und dadurch auch ziemlich unbeholfen …"

Er denkt einen Moment nach.

„Woher diese Abneigung kommt, ist mir nicht völlig klar. Ich wollte es halt 'einfach' haben, habe ich doch mitbekommen, wie viel Zeit die anderen – oft gerne, manchmal ärgerlich – mit dem Computer verbringen. Natürlich haben mir die anderen, vor allem die jüngeren Kollegen, erklärt, dass die neuen Medien das Leben einfacher machen, aber so recht habe ich es ihnen nicht geglaubt, mir kam und kommt es anders vor. Ich will das jetzt gar nicht ausdiskutieren. So bin ich eben zur Zeit …vielleicht ändert es sich noch in den nächsten Jahren. Aber ist doch klar, dass diese Haltung mit sich bringt, dass auf dieser Reise, die mich bewusst in die Natur und die Einfachheit, was immer das bedeuten mag, führen soll, logischerweise die technische Kommunikation keine oder zumindest eine sehr geringe Rolle spielen soll. Versteht ihr?"

Mittlerweile hat er sich in Feuer geredet.

„Ich möchte Leute kennenlernen, mit mir allein auskommen, am Meer und in den Bergen sein, und jetzt plötzlich soll ich das ändern? Nur weil Rena und ich ein paar – zugegebenermaßen sehr schöne – Tage hatten? Eine Internetadresse würde mich an sie binden, aber will sie überhaupt Bindung mit mir?"

Ein wenig Bitterkeit liegt in seiner Stimme, er merkt es selbst.

„Keine Ahnung, was mit unserer Beziehung wird. Wahrscheinlich fährt Rena heim, trauert ein bisschen und alles bleibt, wie es war. Und ich fahre alleine herum, suche ständig irgendwelche Internetshops und warte auf Mails von ihr. Das wäre, als würde ich hier hängen bleiben. Ich will aber nicht hängen bleiben! Ich will weiter!"

Er atmet einige Male tief durch.

„Merke selbst, dass es ziemlich durcheinander klingt. Könnt ihr mein Geschwafel verstehen?"

Beide nicken, Rena wirkt traurig.

„Du hast Recht", meint sie nach einer Weile.

„Wir werden es beide nicht leicht haben in den nächsten Tagen, aber wir werden auf keinen Fall, hier nicht und dort nicht, zusammen sein. Ich brauche auch Zeit, über das, was das alles bedeutet, nachzudenken. Bin ziemlich verwirrt. Vielleicht habe ich mich übernommen. Aber egal, es hat sich gelohnt", sagt sie mit Tränen in den Augen.

Benommen und nachdenklich sitzen die drei um den Tisch herum. Draußen, vor der geöffneten Balkontür, pfeift eine Amsel. Ein Auto hält an einer Ecke, fährt leise wieder an. Es ist dicht im Raum, voller Gefühle, voller Lebendigkeit, voll von dem bevorstehenden Abschied.

„Ich habe vor, an manchen Campingplätzen, vor allem in Süd-frankreich und Spanien, länger zu bleiben", meint er nach einer Weile leise, „ich schicke Claudia von dort sofort die Adresse zu oder rufe von einem öffentlichen Telefon bei ihr an ... ihr müsst mich für doof halten, aber mehr geht nicht momentan."

„Das ist okay. Hat etwas sehr Romantisches", lächelt Rena unter Tränen.

„So rutscht unsere Beziehung jedenfalls nicht ins Belanglose, Floskelhafte, SMS-Gekürzelte ab. Es ist gut so für mich. Eigent-lich ist das auch nicht das Hauptproblem, oder? Es tut halt gerade ziemlich weh, dich loszulassen", fährt sie fort.

Stille. In ihm ist Ruhe und Traurigkeit, andererseits fühlt es sich an, als könnte in seinem Brustkorb etwas zerreißen. Es zieht an und in seinem Herzen, dennoch nimmt er den Raum, den Blick aus dem Fenster und die beiden Frauen extrem klar wahr. Intensives, kostbares Leben, in dem hinter dem Schmerz das Glück wartet, hinter dem Glück der Schmerz lauert. Vorbei die Zeit des Funktionierens und Ablebens des Tages, Gefühle haben ihn mit aller Macht und Lebendigkeit gepackt. Da wollte er hin, nun ist er da. In diesem Moment kaum auszuhalten, doch es gibt, er spürt es deutlich, kein Zurück mehr.

DER Abschied ist melancholisch, sie weinen alle drei. Auch Claudia wirkt mitgenommen. Gestern hat er sie noch nicht gekannt, jetzt ist sie ihm wie eine gute alte Freundin ans Herz gewachsen. Er geht zuerst, die beiden wollen später das Haus Richtung Bahnhof verlassen. Er startet das Auto, rollt los. Merkt nach wenigen Ecken, dass er völlig unkonzentriert ist und au-ßerdem überhaupt nicht weiß, wo er hin will. Fährt auf einen großen Supermarktparklatz, der vor ihm auftaucht, ganz in eine

Ecke. Schluchzend steigt das Verlassenheitsgefühl in ihm hoch. Er fühlt sich völlig allein.

Irgendwann ist es genug. Er ist leer und erschöpft, doch er will weg von diesem Parkplatz. Aber wohin?

Er fährt eine Ausfallstraße Richtung Süden. Bald tauchen hügelige Weinberge auf. Er biegt ab, findet einen Parkplatz, läuft los in diese Hügel, bis er einen Aussichtspunkt mit Denkmal erreicht hat. Vor ihm liegt die dunstige Rheinebene, mit den Vogesen im Hintergrund, als er sich umdreht, sieht er, wie die Weinberge allmählich in die Schwarzwaldregion übergehen.

Er setzt sich für eine Weile auf eine Bank. Stille, weit weg die Landstraße, wenige Vögel nur. Er fühlt sich zwar innerlich wund, aber er spürt auch einen Funken trotzigen Lebenswillens. Jetzt beginnt die Reise erneut, die zweite Reise, meine Reise alleine, denkt er. Widerwillig will er die Trauer abschütteln, aber es ist zu früh. Der Schmerz hat ihn im Griff, das muss er sich eingestehen.

Aber gehandelt werden soll. Wo will ich hin?, fragt er sich. Zweifelnd betrachtet er den vor ihm liegenden Kaiserstuhl und das Elsass. Zu eng, denkt er. Und Schwarzwald? Bloß nicht, dann komme ich überhaupt nicht aus den vergangenen Tagen heraus. Muss mich in die Wohnmobil-Reiseführer einlesen; heute bleibe ich in der Nähe, morgen geht es ab nach Frankreich.

Hunger taucht auf; gut, ich lebe noch.

Die Farben sind zwar nicht mehr hell wie in den letzten Tagen, sondern eher vergraut, aber es geht weiter. Er wandert zu dem Dorf, das hinter seinem Parkplatz liegt, kauft Süßstückchen in einer alten Bäckerei. Macht sich einen großen Kaffee im Womo, Stuhl und Tisch raus. Es sieht nach Regen aus, wird aber noch dauern. Beinahe kommt etwas wie Gemütlichkeit auf, aber das Alleinsein zerrt an ihm.

Er findet einen winzigen Stellplatz in seinen Büchern, keine dreißig Kilometer entfernt, noch im Breisgau. Kostenlos hinter einem Friedhof, zwei Wohnmobile dürfen dort stehen. Friedhof ist passend, denkt er, da zieht es ihn hin, da ist es sicher still.

Er entdeckt den Platz sofort, er ist leer. Es sind nur einige Schritte zum Friedhof. Der ist klein, eine kurze Lindenallee mit alten Bäumen führt zur winzigen Aussegnungshalle. Die alt gewordenen Linden, zwischen denen Bänken stehen und die friedlich den Weg flankieren, gefallen ihm. Er setzt sich zwischen sie auf eine Bank, und hier verweilt er lange, nachdenklich, manchmal gelangweilt, voller Gefühle. Die letzten Tage, die erschütternd gut waren, rollen noch einmal vor ihm ab, er sehnt sich nach Rena, ihrem Körper, ihrer Direktheit, ihrer Zärtlichkeit, ihrem bloßen Dasein.

Viel später, es ist früher Abend, hört er, wie die Eingangstür zum Friedhof knarrt. Er schaut auf, eine kräftige Frau seines Alters mit rundlich freundlichem Gesicht kommt ihm entgegen.

„Ich muss jetzt leider den Friedhof abschließen", sagt sie.

Er steht auf.

„Machen Sie das jeden Tag?"

„Ja, jeden Tag seit fünfundzwanzig Jahren. Im Sommer um 19.00 Uhr, im Winter schon um 16.00 Uhr."

„Und Sie haben nie Urlaub?"

„Doch, doch, wenn wir wegfahren, übernimmt das meine Schwester; aber viel und weit fahren wir nicht. Mein Mann will das nicht. Er ist lieber zu Hause."

Sie laufen gemeinsam zum Ausgang.

„Und Sie, Sie sind mit dem Wohnmobil unterwegs?", fragt die Frau interessiert.

„Ja, ich werde drei Monate in Frankreich und Spanien unterwegs sein."

„Das wäre auch mein Traum gewesen", seufzt die Frau, „aber für meinen Mann ist das nichts. Er arbeitet viel auswärts und ansonsten ist er gern zu Hause. Wie haben ja auch den Garten ..."

„Und für Sie, ist das nicht eintönig mit dem Friedhof?"

„Morgens um zehn aufschließen, abends abschließen, das ist eben so", meint sie. „Manchmal sitze ich kurz auf der Bank, manchmal betrachte ich die Wohnmobile, wenn welche dastehen, ab und zu regnet es, im Winter liegt öfters Schnee. Nein, das beschwert mich nicht, das ist halt meine Aufgabe."

Sie lächelt ihn freundlich an. Er nickt. Ja, er versteht, das ist halt ihre Aufgabe. Sie geben sich zum Abschied fast vertraut die Hand, die Frau fährt davon.

Versonnen geht er die wenigen Schritte zum Womo zurück, öffnet sich ein Bier, sitzt im Freien, schaut nachdenklich auf die Linden, bis es zu regnen anfängt.

„Das ist halt meine Aufgabe", hat sie gesagt. Ohne Enttäuschung, auch wenn der Mann kaum mit ihr auf Reisen geht, ohne Verbitterung, auch wenn sonst nicht viel in ihrem Leben passiert. Und was ist meine Aufgabe?, fragt er sich. Rena, fällt ihm als erste Assoziation ein. Blödsinn, die ist jetzt in unserem Städtchen angekommen und zieht sich in ihr wohl gerichtetes, scheinharmonisches Schneckenhaus zurück.

Fast ist er sauer auf sie, nein, er ist definitiv sauer auf sie. Die macht es sich leicht und ich hocke hier in der Pampa. Die tut immer cool, selbstsicher und selbstbestimmt, aber dahinter steckt Schiss vor Veränderung oder dem Ausstieg aus der gut sortierten Scheinwelt.

Na ja, ganz so ist es nicht, muss er sich eingestehen. Sein Ärger verfliegt langsam, er holt den Regenschirm aus dem Auto, will noch im Sommerabendniesel spazieren gehen.

Das gemächliche Gehen auf dem Ackerweg Richtung Weinberge gefällt ihm und er singt vor sich hin.

Die Frau vorhin hat ihn beeindruckt. Mal sehen, was meine Aufgabe sein wird in den nächsten Wochen. Und überhaupt in den nächsten drei Jahren. Lehrer bin ich auf jeden Fall erst einmal nicht mehr, aber was bin ich?

Liebhaber scheint ebenfalls vorbei zu sein, Weltreisender maßlos übertrieben, Lebenskünstler weit entfernt. Kein Anzug passt. Muss mir halt meinen eigenen Anzug schneidern, brummt er. Egal wie, es ist jedenfalls nicht mehr ganz so schlimm wie heute Vormittag.

....

UND dennoch, die Farben bleiben trübe in den nächsten Tagen. Ob er sich in einem Fluss bei dem hübschen Städtchen Dole in Frankreich treiben lässt, an einem Badesee den wohlgebräunten, gut trainierten Jugendlichen beim Volleyball zuschaut oder Napoleons Lieblingsbadestadt Vichy auf der Suche nach ihrer Nazigeschichte durchstöbert, alles bleibt überschattet. Er funktioniert mal wieder gut, alles klappt, er sorgt für sich. Manchmal gibt es Momente der innerlichen Freude, nach kurzer Zeit sinkt er in leise Melancholie zurück. Die tägliche Meditation ist ein Teil seines Lebenskreises; als er onaniert, schickt ihm das mehr Schuld- als Lustgefühle, selbst eine rechte Reiseplanung mag ihm nicht gelingen. So erfüllt und in sich stimmig und geschlossen die ersten Tage mit Rena waren, so sehr reibt es jetzt. Nichts geht richtig schief, nichts läuft richtig rund, nichts erfüllt ihn. Die innere Leere mischt sich mit leiser Trauer, ab und zu von Zornfetzen umhüllt. Zwei, dreimal beginnt er einen Brief an Rena, zerreißt jedoch nach wenigen Sätzen das Papier. Was sollte er auch schreiben?

Der geringe innere Kontakt, den er mit sich hat, spiegelt sich im Äußeren. Er spricht niemanden an, keiner der anderen Wohnmobilisten, die nachts in seiner Nähe stehen, hat Interesse an ihm. Das französische Baguette, das ihn immer begeistert hat, reißt seinen Gaumen leicht auf, seinem selbst gekochten Essen fehlt die rechte Würze, selbst das abendliche Bier schmeckt nicht nach rechter Lebensfreude.

Wie ein einsamer Stern zieht er in den Tagen nach der Trennung seine Bahn. Die Zeit streckt sich, dehnt sich, still, farblos, ohne Intensität. Er sieht sich selbst dabei zu, aber er kann nichts ändern – und er will es auch nicht. Diese Zeit der Trauer steht ihm zu, das spürt er, jede größere Ablenkung wäre nur Verdrängung. Nein, er lässt sich, wie er ist.

Und während er trödelig dahinlebt, nähert er sich langsam der größten Vulkanlandschaft Europas, der Auvergne[9], über die er sich schon zu Hause einen Reiseführer besorgt hat, denn hier will er eine Weile bleiben und wandern.

....

SEITDEM er vor vielen Jahren „Das Parfum" von Patrick Süßkind gelesen und den Weg dessen mordenden Helden durch die Einsamkeit des Massif Central verfolgt hat, reizt ihn diese Gegend. Mehrmals schon ist er mit Esther, seiner früheren Frau, die es eher ans Meer gezogen hat, an den beeindruckenden Silhouetten der uralten Vulkankegel um den Puy de Dome vorbeigefahren, erwandert hat er noch keinen.

Er findet einen Stellplatz, von dem er sich am nächsten Morgen auf den Weg zu diesem Berg macht, dessen Konterfei berühmt ist durch die Werbung für ein Mineralwasser, das in der näheren Umgebung abgefüllt wird. Strahlender Sonnenschein umgibt ihn – und viele andere Wanderer, die bergan steigen. Alles ist eigentlich fantastisch: die bunten Gebirgsblumen, die im August noch am Wegrand blühen, der herrliche Ausblick vom Gipfel nach dem schweißtreibenden Aufstieg auf 1464 Meter weit über die davor liegende Kette der braungrün gefärbten, nahezu kreisrunden Vulkangipfel und dazu die Drachenflieger, die sich in regelmäßigem Abstand vom Absprungplatz in die Luft werfen. Doch es springt kein Funke bei ihm über. Der Wanderweg war ihm zu sehr begangen und zu voll, das Gipfelplateau aber scheint ihm gar massenbevölkert, zumal eine Straße von der anderen Seite des Berges bis zu seiner Spitze führt. Das hat er sich anders vorgestellt, nicht so voll, touristisch und glatt. Ja, er gesteht es sich ein, mit Rena hätte ihm das alles Spaß bereitet und sie hätten sich sicher über die unterschiedlichen Menschentypen, die den Gipfel bevölkern, amüsiert. Aber so fühlt er sich zugepackt und überfordert, darunter sehr einsam zwischen den fröhlichen, lachenden, konsumierenden Menschen.

Deshalb steigt er bald über den Rücken des Berges hinunter, durchquert eine Schafherde, besteigt einen zweiten, etwas niedrigeren, nahezu perfekt gestalteten Vulkankrater und kehrt nach langen Stunden des Laufens und Schauens schließlich zu seinem Auto zurück. Stolz ja, zufrieden ja, aber traurig in der Seele.

Ähnlich geht es ihm am Puy de Sancy, dem mit 1885 Meter höchsten Berg der Auvergne, den er zwei Tage später von dem Städtchen Le Mont-Dore, das auf 1000 Meter Höhe liegt, aus angeht. Wieder zu viele Wanderer unterwegs, dazu spuckt die Seilbahn, die auf den Gipfel des Berges führt, ständig Menschen aus.

„So menschenscheu kenne ich mich gar nicht", brummelt er vor sich hin, während er weiterzieht, um hinter einem Felsen einen ruhigen Pausenplatz mit Ausblick ins Tal zu finden.

Hier sitzt schon ein Paar mit einer mittelgroßen, schlanken, rotbraunen Hündin, die ihn freudig anwedelt, sich aber bald ihren Leuten zuwendet, da die gerade Brote und Äpfel auspacken.

Er setzt sich einige Meter entfernt auf einen runden Felsen; der Hund schaut, schlendert gemütlich zu ihm, um an ihm zu schnüffeln.

„Komm her, Inka, sei nicht so neugierig und aufdringlich!", ruft die große, schlanke Frau mit dem weißen Pferdeschwanz die Hündin zurück. Inka schaut ihn kurz an, seine und die entspannten, ruhigen braunen Augen des Tieres treffen sich für einen Augenblick. Plötzlich ist er berührt. Wie viele Tage ist es her, dass ich einem Menschen vertraut in die Augen geschaut habe?, fragt er sich.

Er muss schlucken, für einen Moment verschwimmt die Umgebung.

„Na, Inka, wie geht's dir?", spricht er das Tier an, das vertrauensvoll vor ihm steht. Wieder dieses kleine Wedeln, neugierig riecht die Hündin an seinem Rucksack.

„Du riechst mein Brot", lacht er.

„Darf man eurem Hund ein Stückchen Brot abgeben?", ruft er den beiden spontan zu.

„Nein, auf keinen Fall", meint der Mann, „sie ist verfressen, sie wird dir nicht mehr von der Seite weichen. Inka, komm her, du bekommst eine Karotte."

„Euer Hund frisst Karotten?", fragt er verdutzt.

Kurze Zeit später hat er sich zu dem Paar gesetzt; das Gespräch fließt locker, Inka hat ihre Karotte verspeist und sitzt aufmerksam vor ihm, als er sein Brot isst, immer in der Hoffnung, dass vielleicht ein Krümel für sie abfallen könnte. Er erzählt von seiner Puy de Dome-Wanderung und dass ihm aufgefallen ist, wie viele Leute unterwegs sind.

„Na, damit und mit der heutigen Tour hast du dir die berühmten Strecken in der Gegend ausgesucht, sozusagen die 'Rennstrecken' der Auvergne", klärt ihn der Mann auf.

„Wenn du es ruhiger willst, musst du eher ins Cantal, dem südlichen Teil des Zentralmassivs. Dort gibt es abgelegene Gegenden und trotzdem spektakuläre Wanderungen und Ausblicke."

Interessiert fragt er nach, und als sich herausstellt, dass die beiden auch mit dem Wohnmobil unterwegs sind und auf dem gleichen Campingplatz unten am Städtchen stehen, ist schnell ein

Treffen für den Abend ausgemacht, bei dem Tipps und Routen ausgetauscht werden können.

Bald ziehen die drei in die andere Richtung weiter, er hat den Eindruck, Inka, die locker an der langen Leine läuft, wedelt ihm von weitem mehrmals lustig zu.

Besser gelaunt schaut er um sich. Jetzt erst bemerkt er die schroffen Abhänge und Kanten und den unglaublichen Ausblick von 1800 Metern über das Land, begrenzt von graublauen Bergketten, die am Horizont gezackt schimmern.

Beim Weitergehen grüßt er spontan einige der entgegenkommenden Wanderer und bemerkt plötzlich in ihren Gesichtern, wie sich die sonnige Urlaubsfülle in ihren Augen widerspiegelt. Seine Schritte werden bergab schneller und beschwingter, er spürt an der Öffnung seines Oberkörpers und dem bewegten Pendeln seiner Arme, dass er wieder mehr Raum im Leben einnimmt. Als er an der winzigen Quelle der Dore vorbeikommt, die hunderte Kilometer später als riesige Dordogne in den Atlantik mündet, setzt er den Rucksack ab und wirft das kühle Nass Hände voll über seinen Kopf, die mittlerweile einen Zentimeter langen Stoppelhaare und sein T-Shirt.

„Eine herrliche Abkühlung, nicht!", ruft er einer Gruppe zu, die lächelnd an ihm vorbei wandert.

....

ALS er am frühen Abend mit einer guten Flasche Rotwein das Wohnmobil mit der bayrischen Nummer sucht, läuft ihm Inka bellend und Schwanz wedelnd entgegen. Ella, so stellt sich die weißhaarige Frau vor, blättert in einem Blumenbuch[10], Gerd, ihr Mann, ist beim Abspülen.

„Du beschäftigst dich mit Blumen?", fragt er mit neu erwachtem Lebenshunger.

„Ja, das ist ein Hobby von mir und abends, nach einer Wanderung, schaue ich mir in meinen Büchern an, was ich am Tag entdeckt oder wiedergefunden habe. Schau mal", Ella ist in ihrem Element, „hier siehst du zum Beispiel das blaue Stiefmütterchen; es kommt wild vor allem in der Auvergne in den Bergen vor. Du kennst sicher die großgewachsenen, gezüchteten Stiefmütterchen bei uns zu Hause, die es in vielen Farben gibt. Das hier ist die wilde Urform. Man nennt sie auch Hornveilchen und kann sie sogar essen."

„Die habe ich heute am Wegrand bemerkt. Bei uns heißen sie im Dialekt 'Glotzköpf'."

„Bei uns auch", ruft Ella und bald sind sie in ein Gespräch über Gebirgsblumen vertieft, während Inka sich auf einer Luftmatratze am Boden zusammenrollt.

Als Gerd mit der vollen Abspülschüssel kommt, hat Ella ihm schon etliche Blumen in dem Büchlein gezeigt, an denen sie heute vorbei gewandert sind: die halbkugelige Teufelskralle und die blaue Zwergglockenblume, genau wie die kleinen Enzianblüten finden sie im Kapitel der blau blühenden Alpenblumen; die Wiesenraute und Flockenblumen sehen sie bei rot, Alpensonnenröschen und den bis zu 60 Zentimeter hohen kantigen Enzian entdecken sie auf den gelben Seiten.

„Mir gefällt besonders, dass die Blumen im Buch nach Farben aufgeteilt sind", meint er fasziniert, „so kann man sie schnell finden."

Eine neue, farbige Welt tut sich in ihm auf, als er das in den letzten Tagen nebenbei Bemerkte in Fotografie und mit Namen und Beschreibung wiederfindet.

Ella bemerkt seine Begeisterung, das gefällt ihr.

„Das Buch könnte auch etwas für dich sein", meint sie, und er nickt heftig.

„Ja, ich schreibe mir den Titel auf. Das werde ich mir besorgen.

Es ist etwas anderes, eine Blume nur im Weitergehen zu sehen oder sie als Bild wiederzuentdecken und etwas darüber zu erfahren. Außerdem …", er zögert einen Augenblick, wirkt eine Spur niedergeschlagen, „ich glaube, ich hatte die Hälfte der Wege in den letzten Tagen die Augen sowieso zu. Ich habe echt nur einen Teil wahrgenommen."

„Mmh, man sieht oft nur, was man kennt", schmunzelt Gerd, der sich als Hobbyphilosoph outet.

„Und manchmal, wenn man entsprechend drauf ist, nicht einmal das", brummelt er und alle drei lachen.

....

ES wird ein langer, guter, weinseliger Abend. Er beginnt mit reichhaltigen Informationen, die die beiden ihm über die Auvergne geben können, denn sie haben in den letzten Jahren viele Teile der Region erwandert, bevor sie zum weiten, goldgelben Strand des Atlantiks weitergezogen sind. Im Gespräch wird deutlich, dass Ella und Gerd seit 21 Jahren den gleichen Campingplatz aufsuchen, von wenigen Pausen abgesehen.

„Und wie kommt das?", fragt er.

„Weil es ein feiner Platz ist", meint Gerd, „und außerdem haben wir uns dort kennengelernt. Willst du die Geschichte hören?"

„Ja, gerne!"

„Ich nicht", meint Ella trocken, „du hast sie schon so oft erzählt."

„Aber sie ist eben toll und einmalig", ruft Gerd, von sich selbst und der Story beflügelt.

Und es ist in der Tat eine ungewöhnliche Liebesgeschichte, die er in den nächsten Minuten voller Enthusiasmus ausschmückt, ab und zu von Ella ausgebremst, wenn er in Gefahr gerät, sich in Details zu verlieren.

Zweiundzwanzig Jahre ist es her. Rolf, ein Hamburger Freund, hat Gerd, der damals nach einer fünfjährigen Beziehung eine 'wilde' Zeit, wie er es nennt, erlebte, überzeugt, mit ihm im Sommer an den Atlantik zu fahren. Gerd, der Frankreich bisher gemieden hatte, weil er die Sprache nicht spricht, lässt sich von Rolf, der am Atlantik seinen zweiten Wellenreitkurs gebucht hat, und dessen Begeisterung mitreißen, packt sein altes Zelt ein und los geht es zu dem 'besonderen' Strand hinter dem 'besonderen' Campingplatz an der dreißig Meter hohen Düne.

Zwei meist sonnige Wochen vergehen: mit neuen Bekanntschaften, Volleyball spielen im tiefen Sand, Jonglieren am Strand, nacktem Bräunen am Meer; abends kochen sie gemeinsam auf dem Boden vor dem Zelt, nachts spielen sie Backgammon und trinken französischen Rotwein in der kleinen Bar; viel Freiheit und manchmal etwas innere Leere; unbeschwert, fünfunddreißigjährig; mitunter einsam unter dem unglaublichen Sternenhimmel, oft glücklich beim Sonnenuntergang mit Blick, gefühlt bis fast nach Amerika.

Ein kurzer Flirt hier und da in diesen Tagen, doch recht mag nichts gelingen um das Thema Frauen, weder bei seinem Freund noch bei ihm.

Zwei Tage vor ihrer Rückfahrt liegen Rolf und Gerd nackt am Strand, nahe des improvisierten Volleyballnetzes, das Richy aus einfachen Holzstämmen, die sie aus dem Wald jenseits der Düne geholt haben, wie jeden Mittag aufgebaut hat. Gerd massiert gerade eine Mitspielerin an ihrem lädierten Rücken, da entdecken sein Freund und er gleichzeitig eine große, braun gebrannte Frau mit kurzen schwarzen Haaren, die allein einige Meter entfernt im Sand liegt und liest. Auffallend schöner, athletischer Körper, nahtlos braun, eingepackt zwischen dem mittagsblauen Himmel und dem sonnengelben Strand. Gerd meint, dass die Frau insgeheim ein-, zweimal zu ihm hinschaut, sicher ist er sich nicht.

„Die könnte mir gefallen, habe ich gedacht", endet Gerd und mit, „erzähl du weiter", übergibt er den Ball an Ella.

„Na gut. Bei mir war zwei Jahre vorher eine Beziehung zu Ende gegangen, die zum Schluss unbefriedigend und zukunftslos war. Habe mich anfangs gegrämt und innerlich mit Männern abgeschlossen. Dachte, mit 33 wird das nichts mehr. Zum Glück entwickelte sich ein netter Freundeskreis an einem Badesee bei Nürnberg, wo man nackt sonnenbaden kann, denn ich bin seit vielen Jahren Naturistin. Dort habe ich ein Ehepaar kennengelernt, die mir von diesem Platz   vorgeschwärmt haben. Ich war fünfzehn Jahre vorher mit meiner Cousine am Atlantik nördlich davon gewesen, und plötzlich bekam ich Lust auf diesen unendlichen Sandstrand. Das Paar hat mir erzählt, dass der Campingplatz im Hochsommer extrem ausgebucht ist, aber sie waren überzeugt, dass ich, wenn ich nachkommen würde, denn ich hatte erst einige Tage nach ihnen Urlaub, mein Zelt auf ihren Platz dazustellen könnte. Also habe ich die Route geplant und bin allein, mit einigen Stunden Schlaf unterwegs, die 1450 Kilometer gefahren."

„War das nicht tierisch anstrengend?", fragt er.

„Schon, aber ich habe mich so aufs Meer gefreut, dass es recht gut ging. Tatsächlich konnte ich zu den Freunden auf den Platz. Habe mein Zelt aufgebaut und bin ziemlich müde zum Strand gelaufen. Die beiden, die gerne Volleyball spielen, hatten mir erzählt, dass es dort eine nette Gruppe gibt, die sich rund um das Spielfeld lagert. Also habe ich mich in die Nähe gelegt, aber so, dass mir kein Ball auf den Rücken klatschen konnte. Ich war, wie gesagt, müde von der Fahrt, habe aber ein bisschen gelesen. Dabei sehe ich einen schlanken, braungebrannten Typen mit halblangen hellbraunen Haaren, der neben dem Feld eine Frau am Rücken massiert. Schön, dass der seine Freundin massiert, habe ich mir gedacht, und mehrmals hingeschaut. Aber klar, wenn einer interessant aussieht, ist er schon vergeben. Ich bin bald danach eingenickt."

„Na ja, der Nachmittag verging und eigentlich bin ich schüchtern im Kennenlernen von Menschen", fährt Gerd fort.

Ella grinst und wiegt bedenklich ihren Kopf.

„Ruhe! Kein Kommentar dazu", ruft ihr Mann.

„Jedenfalls haben weder Rolf, dem die Frau ebenfalls aufgefallen war, noch ich gewagt, sie anzusprechen. Am nächsten Vormittag, sein Kurs war zu Ende, sollte ich mit der Kamera von Rolf Bilder von ihm beim Surfen machen. Ich steh also am Rand, wo die Brandung gegen den Strand donnert, Rolf wartet draußen auf die optimale Welle, da kommt die Frau von gestern direkt auf mich zu. Sie hat ein Beachballset in der Hand und will hinter mir vorbei laufen. Ich nehme allen Mut zusammen und spreche sie an: 'Hey, wenn du willst, können wir später Beachball spielen.' 'Ja, gerne', antwortet sie. Und ich: 'Wir liegen am Volleyballnetz'. 'Weiß ich schon, da liegen auch meine Freunde', meint sie. Ich bin baff. War das einfach! Klasse! Allerdings waren danach alle Bilder von Rolf verwackelt, so aufgeregt war ich. Na ja, später ging das Gebalze von mir und Rolf um die Schöne los …"

„Und wie war das für dich?", unterbricht er und schaut lächelnd zu Ella.

„Recht nett. Endlich haben sich Männer für mich interessiert und sichtbar gleich mehrere", lacht sie.

„Wir lagen in einer Runde von ungefähr zehn Leuten, alle waren gut drauf, die Jungs haben ziemlich aufgedreht, ein Wort gab das andere. Ich musste mich überhaupt nicht anstrengen, jemanden kennenzulernen, war toll, so in diesem Urlaub anzukommen und gleich eingebunden zu werden. Hab natürlich gemerkt, dass die beiden Männer spielerisch um mich werben, aber die Aufmerksamkeit hat mir nach der langen Dürreperiode gut getan …"

„Ja, und dann kam eine wichtige Entscheidung, bei der ich, ohne es zu wissen, jede Menge Pluspunkte gesammelt habe", schaltet sich Gerd ein.

„Wir hatten nämlich die Idee, abends gemeinsam zu kochen und an einer langen Tafel, zusammengestellt aus unseren Campingtischen, zu essen. Ich fand die Idee sofort gut, bot sie doch die Chance, Ella auch abends nahe zu sein. Es ging hin und her, was gekocht werden sollte. Muscheln, Scampis und Fischvorschläge kamen auf …",

„und ich kann Meeresfrüchte nicht ausstehen!", wirft Ella ein,

„danach kamen die Grillideen und schließlich landete ich unbewusst den großen Wurf, als ich …Pellkartoffeln mit Quark und gemischtem Salat vorgeschlagen habe."

„Da habe ich gedacht: ein Mann, der nicht unbedingt Fleisch essen will, das ist etwas Besonderes. Und außerdem mag ich dieses Essen gern …",

„und ich hab es vorgeschlagen, weil es leicht zuzubereiten ist, weil, ich bin eher der einfache Typ."

Gerd grinst, Ella wirft ihm einen Blick mit verdrehten Augen zu.

„Und wie verlief der Abend?", fragt er, den der Eifer der beiden, der Rotwein und die Erinnerungsfetzen an die Tage mit Rena, die ihm auch so verklärt erscheinen, mittlerweile angesteckt hat.

„Erstmal beschissen für mich, denn Rolf saß näher bei Ella, und als ich nach dem Essen einen Sonnenuntergangsspaziergang vorschlug, wollte keiner mitgehen."

„Ich wollte schon", wirft Ella ein, „aber Rolf hat mir zugeraunt, dass sein Freund dabei lieber allein ist und in die untergehende Sonne meditiert. Deshalb sind wir eine Weile später nachgegangen …"

„Der Hund, das war an der Stelle reine Taktik, um mich auszubooten. Aber okay, der Sonnenuntergang war schön, hab mich allerdings ein wenig allein gefühlt, und auf dem Rückweg habe ich wohl die anderen verpasst. Jedenfalls, als ich am Platz ankam, war keiner mehr da. In meiner Verzweiflung bin ich abspülen gegangen. Ich dachte, das ist was Nützliches, und bevor ich sinnlos rumbrodle und mich gräme … Als ich vor dem Waschhaus an der Spüle stand, kamen Rolf und Ella, nun, nicht gerade Hand in Hand, aber angeregt plaudernd vom Strand zurück; sie haben mich nicht gesehen, und ich wusste: das war's wohl …"

„Natürlich hatte ich ihn gesehen und dachte verblüfft: jetzt spült der auch noch ab, der ist wirklich nett."

„Das ist echt lustig, beide Seiten mitzubekommen", unterbricht er lachend, „da sieht man, welch unterschiedliche Gedanken in uns im gleichen Moment ablaufen können."

„Stimmt. Jedenfalls haben sich unsere Gedanken an diesem Abend anscheinend harmonisiert", fährt Gerd fort, „denn bald saßen wir alle redend und feiernd um die Tische, und als ich viel später einen nächtlichen Strandspaziergang vorschlug, war Ella sofort an meiner Seite. Stimmt doch, oder?"

Ella nickt.

„Wir gehen jedenfalls am Meeresrand, die Wellen rollen langsam vor uns aus, in der weißen Gischt spiegelt sich der Mond, alles extrem romantisch; die anderen sind schnell vergessen und verschwunden, irgendwann berühren sich mehr oder weniger zufällig unsere Hände, ja, und dann …"

Gerd grinst breit und verstummt für einen Moment genüsslich.

„Als ich spätnachts glücklich zu meinem Zelt zurückkam, lag Rolf noch lesend in seinem. Ein wenig war er schon sauer, aber als erfahrener Mann und vor allem als alter Freund war alles schnell wieder gut zwischen uns. Er fuhr am übernächsten Tag allein heim nach Hamburg, ohne Umweg über Süddeutschland, ich konnte meine Urlaubszeit noch verlängern und blieb, bis Ella mich zehn Tage später mitnahm. Als Rolf gefahren war, trugen wir mein kleines Zelt neben das von Ella, aber es diente danach eher als Proviantzelt, hi, hi …"

„Na ja, eigentlich habe ich mich lediglich auf eine Urlaubsliebelei eingestellt, nachdem ich von Gerd erfahren habe, wie er lebt und dass 270 Kilometer zwischen Nürnberg und seinem damaligen Wohnort lagen", meint Ella. „Aber diese Urlaubsliebe wollte ich einfach haben und genießen."

„Ist denn doch länger geworden, eh!", grinst er.

„Ja, 22 Jahre sind wir zusammen. Wir konnten uns nach der Heimfahrt nicht trennen, haben danach eine Wochenendbeziehung mit gemeinsamen Urlauben gelebt. Zwei Jahre später hat Gerd seinen Job gewechselt und ist zu mir in eine größere Wohnung in einem Dorf bei Nürnberg gezogen …"

„Wow, das ist eine romantische Geschichte!"

Ein wenig wehmütig nippt er an seinem Glas. Sie schweigen eine Zeitlang, nehmen die nächtlichen Geräusche und die Sterne über ihnen wahr.

„Wollen wir mal nicht übertreiben", meint Gerd schließlich trocken, „oft genug müssen wir harte Beziehungsarbeit leisten, wie man so sagt. Wir sind extrem unterschiedlich, zwei, dreimal im Jahr kracht es so heftig, dass wir glauben, es geht nicht mehr gemeinsam weiter. Aber zum Glück nähern wir uns wieder an und rappeln uns zusammen."

Ella nickt, nachdenkliches Schweigen.

„Und du, du reist allein?", fragt Ella nach einer Weile.

Nach dem Warmup ihrer Kennenlerngeschichte kann ihn jetzt nichts mehr halten und er erzählt ausführlich und beschwingt von seiner Auszeit, von den wunderbaren Anfangstagen mit Rena und der schweren Zeit danach.

„Hört sich an, als seist du selber überrascht, wie intensiv diese Tage mit deiner Freundin waren", sagt Ella leise am Ende.

„Ja", meint er, „das hätte ich nie vorher vermutet. Bis dahin war es für mich eher ein zärtliches sexuelles Abenteuer mit einer verheirateten Frau, aber jetzt …."

Er weiß nicht mehr weiter. Seine Gedanken, die Sternenpracht, die atmosphärische Geschichte der beiden, seine eigene, unerfüllte Lovestory, die Unmöglichkeit von gemeinsamer Zukunft, seine Leere der vergangenen Tage, das Unbekannte, das vor ihm liegt, all das macht ihn sprachlos …

Auch die anderen schweigen. Sie trinken allmählich die Gläser leer, es ist spät geworden. Gerd begleitet ihn zur Toilette.

„Respekt, Mann!", sagt er beim Pinkeln, „das ist ein großes Ding, was dir gerade passiert und was du angefangen hast. Toll!"

Sie umarmen sich spontan vor der Toilette.

....

EIN leicht von Rotwein schwerer Kopf und ein deutlicher Muskelkater von der siebenstündigen Wanderung gestern, noch Verwirrung im Hirn, aber guter Laune und ein Landregen, der aufs Wagendach tröpfelt, so beginnt der nächste Morgen. Als er die Womotür öffnet, kommt gerade Ella mit Inka an der Leine vorbei.

„Hast du Lust, mit uns zu frühstücken?", fragt sie gutgelaunt.

„Ja, gerne! Ich bringe Käse und Salami mit."

Bald sitzen sie unter der Markise; Gerd hat frisches Baguette geholt, sie trinken Kaffee und Tee, plaudern vertraut wie alte Freunde. Er fragt nach der Adresse des Campingplatzes, an dem die beiden sich kennengelernt haben, denn dort will er auf jeden Fall vorbeischauen.

„Wir fahren übermorgen weiter zu dem Platz, bleiben fast drei Wochen, bevor wir langsam die Heimreise antreten. Vielleicht sehen wir uns ja noch. Was hast du überhaupt in der nächsten Zeit vor?"

„Das wäre schön, euch zu treffen, aber ich merke, dass ich

mich vorläufig von dem Strandgewimmel fernhalten möchte. Fühle mich innerlich … mmh … verletzlich, wie noch nicht richtig sortiert. Eigentlich wäre Innehalten und Rückzug jetzt das Richtige für mich."

Ella und Gerd sehen sich an.

„Vielleicht haben wir einen Tipp für dich", meint Gerd. „Wir haben vor der Reise im Fernsehen eine Dokumentation über die Auvergne gesehen: Käseherstellung, über die Wandermöglichkeiten, die Puys usw. Dabei gab es auch einen Beitrag über ein buddhistisches Seminarhaus, wo man als Gast einige Tage hinkommen kann. Ella, du hast dir doch sicher die Adresse notiert!"

Ella nickt.

„Für eine oder zwei Wochen bis hin zu drei Jahren kann man dort mitleben, haben sie im Film gesagt", meint sie. „Wir waren selber noch nie an dem Ort, wo das Haus liegt, aber ich habe mir den Namen aufgeschrieben."

Ella ist gut sortiert, nach einer Minute ist sie mit der Adresse zurück.

„Ich denke, da fahr ich vorbei", meint er versonnen, „und wenn es nichts ist, sehen wir uns vielleicht bald an eurem Traumstrand."

Bei der letzten Tasse Kaffee berichtet Gerd von einer Wanderung an einem See, die sie heute machen wollen. Sie beginnt an einem Col, einem Pass oberhalb des Städtchens auf fast 1300 Meter, auf dessen Parkplatz man nachts mit dem Wohnmobil kostenlos stehen kann. Von dort aus wollen sie morgen Richtung Atlantik lossausen.

„Hast du, Regen hin oder her, Lust mitzulaufen?"

„Ja, hab ich, nur sollte die Wanderung nicht zu lang sein. Ich habe ordentlich Muskelkater von gestern", meint er.

„Die Puy-de-Sancy-Tour steckt mir auch in den Knochen", sagt Ella, „aber an dem Col, wir waren dort schon einmal, gibt es eine Wanderkarte; wir können uns einen mittellangen Weg ohne große Steigungen heraussuchen. Aber ein fünfjähriger Hund, der will halt jeden Tag Bewegung."

„Ihr seid ganz schön trainiert durch Inka."

„Ja, drei Stunden sind wir täglich mit ihr unterwegs. Zu Hause oft getrennt, hier im Urlaub gemeinsam. Wandern war allerdings schon vor Inka unser Ding; wie haben meistens in der Auvergne oder den Alpen einige sommerliche Wanderpausen eingelegt, bevor es zum Meer ging."

Gegen Mittag stehen ihre Wohnmobile einträchtig nebeneinander auf dem großen Parkplatz der Passhöhe, der trotz des Nieselregens gut gefüllt ist. Die Wanderkarte, vor der sie stehen, bietet ihnen eine dreistündige Tour mit dreihundert Höhenmetern an, inklusive eines Gipfels mit Rundblick. Mit Regencapes, kurzen Hosen und Wanderschuhen, Inka frei nebenher laufend, manchmal an der langen Leine, starten sie ihren Rundkurs. Zuerst laufen sie am See, passieren oberhalb einen Wasserfall mit fast kreisrundem Becken, überqueren braune, weite Wiesenflächen mit Rinderherden in der Ferne und besteigen schließlich den Gipfel des Tages, der ihnen einen Ausblick auf das Tal mit dem Campingplatz bietet, den sie am Morgen verlassen haben. Der Puy de Sancy im Hintergrund liegt, obwohl es aufgehört hat zu regnen, im Dunst, aber „die Sicht könnte viel schlechter sein", meint Ella und erzählt, wie sie sich vor Jahren im Nebel am Puy de Dome so verlaufen haben, dass sie trotz aller Vorsicht an der falschen Flanke des Berges herausgekommen sind.

„Zum Glück haben uns zwei Franzosen, als wir orientierungslos auf einer kleinen Landstraße standen, mitgenommen und uns um den Berg herum zu unserem Auto gefahren. Damals war der Nebel so dicht, man konnte keine zwanzig Meter weit sehen."

Sie sind mittlerweile schon auf der zweiten Hälfte des Weges, weit erstrecken sich gelbliche, halbvertrocknete Wiesen. Vor ihnen, einige hundert Meter entfernt, sehen sie ein Paar mit zwei

Kindern einen Zaun über einfache Holztreppchen übersteigen, um auf eine riesige, umzäunte Weide zu gelangen. Ganz im Hintergrund, mindestens einen Kilometer entfernt, erkennen sie etwas unterhalb gelegen das Ausgangstreppchen dieser Weide, der schmale, ausgetretene Wanderweg führt anscheinend mitten über sie, denn die Randbereiche wirken sumpfig. Im ersten Drittel der Wiese steht eine Gruppe brauner Auvergnerinder, vielleicht zwanzig Stück, mit großen, spitzen Hörnern. Die Familie zögert kurz, als sie in die Nähe der Rinder kommen, doch die bleiben ruhig stehen, und so durchqueren die vier zügig und ohne Probleme die Herde.

Wenig Minuten später übersteigen auch sie das Holztreppchen und sind auf der Weide angelangt. Sie stoppen, Ella schaut beunruhigt auf die Rinderherde, anschließend zu Inka, die gelassen an der Leine neben ihr steht.

„Die gehen schon weg", brummt Gerd um Ruhe bemüht.

„Die haben Junge dabei!", meint Ella mit leicht hoher, angestrengter Stimme.

Sie schauen sich um. Außerhalb der Weide wirkt das leicht abfallende Gelände moorig, kaum passierbar. Wahrscheinlich soll der Zaun die Kühe davor schützen, im Frühjahr über den jetzt fast ausgetrockneten Bach zu gelangen und in dem sumpfigen Untergrund zu versinken. Auch oberhalb wirkt das Gelände unwegsam.

„Wir müssen da durch", meint er schließlich.

Alle nicken.

„Wird schon klappen …"

„Schade, dass wir keinen Stock dabei haben …"

Gerd stapft entschlossen und mutig voran, er folgt, Ella und die Hündin an der langen Leine bilden den Abschluss. Die Kühe stehen ruhig und grasen, einige weichen langsam zurück, sie sind anscheinend Wanderer gewöhnt.

Als jedoch Ella mit Inka nachrückt und näher kommt, vollzieht sich eine plötzliche Veränderung in der Herde. Sie drängen sich zusammen, fixieren den Hund, gruppieren sich um die beiden Kälber, die in die Mitte zurückweichen. Eine Kuh mit zugegebenermaßen sehr langen und spitzen Hörnern springt plötzlich voller Energie nach vorne, senkt den Kopf in Richtung Inka, muht laut und kraftvoll.

Sie trottet zügig einige Schritte auf Ella und den Hund zu, Gerd, der sie abdrängen will, ignorierend. Inka zieht den Schwanz ein, weicht angstvoll zurück, Ella rennt einige Schritte mit ihr weg. Instinktiv lässt sie zum Glück Inka sofort von der Leine, die schnell von der Kuh, die sich drohend weiter genähert hat, weg springt. Inka rettet sich wendig seitlich zum abgrenzenden Stacheldraht, auch Ella flüchtet in diese Richtung. Dort stehen sie einigermaßen sicher, während die beiden Männer die zurückweichenden Kühe anschreien und an der Herde vorbei nach vorne eilen. Von dort ruft Gerd Inka, die nach einigem Locken die rotbraunen Tiere, die sich um die Kälber drängen, weiträumig durch den moorigen Teil der Wiese umgeht und mit eingezogenem Schwanz zu ihm läuft. Ella schleicht sich mit Panik im Gesicht am Rande des Stacheldrahts an den Kühen vorbei.

Die mutige Anführerin der Herde mit den spitzen Hörnern beachtet Ella überhaupt nicht; sie dreht sich mit Inkas Fluchtkreis und beobachtet den Hund genau; sie bewegt sich noch einige Meter drohend in seine Richtung, brüllt muhend, bleibt schließlich mit gesenktem Kopf stehen.

Die Gruppe stolpert mittlerweile am Rande der moorigen Fläche durch die von den Kühen tief eingetretenen Erdspalten und Löcher. Sie müssen höllisch aufpassen, um nicht in den knietiefen Mulden umzuknicken; sie sinken ein, arbeiten sich heraus, er sieht Inka vorne bei Gerd, und selbst die hat Mühe, diese zerwühlte und zertretene Bachgegend zu durchqueren.

Deutlich erkennt er aus einigen Metern Entfernung die Panik in Gerds hektischen Bewegungen, spürt sie auch in sich, weiß aber instinktiv, die Gefahr ist gebannt.

Ellas Gesicht wirkt bleich, als er zu ihr schaut.

„Wir sind vorbei!", ruft er ihr zu.

Sie nickt, hundert Meter weiter treffen die vier wieder zusammen. Sichtbar abgekämpft und erschüttert, außer den Ängsten ohne Blessuren, nur die Wanderschuhe sind erdverdreckt.

Ellas Gesicht allerdings ist unter seiner Bräune kalkweiß, und in ihren Augen lodert die Panik.

„Ich will hier raus!", stöhnt sie und marschiert auf dem schmalen Wanderweg in Richtung   Holzübergang, der weit im Hintergrund liegt. Gerd versucht sie zu beruhigen, aber ihr innerer Stress ist zu groß, sie bricht beim kräftigen Voranschreiten in Tränen aus.

Sie nähern sich einer weiten Mulde, hinter der der Weg ansteigt und schließlich aus dem Weidegebiet führt. In der Mulde, einige hundert Meter von ihnen entfernt, taucht eine zweite Rinderherde auf, die von einem Bauern auf einem geländegängigen, vierrädrigen Quad gerade zusammengetrieben wird. Das Ganze wirkt etwas hektisch, allerdings hat der Mann, der sie noch nicht gesehen hat, die Absicht, die unwillig erscheinenden Kühe, bei denen auch hier zum Glück kein Stier dabei zu sein scheint, weg von ihnen in Richtung einer neuen Weide zu treiben. Etwas entfernt davon stehen, ziemlich nahe zu der Holztreppe, über die sie müssen, mindestens acht schwere Haflinger, die beunruhigt auf das tuckernde Gefährt des Bauern starren.

„Schnell!", meint er, „da müssen wir vorbei", und Ella ruft: „Aber ganz schnell, verunsicherte Pferde können gefährlich reagieren."

Sie eilen in Richtung des hölzernen Übergangs. Inka läuft frei nahe bei Gerd, Ella rennt vornweg, er bildet die Nachhut. Sie haben noch hundert Meter, da erschrecken die Pferde, als der auvergnatische Cowboy mit seinem Gefährt nahe an den Tieren vorbei rast, um einige versprengte Kühe zur Herde zurück zu treiben. Die Haflinger galoppieren los, ungefähr zwanzig Meter vor ihnen vorbei. Sie bleiben stehen, spüren das heftige Vibrieren der Erde, sind erschreckt und fasziniert zugleich. Aufatmen, als die Herde nicht Kurs auf die Vierergruppe nimmt, sondern die Mulde hinab rennt, wo die Pferde gemächlich austraben und stehen bleiben.

Ella, die mittlerweile endgültig in Panik ist, rennt los, Gerd und er hinterher. An dem Holzüberstieg, eigentlich in Sicherheit, sehen sie, dass es für Inka nahezu keinen Durchschlupf zwischen dem Stacheldraht und dem mehrstufigen Holzgestell gibt. Ella fasst Inka hektisch am Halsband, will sie, unsicher und nervös, zwischen Draht und Holz durchdrücken, bevor sie über das Gestell steigen kann. Dabei pikt anscheinend eine Stacheldraht-spitze in Inkas Flanke. Sie quiekt auf, reißt sich panisch los, dreht um und rennt wieselflink hundert Meter zurück in die Wiese, in die Mitte zwischen die Rinder und die Pferdeherde, die zum Glück recht ruhig und ziemlich weit auseinander stehen. Ella, die schluchzt, und Gerd versuchen Inka zurückzurufen, die aber steht stocksteif, bewegt sich keinen Meter mehr, als wollte sie sagen: „Da, an diese Stelle, wo es pikst, geh ich nie mehr hin!"

Eigentlich tut sich ein grandioser Blick vor ihm auf, als er das Gesamtbild in sich aufnimmt: der aus der Entfernung kleine goldbraune Hund, links eine Rinderherde, rechts die neugierig blickenden Pferde auf einer goldgelben, zum Teil verbrann-ten, scheinbar unendlichen Wiese; weit im Hintergrund eini-ge Berggipfel, beschienen von der Nachmittagssonne, die sich mittlerweile durchgesetzt hat. Dieses Bild prägt sich ihm, trotz der unglücklichen Situation, für einige Augenblicke ein. Atem-beraubend tiefes, bewegtes, ganz und gar authentisches Leben, eine lange geplante Filmszene in einem amerikanischen Western auf Großleinwand könnte nicht eindrucksvoller sein. Dazu das beunruhigende Schluchzen von Ella und sein aufgeregter Atem. Plötzlich läuft Gerd langsam in dieses Standbild hinein. Er geht scheinbar ruhig, leise sprechend auf Inka zu, die ihn bewegungslos anstarrt.

„Guter Hund, du bist mein guter Hund", brummelt er dunkelruhig vor sich hin, als er sich der Hündin nähert. Er zieht eine kurze rote Leine aus der Hosentasche seiner Shorts, streichelt Inka den Hals, als er die Leine einklickt, und scheinbar gemütlich kommen sie zu uns zurück. Inka verliert allerdings diese Ruhe sofort, als Gerd sie zum Stacheldrahtzaun führt. Auch er bewegt sich in diesem Film jetzt wieder, zieht den Draht mit Kraft ein Stückchen auseinander. Ella steigt über den Zaun, übernimmt die Leine und Inka, die sich deutlich sträubt; Ella zieht, Gerd drückt, Inka ist durch. Sie steigen die Sprossen über das Holzgestell, die Gefahr liegt hinter ihnen.

„Puh, das war heftig!", stößt er aus. Ella wischt Tränen ab, Gerd, dessen T-Shirt schweißnass glänzt, nimmt sie kurz in den Arm und versucht einen Scherz.

„So eine Panik! Das heißt, Notfalltropfen für Frau und Hund, ein paar Bier heute Abend für mich. Weißt du schon, für welche Alternative du dich entscheidest?"

„Eindeutig für die Biere", lacht er und fühlt sich schon besser.

Inka läuft einige Meter, plötzlich schüttelt sie sich kräftig.

„So schütteln Tiere nach einer Gefahr die Angst aus sich heraus", meint Gerd. „Hab ich in einem Buch gelesen. Der Autor[11] schreibt über Traumata bei Menschen und behauptet, dass Tiere deshalb keine bekommen, weil sie nach der Gefahr alles rauszittern und wegschütteln. Bei Menschen, behauptet er, hilft Weinen, Schreien, Schütteln oder auch unwillkürliches Zittern."

Er lächelt zu Ella hinüber, die sich gerade in ein Papiertaschentuch schnäuzt; dann stellt er sich breitbeinig hin und beginnt, Arme und Beine heftig zu schütteln. Sieht ein wenig ungewöhnlich aus, aber es erscheint ihm in diesem Moment sinnig, und er folgt seinem Beispiel. Schließlich stoßen sie noch dazu Urweltlaute aus. Die ganze Prozedur wirkt ungemein befreiend und sie beenden sie erst, als sich Wanderer von der anderen Seite nähern.

Inka wedelt wieder mit dem Schwanz, als sie Richtung Wald laufen, auch ihnen geht es besser. Die Farben sind dicht und intensiv, findet er, der Wald ist tiefdunkelgrün, als der See beim Hinuntersteigen auftaucht, glitzert er übernatürlich schön. Ob das die anderen auch so empfinden? Bald sitzen sie am See und hängen ihre Füße ins kühle Wasser. Kreuz und quer und völlig durcheinander erzählen sie sich die vorhin erlebte Story, schmücken aus, erinnern sich an Details. Jeder hat das Geschehen ein wenig anders erlebt. Er merkt, dass Ella am Anfang noch in ihrer Angst hängt, aber bald steuert sie ihrer Teil bei, und er erfährt, dass sie zehn Jahre selbst geritten ist und ein Pferd besessen hat. Ihr damaliger Freund war Reitlehrer und Pferdehändler in der Fränkischen Schweiz, sie hat mehrmals erlebt, wie gefährlich selbst ruhige Tiere sein können, wenn sie in Gruppen unkontrolliert agieren. Kein Wunder also, dass Ella Angst hatte, als die Pferde losstürmten, während die beiden Männer sich der Gefahr gar nicht richtig bewusst waren.

Langsam beruhigt sich sein Körper, als sie dasitzen, sich austauschen und die Füße kühlen. Inka liegt zwischen ihnen und schlummert, sie hat die Gefahren anscheinend längst vergessen. Die beiden erzählen ihm, wie oft sie im Schlaf zuckt, zittert und Laute von sich gibt. Möglicherweise, meinen sie, verarbeitet sie so die Eindrücke, die sie am Tag überrollt haben. Er streichelt sanft über Inkas weiches Fell am Rücken. Ein warmes, freundschaftliches Gefühl zu diesem Tier und seinen Menschen überflutet ihn.

Abends nach dem Essen, Ella hat Spaghetti mit Tomatensoße gekocht, Gerd und er haben den Salat geschnippelt, sitzen die Männer mit einer Flasche Rotwein auf einer Steinmauer am Rande des jetzt absolut ruhigen Parkplatzes. Hinter ihnen haben einige Wohnmobile sich einen Platz für die Nacht gesucht, vor ihnen liegt eine unglaublich eindrucksvolle Felskulisse in der Dämmerung, die den Blick ins Tal verstellt. Inka schläft längst, auch Ella, die erschöpft nach diesem Tag wirkte, hat sich in den Alkoven zurückgezogen.

Die Männer nippen am Rotwein, schauen zu, wie die Farben des Abends langsam dem Dunkel der Nacht weichen, hören die letzten Schreie der Waldvögel und das Zirpen der Grillen. Sie kennen sich erst zwei Tage, aber eine tiefe, uralt scheinende Freundschaft umhüllt sie. Gelassen plaudern sie über das Leben und ihre Träume, Gerd über seine tiefe Liebe zu Ella und dem Hund, und dass ihn diese Liebe immer wieder einmal verlässt, er über Rena, seine letzten Wochen, seine Sehnsucht nach sich selbst. Irgendwann verebbt das Gespräch, das letzte Glas genießen sie schweigend im Dunkeln. Alles ist gut, wie es ist.

....

AM nächsten Morgen, nach dem Frühstück, wollen die drei neugewonnenen Freunde weiter Richtung Atlantik, zu dem Ort ihres magischen Kennenlernens. Sie umarmen ihn herzlich, Inka, die ihn morgens begeistert begrüßt hatte, schaut dabei scheinbar desinteressiert vor sich hin, sie scheint eher ein Begrüßungs- als ein Abschiedshund zu sein.

Gerd drückt ihm einen Zettel in die Hand

„Einmal, an einem letzten Tag am Atlantikstrand, ich war traurig, weil wir zurück mussten, standen wir etwas verloren am Meer, als eine befreundete Frau vorbei kam. Als wir ihr erzählten, dass wir gerade für dieses Jahr Abschied nehmen mussten, sagte sie diesen Spruch. Mehr nicht, danach lief sie weiter am Strand entlang. Ich habe den Satz nicht vergessen, obwohl ich ihn nur dieses eine Mal gehört habe. Ich finde, er hat was und passt als ein Aspekt gut zu deiner Geschichte mit Rena. Ich möchte ihn an dich weitergeben."

Als das Womo hupend davon rollt, winkt er. Den Zettel befestigt er mit Klebstreifen an eine Wand in seinem Auto.

„Der Ton der Glocke,
dass er verklingt,
macht ihn so schön."

Ja, da ist was dran …

Er setzt sich mit der Landkarte auf die Steinmauer und schaut im Morgenlicht auf die Felsen, die den Blick ins Tal flankieren. Dort studiert er die Karte, um den Weg zu dem buddhistischen Seminarhaus zu finden.

....

DREI Stunden später erreicht er den Parkplatz des Klosters[12]. Einige Autos stehen am Rande des Platzes ordentlich aufgereiht. Das Haus selbst, das wie ein verschnörkeltes, älteres Jagdschlösschen wirkt, liegt außerhalb eines Dorfes. Vor dem Anwesen breitet sich eine Wiese mit Pferden aus, hinter ihm liegt der Wald, in den einige Wege führen. Nur eine kleine, kaum befahrene Straße schlängelt sich in der Nähe des Hauses vorbei, dessen hohes, graues Schieferdach sich unauffällig in die hügelige Auvergnelandschaft fügt. Es ist still, die Pferde grasen friedlich im Mittagslicht, kein Mensch ist zu sehen. Er geht langsam einige alte Sandsteinstufen hoch, auf die schwere, hölzerne Eingangstür zu und öffnet sie. Der große Raum dahinter scheint eine Art Empfangshalle zu sein. Er läuft zu dem Tresen, hinter der eine Tür in ein Büro offensteht. Als er sich räuspert, kommt eine Frau mittleren Alters aus dem Büro und schaut ihn freundlich fragend an. Schwerfällig rafft er seine geringen Französischkenntnisse zusammen und fragt, ob er das Haus besichtigen kann. Er versteht nicht viel von dem, was die Frau antwortet, doch auf jeden Fall hat sie den Kopf geschüttelt. Unsicher steht er im Raum, weiß nicht mehr genau, warum er eigentlich hergekommen ist und was seine Absicht war. Als die Frau ihn etwas fragt, kann er ihr nur antworten, dass er Deutscher ist und kaum französisch spricht. Sie nickt ihm wieder zu und fordert ihn auf, auf einem Sofa, das im Eingangsbereich steht, Platz zu nehmen.

Er wartet eine Weile. Noch immer verunsichert, aber die stille und spürbar gesammelte Atmosphäre im Haus entspannt ihn. Als er sich umschaut, sieht er in zwei Mauernischen Figuren stehen, vor denen Teelichter brennen. Die eine Figur ist ein meditierender Buddha, die andere ein vergoldetes schlankes Mädchen, das auf einer Fußspitze balanciert, das andere Bein lässig über ihrem Oberschenkel gekreuzt hat und versunken auf einer Querflöte spielt. Die Teelichter beleuchten die Figuren leicht, die Schatten lassen die Szenerie warm und weich erscheinen. Das wäre ein Foto wert, denkt er, aber er hat seinen Apparat im Auto gelassen.

Nach einer Weile kommt die Frau hinter dem Tresen hervor, steigt eine steinerne Treppe in ein unteres Stockwerk. Als sie zurückkommt, folgt ihr ein kleiner, schlanker Mann mit glattrasiertem Kopf, der einen beigen, lockeren Leinenanzug trägt.

„Hallo, ich bin Peter", stellt sich der Mann, der wohl Anfang vierzig ist, in akzentfreiem Deutsch vor, „was kann ich für dich tun?"

Er erklärt Peter, dass er auf einer Reise durch die Auvergne sei, von diesem Kloster gehört habe und davon, dass man sich für einige Tage einmieten könne. Peter lacht.

„Ein Kloster im eigentlichen Sinn ist das hier nicht. Wir sind ein kleines Seminarhaus, in dem es Kurse für christliche und buddhistische Meditationsformen, wie z.B. Zen, Kontemplation oder Tai Chi, gibt. Man kann sich normalerweise als Kurzzeit- oder Langzeitgast einmieten, aber mit ziemlich straffen Programm. Zur Zeit geht das allerdings nicht, denn es ist ein vierwöchiges Sommerretreat mit einer Zenmeisterin im Haus, ein Sesshin, wie es im Zen genannt wird. In dieser Zeit kann man unser Haus leider nicht besichtigen."

„Und in dieses vierwöchige Zentraining, kann man da einsteigen?"

Peter schaut ihn interessiert an.

„Ja, theoretisch schon. Nicht alle bleiben vier Wochen. Man kann auch eine oder zwei Wochen bleiben. Immer am Freitagabend, um 18.00 Uhr mit dem Abendessen, gibt es einen Wechsel."

„Hmm, heute ist Dienstag. Wäre ab nächsten Freitag noch ein Platz für eine Woche frei?"

„Da muss ich im Büro nachfragen."

Peter ist nach einer Minute wieder zurück.

„Ja, es sind Plätze frei. Aber in dem Kurs wird ungefähr acht Stunden täglich gesessen und er findet im Schweigen statt. Das ist anstrengend. Er ist deshalb nur zugänglich, wenn man einen Einführungskurs besucht hat, damit man weiß, was auf einen zukommt."

In seinem Kopf rattern die Gedanken. Jahrelang hat er solche Sesshin nicht mehr bei seinem Lehrer besucht, weil er einfach keine Lust auf so langes Sitzen hatte. Was soll er tun?

Er beschließt, sich Peter anzuvertrauen.

„Ich sitze länger als zwanzig Jahre, habe aber seit einigen Jahren an keinen Sesshin teilgenommen. Irgendetwas in mir hat sich gesträubt, wollte nicht mehr so lange meditieren. Andererseits befinde ich mich in einer schwierigen persönlichen Lage, habe viel Zeit und das Gefühl, ich sollte mich zurückziehen und auf mich besinnen. Ich weiß gerade nicht, was ich tun soll?"

„Du musst das nicht sofort entscheiden", meint Peter, „ich kann diesen Platz bis heute Abend freihalten lassen, ich bin der Assistent des Kurses. Du sagst, du sitzt schon lange. Hast du einen Meister?"

Als er den Namen seines Lehrers nennt, nickt Peter.

„Ja, von ihm habe ich gehört. Du könntest teilnehmen, wenn du wolltest. Aber das musst du entscheiden."

„Ich mache einen Spaziergang, in zwei Stunden sage ich Bescheid", meint er, innerlich sehr aufgeregt.

„Das ist gut. Was musst du noch wissen, um in Ruhe nachdenken zu können?", fragt Peter.

Sie sprechen über die Kursgebühr, die für eine Woche 200 Euro beträgt, und über die Preise für Übernachtung mit vegetarischer Vollpension. Als er erzählt, dass er mit dem Wohnmobil vor der Tür steht, meint Peter, er könne im Haus nachfragen, ob er in seinem Auto schlafen könne und nur für das Essen bezahlen müsse.

„Ja, das würde gehen", sagt Peter nach einem erneuten Gang ins Büro.

„Ich habe auch die Kursausschreibung und den Tagesplan mitgebracht. Die gibt es allerdings nur in französisch. Da steht drin, wie der Tagesablauf aussieht. Um 5.00 Uhr ist Wecken, um 5.30 Uhr beginnt die erste Sitzrunde. Eine Runde besteht aus dreimal fünfundzwanzig oder dreißig Minuten stilles Sitzen, dazwischen Kinhin, das langsame Gehen im Kreis. Du kennst das ja alles. Einmal am Tag gibt es einen Vortrag auf englisch, die Lehrerin kommt aus den USA, er wird ins Französische übersetzt. Zwei Stunden Mitarbeit im Haus pro Tag sind obligatorisch, entweder in der Küche, Hausarbeit oder im Garten. Um 21.00 Uhr ist Kursende. Hast du noch Fragen zum Ablauf?"

Er schüttelt den Kopf. All das klingt vertraut für ihn, wie ein Gemurmel aus einer altbekannten Zeit. Zensesshin haben einen strengen Ablauf, genau das hat ihn immer angezogen und gleichzeitig abgestoßen. Nun liegt es an ihm, an seiner Entscheidung.

„Wieso sprichst du so gut deutsch?", will er zum Abschied von Peter wissen.

„Ich bin Deutscher. Allerdings lebe ich seit acht Jahre hier im Haus. Gut, wir hören von dir. Ich wünsche eine spannende Entscheidungsphase ..."

Peter lächelt ihm zu, bevor er ihn allein lässt.

Als er auf dem kleinen Vorplatz in der Sonne steht, ist ihm, als sei er aus einer anderen Welt aufgetaucht. Wie soll er entscheiden?

DIE Glocke erklingt zum dritten Mal, in einem dunklen, klaren, durchdringenden Ton, der den viereckigen Raum, Zendo genannt, in dem ungefähr dreißig Frauen und Männer meditieren, anfüllt und langsam erstirbt. Er sitzt mit gekreuzten Beinen und geradem Rücken auf dem Meditationskissen, das Gesicht gegen die Wand gerichtet, seine Daumen berühren sich oberhalb der übereinander gelegten Hände. Er beobachtet seinen Atem, jedenfalls versucht er es. Gedankenfetzen über sich selbst und die vergangenen Tage mischen sich ständig in seine Übung.

Die Entscheidung für die Woche war bei einem langen Spaziergang gefallen. In den Tagen bis zu seinem Einstieg am Freitagabend hat er sich noch einige Ecken der Auvergne angesehen. Gleich am ersten Abend ist ihm dabei bewusst geworden, dass er seine neuen Freunde vermisst. Ich kann nicht gut allein sein, die Zeit geht nicht herum, alles zieht sich wie Kaugummi, merkte er. Inkas braune Augen mit ihrem klaren, offenen Ausdruck tauchten vor seinem Gesicht auf, ihm fehlten die Gespräche mit Ella und vor allem Gerd, dem er sich eigentümlich verbunden fühlt. Ich brauche einfach Menschen, gute Kontakte, will in Verbindung mit anderen sein, spürte er. Alleinsein, ich kann das nicht besonders gut, das muss ich mir endlich eingestehen. Alleinsein mündet bei mir schnell in Einsamkeit und nicht in dem All-Ein-Sein, das ich mir so sehr wünsche.

Er schickt in dieser Zwischenzeit eine Karte an Claudia, berichtet in einem Satz, wo er sich befindet und wie es ihm geht. Vor allem aber schreibt er die Adresse von Ellas und Gerds Lieblingscampingplatz darauf. Dort will er nach dem Sesshin auf jeden Fall für eine längere Zeit hin. Vielleicht schreibt ihm Rena ja.

Der Druck in seiner Brust ist insgesamt nicht einengend und überwältigend wie in den ersten Tagen nach dem Abschied von Rena, aber er ist da. Tagsüber beschäftigt er sich mit Wanderungen und Besichtigungen und fühlt sich ausgefüllt, abends ertränkt er die Leere mit einigen Flaschen Bier. Leicht angeheitert sieht die Welt schon runder aus, aber im Hintergrund fressen sich Löcher in seine Seele. So ist er froh, als er endlich am Freitagnachmittag sein Wohnmobil in einer ruhigen Ecke des großen Parkplatzes abstellt. Endlich eine klare Aufgabe, denkt er: sitzen, sitzen, sitzen.

Der Empfang ist herzlich, die vier anderen Neueinsteiger und er bekommen eine kurze Einweisung ins Haus, nach dem Abendessen aus angebratenen Zucchini, Paprika und Auberginen und frisch gebackenem Brot geht es los.

Drei Tage sind seitdem vergangen. Nach einigen Runden wurden die Schmerzen in seinen Knien unerträglich, aber nachdem er sich erlaubt hat, zwischen dem Sitzkissen und einem hohen Hocker zu wechseln, geht es besser. Mittlerweile hat ihn der Rhythmus aus Sitzen und langsamen Gehen, Arbeiten in der Gemüseküche und ausgiebigen Pausen, in denen er spazieren geht oder im Womo schlummert, eingefangen. Seine Gedanken schweifen beim Sitzen immer wieder ab, er lässt sie laufen, versucht sich nicht an ihnen festzuklammern. Einmal kommen ihm Tränen, als er an Rena denkt; sie schmecken leicht nach Salz, als sie von seiner Nase zum Mund laufen und er sie vorsichtig, ohne sich sonst zu bewegen, mit der Zunge aufschleckt.

Das grundsätzliche Schweigen tut ihm gut. Beim Essen konzentriert er sich auf den Geschmack der Speisen, reicht aber aufmerksam die Schüssel mit Gemüse oder die Butter weiter, wenn er merkt, dass ein anderer sie benötigt. Ansonsten bleibt er bei sich, ist froh, dass er nicht angesprochen wird, dass er nicht nach Gesprächsthemen suchen muss. Gut ist, dass andere Menschen in der Nähe sind und den gleichen Weg wie er gehen, aber sonst ist es, als sei gerade nichts zu sagen.

Eine Ausnahme sind die Gespräche, im Zen Dokusan genannt, mit den Kursleitern. Einmal am Tag wird er, wenn er es will, zu einem kurzen Treffen mit den Lehrern in einen vom Zendo getrennten kleinen Raum geholt, wo sie nacheinander die Kursteilnehmer empfangen. Legt er die grüne Karte vor seine Sitzmatte, will er die amerikanische Meisterin sehen, die rote Karte gilt für Peter, den Assistenten. Er legt fast immer beide Karten hin, denn diese Gespräche sind ihm eine willkommene Abwechslung in der Routine der langen Sitzzeiten. Mit Peter spricht er deutsch, mit der Amerikanerin auf Englisch, das zum Glück besser ist, als seine sehr begrenzten Französischkenntnisse. Das erste Gespräch mit der Lehrerin war unauffällig, fand er; auch ihre Präsenz hat ihn nicht sonderlich beeindruckt. Da er aber sowieso an diesem Tag mit seinem Hiersein gehadert und sich ständig gefragt hat, warum er überhaupt mit dieser unendlich quälenden Dauersitzscheiße, so hat er es innerlich genannt, wieder angefangen hat, hat ihn das nicht besonders gewundert. Bei dem zweiten Treffen, er hat selbst bemerkt, dass seine Konzentration mittlerweile stärker geworden und er mehr mit sich in Kontakt gekommen ist, haben ihre wenigen Worte ihn getroffen.

„Es gibt nur diesen einen Atemzug", hat die Lehrerin gesagt, „der vorherige ist vergangen, der zukünftige noch nicht da. Geh hinaus auf dein Kissen, atme ein und aus, ein und aus, nur diesen einen Atemzug."

Seitdem ist er mehr im Zendo angekommen. Sein Atem kommt und geht ruhiger und tiefer, die innere Unruhe und sein Widerstand sind kleiner geworden. Nur dieser eine Atemzug … nur dieser eine Atemzug.

....

EINFACH sitzen bleiben. Wie soll das gehen? Nur dieser eine Atemzug, was soll das alles? Ich werde verarscht von Rena, sie spielt nur mit mir, ich hocke in diesem blöden Raum mit dreißig anderen Verrückten, das ist alles nur pseudospiritueller Humbug, warum starre ich auf diese weiße Wand? … ich könnte so viele sinnvolle andere Dinge tun, … ich wüsste überhaupt nicht, welche Dinge mich wirklich interessieren, dieser eine Atemzug, wo soll mich das hinführen? … Interesse, Verunsicherung, was bestimmt wirklich mein Leben? … ich hab doch die Tage nur verzweifelt abgelebt, bis ich zu diesem sicheren Ort flüchten konnte …was heißt schon sicher? …, als ich endlich hierher geflüchtet war, habe ich mich gleich wieder verunsichert gefühlt, Angst gehabt vor der Woche, die auf mich zukommt.

Einmal, in einem Urlaub mit Esther, als sie noch verheiratet waren, hat er sie angefaucht, dass er sich verunsichert fühlt, wenn sie ihn ständig kritisiert, und da hat sie zurückgeschlagen.

„Wann bist du denn nicht verunsichert?"

Das fällt ihm jetzt komischerweise ein. Ja, wann bin ich nicht verunsichert? … Zum Beispiel, wenn ich abends mein Bier trinke, dann weicht die Verunsicherung dem Feierabend, um wieder anzusteigen, wenn ich zu viel Bier oder Wein trinke …, weil ich ein Säufer bin, unter die Brücke gehöre, dreckig, von innen heraus voll mit dunklem Sumpf, der stinkt, der kreiselnde Sog zieht mich runter, will mich verschlingen, ein und aus, ein und aus, keucht er innerlich, … wie ein schwarzer Schlund, der sich dreht, … ich bin völlig verschwitzt, stinke aus allen Poren, was muss mein Nebensitzer denken, wenn ich so stinke, … ist doch scheißegal, merkt eh jeder, dass ich nur Mist bin, ein Haufen Scheiße, … warum tun nur meine Knie so weh, was hab ich getan, dass sie so wehtun? … wann gongt es endlich? … ich kann nicht mehr, ich kann das nicht mehr aushalten, ich kann mich nicht mehr aushalten, ein paar Atemzüge noch, es muss doch vorbei sein, es ist schon so lange, so lange …

Als die Glocke schlägt, endlich schlägt, ist ihm das rechte Bein komplett eingeschlafen. Er rappelt sich langsam hoch, völlig verschwitzt, verbeugt sich, fühlt sich verrückterweise zwischen masochistisch und glücklich, dreht sich und hinkt los, hinter seinem Nebensitzer her.

....

VIEL zu schnell sind die wenigen Minuten des langsamen Gehens vorbei. Die zweite der drei Runden beginnt, wieder mit dem Gong, dessen Ton er liebt, auf den er aber oft sehnsüchtig wartet gegen Ende der Sitzrunde.

…Verunsicherung, sei ehrlich, Angst ist mein Thema. Okay, ich fühle mich immer wieder mal gut oder im Glück, zufrieden oder in dieser Welt geborgen, aber kaum kommt etwas Neues, Unerwartetes, Unklares auf mich zu, bin ich *verunsichert* … sei es in der Schule, mit Menschen, mit dem Wohnmobil, sofort grummelt es in meinem Bauch, mein Darm arbeitet auf Hochtouren, der Druck steigt, ich muss aufs Klo … vor allem im handwerklichen oder technischen Bereich, da bin ich der totale Versager …

kleiner Fehler, kleiner Mangel am Auto – sofort größere Verunsicherung bei mir ... es macht mich im Kopf und der Stirn elend, wenn ich das spüre ... spüre, wie die Energie in mir durch die Angst regelrecht weggezogen wird ... meine Bewegungen werden fahrig, viel zu schnell, ungeschickt, ich rede zu viel, entschuldige mich andauernd, will alles mindestens zweimal, dreimal erklären, damit ich auf jeden Fall verstanden werde, höre überhaupt nicht mehr auf zu reden, werde weggezogen aus meiner Mitte, wo immer die je war, aus meinem Körper in meinen Kopf, ... aber nicht in den klaren, logischen Teil, den ich auch gut kenne, nicht in den organisierten, kontrollierten Teil, der mich oft unterstützt, nein, in einen verwirrten, unsicheren Teil, der mich in meinen Kopf hineintreibt ... oder eigentlich aus meinem Kopf hinaustreibt ... die Frau zwei Plätze neben mir wird zu Peter ins Gespräch geholt, bald bin ich dran, registriert ein Teil von ihm ... was soll ich nur mit ihm besprechen, ich bin so im Chaos ... es ist schwer, dass alles zu formulieren ... weil ich keine Worte für diesen Zustand finde, vor allem aber, weil ich mich schäme, ... schäme, dass ich so leicht und durch Kinderkram in diesen Zustand geraten kann ... peinlich und schambesetzt, weil ich klein und nichtig bin, wehrlos und verloren: unfähig! Unfähig – Gefahr – fahren – unfähig – nicht fahren können – bewegungslos ... ja, ich kann dann nicht mehr angemessen agieren und reagieren, ... ich stecke fest, ich stecke in mir fest ... angstbesetzt, bewegungslos ... und als letzter Ausweg bleibt, wenn ich nicht in meiner Scham versinke und abtauche, nur die Wut: Angriff, Niedermachen, Lautwerden, Unfreundlichkeit, ungerecht sein, Wehtun, in die Blöße des anderen schlagen, selbst wirklich Schlagen, Treten, Boxen ist ein Impuls in diesem Moment ...eine moorige Suppe, die mich hineinzieht ... aber ... ich krieg es mit! ... atme! ... atme ein, atme aus, wo bin ich? ... sitze vor der weißen Wand ... die voll ist von Bildern und Gefühlen ... nur diesen einen Atemzug

…wer atmet hier? … der Ton der Glocke holt mich zurück … von Wolken, die am Himmel ziehen, keine Spur in dieser Runde, eher ein durchgehender Wolkentornado ohne jeden Himmel … ich stehe auf, Knie tun nicht weh, die hatte ich ganz vergessen, verbeuge mich, drehe mich, laufe langsam los, atme, spüre all die Scheiße und den Schmerz, der mich eben noch völlig ausgefüllt und abgerissen hat, atme, gehe, komme allmählich wieder zu mir …

Wo war ich gerade? … wichtig war es … ich war das, den ich gefühlt habe, ohne die Tricks, hinter denen ich mich sonst verberge … Abgrund, Dreck, Verlorenheit … der Mann vor mir stolpert, wankt, fängt sich … ein breites Grinsen verzieht mein Gesicht … Bruder, geht es dir so wie mir, kocht bei dir auch deine Scheiße? … ich liebe dich, Mann, Kumpel, Bruder, vor mir, ich liebe dieses Leben; stolpern oder stolz schreiten, unsicher oder sicher, verstehen oder nichtwissen, wo ist der Unterschied?

Die Hölzer, die das Ende des Gehens ankündigen, klacken; schneller im Kreis bis zum Platz weitergehen, Hölzer schlagen wieder, hinsetzen, atmen, Beine sortieren, Glocke schlägt, ein und aus, ein und aus, ein, aus, ein, aus, das bin ich – trotz, wegen, über, unter, vor all dem, was ich denke, was mich denkt, denkt …

....

WÄHREND der dritten Runde wird er zu Peter gerufen.

„Wie geht es dir?", fragt der.

Er lacht unsicher

„Mir ging es gerade so scheiße. Hab mich gefühlt wie in einem Kreisel, der mich in einen Abgrund zieht. Wie Dreck, wie Dreck habe ich mich gefühlt, stinkend, verschwitzt, schau mich an!"

Sein T-Shirt hat dunkle Schweißflecken, nicht nur unter den Achseln, auch an Brust und Rücken.

„Wenn man lange ohne Ablenkung still sitzt", meint Peter, „kommen häufig extrem starke Gefühle, die wir sonst verbergen oder verdrängen, zum Vorschein. Sitzen ist auch eine Art Therapie. Wir erleben dabei den Himmel und die Hölle in uns. Du bist auf einem guten Weg. Mach dir klar, das alles geschieht in deinem Kopf. Lass alle Gedanken, seien sie schlimm oder schön, zu, … aber lass dich nicht davon beherrschen. Dein Atem wird dir dabei helfen. Atme bewusst, lass deine Gedanken zu, beobachte sie, beobachte, wie sie kommen, Raum einnehmen, sich verdichten, flüchtiger werden und schließlich weiterziehen."

„Ja, so war es eben auch. Plötzlich, als mein Vordermann beim Gehen kurz gestolpert ist, war meine Stimmung eine ganz andere. Ich habe in diesem Moment das Leben geliebt, kurz vorher hatte ich mich wie der letzte Dreck gefühlt …"

Peter lächelt: „Wir sind oft stark mit einem Problem, was immer es sein mag, identifiziert. Manchmal, wenn wir oder etwas in uns es schafft, aus diesem System zu springen, sei es durch ein freundliches Wort, einen Vogelruf, eine Ablenkung, ist die Identifikation aufgebrochen. Es ist wie bei einem Schluckauf, wenn du erschreckt wirst und er dadurch unterbrochen wird."

„Das verstehe ich. Aber mein Gefühl war … abgrundtief hoffnungslos …; ich habe eine Zeitlang gedacht, ich komme da nicht mehr raus."

„Kehre immer zu deinem Atem zurück. Nur dieser eine Atemzug. Viele von uns haben in der Kindheit Schreckliches erlebt oder denken Angsterregendes über sich. Dieser eine Atemzug kann uns in der Gegenwart halten, während wir das Dunkle beobachten und weiterziehen lassen. Die Meisterin und ich begleiten dich im Prozess, dafür sind wir da. Nimm jede Gelegenheit zum Gespräch wahr … und wenn es dir dauerhaft schlecht gehen sollte, komm zusätzlich."

Er verbeugt sich und geht zurück an seinen Platz. Ein warmes, kostbares Gefühl, eine Mischung aus Gesehenwerden, Unterstützung und Gehaltensein, durchströmt seinen Oberkörper. Er sitzt leicht in den verbleibenden Minuten. Danach geht er duschen.

....

NACH der Frühstückspause, der morgendlichen Arbeitszeit und einer Sitzrunde gibt es jeden Tag einen halbstündigen Vortrag. Die Meisterin und Peter wechseln sich ab. Bei Peters Vorträgen schaltet er ab und lässt sich treiben, denn da außer ihm nur Französinnen und Franzosen im Kurs sind und Peter französisch spricht, versteht er sowieso kaum ein Wort. Er lässt sich einfach von Peters ruhiger Stimme mitnehmen, schmunzelt, wenn die anderen lachen, hängt seinen Gedanken nach, atmet, ist froh, dass niemand etwas von ihm will, dass er dabei sein kann. Die Vorträge der Amerikanerin verfolgt er dagegen aufmerksam. Er versteht das meiste, und da er sonst den ganzen Tag nicht spricht und außer im Dokusan keine Stimme hört, haben die Worte eine große Bedeutung und starke Wirkung auf ihn. Oft nimmt er ihre Aussagen mit in das anschließende Sitzen, kaut sie sozusagen atmend durch, lässt sie sich auf der Zunge zergehen, bis sie im Laufe des Tages wieder entschwinden.

Heute spricht die Lehrerin vom Hören und Lauschen.

„Wenn du still sitzt und atmest, dann höre, was dich umgibt. Lausche mit allen Sinnen und dem Herzen, welche Geräusche in deiner Umgebung zu dir strömen. Das kann ein Auto sein, das auf den Parkplatz fährt, eine Tierstimme, der Atem deines Nachbarn, ein Rülpsen, das Rauschen der Bäume. Höre, was die Welt zu sagen hat, lausche weit in die Welt hinaus. Mach dich auf für das Organ in dir, das hört. Wo beginnt es, wo hört es auf? Was schließt es ein, was soll ausgeschlossen werden? Was willst du nicht hören? Lausche in die Weite des Lebens ... was hörst du?"

Als er wieder gegen die Wand sitzt, merkt er, wie ihn diese Übung fasziniert und allmählich zentriert. Er hört Vogelstimmen von draußen herein klingen, der Wind fächelt leise um das Zendo; aus weiter Entfernung dringen Autogeräusche von der Landstraße an sein Ohr, aus dem Dorf kommen Hammerschläge; ab und zu hüstelt jemand im Raum, raschelnd werden Sitzpositionen verändert, manchmal knackt ein Balken in der Decke. Es ist still, sehr voll, nach einer Weile unglaublich dicht um ihn. Schließlich meint er, die Stille zwischen diesen Geräuschen zu hören. Sie hat keinen eigenen Ton, sie mischt sich nicht ein, bedrängt ihn nicht. Sie ruht scheinbar in sich selbst, lässt die Geräusche zu, verbindet sie, nein, sie verbindet sie nicht, sie schafft eher den Raum, in dem sich die Geräusche verbinden und er sie hört.

Er lauscht weiter beim Gehen, hört die langsamen Schritte, das Rascheln der Kleidung, einen Seufzer. Er meint zu hören, wie Fußgelenke in der Bewegung knacken, er hört den Wind durch die in dieser Zeit geöffneten Fenster, spürt ihn hörend, hört ihn spürend, wie er ihn warm umfließt. Er hört die Hölzer knallen, die das Ende des Gehens ankündigen, die Geräusche, als alle schneller zu ihrem Platz zurückkehren; er folgt dem Ton der Glocke, bis sie immer leiser wird, und lange meint er noch eine Schwingung wahrzunehmen. Er bemerkt, wie seine Gedanken diesem Lauschen und Hören Bedeutung zuordnen möchten: Autolärm ist störend, Glockenton angenehm, Stille gut, kann aber als Leere auch Angst einflößen ... doch das Lauschen in die Welt geht in ihm über die Bedeutung hinaus. Da gibt es etwas, das all diese Geräusche einbettet; hör hin, lausche, lass es geschehen ...

Eine nicht messbare Zeit vergeht, eine Weile, in der alle Geräusche ihren Platz in ihm haben. Es ist Friede in seinem Inneren, ihm ist klar, diese Momente sind vergänglich, aber jetzt sind sie da und reihen sich in einer Perlenschnur in seinen Atem ...

Er hört, wie eine Tür draußen im Gang geöffnet wird. Direkt

anschließend an diese Sitzrunde findet das Mittagessen statt. Der Speisesaal ist zwar einige Schritte entfernt, aber er kann die Rollen des Servierwagens hören, auf dem das frisch zubereitete Essen in großen Schüsseln von der Köchin und einigen Helfern in den Saal geschoben wird. Abgrundtiefe Dankbarkeit überfällt und erfüllt ihn, als er das Geräusch hört: dieses Essen ist für ihn und die anderen zubereitet worden. Gleich wird die Glocke ertönen, er wird hinüber gehen, die dampfenden Schüsseln werden auf den Tischen stehen.

....

EINEN Tag später, in der Mittagspause, schlendert er durch die große Gartenanlage des Seminarhauses, einer Mischung aus gepflegtem Park und Wildwuchs. Es hat morgens leicht geregnet, die Sonne hat sich noch nicht wieder durchgesetzt, nach der großen Wärme der letzten Tage tut die Abkühlung gut. Andere scheinen das wie er zu empfinden, man begegnet sich, nickt sich zu, manchmal treffen sich kurz Augen, oder man schaut einfach weg. Jeder respektiert die Anwesenheit des anderen und seine Abgeschiedenheit, und natürlich finden sich manchmal in einer Ecke Freunde oder Paare, die sich trotz des Schweigegebots austauschen und reden.

Er kommt zu einem Gebüsch, wo sich einige Menschen versammelt haben. Das ist auffallend, sodass er neugierig näher herangeht. Alle schauen auf den Boden, wo ein Igel kauert, der anscheinend kurz vorher aus der Hecke gekrochen ist. Ein Igel mitten am Tag, allein das ist ungewöhnlich, findet er. Die anderen reden leise auf französisch miteinander, und als er sich zu dem Tier hinunterbeugt, versteht er, warum. Der Igel ist schwer verletzt, seine linke Seite ist von dem Angriff eines Tieres oder einem Auto, das ihn erwischt hat, aufgerissen. In dieser offenen Seite, ihm wird fast schlecht, als er es sieht, sitzen Hunderte von Maden, die den Igel bei noch lebendigem Leibe auffressen. Der Igel bewegt sich torkelnd, sitzt wieder still, liegt halb auf der unverletzten Seite, die Maden wimmeln in seinem Bauch und fressen sich satt.

Er wird von der Wucht des Anblicks zurück gerissen, ohnmächtig kann er trotzdem nicht wegschauen, fühlt sich hilflos. Den anderen scheint es ähnlich zu gehen, sie diskutieren erschreckt. Schließlich geht einer der Männer weg, kommt nach kurzer Zeit mit einem Spaten zurück. Er stellt sich vor den Igel, verbeugt sich vor dem sterbenskranken Tier, hebt den Spaten; er dreht sich weg, kann nicht zusehen, wie der Mann das Tier tötet. Obwohl er nicht hinsieht, hat er das Bild klar vor Augen, wie der scharfe Spaten den Igel zerteilt. Er hört ein Aufstöhnen, hört sein eigenes Aufstöhnen, muss weggehen, es ist, als wenn etwas in seiner Brust zerreißt. Zu trocken für Tränen ist das Entsetzen; betäubt läuft er kreuz und quer durch den Garten; nach einer Weile zieht es ihn zurück zu dem Gebüsch, wo noch Leute stehen. Der Mann mit dem Spaten hat eine kleine Grube unter dem Dach des Strauches gegraben; er hebt, gerade als er kommt, die Reste des Igels mit dem Spaten hoch und legt sie in das Loch, bedeckt sie mit Erde. Wieder neigt er seinen Kopf, alle verbeugen sich mit gefalteten Händen. Er verbeugt sich vor dem Igel und vor dem Mann, der ihm den Todesstoß versetzt hat. Er hört leises Weinen, manche stehen umarmt nebeneinander. Er ist allein in diesem Moment, und das ist gut so. Langsam läuft er durch den Garten, benommen, gleichzeitig überwältigt von den Farben der Natur um ihn herum. Selten hat er das Leben so intensiv wahrgenommen.

Er findet sich rechtzeitig zum Sitzen im Zendo ein, betäubt weiterhin, wie in Trance, gleichzeitig unglaublich wach …

DIE Energie im Meditationsraum ist außerordentlich hoch. Das ist sein Gefühl. Vielleicht hat sich die Igelgeschichte herumgesprochen, vielleicht ist alles nur seine Einbildung. Jedenfalls spürt er eine starke Spannung in sich, sein Sitzen ist konzentriert, es ist, als würde er sich auf eine Explosion vorbereiten. Er wartet wie ein zentrierter Energieball, aber ohne Ungeduld auf das heutige Gespräch mit Peter, ohne wirklich zu wissen, was er mit ihm besprechen will. Als die Frau vor ihm geholt wird, steigt plötzlich eine Flut von Tränen in ihm hoch. Seine Brust wird eng, der Atem kurz, aber er will mit seinen Tränen nicht alleine sein.

Kaum betritt er das kleine, abgeschlossene Gesprächszimmer und setzt sich vor Peter auf das Bänkchen am Boden, weint er hemmungslos. Der Anblick und der Tod des Tieres, sein Alleinsein, die Trennung von Rena, seine überforderte Kinderseele, das und manches Unnennbares durchbricht den Damm seines erwachsenen Selbst und seine männliche Kontrolle. Er weint und weint.

Peter sitzt vor ihm und schaut ihm zu; als der Strom langsam verebbt, reicht er ihm ein Papiertaschentuch. Wie durch einen Schleier sieht er Peters Gesicht. Keine Frage steht darin, keine Sorge oder Angst, nur Mitgefühl.

„Die Sache mit dem Igel heute Mittag war zu viel für mich", schluchzt er.

„Man hat mir schon davon erzählt", meint Peter, „du warst direkt dabei?"

„Ja, und es hat mir total den Boden weggezogen. Das Leben ist manchmal so schrecklich und grausam. Diese Maden und dann der Spaten ... ich habe den Mann bewundert, ich könnte das nicht. Dabei war es eine Erleichterung für den Igel, glaube ich. Es war ... fürchterlich ... was hat dieses Leben eigentlich für einen Sinn?"

Sie sitzen eine Zeitlang still beieinander.

„Wir kommen, leben eine Weile, wenn es gut geht siebzig,

achtzig Jahre, schließlich gehen wir wieder", sagt Peter. „Woher kommen wir, wohin gehen wir? Wenn man dem Tod ins Angesicht schaut, wie du vorhin, tauchen solche Fragen auf. Auch Fragen nach dem Sinn. Sitze damit in den nächsten Stunden, vielleicht auch in den nächsten Wochen, Monaten, Jahren. Dazu möchte ich dir eine Frage mitgeben. Sag sie dir wie ein Mantra, bei jedem Atemzug. Bist du bereit dafür?"

Er nickt.

„Wie könnte eine Schneeflocke im wütenden Feuer bestehen?"[13]

„Wie könnte eine Schneeflocke im wütenden Feuer bestehen?", wiederholt er.

„Genau", meint Peter, „und wenn du nachts aufwachst und nicht schlafen kannst, übe weiter und halte die Frage bei dir. Gut?"

„Okay."

Peter nimmt die kleine Glocke in die Hand und mit einem Klingeln entlässt er ihn.

....

MANCHMAL wird er abgelenkt, aber diese Frage begleitet ihn fortan. Er vernimmt etwas Existentielles in ihr, lauscht ihr, langweilt sich mit ihr, hat Dutzende von Antworten, fühlt sich auf einer Spur, verliert sie, taucht ab mit ihr, wälzt sie in sich, füllt sie mit Beispielen, dreht und wendet sie, spürt sie in seinem Körper, schmeckt sie, vergisst sie eine Zeit, reibt sie zwischen seinen Fingerspitzen, hört ihre Töne, verzweifelt an ihr, kommt ihr näher …

....

AM nächsten Vormittag hält die amerikanische Lehrerin, die wahrscheinlich von dem dramatischen Igeltod gehört hat, einen

Vortrag über das Thema Leben und Tod. Die Konzentration und innere Bewegung ist greifbar im Raum, jeder ist bei sich, gleichzeitig besteht eine starke Verbindung zwischen den Kursteilnehmern. Die Meisterin flicht kurze Zengeschichten in ihren Vortrag. Eine schreibt er sich auf:

Ein Mönch fragt seinen Lehrer:
„Wie ist es, wenn der Baum verdorrt
und die welken Blätter fallen?“
Der Meister antwortet:
„Körper im Goldenen Wind.“

In der Mittagspause läuft er wieder durch den Garten. Vor dem Grab des Igels bleibt er eine Weile stehen.

„Körper im Goldenen Wind“, flüstert er schließlich …

....

ERNEUT besuchen ihn die Wucht des Erlebnisses und die dazu gehörenden Bilder in der zweiten Nacht nach dem Vorfall. Lange liegt er halbwach im Bett, irgendwann muss er eingeschlafen sein. Morgens erwacht er mit einem Traum.

Ich befinde mich in einem großen Biergarten. Überall stehen Bänke und Tische unter den Bäumen, fremde Menschen sitzen an den Tischen. Sie kümmern sich nicht um mich, feiern, essen, trinken, aber ohne Geräusche. In einer Ecke des Gartens sind große Stellwände aufgestellt. Ich schlendere hinüber und schaue mir die Bilder an, die dort aufgehängt sind. Es sind großformatige Fotos. Zuerst ist mir unklar, wer auf diesen Bildern ist, plötzlich weiß ich, dass es Bilder von meiner Mutter sind: ein Bild, auf dem sie als Mädchen strickt, Bilder von ihrer Hochzeit; manche dieser Fotos kenne ich, andere sind mir neu. Auf einer Stellwand daneben sehe ich Bilder von einer mir fremden Frau, die mich aber nicht weiter interessieren. Ich weiß nun auch, warum ich hier bin. Heute werden diese Frau und meine Mutter sterben, und dies ist sozusagen ihre Abschiedsfeier. Ein wenig bin ich traurig darüber, vor allem, weil ich danach meine Mutter nicht mehr sehen werde.

Ich gehe also auf die Suche nach ihr, um sie jetzt noch sehen zu können. Tatsächlich, da hinten auf einer Bank sitzt sie. Sie unterhält sich mit anderen Menschen, aber gleichzeitig sitzt sie dort auch allein, das ist kein Widerspruch für mich in diesem Moment. Ich laufe langsam zu ihr hin, sie schaut mich von unten her an. Ihr Gesicht ist gleichzeitig rund und abgemagert, lebendig und vom heute kommenden Tod gezeichnet. Sie lächelt mich freundlich an und sie grinst wie ein Totenschädel. Wieder sind beide Ausdrücke zur gleichen Zeit in ihrem Gesicht zu finden.

Ich weiß, dass ich sie spüren will. So setze ich mich mit gespreizten Beinen hinter sie auf die Bierbank und umarme ihren gleichzeitig vollen und abgemagerten Körper. Wir bleiben eine Weile so. Ich kann ihren Körper in meinen Armen gut spüren … und damit wacht er auf.

Seine Mutter ist vor mehr als zehn Jahren nach langem, zehrenden Kampf, aber letztlich friedlich gestorben. Sie war am Schluss ihres Lebens abgemagert, sie wollte in den letzten Monaten kaum noch essen. Er hätte sie zu ihren Lebzeiten niemals so innig umarmen können wie in diesem Traum. Sie hätte das nicht länger als einige Sekunden ausgehalten, ihn hätte es befremdet, vielleicht sogar angewidert. Heute Morgen konnte er es. Und er hat es gern getan. Das macht ihn traurig und glücklich – gleichzeitig.

....

FREITAG, der letzte Tag des Sesshin für ihn. Er sitzt befriedet, mittlerweile. Er hat seine Frage, in der sich viele Fragen bündeln, seine Gedanken fließen ruhig und unaufgeregt; er freut sich, dass die lange Meditationswoche zu Ende geht und er weiterziehen kann zum Meer und dem großen, gelben Strand, und er ist stolz auf sich. Beim letzten Gespräch mit Peter hat er ihn lange umarmt, er wird ihn nicht vergessen. Auch der Meisterin fühlt er sich verbunden, genauso wie seinen Brüdern und Schwestern im Zendo, ohne je ein Wort mit ihnen gewechselt zu haben. In seinem Notizbüchlein hat er eine Reihe eindrucksvoller Geschichten notiert, die ihn auf der Reise begleiten werden.

In seinem letzten Vortrag hat Peter einen Satz gesagt, den durch die Gestik sogar er auf französisch verstanden hat und den er als letztes Geschenk von ihm mitnimmt. Der Lehrer hat das Wasserglas, aus dem er während seiner Rede manchmal getrunken hat, gehoben, einen Schluck genommen, es angesehen und gemeint:

„Ich weiß, dass dieses Wasserglas irgendwann zerbrechen wird. Umso mehr genieße ich, dass ich es jetzt benutzen kann."

Diesen Spruch und die Geschichte mit dem Goldenen Wind hängt er an die Wand seines Wagens zu den anderen Zetteln. Er sitzt am Freitagabend vor dem Auto auf dem ruhigen Parkplatz, auf dem er eine Woche geschlafen hat, und schaut auf das Seminarhaus mit seinen Giebeln und das vielfältige Grün der Büsche und Bäume, das es umgibt, bis alles in der Dämmerung verschwimmt. Drinnen, er sieht es am Licht, das durch die milchigen Scheiben des Zendos fällt, wird meditiert, wahrscheinlich die letzte Runde des Abends. Er trinkt sein erstes Bier seit einer Woche. Es schmeckt vorzüglich.

TEIL 3

Die Warner
Wenn Leute dir sagen:
„Kümmere dich nicht
so viel
um dich selbst"
dann sieh dir die Leute an
die dir das sagen:
An ihnen kannst du erkennen
wie das ist
wenn einer
sich nicht genug
um sich selbst
gekümmert hat

ERICH FRIED [14]

WÄHREND das Wohnmobil die letzten Vulkane und Berge der Auvergne hinter sich lässt und gemächlich in Richtung Bordeaux und Atlantik rollt, lässt er seine Gedanken treiben. Er bleibt an dem Thema Zeit hängen. Wahnsinn, wie langsam und schnell gleichzeitig die Zeit vergeht. Am Anfang der Woche habe ich gemeint, sie wird niemals vergehen. Oft haben sich die Minuten wie Gummi gezogen, manche Sitzperiode von fünfundzwanzig Minuten kam mir elend lang vor. Und jetzt ist die Woche herum, alles vorbei, wie ein Fingerschnipsen … und was ist hängengeblieben? Ich weiß nicht. Größere innere Ruhe vielleicht, vorübergehend mehr Gelassenheit, einige Einsichten; aber er kann spüren, wie sie schon wieder in den Hintergrund abtauchen. Es ist nichts zu halten, keine Minute ist aufzuhalten, da, jetzt ist der Zeiger auf der Uhr der Autoarmatur weiter gerückt …aber so ist doch mein ganzes Leben, denkt er, die Tage mit Rena sind weit entfernt, meine letzte Schulstunde nur noch ein Erinnerungsschimmer. Oft kommt mir die Gegenwart lang vor, in der Erinnerung ist alles verdammt schnell gegangen … genieße ich eigentlich den Augenblick oder finde ich eine Sache erst gut, nachdem sie vergangen ist und ich sie bewältigt habe?

Während des Sitzens habe ich mich meistens durch geschummelt, erst gegen Ende und jetzt erscheint mir die Woche genial und wichtig für mich. Zeit und Erlebnisse laufen anscheinend gleichzeitig langsam und schnell ab, ganz abhängig von meinem subjektiven Erleben … nur festhalten, das ist mir klar, kann ich nichts. Der vergangene Atemzug ist vorbei, der zukünftige noch nicht geboren … das Leben ist wie ein Husch, es pendelt zwischen Unendlichkeit und Husch … und er singt, erst leise, dann dröhnend, mal schnell, danach langgezogen: „Das Leben ist ein Husch, das Leben ist ein Huhuhusch", bis ihm langweilig bei dem Gegröle wird, und das dauert eine ganze Weile.

Ein großes Freiheitsgefühl durchströmt ihn dabei. Und Dankbarkeit: Dankbarkeit für die Woche, für die Reise bisher, für sein Leben.

Er legt eine CD von Friedemann[15] ein, lässt sich von der ruhigen, rhythmischen Musik füllen, davontragen. Das letzte Mal hat er sie mit Rena gehört, vor unendlichen Zeiten, wie in einem anderen Leben. Rena. Sie hat in ihm, das fühlt er, ihre Dominanz verloren. Nein, nicht Rena, sondern der Schmerz um sie. Sie ist ein wertvoller Bestandteil der Reise und seines Lebens, aber er ist nicht mehr existentiell auf sie und das Zusammensein mit ihr fixiert. Sie darf sein, wie und wo sie ist, er darf weiterreisen, wohin und so lange er will. Ob es ein Danach geben wird, ist gerade nicht bedeutsam. Was es überhaupt für ein Danach geben wird, ist gerade nicht bedeutsam. Jeder Moment ist, was er ist, braucht nicht mehr, ist in diesen Minuten nicht mit Sehnsüchten und Wünschen gefüllt, sondern vollständig, in sich abgeschlossen.

Am späten Nachmittag fährt er durch die engen Straßen eines kleinen Städtchen, das an einem Fluss liegt. Aus den Augenwinkeln sieht er ein Holzschild, das nach rechts weist und auf dem mit einfachen Strichen ein Wohnmobil gemalt ist. Spontan setzt er den Blinker, biegt in eine schmale Straße ab, folgt dem Hinweis. Nach wenigen hundert Metern endet die Bebauung und ein neues, handgemaltes Schild führt ihn über einen Seitenweg zu einem allein liegenden Bauernhof; auf dessen Rückseite sind einige planierte Stellplätze zu sehen, getrennt durch kleine Erdwälle, aus denen die ersten frisch gesäten Grashalme sprießen.

Als er in einen der Plätze hinein rollt und aussteigt, kommt ein Bauer mit Gummistiefeln aus seiner Scheune freundlich lächelnd auf ihn zu. Fünf Euro soll die Übernachtung kosten, stolz zeigt ihm der Mann die Entsorgungsstation, die modern und absolut neu wirkt. Er hat das Gefühl, als sei alles erst gestern fertig geworden und er der erste Gast. Ja, das ist mein Platz für heute, weiß er sofort. Der Bauer zeigt ihm noch die Scheune, in deren Eingangsbereich ein Anhänger steht, der mit grünen Kisten voller frischem Gemüse beladen ist. Mit Händen und Füßen und einigen französischen und englischen Brocken unterhalten sie sich und es wird klar, dass der Mann damit am nächsten Morgen zum Wochenmarkt fährt. Die unterschiedlichen Farben lachen ihn an, er fragt, ob er von den Sachen etwas kaufen könne. Der Bauer holt eine alte Waage, und bald hält er Tüten mit grünen Bohnen, weißen Zwiebeln, rotreifen Tomaten, gelbbraunen Kartoffeln, einem grünen Salat und einer großen Knoblauchknolle in der Hand. Dem Mann scheint seine Freude zu gefallen, er legt überall noch ein wenig dazu und als er bezahlt, hat er den Eindruck, einen echten Freundschaftspreis zu bekommen.

Kurz darauf hat er seine Schätze gewaschen. Einen grünen

Bohneneintopf mit Tomaten, Kartoffeln und viel Knoblauch wird es heute Abend geben. Dazu frisches Baguette, das er auf dem Weg in einer Bäckerei gekauft hatte. Er schnippelt das Gemüse, das kalte Bier schmeckt hervorragend, der Abend kann kommen.

Er sitzt in der Dämmerung vor dem Wagen und beobachtet den Himmel neben der Scheune. Dicke Wolken ballen sich dunkel im Hintergrund zusammen; mag sein, dass das Gewitter kommt, es kann auch vorbei ziehen. Aus den Augenwinkeln nimmt er eine Bewegung auf der Scheune wahr, deren First deutlich gegen das Abendlicht abgegrenzt schimmert. Er schaut genauer, da sieht er zwei große Vögel, die irgendwo zwischen den Dachbalken heraus geschlüpft sein müssen. Sie kreisen eng umeinander, flattern, fast berühren sie sich und es scheint, als würden sie miteinander kämpfen oder spielen. Sie bewegen sich dabei völlig lautlos. Für Singvögel sind sie zu groß und kompakt, ihre Bewegungen wirken aber trotz ihrer Fülle sehr geschmeidig. Spielerisch jagen sie sich um das Scheunendach, landen schließlich nebeneinander auf der oberen Kante.

Ihre Silhouette zeichnet sich scharf gegen den Abendhimmel ab und ihm stockt für einen Moment der Atem, als er die Köpfe mit den kleinen, aufgerichteten Ohren sieht. Waldohreulen! Oft hat er sie vor Jahren nachts rufen hören auf den Campingplätzen im Mittelmeergebiet, ihrem Tuten, das man mit einem elektrischen Signal verwechseln könnte und das sich in den Abständen immer mehr angleicht, bis es manchmal gleichzeitig erklingt, vor dem Einschlafen gelauscht. Gesehen hat er nie eine dieser Eulen mit den markanten Federohren, die er überhaupt nur kennt, weil er ein ausgestopftes Exemplar manchmal von den Biologen seiner Schule ausgeliehen hat, um es den Schülern der siebten Klasse zum Thema „Beschreibung" zu präsentieren.

Er sitzt ganz still, aber die Tiere scheinen ihn nicht wahrzunehmen oder als bedeutsam zu empfinden. Auch sie bewegen sich scheinbar nicht, doch er kann sehen, wie sie ihren Kopf drehen, bis auf den Rücken, anscheinend um die Umgebung im Auge zu behalten. Fasziniert beobachtet er die Eulen, bis sie sich plötzlich lautlos abstoßen, ihre weiten Schwingen ausbreiten und ohne Geräusch im Halbdunkel verschwinden.

Jetzt erst bemerkt er einige Stechmücken, die ihn umschwirren. Schnell zieht er eine lange Hose an, denn er will zu dem nahe gelegenen mittelalterlichen Städtchen am Fluss laufen.

Brücke und Kirche sind geschmackvoll beleuchtet, die Flusspromenade und die kleinen Plätze wirken harmonisch und romantisch. Während er langsam durch die Gassen schlendert, hebt, anfangs fast unmerklich, die Schlange Einsamkeit in ihm ihr Haupt. Leise tröpfelt Traurigkeit in seinen Körper und löst die Euphorie, die ihn den ganzen Tag begleitet hat, ab. Er ist froh, als das Grummeln und Wetterleuchten näher kommen und in Donner und Blitze übergehen, die ihn zurück zum Wohnmobil eilen lassen.

....

ZWEI Tage später schwenkt er auf die Stichstraße ein, die ihn zum Lieblingsstrand von Ella und Gerd bringen soll. Ihre Beschreibung war gut, er hat den Weg problemlos gefunden. Ob die beiden mit Inka noch dort sein werden?

Als er zum Campingplatz abbiegt, leuchtet ihm das Schild „COMPLET" rot entgegen. Davon hatten ihm die beiden schon erzählt, dass der beliebte Platz in der Hauptsaison extrem ausgebucht sein würde. Aber jetzt, Ende August, hatte er ein freies Plätzchen für sich erhofft. Er stellt das Womo an der Straße ab, um sich den Platz anzuschauen. Als er zur Rezeption kommt, sieht er, dass das „BELEGT"-Schild nur für den Wohnmobilteil gilt. Eine junge Frau an der Anmeldung, die gut deutsch spricht, zeichnet ihm einige Plätze auf dem Campingplatzplan mit einem

Leuchtstift an. Einen davon solle er sich aussuchen, meint sie.

Er schlendert durch den Pinienwald, zwischen dessen sandigen Hügeln und Stellflächen Zelte und Campingwagen aller Art durchschimmern. Der Platz ist noch gut gefüllt, aber es scheint genügend freie Flecken zu geben, jetzt wo die Feriensaison der Franzosen beendet ist. Bald findet er die gekennzeichneten Flächen auf seinem Plan, schnell hat er eine Entscheidung gefällt. Ein Stück von einem Waschhaus entfernt, nicht an dem Hauptdurchgangsweg, zwei Bäume für die Hängematte, die er auf dieser Reise noch nicht einsetzen konnte, das fühlt sich gut an. Nach wenigen Minuten hat er das Womo dort untergebracht und mit den Auffahrkeilen gerade gestellt, denn wenn er länger bleibt, will er es sich gemütlich und bequem einrichten.

Die Hängematte kann noch warten, denn plötzlich ist er aufgeregt und fragt sich, ob vielleicht ein Brief von Rena für ihn angekommen ist. Selber über seine Erregung amüsiert, eilt er mit klopfendem Herzen zur Rezeption. Dort wird ihm erklärt, dass die Post für Gäste in einem Holzregal nach Alphabet geordnet abgelegt wird. Ein bisschen ist er enttäuscht, als er nichts für sich findet, muss einige Male tief durchatmen. Er macht sich auf die Suche nach seinen Freunden und er hat Glück. Das Wohnmobil mit ihrem Kennzeichen steht auf dem Stellplatz, allerdings ist niemand zu Hause. Sind sicher am Strand, denkt er; den sollte ich auch erkunden.

Überwältigt steht er kurz darauf auf der etwa dreißig Meter hohen Düne. Sand, Himmel, Meer in ungeheurer Weite liegen vor ihm. Er steht eine Weile still, schaut von oben umher, begeistert sich an den Wellen, die in weißschäumenden Fünferreihen gegen den Strand laufen.

Hier werde ich oft sitzen, weiß er sofort. Er fasst den Strand genauer ins Auge. Nach links, wie Ella und Gerd es beschrieben hatten, erkennt er den bewachten Strand; dort drängen sich

Sonnenschirme und Menschen und auch im Wasser wimmelt es, beobachtet von den jungen französischen Rettungsschwimmern, die auf einem hohen Metallgerüst sitzen. Rechts scheint es freier, leerer und weiter hinten lagern nur wenige Menschen. Dort werde ich die drei finden, denkt er, und steigt die Holzstufen zum Strand hinunter.

Inka hebt aufmerksam den Kopf, als er näher kommt. Sie springt auf und rennt ihm Schwanz wedelnd und laut bellend entgegen. Die Freude ist groß, die Umarmung innig. Da die beiden nackt sind, wie viele an diesem Strandabschnitt, zieht auch er seine Kleider aus.

„Zu Wasser!", ruft er übermütig, „geht ihr mit ins Meer?"

Inka umkreist ihn aufgeregt bellend, alle zusammen laufen sie durch den warmen Sand nach vorne.

„Vorsicht!", mahnt Gerd, „das hier ist anders als das Mittelmeer. Die Wellen haben eine andere Kraft."

Ella geht nur bis zu den Hüften ins Wasser, Gerd erklärt ihm, wie man unter den hohen Wellen hindurch taucht. Anschließend liegen sie im Sand, dort wo die Wellen auslaufen, und lassen sich überspülen.

„Hast du gemerkt, wie stark das Wasser zieht?", fragt Ella.

Er nickt. Sie erklärt ihm, wo Sandbänke den Sog nach draußen verstärken und dass sich das im Lauf der Tage ändern kann. Als ein Hubschrauber über ihnen hinweg die Strandlinie entlang fliegt und er neugierig nach oben schaut, meint sie:

„Manchmal werden Leute nach draußen gezogen, wenn sie nicht aufpassen und in den Sog geraten. Man hat dann keine Chance gegen die Kraft des Meeres und darf nicht dagegen ankämpfen. Die Rettungsschwimmer holen einen heraus oder man wird vom Hubschrauber aus gerettet."

„Kostet ungefähr 300 Euro, hat man uns erzählt", bemerkt Gerd trocken.

„Passiert das oft?", fragt er.

„Fast in jedem Urlaub haben wir es gesehen. Meistens aber sind es Übungen. Die Jungs springen dabei, gesichert an einem langen Seil, mit Flossen aus dem Hubschrauber, bergen den Menschen und werden nach oben gezogen."

Er verbringt den Nachmittag bei seinen Freunden, geht jedoch früher zurück, weil er merkt, dass ihm die Sonne trotz eincremen und Sonnenschirm zu warm wird. Ein Sonnenbrand am ersten Tag, dazu hat er keine Lust. Sie verabreden, am Abend gemeinsam zu kochen.

„Wie wär's mit Pellkartoffeln, Quark und Salat?", schlägt Gerd grinsend vor.

„Ach ja, das war euer Kennenlernessen", ruft er, „ich erinnere mich. Ja, das wäre gut."

Er überquert die Düne auf einem schmalen, sandigen Weg und läuft durch den Wald hinter ihr zurück, einen Weg, den die beiden ihm vorgeschlagen haben. Die Luft ist warm durchflutet, Pinienzapfen knacken ab und zu, Schatten spielen zwischen den Bäumen Fangen. Er ist bezaubert von dieser neuen Welt ... und hinter der Düne hört er das mächtige Meer rauschen.

....

BEIM Essen fragen ihn Ella und Gerd nach seinem Retreat in der Auvergne. Anfangs erzählt er zögerlich, als würde er etwas „Heiliges" berühren. Als er jedoch das echte Interesse der beiden und sein Vertrauen zu ihnen spürt, berichtet er von der Begegnung mit dem leidenden Igel.

„Es war, als wäre der Igel aus seinem Versteck hervor gekrochen, um die Erlösung von seinen Qualen zu erbitten. Das ist eine menschliche Interpretation, ich weiß, aber mit dem Abstand und in der Erinnerung drängt sich mir das auf. Es war ein schrecklicher Moment, als der Mann den Igel getötet hat, unauslöschlich in mir verankert, obwohl ich weg geschaut habe. Allerdings war es für mich eine Tat des Erbarmens, der Liebe, des Mitgefühls. Ich hätte es nicht gekonnt, dafür bin ich zu … schwach."

„Ich könnte das auch nicht", meint Ella und Gerd nickt voller Verständnis.

Nach einer Weile meint er:

„Deine Erzählung erinnert mich an die Sterbegeschichte von Titti, Ellas Wellensittich. Da war es uns auch so, als hätte der Vogel, der eigentlich scheu war, an seinem Ende unsere menschliche Nähe gesucht. Kannst du dich daran erinnern, Ella?"

„Natürlich. Ich hatte zuerst Piepsi gekauft, aber weil Wellensittiche nicht allein leben sollen, habe ich später Titti dazu genommen."

„Wir waren vorher im Winterurlaub für zwei Wochen mit dem Rucksack durch Ägypten gezogen, unsere erste Reise, nachdem wir uns hier kennengelernt hatten. 1991 ging das, heute wäre es wohl zu gefährlich. Na ja, jedenfalls hatte Ella in dieser Zeit ein Buch über Nofretete gelesen, und deshalb sollte der neue Wellensittich Nofretete heißen … Koseform Titti", erläutert Gerd.

„Und Titti", fährt Ella fort, „die von Anfang an etwas schwächlich war, hat sich voll an Piepsi orientiert. Er war ihr ein und alles, für uns hatte sie kaum ein Auge; sie kam nicht auf den Finger, flatterte erschreckt herum, wenn ich den Käfig säuberte, schaute verstört, wenn ich sie mal in die Hand nahm. Ja, Jahre später ist Piepsi durch die beim Saugen geöffnete Balkontür weggeflogen. Danach war Titti allein bei uns, denn ich wollte keine Vögel mehr haben; es war ein zu großer Umstand, vor jedem Urlaub jemanden zu suchen, der sie versorgt hat. Titti blieb auch ohne Partner extrem zurückhaltend, kam weiter nicht auf den Finger, wollte selten Kontakt mit uns. Irgendwann war sie alt und wurde sichtbar schwächer. Sie konnte kaum noch fliegen, fraß wenig; manchmal habe ich sie einfach aus ihrem Häuschen, das offen stand, herausgenommen, ein wenig in der Hand gehalten und vorsichtig gestreichelt. Sie konnte schließlich nur noch vom Käfig auf den Boden flattern, hochfliegen, das wurde zu anstrengend für sie. Ich habe sie genommen und hoch gesetzt, wenn sie mal unten gelandet war."

Ella wischt eine imaginäre Fluse aus ihrem Auge, erzählt weiter.

„Eines Tages, es war an einem Sonntag und wir saßen nachmittags bei Tee und Kuchen, ist sie zum Boden hinunter geflattert. Wir beobachteten, was sie macht, ob sie zu der Futterschüssel watschelt, um zu fressen. Schließlich haben wir bemerkt, dass sie in unsere Richtung kriecht, auf den Tisch zu. Langsam, unbeholfen, aber eindeutig. Das hatte sie noch nie gemacht. Ich habe sie in die Hand genommen und mich mit ihr auf das Sofa gesetzt. Sie lag ganz still in der Hand. Gerd kam zu mir und hat sich neben mich gesetzt. Ich habe ab und zu ihr Köpfchen gestreichelt, leise mit ihr gesprochen. Wir wurden immer stiller, es war eine große Ruhe und Aufmerksamkeit im Raum. Plötzlich hat sie zart dreimal gepiepst, das erinnere ich genau, dann hat sich ihr Köpfchen gehoben und ihr Körper gestreckt. Mit einem angedeuteten Flügelschlag hat sie sich in meine Hand entspannt und war tot. Wir sind noch eine Zeitlang dagesessen, haben ein bisschen geweint und anschließend bekam sie ein Grab im Vorgarten."

„Das hat mich ziemlich berührt damals", fährt Gerd fort, „und ich finde, es hat eine Ähnlichkeit zu deiner Igelgeschichte. Möglicherweise hat in beiden Fällen ein Tier kurz vor seinem Tod die Nähe zu anderen Lebewesen gesucht, wofür auch immer …auf eine Art sind wir vielleicht alle verbunden …"

Es ist eine Weile still. Die abendlichen Geräusche des Campings dringen aus dem Hintergrund zu ihnen, ab und zu Motorengeräusche eines in der Ferne vorbeifahrenden Autos; der

Atlantikwind weht durch die Wipfel der Kiefern, die Wellen rauschen aus weiter Ferne, ab und zu gurrt eine Taube. Langsam wandert die herabsinkende Sonne die gelb angestrahlten schlanken Kiefernstämme hoch und lässt die eingekerbte Rinde der Bäume schattenbraun zurück. Sie brauchen eine Weile, um den Anschluss an diesen vergehenden Spätsommertag zu finden.

„Ja, jedenfalls war es eine intensive Woche, die du erlebt hast", meint Gerd schließlich.

Er nickt.

„Unglaublich intensiv. Sehr wichtig für mich. Es war wie ein zweiter Anfang für diese Reise, zumindest für einige Zeit werde ich achtsamer sein und den Tag mehr genießen, glaube ich."

„Und abgenommen hast du ebenfalls, oder?", fragt Ella.

„Ja", antwortet er nicht ohne Stolz. „Das wenige Essengehen in den letzten Wochen und die leichten vegetarischen Mahlzeiten im Seminarhaus haben mir gut getan. Im Vergleich zum Beginn der Reise kann ich meinen Gürtel zwei Löcher enger schnallen. Und das, ohne das Gefühl zu haben, mich dafür anstrengen oder kasteien zu müssen."

„Das steht dir gut", meint Ella, „und auch, dass deine Haare langsam nachwachsen."

....

AM nächsten Tag nieselt es. Er holt sein altes Fahrrad vom Gepäckträger hinten am Womo, zum ersten Mal, seitdem er unterwegs ist, und erkundet die Umgebung. Nachdem er sich in einem kleinen Supermarkt, der neben dem Restaurant hinter der Düne liegt, frisches Baguette und Käse geholt hat, frühstückt er ausgiebig unter der Markise. Anschließend fährt er zu Ella und Gerd.

Ella erzählt, dass sie von einer Freundin mit PKW abgeholt

wird. Sie wollen in einem Ort im Landesinneren in einem gro-ßen Supermarkt einkaufen und vorher mit dem Hund auf dem Touristenmarkt stöbern und spazieren gehen. Gerd winkt ab, das ist definitiv nichts für ihn; die Männer beschließen, im Wald parallel hinter der Düne zu wandern.

„Wenn es aufreißt, und das geht hier schnell, können wir über die Düne ans Meer, schwimmen und am Meer zurück laufen", meint Gerd.

Eine gute Idee. Das Fahrrad lassen sie stehen und gehen durch den feinen Nieselregen los.

Während sie den Campingplatz hinter sich lassen, erzählt ihm Gerd Anekdoten von den vielen Sommerurlauben, die sie hier schon verbracht haben.

„Und ihr wart niemals an anderen Orten im Urlaub?", fragt er.

„Im Sommer eigentlich nicht. Im Frühjahr sind wir oft auf eine warme Insel geflogen, nach Kreta oder Zypern, aber seit wir den Hund und das Wohnmobil haben, und das sind schon sieben Jahre, haben wir kein Flugzeug mehr betreten. Ella hat zwar eine Freundin, die Inka gerne für eine oder zwei Wochen nehmen würde, aber wir schaffen es nicht, sie so lange alleine ..., nee, eher loszulassen. Dieser blöde Hund hat sich in unser Herz gestohlen, es ist unglaublich."

„Sie ist ja wirklich total lieb."

„Ja. Am Anfang war sie frech, ist oft weggelaufen und hat alles gefressen, was sie gefunden hat, vor allem Menschenscheiße. Aber jetzt ist sie ruhiger und hört besser, obwohl sie immer noch auf dem Weg aufnimmt, was an Essbarem herumliegt, wenn wir nicht aufpassen. Ich finde das nicht tragisch, solange es kein Gift oder Ähnliches ist. Ella sieht das enger und wird oft wütend auf Inka ... aber abends ist in der Regel alles vergessen. Weißt du, wir haben keine Kinder, da kann ein Hund extrem wichtig werden ... manchmal fast zu wichtig, denke ich, aber was soll's, es ist, wie es ist …"

„Ihr wirkt wirklich, als hättet ihr keine Probleme", meint er, „… so relaxed. Ich kenne euch noch nicht lange, aber man könnte euch echt für das Traumpaar schlechthin halten."

„Jetzt nur nicht übertreiben. Natürlich haben wir Probleme, allerdings tatsächlich zur Zeit wenige. Wir sind alle drei gesund, jeder ist einigermaßen mit sich zufrieden, doch das kann sich in Sekundenschnelle ändern. Wie der Wind halt bläst", lacht Gerd gutgelaunt.

„Beneidenswert!"

„Stimmt. Allerdings, ein Problem habe ich doch. Willst du hören, welches?"

„Da bin ich gespannt."

„Na, pass auf. Zur Zeit essen wir mittags Müsli und anschließend gibt es für Ella einen Tee, für mich einen großen Espresso und für jeden eine oder zwei Rippen Schokolade. Kleines Ritual seit Tagen. So, und jetzt zu meinem Problem. Irgendwann habe ich den letzten Schluck Kaffee in der Tasse und mein letztes Stückchen Schokolade liegt vor mir auf dem Tisch. Beides mag ich gern zum Abschluss. Aber eines davon muss ich zuerst zu mir nehmen. Womit also soll ich abrunden? Mit dem letzten Stück Schokolade, das in meinem Mund schmilzt, oder mit dem letzten Schluck herben Espresso? Ich muss mich jedes Mal entscheiden und eben auf einen Geschmackshöhepunkt verzichten."

„Mann oh Mann, was für ein fettes Problem!"

„Ja, wirklich, im Ernst", lacht Gerd, „hast du schon mal darüber nachgedacht?"

„Nö."

„Das ist es ja gerade. Man kann das Problem nicht durch Nachdenken lösen, sondern nur durch Handeln und Erfahrung."

„Spinnst du jetzt komplett?"

Er muss lachen, Gerd grinst zurück. Sie setzen sich auf ein

Wurzelgeflecht, das sich über einen Sandhügel ausgebreitet hat, und schauen auf eine Schonung mit jungen Kiefern.

„Kennst du die Geschichte vom Weisen mit dem langen Bart?", Gerd grinst schon wieder.

„Nie gehört."

„Na gut, hör zu. In einer Stadt lebt ein alter Mann, der als Weiser mit dem langen Bart bekannt ist, denn er hat einen Bart, der ihm bis auf die Brust reicht. Eines Tages spricht ihn ein Fremder auf der Straße an. 'Was ich Sie schon immer fragen wollte. Wenn Sie schlafen, liegt Ihr Bart über oder unter der Bettdecke?' Der Weise kratzt sich am Kopf: 'Keine Ahnung', meint er. Die Frage lässt ihm keine Ruhe. Als er sich abends ins Bett legt, beginnt er mit dem Bart über der Decke. Aber irgendetwas stimmt nicht, er kann so nicht einschlafen. Auch als er ihn unter die Decke legt, findet er keinen Schlaf. Die ganze Nacht vergeht, er wälzt sich unruhig und schlecht gelaunt hin und her. Am nächsten Tag begegnet er dem Mann wieder auf der Straße. Er geht auf ihn zu und faucht ihn an: 'Lassen Sie mich bloß in Ruhe mit meinem Bart!'"

Sie glucksen und lachen.

„Gefällt mir, die Geschichte!"

„Soviel zum Thema Probleme", meint Gerd, steht von der Wurzel auf, reicht ihm die Hand und zieht ihn hoch. Sie klopfen den Sand aus den kurzen Hosen, schlendern weiter, diesmal Richtung Düne. Es hat aufgehört zu regnen. Sie schnaufen hörbar, als sie den engen Weg durch den tiefen Sand hinauf steigen. Nach einigen stillen Minuten meint Gerd:

„Ich denke die ganze Zeit über deine Frage zu unseren Problemen nach. Stimmt, wir haben gerade keine, aber wenn wir uns gegenseitig welche bereiten, hat das meistens eine ähnliche, wiederkehrende Ausgangsbasis. Kennst du das?"

„Mit Rena bin ich überhaupt noch nicht bis zum Streiten gekommen. Dafür haben wir uns zu wenig gesehen und außerdem gehen wir, finde ich, noch sehr vorsichtig miteinander um. Mit meiner früheren Frau habe ich es allerdings genauso erlebt. Probleme gab es meistens bei den gleichen Fragen, Streit hat sich immer ähnlich aufgebaut. Schlimmer war jedoch die Zeit, als es uns zu mühsam wurde, uns zu streiten, wir uns mehr und mehr egal wurden und aus dem Weg gegangen sind. Das war wie im luftleeren Raum leben und ich war fast erleichtert, als sie ihren heutigen Mann kennengelernt hat und von mir weggegangen ist. Erst seit der Trennung, die schmerzhaft, im Nachhinein aber sinnvoll und wichtig war, für uns beide, meine ich, verstehen wir uns wieder besser und können freier miteinander reden. Wenn ich mir vorstelle …, wenn der andere Mann nicht gekommen wäre, würden wir vielleicht heute noch zusammenleben …und ich hätte mit Sicherheit nicht die Auszeit genommen und diese Reise gemacht."

„Da hättest du deine Weiterentwicklung ziemlich abgebremst, oder?"

„Natürlich! Ich wäre wahrscheinlich niemals aus meinem Trott aufgewacht, höchstens durch eine Krankheit oder einen Unfall. So beschissen die Trennung und die Zeit danach war, jetzt sehe ich, dass erst sie mir den Raum gegeben hat, mehr rauszukriegen, wo es bei mir hakt, wohin ich eigentlich will."

„Und wohin willst du?"

„Gute Frage. Im Grunde habe ich noch keine Antwort, aber dennoch ist es anders als früher. Erstens mache ich niemanden mehr für meine Probleme verantwortlich …oder wenigstens weniger, wenn ich ehrlich bin, und schiebe die Schuld, wenn etwas schiefgeht, nicht mehr ständig auf andere. Zweitens habe ich das Gefühl, dass ganz, ganz langsam das Loch heilt und zuwächst, das ich früher mit anderen Menschen gefüllt habe, sozusagen um meine innere Einsamkeit oder Leere zu bekämpfen. Allerdings …", er stockt für einen Augenblick, „ich fülle es jeden

Abend mit Alkohol …"

„Du auch?", fragt Gerd überrascht.

„Wie, du auch?"

„Klar. Ich trinke zwar weniger als früher und kontrollierter, aber Bier und Wein sind meine täglichen Begleiter. Wenigstens habe ich das Rauchen und andere Drogen aufgegeben."

„Da geht es dir wie mir. Und hast du, wie ich, das Gefühl, mehr geht einfach noch nicht?"

„Ja! Wenn ich ganz aufhören würde zu trinken, so jedenfalls mein Gefühl, bräuchte ich zu viel Kraft, um das Leben, nein, genauer, den Abend auszuhalten", meint Gerd.

Er denkt kurz nach.

„Das ist bei mir genauso. Ich versuche, mir meine zwei, drei Biere abends zu gönnen, sie zu lieben und zu genießen; das gelingt mir, aber im Hintergrund spielt sich ein Kampf ab. Weißt du, welcher Kampf es bei dir ist, bei mir ist es so diffus."

„Genau weiß ich es nicht. Ich weiß nur, dass meine Mutter Alkoholikerin war und dass der Drang abends bei mir stärker wird."

„Bei mir war der Vater Alkoholiker. Hat sich tot gesoffen, ist zum Schluss ein halbes Jahr im Koma gelegen."

Sie stehen auf der Düne, schauen aufs Meer.

„Ich hatte von Anfang an das Gefühl, dass wir Brüder sind", meint Gerd nach einer Weile.

„Ging mir genauso. Für mich bist du mein älterer Bruder, den ich nie richtig kennenlernen durfte, aber immer kennenlernen wollte. Verrückt, oder?"

„Ich verrate dir was. Ich wäre gerne älterer Bruder gewesen und hätte den jüngeren unterstützt … so wie ich mir eine verlässliche und stärkende Hand auf meiner Schulter gewünscht hätte …"

Er kann nicht anders; faltet seine Hände, verbeugt sich wie nach der Meditation. Zuerst in Richtung Meer, das in seinen Augen verschwimmt, danach dreht er sich zu Gerd und verbeugt sich vor ihm. Der schaut ihn zuerst erstaunt an, dann folgt er seinem Beispiel.

„Zum Glück sind wir uns mittlerweile selbst diese verlässliche und stärkende Hand auf unserer Schulter geworden, ein Stück jedenfalls …“, meint er,

„ … und es tut außerdem so gut, Freunde und Brüder zu haben“, ergänzt Gerd.

Sie umarmen sich fest, rennen wie auf Kommando gemeinsam die Düne hinunter, reißen sich die Kleider vom Leib und stürzen ins Meer.

....

DIE Sonne findet mittlerweile ab und zu eine Lücke zwischen den Wolkenmassen, sie liegen am Sand und lassen sich trocknen.

„Sag mal, großer Bruder“, fragt er nach einer Weile, „was hast du alles gemacht, um die Sucht in den Griff zu bekommen?“

„Ich weiß nicht einmal, ob es eine klassische Sucht oder eine tiefe innere Gewohnheit ist. Tagsüber habe ich echt kein Problem, Alkohol wegzulassen, und denke nicht darüber nach. Aber gegen fünf, sechs Uhr abends habe ich den wirklichen Drang, Bier zu trinken.“

„Ist bei mir genauso. Weißt du, das ist eigentlich auch nicht schlimm. Ich kenne jede Menge Leute, die abends regelmäßig ihr Bier trinken. Der Unterschied ist, dass die sich dabei nichts denken und es einfach tun, während es bei mir im Grunde jeden Abend zu einer kleinen inneren Auseinandersetzung führt …“,

„ …als hättest du etwas falsch gemacht oder würdest etwas Verbotenes tun?“

„Ja, genau. Es hat ein feines, ganz feines Gefühl von Unfreiheit, von Müssen, von Nicht-völlig-allein-entscheiden. Es sitzt im Rücken hinten …“,

„bei mir kribbelt es eher im Brustbereich, hat eine Art Aufforderungscharakter ...“,

„ ... was ist, wenn du nicht trinkst?“,

„ ... dann werde ich innerlich unruhig, nervös, unausgeglichen, ungeduldig, manchmal sogar reizbar.“

„Genauso geht es mir auch. Und morgens ...“,

„ ... am nächsten Morgen habe ich entweder ein leichtes Schuldgefühl, weil ich mehr als die zwei mir selbst erlaubten Biere getrunken habe, oder ich bin stolz, weniger getrunken zu haben.“

„Egal wie, das Nachdenken und die Auseinandersetzung damit hören nicht auf.“

„Genauso ist es. Wie ist es denn, wenn du zum Meditieren gehst? Im Kloster oder solchen Seminarhäusern gibt es doch bestimmt keinen Alkohol.“

Er muss lächeln.

„Ja, das ist komisch. Wenn ich einige Tage oder eine Woche auf diese Art von innerer Reise gehe, trinke ich nicht und habe kein Problem damit, abgesehen von dem Stolz morgens, gestern nicht getrunken zu haben. Es gibt keine Entzugserscheinungen oder abends den Druck. Es ist einfach nicht da. Die ersten Male habe ich mir natürlich vorgenommen, zu Hause, nach dem Kurs, weniger zu trinken, du kannst dir vorstellen, wie das ausgegangen ist.“

„Klar, kenne ich auch.“

Gerd denkt eine Weile nach.

„Ah, jetzt erinnere ich den Namen“, meint er schließlich, „hast du von Claude AnShin Thomas gehört?“

„Noch nie.“

„Ist ein Amerikaner, der im Vietnam-Krieg war und dort Hunderte von Menschen getötet hat, wie er in seinem Buch [16], mir fällt der Name nicht ein, schreibt. Später, nach dem Krieg, ist er verstört und verzweifelt durch die USA geirrt, du kennst bestimmt die Horror-Geschichten von den Soldaten, die nach dem Krieg keinen Anschluss an das normale Leben gefunden haben. Er hat gesoffen, Drogen genommen, Wutanfälle gehabt, Beziehungen in den Sand gesetzt und mit ständiger Angst gelebt. Irgendwann ist er zu Thich Nhat Hanh gekommen …",

„ … den kenne ich, das ist dieser vietnamesische Mönch, der mit den Boat-People gekommen ist. Ich habe Bücher von ihm gelesen. Sehr guter Mann. Hat er nicht ein Zentrum in Frankreich bei Bordeaux?"

„Genau", ruft Gerd. „Dort lebte Claude eine Zeitlang. Jedenfalls ist er später eine Art Bettelmönch geworden und zieht durch Länder, wo Krieg oder Spannungen herrschen, um für Frieden zu werben. Ich habe einen viertägigen Kurs bei ihm besucht, als er in Deutschland war. Ich hatte vorher sein Buch gelesen, es war aber viel beeindruckender, seine Geschichte aus seinem Mund zu hören. Es wurde auch gemeinsam meditiert und jeden Mittag gab es kleine Gruppen des achtsamen Zuhörens, in denen jeder seine Geschichte erzählen konnte. Wir anderen saßen schweigend dabei und haben einfach nur zugehört. Keine Tipps, keine Ratschläge, nur zuhören."

„Wie war das?"

„Unglaublich. Ich habe das meiste vergessen, doch die Stimmung an den Nachmittagen werde ich nie vergessen. Es wurde oft geweint, wenn jemand seine Lebensgeschichte erzählt hat; und für mich war es sehr erleichternd, von meiner Kindheit und meinem Leben zu berichten. Unglaublich dicht, liebevoll … egal, eigentlich wollte ich dir etwas anderes erzählen, das zu unserem Thema passt. Also, Claude AnShin hat Einzelgespräche angeboten und ich bin zu ihm hin. Ich habe ihm von meinem Alkoholproblem erzählt, dachte, der kennt sich mit dem Thema aus eigener Erfahrung aus, es war also nicht schwer, mich ihm anzuvertrauen. Er hat mich anfangs zu meiner Familiengeschichte gefragt und hinterher hat er mir schlicht den Vorschlag gemacht, für eine Zeitlang ganz mit dem Trinken aufzuhören. Drei, vier Monate, hat er gemeint, danach könnte ich vielleicht freier entscheiden, ob und wie viel ich trinken möchte."

„Und?"

„Ich wusste sofort, ich kann das nicht. Ich hätte es gerne gekonnt, aber es ging innendrin nicht. Ich habe bei ihm getan, als würde ich es überlegen, und habe wirklich in den nächsten Tagen darüber nachgedacht, aber ganz hinten wusste ich gleich, dass ich es nicht tun würde … oder könnte. Soviel zu deiner Aussage, dass du dir in deinen Kursen vorgenommen hast, danach weniger zu trinken."

„Ja, das hat bei mir nicht geklappt. Ich nehme es mir heute nicht mehr vor. Habe eingesehen, dass es gutgemeinter Selbstbetrug war. Jetzt versuche ich eher, mir das Trinken, einigermaßen kontrolliert natürlich, zu erlauben und zu genießen. Weißt du, was ich meine?"

„Ja, da stehe ich auch gerade", nickt Gerd.

„Mein Gefühl ist, es ist wichtig, den inneren Druck, den ich mir selbst mache, herauszunehmen. Schließlich bin ich Anfang fünfzig, habe überlebt, nie wegen dem Alkohol ganz große Probleme gehabt, was Vernünftiges aus meinem Leben gemacht. Ich bin es selbst, der sich die Schuldgefühle gibt, bin es selbst, der sagt, dass es für heute genug ist oder eben nicht. Ich kann mir die Erlaubnis zum abendlichen Bier geben …",

„… auch wenn du weißt, dass du damit schummelst …",

„… auch wenn ich weiß, dass ich ein bisschen schummle."

Er lächelt.

„Dir kann man echt kaum was vormachen in dem Thema, was?"

„Ich denke, wir sind beide Spezialisten. Wen ehrst du eigentlich mit deinem Alkoholkonsum?", fragt Gerd plötzlich.

„Ach, auch das kennst du! Ich glaube, ich ehre meinen Vater, von dem ich wenig weiß, den ich aber fast immer saufend erlebt habe. Abends, wenn ich das Bierglas zum ersten Mal hebe, sage ich oft: 'Mit dir, Vater, trinke ich gern.' Und du, wen ehrst du?"

„Ich bin dabei, mich mit meiner Mutter auszusöhnen … und das tut gut."

„Sag mal, großer Bruder, wie alt bist du eigentlich?"

„Werde dieses Jahr neunundfünfzig. Ella ist ein knappes Jahr jünger als ich."

„Unvorstellbar. Ihr wirkt jünger. Und speziell Ella, wenn ich das so sagen darf, hat echt eine spitzenmäßige Figur."

„Finde ich auch. Ich finde ihren Körper toll und steh auf sie. Schade nur, dass mit den Wechseljahren ihre Lust auf Sex viel kleiner geworden ist. Damit schlagen wir uns ab und zu ganz schön herum. Ich mag manchmal noch nicht akzeptieren, dass das Alter seinen Tribut fordert. Aber das ist ein anderes Thema. Jetzt brauche ich erst einmal eine Pause. Und du?"

„Pause. Das war jetzt so intensiv, das muss ich erst verdauen. Wie lange seid ihr eigentlich noch hier?"

„Wir fahren ungefähr in einer Woche Richtung Heimat. Wie sehen deine Pläne aus?"

„Ich denke, ich bleibe einige Zeit hier, vielleicht drei Wochen. Ich bin froh, dass ich durch euch diesen Strand und den Campingplatz kennengelernt habe. Er könnte, wie bei euch, meine zweite Heimat werden."

....

AM späten Nachmittag, zwischenzeitlich hat er sich in seiner mittlerweile installierten Hängematte ausgeruht, kommt er zum Strand. Gerd und ein Mann jonglieren mit sechs Keulen, die sie zwischen sich hin und her werfen. Er legt sich zu Ella, die liest, und Inka, die sich unter einem gelben Sonnenschirm zusammenrollt, nachdem sie ihn freudig begrüßt hat.

„Das sieht ja toll aus", sagt er, mit dem Kinn auf die beiden Männer deutend.

„Ja, ganz nett", meint Ella leichthin.

„Das ist Alf, seine Familie besitzt eines der Ferienhäuser hinter der Düne, du hast die flachen Holzhäuser bestimmt gesehen, als du am Supermarkt warst. Er und Gerd haben sich in dem Jahr kennengelernt, als ich auch zum ersten Mal hier war. Damals war Jonglieren der Renner. Manchmal standen zehn Leute am Strand und haben geübt. Jetzt ist es eher out, aber die beiden haben weiterhin Freude daran. Obwohl Gerd kaum noch trainiert."

„Hat er früher viel jongliert?"

„Ja, er hat kleine Auftritte gemacht, als ich ihn kennengelernt habe, und Kurse in Volkshochschulen und Vereinen gegeben. Aber das ist lange her. Jetzt jongliert er nur noch im Sommer hier am Strand."

Ella wendet sich ihrem Buch zu, während er dem Gewirbel der Keulen zuschaut und mitlacht, wenn sie wieder einmal auf dem Boden landen. Verschwitzt hören die beiden nach einer Weile auf.

„Auf ins Meer!", ruft Gerd zufrieden, als er die Keulen neben seinem Handtuch ablegt.

„Ich geh zurück zu meiner Kleinfamilie", meint Alf, „die liegen vorne am Franzosenstrand, weil sie nicht so weit nach hinten laufen wollten. Übrigens, wir fahren übermorgen. Kommt ihr heute Abend auf ein Bier oder Wein vorbei? Wir könnten nach dem Abendessen auf unserer Terrasse zusammensitzen."

„Wann?"

„Gegen acht. Passt das?"

Ella und Gerd sehen sich an.

„Passt!", nicken sie.

„Du jonglierst sehr gut", meint er, als Gerd vom Wasser zurückkommt.

„Früher war ich viel sicherer, aber es geht schon", antwortet der, „willst du es lernen?"

„Nein, gerade nicht. Vielleicht ein andermal. Weißt du, mir geht noch unser Gespräch von heute Morgen nach. Habe in der Hängematte darüber nachgedacht."

„Mir geht es genauso. Man spricht nicht jeden Tag über dieses Thema."

„Ella", wendet er sich zu Gerds Frau, „dich wollte ich in diesem Zusammenhang etwas fragen. Oder störe ich dich beim Lesen?"

Sie schaut ihn an.

„Gerd hat mir mittags erzählt, dass ihr über euren Umgang mit Alkohol gesprochen habt. Nein, du störst nicht."

„Du trinkst gar keinen Alkohol, soweit ich bisher mitgekriegt habe", beginnt er.

„Selten. Erstens bekomme ich schnell Kopfschmerzen davon und außerdem schmeckt mir Wein nicht. Beim Abendessen trinke ich einen Schluck Bier von Gerd, mehr muss nicht sein."

„Das heißt, du hast keinerlei Verlangen, wie wir beide?"

„Nach Alkohol nicht. Dafür brauche ich Süßes. Es vergeht kein Tag, an dem ich nicht Zucker brauche, egal in welcher Form … und zwar nach jedem Essen."

„Das sieht man deiner Figur überhaupt nicht an."

„Und außerdem ist es nicht so viel", wirft Gerd ein.

„Egal!", fährt Ella energisch fort, „ich habe mit Gerd oft darüber gesprochen, mir geht es in diesem Punkt wie ihm. Ich spüre den Druck, wenn ich nichts Süßes bekomme, und ich habe Schuldgefühle, wenn ich nasche."

„Anderer Stoff, gleiches Gefühl", meint er.

„Genau! Anderer Stoff, aber drumherum liegen ähnliche Gefühle", bekräftigt Gerd. „Kennst du Walter Lechler?"

„Nie gehört."

„Ein Arzt, weiß nicht, ob er noch lebt, nach dessen Modell mehrere Klinken im Schwarzwald arbeiten. Ich glaube, es fußt auf den zwölf Punkten der Anonymen Alkoholiker. Jedenfalls hat er ein Büchlein herausgegeben, das heißt 'Nicht die Droge ist's – Wir sind alle süchtig' [17]. Ich finde, der Mann hat Recht."

„Du meinst Arbeitssucht, Sexsucht und Ähnliches."

„Zum Beispiel. Aber er führt im Buch viel mehr Bereiche auf: Sport, Kaufen, Gurus, Nichtessen, Meditation, Reisen, Hobbys, Internet, Drogen, Essen, Fahrradfahren, Lesen – alles kann nach seiner Meinung ein Vermeidungsverhalten sein, eine Art Ersatzsystem, anstatt dass wir wirklich mit den Problemen und Ängsten umgehen, die in unserem Inneren warten. Anstatt diese Geschichten verantwortlich anzugehen und uns unserem Leben zu stellen, betäuben wir uns, meint er, auf irgendeine Art und flüchten so vor der Realität unseres Lebens."

„Das klingt spannend. Da gehört Helfen-wollen auch hundertprozentig hinein, oder?"

„Na ja, Helfen-wollen vielleicht nicht, Helfen-müssen auf jeden Fall. Co-Sucht, so nennt er das, gehört zu jeder Sucht dazu. Die Frau, die ihren saufenden oder prügelnden Mann deckt, die Eltern, die ihre Augen vor der magersüchtigen Tochter verschließen, die Jugendlichen, die für andere Zigaretten kaufen, ein Chef, der die Augen zumacht, wenn seine Sekretärin jeden Tag Aufputschtabletten nimmt, vielleicht sogar die Hausfrau, die ihrem Mann alles abnimmt, damit er vierzehn Stunden am Tag arbeiten kann. Lechler ist radikal, er meint, dass die oder der Co-Kranke die Lebenslüge des anderen mitträgt und seine eigene damit vertuscht."

„Das klingt heftig", meint Ella, „und irgendwie aussichtslos. Und wie soll man aus diesem Teufelskreis raus kommen?"

„Außerdem hört sich das für mich an, als wenn fast unsere ganze Gesellschaft mit drinsteckt", ergänzt er. „Die eine Hälfte als Süchtige, die andere als Co-Süchtige, als Zuarbeiter der ersten Hälfte."

„Ja, wie soll man da raus kommen?", wiederholt Gerd. „Wie wir es probieren. Ein bisschen bewusster mit den Dingen umgehen, mit guten Leuten darüber sprechen, anschließend nachspüren, wie du in der Hängematte vorhin. Außerdem kann man sich Hilfe von Experten holen, zum Beispiel eine Therapie machen, obwohl eine Psychotherapie natürlich keine Kur ein für alle Mal ist, sondern lediglich ein Stück auf dem Lebensweg mit hoffentlich kompetenter Begleitung. Sinnvoll ist auch, sich einer Selbsthilfegruppe, wie z.B. den Anonymen Alkoholikern oder deren Angehörigengruppen, anschließen ... Aber das wichtigste ist, finde ich, freundlich mit sich selbst umzugehen, selbst wenn wir regelmäßig an uns selbst scheitern."

„Also, ich wage eine These", meint er. „Immer, wenn Schuldgefühle, Ängste, Ärger oder andere stärkere Gefühle um einen 'Stoff' oder eine Verhaltensweise kreisen und permanent auftreten, egal was für ein Stoff es ist, hängt mehr dran als eine Sucht oder Gewohnheit. Die Sucht ist Ausdruck von irgendetwas Älterem, Tieferem in einem selbst, zum Beispiel dem Wunsch oder der Suche nach Liebe oder Beschütztwerden, die Sehnsucht nach einem sicheren Platz oder was weiß ich was. Dem Problem ist eben, weil es alt und eventuell schon in unserer frühen Kindheit entstanden ist, nicht einfach beizukommen. Lesen, nachdenken, darüber sprechen, das mag gut sein, aber es reicht nicht aus, weil hinter diesen Gefühlen wahrscheinlich kindliche Erfahrungen stecken, die vor der Ausbildung des Verstandes und der Sprache da waren. Das heißt für mich, nicht der Verstand oder mit Wissen kann ich meine Sucht kontrollieren, sondern es steckt etwas Größeres, Älteres dahinter. Versteht ihr mich?"

Die beiden nicken nachdenklich.

„In meiner Meditationswoche hat einer der Lehrer mir eine Frage mitgegeben: 'Wie könnte eine Schneeflocke im wütenden Feuer bestehen?' ..."

„Kannst du die Frage wiederholen? Ganz langsam, damit ich mitkomme", meint Ella.

„Wie könnte eine Schneeflocke im wütenden Feuer bestehen?, lautet die Frage."

Die beiden schauen sich an und denken eine Weile nach.

„Schneeflocke, wütendes Feuer ... keine Chance", meint Gerd schließlich.

„Genau. Wir sind zu klein für das unglaublich große Leben, allein sind wir zu klein. Wir brauchen eine umfassendere Verbindung ...", sagt er.

„Du meinst Gott?"

„Für den einen mag es Gott, Allah oder Jahwe sein, für den anderen das Große Ganze, die Natur, die Arbeit in einer Selbsthilfegruppe. Was auch immer, wir brauchen die Einbindung in einen größeren Zusammenhang, der uns gleichzeitig zeigt, wie klein und unbedeutend wir sind und wie einmalig und einzigartig ...",

„ ... und dass wir alle zusammengehören", meint Ella.

„Das ist es – alleine jedenfalls können wir es nicht schaffen, unseren uralten Verletzungen zu entkommen", stimmt Gerd zu, „und selbst mit anderen zusammen ist es nicht einfach."

„Das mit der Schneeflocke ist, finde ich, ein schönes Bild", meint Ella nachdenklich. „Aber es ist unabänderlich. Eine Schneeflocke muss im Feuer vergehen, anders geht es nicht."

„Keine andere Chance", wiederholt Gerd.

„Das ist real", meint er, „das ist unser Leben. Wir werden alle vergehen."

„Klingt traurig ... und ... ein bisschen niederschmetternd.", sinniert Gerd. „Aber da steckt noch etwas anderes drin. So was wie, wir müssen aufgeben, sozusagen sterben im Leben, um weiterleben zu können."

„Ich glaube, ich verstehe, was du meinst. Wir hängen alle so verdammt an unseren Eigenarten, Süchten, Gewohnheiten. Lieber wollen wir sie behalten, als ohne sie in eine scheinbar unsichere Zukunft zu gehen. Wenn ich mein Bier trinke, weiß ich wenigstens, woran ich mich halten kann."

„Und lieber schlappe ich täglich zur ungeliebten Arbeit, als mein Leben neu und freier zu organisieren …"

„ … mit dem Risiko des Scheiterns."

„Ja, genau, lieber auf die gleiche Art weitermachen, als etwas zu verändern …",

„ … weil es echt Scheiße ist, wie eine Schneeflocke im wütenden Feuer zu schmelzen …",

„ … und dennoch gibt es kein Zurück."

„Wir brauchen die Niederlage, um aufstehen zu können …",

„auf der Ebene gibt es keine Niederlage und keinen Sieg mehr, nur noch Leben …"

„Leben nach dem Motto: Es gibt keine Chance – nutze sie!"

„Jungs, ihr steigert euch gerade ganz schön hinein", grinst Ella, „und heute Abend sitzt ihr da, trinkt euer Bier und ich esse meine Schokokekse …",

„ … weil nämlich das Leben ein Fest ist …",

„ … und gefeiert werden will. Deshalb heißt es ja Feierabend."

„Also stehen wir jetzt am gleichen Punkt wie am Anfang."

„Nicht ganz. Vielleicht sind wir eine winzige Spur bewusster als vorher, auch wenn sich das wieder verliert …",

„ … und außerdem macht es total Spaß, mit euch im Sand am Meer zu liegen und über das Leben nachzudenken."

„Genau, das ist Heilung. Außerdem: ein Philosoph hat gesagt, dass wir unser Leben nicht aufschieben können, bis wir fähig sind, es zu leben. Warum also erst unsere Probleme lösen und danach leben?",

„ … lieber leben, leben, leben und dabei gaaanz langsam unsere Probleme lösen."

„Und die Schneeflocke?"

„ …verbrennt im wütenden Feuer. Da geht kein Weg vorbei. Dessen bewusst ist uns dieser Tag geschenkt, ist uns jeder Tag des Lebens geschenkt."

„Große Worte, leicht ausgesprochen!"

Alle drei lachen so laut, dass Inka ihren Kopf hebt.

....

KURZE Zeit später tollen sie in den heute flachen Wellen herum. Selbst Inka traut sich ein Stück ins Wasser, aber bald findet sie Sandbuddeln spannender. Ella beschließt, mit dem Hund am Strand spazieren zu gehen, die beiden Männer sitzen im flachen, ziemlich warmen Wasser und reden weiter.

„Lechler fordert in seinem Buch allerdings totale Abstinenz", meint Gerd, „das hat mich beim Lesen - heimlich würde ich sagen – geärgert. Ich stimme ihm sonst in allem zu, aber darin konnte ich ihm nicht folgen."

„Klar, da sind wir bei dem Punkt von heute Vormittag. Es ist, als wenn wir etwas Liebgewonnenes nicht aufgeben wollten … oder könnten."

„Okay, Lechler schreibt, das zeigen seine Beispiele, von dem Vollalkoholiker, bei dem der Stoff den ganzen Alltag bestimmt und der schon jede Menge Probleme deswegen bekommen hat, wie z.B. Verlust des Arbeitsplatzes, Unfälle, Beziehungsprobleme …",

„ … und so weit war es bei uns nie, willst du sagen."

„Will ich. Obwohl …", Gerd wirkt plötzlich nachdenklich, „… manchmal hatte ich früher Glück, dass ich beim Autofahren nicht kontrolliert wurde. Da bin ich manches Mal nachts mit ein paar Bier gefahren."

„Und suffbedingte Streitereien kennst du auch, oder?"

„Schlägereien nicht, da habe ich mich raus gehalten. Aber

Streit mit der Partnerin abends, wo ich am nächsten Tag zugeben musste, dass Alkohol eine aufputschende Rolle gespielt hat, ja, das gab es, das passiert mir leider heute noch manchmal mit Ella."

„Kenn ich genauso. Insofern ist eben alles eine Sache der Häufig- und Heftigkeit. Aber im Grunde sitzen wir im gleichen Boot mit den Profisäufern, wenn auch nicht auf den vordersten Sitzen, oder?"

„Du machst es mir echt nicht leicht ... ja, okay, sitzen wir."

Er merkt, dass es Gerd nicht leicht fällt, das offen zuzugeben.

„Und trotzdem ist uns beiden klar, dass wir das mit der totalen Abstinenz, wie dieser Arzt es fordert, nicht hinbekommen - wollen ... oder ... können."

„Lechler würde vielleicht sagen, dass wir uns im 'gemütlichen Elend' eingerichtet haben. So nennt er es, wenn Leute nicht wirklich etwas ändern wollen."

„Und, hast du dich im gemütlichen Elend eingerichtet?", fragt er.

„Im Grunde ja ..., aber viel, viel mehr gemütlich als Elend, finde ich."

„Ich auch ... und außerdem sind wir deutlich mehr als nur der, der abends seine Biere trinkt. Wir gehen unseren Weg, sind viele spannende Wege gegangen ...",

„ ... allerdings manchmal in Schlangenlinie. Weißt du, ich glaube, ich liebe diese Droge auch, wenn ich ehrlich hinschaue. Sie ist wie eine Geliebte, die mir jeden Abend bereitwillig zur Verfügung steht."

„Das Bild kenne ich in mir. Eine Geliebte allerdings, die mir hilft, meine Defizite zu verbergen ...",

„ ... welche Geliebte macht das eigentlich nicht?", grinst Gerd,

„bleib mal bei der Sache, ... die andererseits Abwechslung, Spannung und Entspannung in mein Leben hineinbringt ...",

„mit deren Unterstützung wir lachen und streiten können ...",

„… allerdings mit leicht selbstzerstörerischen Zügen, findest du nicht?"

„Klar. Deshalb haben wir dieses unterschwellig unangenehme Gefühl, dass etwas nicht stimmt bei der Geschichte."

„Genau, es bleibt dieses unsichere Gefühl im Magen …",

„… wobei ich dieses Gefühl leichter annehmen kann als früher."

„Mhhm, was meinst du, warum?"

Gerd denkt eine Weile nach, scharrt mit seinen Füßen im weichen, nassen Sand.

„Weil doch einiges passiert ist und sich geändert hat", meint er schließlich. „Wenn du willst, gebe ich dir ein Beispiel."

„Ja, gerne."

„Also, das Ganze ist mindestens zehn Jahre her. Es war abends, Ella und ich sind in einen Streit geraten, keine Ahnung mehr, worum es dabei ging, das ist auch nicht wichtig. Jedenfalls hat sich die Sache immer mehr aufgebaut; ich habe mich hineingesteigert, wie das meine Art ist, und Ella hat sich zusehends ins Schweigen verkrochen, wie das ihre Art ist. Ihr Schweigen hat mich total genervt, wir sind wütend auseinander gegangen. In mir war das Gefühl: jetzt hau ich mir ein paar Bier rein, daran ist sie schließlich schuld. Ich geh zum Kühlschrank, um mir ein Bier aufzumachen; im letzten Moment wird mir klar, dass der Streit danach, wie öfters, schlimmer werden könnte … alles war irgendwie unwürdig … so ging es nicht mehr …

Ich habe mich also gegen meine Gewohnheit umgedreht, bin in mein Zimmer und habe mich auf das Bett gelegt. Ohne Buch, ohne Fernseher, hatte keine Lust, mich wegzubeamen.

Es war mittlerweile dunkel und nach einer Weile habe ich Angst bekommen. Todesangst! Wenn ich jetzt nicht rausgehe und saufe und weiter streite oder wenigstens irgendetwas mache, … vor allem aber, wenn ich jetzt nicht saufe, werde ich sterben, das ungefähr war mein Gefühl. Aber ein Teil in mir wusste, dass es sinnlos ist, das jetzt zu machen, dass es besser wäre, liegen zu bleiben, nichts zu tun. Dieser Teil hatte keinen Bock mehr, wie immer zu handeln, mit trinken, streiten, unfreundlich sein, mich schämen, mich irgendwann später entschuldigen zu müssen. Kein Bock mehr auf das immergleiche Scheißspiel, verstehst du?"

„Und dann?"

„Ich bin liegen geblieben, mit dieser Angst, sterben zu müssen. Es war zuerst ziemlich schrecklich. Irgendwann muss ich jedoch eingeschlafen sein, denn als ich aufgewacht bin, dämmerte es schon. Und plötzlich war mir klar: Ich bin nicht gestorben! Das war ein echt gutes Gefühl und gleichzeitig ein, wie soll ich sagen, ein erstaunliches Gefühl. Ein riesengroßes Erstaunen darüber, dass es so … leicht, so … einfach war."

„Was war denn das Einfache?", fragt er gespannt.

„Die Lösung. Die besteht nämlich darin, nichts zu tun. Nicht zu trinken, genauer gesagt."

„Na, eigentlich hast du ganz schön viel getan. Du hast dich anders verhalten als sonst."

„Ja, das sehe ich heute auch. Dieses Nichttun war ein riesiges Wagnis für mich, wie ein Sprung in etwas Neues. Und außerdem hat dieses Erlebnis mein Verhältnis zu meiner Angst verändert. Ich habe plötzlich kapiert, dass meine Angst nicht immer begründet ist. Die Angst war zwar in mir, aber sie hatte nicht Recht. Nein, besser, sie hatte keinen realen Anlass. Sie war eingebildet, nicht real. Etwas in mir hat sie viel größer und schauriger gemacht, als es tatsächlich nötig war. Ich musste nur 'nichts' tun, und schon hatte sie keine Macht mehr über mich."

Er beugt sich vor und fragt: „Wie ist es weitergegangen?"

„Es ist nichts Großartiges passiert", seufzt Gerd. „Aber die Gleichung 'Saufen oder Sterben' stimmt seitdem nicht mehr. Vielleicht hat sich die innere Abhängigkeit ein Stück gelockert."

„Pass auf! Wenn ich die Gleichung mal aufdrösele, könnte

sie lauten: Wenn Druck da ist, bedeutet Saufen weiterleben und Nichttrinken würde Sterbenmüssen bedeuten."

„Zumindest in starke Ängste fallen."

„Und wie ist es jetzt mit dieser Angst?"

„Sie ist viel kleiner geworden. Wenn ich unter Druck gerate oder in einen Streit verwickelt bin, kommt sie schon auf, und die innere Aufforderung, Alkohol zu trinken, ist unterschwellig da. Aber ich folge diesem Sog kaum noch, denn ich weiß ja, dass ich deshalb nicht sterben werde. Meine Regel lautet jetzt: trinke keinen Alkohol, zumindest nicht zusätzlich, wenn du mit Ella streitest. Und vor allem nicht, weil du mit jemandem streitest. Verstehst du?"

Er überlegt.

„Ja, du willst nicht mehr, dass du als Folge eines Streites ins Trinken kommst oder das Trinken gegen andere benutzt."

„Genau! Der Trick vorher hieß nämlich: Weil du mit mir streitest oder mich schimpfst, muss ich trinken …du bist im Grunde schuld."

„Das ist stark!", meint er. „Du versuchst, die Verantwortung zu dir zu nehmen …"

„So ist es! Ich will nicht die Schuld auf den anderen schieben … lieber schauen, was bei mir schief läuft …"

„Darüber werde ich nachdenken müssen", sagt er, „da ist was Wichtiges dran."

„Außerdem habe ich in den Monaten nach der Geschichte öfter und in den verschiedensten Zusammenhängen bemerkt, wenn Angst in meinem Leben aufgetaucht ist und dabei einen aufgeblähten Raum eingenommen hat. Du kannst dir nicht vorstellen, wie sinnlos oft Angst da ist, die gar keine reale Entsprechung hat."

„Doch, kann ich! Ich bin ziemlich vertraut mit meinem Kopfkino."

Gerd muss lachen.

„Du kennst das also auch! Jedenfalls habe ich allmählich gelernt, zwischen Angst zu unterscheiden, die reale Anbindung hat, wenn zum Beispiel Inka in Richtung einer Straße davon rennt, und Ängsten, die ich mir in erster Linie einbilde, wie zum Beispiel die Angst, dass ich verarmen könnte oder Hunger leiden müsste. Die hatte natürlich für meine Eltern direkt nach dem Zweiten Weltkrieg eine reale Bedeutung und ein Stück davon haben sie mir möglicherweise mitgegeben. Für mich aber hat sie in meiner Gegenwart im heutigen Deutschland keine Grundlage, sie existiert in diesem Moment nur in meinem Inneren. Als ich herausgefunden hatte, dass die Verarmungsangst, die manchmal in mit auftauchte, gar nicht meine Angst war, konnte ich besser mit meinem Geiz umgehen und mir mehr gönnen, ohne sofort ein unangenehmes Gefühl zu bekommen. Ich sag dir, mein Leben ist viel leichter geworden, seitdem es mir besser gelingt, zwischen realen und eingebildeten Ängsten zu unterscheiden und den sinnlosen weniger Macht in meinem Leben einzuräumen."

„Und wie gelingt dir das? Wie unterscheidest du? Weißt du, wie du das machst?"

Gerd denkt nach.

„Mmhh, wie mache ich das? Also, zuerst geht es darum mitzukriegen, dass ich Angst habe. Oft genug spüre ich eher Wut oder Zorn, und erst nach einer Weile kriege ich mit, dass Angst dahinter steckt. Aber gehen wir mal davon aus, dass ich eine Angst in mir bemerkt habe. Ich versuche also zu prüfen, ob dieses Gefühl eine reale Grundlage hat. Angenommen, ich bin in einer Kneipe und merke, wie sich ein Streit an einem Tisch in der Nähe zuspitzt. Das sehe ich als reale Bedrohung. Deshalb folge ich der Angst und verlasse möglicherweise bald das Lokal oder beobachte die Geschichte jedenfalls aufmerksam. Anderes Beispiel: ich bin auf dem Weg zum Bahnhof und bekomme plötzlich Angst, weil ich denke, ich schaffe es nicht, den Automaten am Bahnsteig zu bedienen. Die Angst erkenne ich als unwirklich, denn ich stehe ja noch gar nicht vor dem Automaten. Reines Kopfkino, wie du es vorhin genannt hast. Also beruhige ich mich innerlich und mache mir klar, dass ich abwarten will, bis ich dort bin. Wie Seneca sagte: 'Ne sis miser ante tempus', 'Sorge dich nicht vor der Zeit'.

„Bist du auch von der Schule her ein alter Lateiner?", wirft er ein.

„Nein, nein, den Satz hat mir ein Freund, ein Lateinlehrer, gesagt, der hat mir einfach gefallen. Aber weiter. Das ist bisher nur die eine Hälfte, vielleicht sogar die unwichtigere. In dem Moment, in dem ich sie mitkriege, ist es wichtig für mich, die nichtreale Angst nicht wegzumachen, abzuwerten oder gar in mir lächerlich zu machen. Denn: sie will gesehen und anerkannt werden. Ich lächle also in mir drin und sage in mir: Hallo, Angst, alte Begleiterin, da bist du ja mal wieder.

Oft ist es, als wenn die Angst zurück lächeln würde. So ein schüchternes, einsames, trauriges, aber zufriedenes Lächeln von jemandem, der gesehen und erkannt worden ist."

„Hmm, das ist stark. Das ist, als wenn auch ein negatives Gefühl seinen Ort in einem haben wollte. Einen Platz, der ihm zusteht …",

„… und der reicht ihm meistens. Es will vielleicht gar nicht herrschen, dieses Gefühl, aber es möchte seinen Platz in mir haben."

„Auf jeden Fall bist du freier geworden."

„In dem Punkt schon. Aber vor allem, um auf unseren Ausgangspunkt zurückzukommen, wenn ich mit Ella streite, greife ich nicht mehr automatisch zur Flasche. Allerdings bleibt das Problem, dass ich manchmal streite, wenn ich vorher zur Flasche gegriffen habe. Aber immerhin ist es wenigstens so, dass ich deswegen nicht noch mehr trinke."

„Ja, das mit dem Alkohol ist ein langer Prozess", seufzt er,

„wahrscheinlich ein lebenslanger …"

„Wem sagst du das. Wenn halt das Bier abends nicht so gut schmecken würde …"

....

HÄUFIG denkt er über die Gespräche mit Gerd nach, als die beiden abgereist sind. Er hat sich tief und intensiv mit diesem Mann verbunden gefühlt, unglaublich. Auch Ella ist ihm nahe gekommen in ihrer stillen, zurückhaltenden Art. Sie hat ihm zum Abschied ein Buch geliehen. „Was blüht am Mittelmeer"[18] heißt es, und ist genauso in verschiedenen Farben aufgebaut wie das Pflanzenbuch, das sie ihm in der Auvergne gezeigt hat.

„Das will ich zurück", hat sie gesagt, „aber ich denke, du wirst es gebrauchen können, wenn du ab Ende September an der spanischen Mittelmeerküste bist."

Er hat gerührt versprochen, das Buch persönlich nach seiner Reise zu ihnen zu bringen, denn er will sie unbedingt besuchen.

Gerd hat freudig und nachdenklich seinen Kopf geschüttelt, als Ella ihm das Buch gegeben hat.

„Dass Ella dieses Büchlein verleiht, ist ungewöhnlich", hat er gegrinst. „Ich glaube, sie mag dich. Und ich dich auch!"

Fest haben sie sich gedrückt zum Abschied.

Und dieser Hund. Wenn ihn Inka angeschaut hat mit ihren braunen Augen, hat er oft gedacht, die versteht alles.

Fast eine Woche ist vergangen, seitdem die drei weg sind. Anfang September hat sich der Campingplatz allmählich geleert. Tagsüber ist es weiterhin angenehm warm, abends eine dicke Jacke angesagt. Der kleine Supermarkt hat seine Öffnungszeiten deutlich reduziert, seine Regale weisen Lücken auf, aber frisches Baguette gibt es weiterhin zweimal am Tag. Französisch hört man kaum noch, vor allem deutsche Wellenreiter, einige Studenten und ältere Wohnmobilisten aus den verschiedensten europäischen Ländern beherrschen die Szene. Er verbringt viel Zeit am Meer, wandert den unendlichen Strand entlang, badet in den kühlen Wellen mit ihrem glasklaren Wasser. Die meisten Abende hat er in den letzten Tagen im kleinen Restaurant verbracht. Nach den unglaublichen Sonnenuntergängen, die er von der Düne aus bewundert, spielt er dort mit neuen Bekannten Backgammon, sitzt plaudernd zusammen. Er hat das Gefühl, die Verbliebenen sind näher zusammengerückt, wie um die Lücken zu füllen, die das Ende der Sommerferien in Europa gerissen hat.

Viel Zeit verbringt er in seiner Hängematte. Schaut in den von den Pinienästen zerrissenen Himmel, liest, beobachtet die Spatzen, die die Krümel von seinem Frühstück aus dem Sand picken. Es tut ihm gut, so vertraut an einem Ort zu sein. Zwar war er traurig und hat die Leere in sich wieder wahrgenommen, als die Freunde abgefahren sind, aber langsam gewöhnt er sich an das wiederkehrende Abschiednehmen als Teil dieser Reise. Und er hat bemerkt, dass es ihm leichter als am Anfang fällt, allein zu sein. Er meint, mehr Zutrauen zu sich selbst zu spüren. Gerade reiben und kratzen sich die Tage nicht an ihm, sondern sie fließen eher wie ein lebendiger, klarer Bach.

Vor allem merkt er, dass er freundlicher mit sich umgeht. Sein innerer kritischer Beobachter ist nicht völlig verschwunden, aber lässt ihm mehr Luft zum Atmen und zum Freuen. Wenn mein innerer Kritiker sich entspannen kann, denkt er manchmal, wird mein gesamtes Leben einfacher und lockerer ... und ich wage mehr. Wie lange hatte ich keine Geschichte mehr geschrieben, das war in der Eile des Alltags völlig flöten gegangen ...

Zwei Abende vorher war er bei einem Paar, das in der Nachsaison Urlaub macht, solange die Tochter noch nicht schulpflichtig ist, zum gemeinsamen Kochen eingeladen. Nach dem Essen saßen sie in der Dämmerung, als plötzlich die kleine Jana ihre Mutter von ihrem Bettchen im Zelt aus gerufen hat. Eine kuriose Situation mit viel Gelächter entwickelte sich, noch in der gleichen Nacht bekam er Lust, eine Geschichte zu schreiben …

JANA UND DER GROSSE KÄFER

Jana ist zweieinhalb und sie fährt mit ihren Eltern in diesem Spätsommer zu einem Campingplatz am Atlantik.
Die Eltern bauen zwischen all dem Sand das Zelt auf, den großen Tisch, die Stühle. Jana packt ihre Spielsachen aus.
Es ist wunderschön hier:
am Zeltplatz
auf der Düne
am großen Meer.
Gut, dass die Eltern dabei sind und sich überall auskennen.
Frederik ist drei und Janas allerbester Freund.
Manchmal ist er eine Katze, er fährt schnell Roller, ab und zu streiten sie und sie helfen und trösten sich, wenn einer hingefallen ist.
Heute Abend haben Papa und Mama Besuch von Frederiks Eltern. Jana und Frederik spielen, die Eltern sitzen um den Tisch auf den Campingstühlen, essen Chips, trinken Wein und reden. Jana und Frederik spielen und spielen, doch dann, es ist schon ganz dunkel, heißt es: Zähneputzen und ab ins Bett.
Heute bringt Papa Jana in ihr Kinderbett mit dem Moskitonetz. Sie liegt darin still und gemütlich und ist schon am Einschlafen, da bewegt sich etwas neben ihr.
Jana ruft erschrocken: „Mama, Mama, komm doch

mal ... schnell!"
Mama kommt und Jana sagt: „Da sitzt ein Viech!"
Mama leuchtet mit der Taschenlampe und erschrickt
sehr: da sitzt ein großer Käfer – und Mama hat Angst
vor Käfern.
Viel mehr Angst als Jana.
Sie nimmt Jana schnell auf den Arm und ruft nach Papa.
Papa ist groß, dick und gemütlich. Er hat keine Angst
vor großen Käfern. Er kommt, nimmt ihn in die Hand
und trägt ihn aus dem Zelt. „Aua!", ruft Papa plötzlich,
„er hat mich in den Finger gezwickt."
Er lässt den Käfer in den Sand fallen.
Frederiks Eltern holen schnell die große Taschenlampe
und alle schauen das Tier an.
„Tatsächlich", meint Frederiks Mama, „er hat richtige
kleine Zangen, der Käfer."
Als sie genug geschaut haben, holt Janas Papa einen
kleinen Teller. „Damit du mich nicht mehr zwickst",
murmelt er lächelnd. Er schiebt den Käfer auf den Tel-
ler und trägt ihn zu einem Baum, der ein Stück weiter
weg steht.
Mama hat Jana auf dem Arm, um sie zu beruhigen.
Jana hat gar keine Angst mehr. Aber sie kuschelt sich
in Mamas Arm, um sie zu beruhigen. Denn Mama hat
wirklich Angst vor großen Käfern.
Bald schläft Jana in ihrem Bett ein.
Die Eltern sitzen noch ein bisschen zusammen, dann
schlafen auch sie in ihren Betten ein.
Und Frederik, der im Zelt seiner Eltern von dem ganzen
Abenteuer nichts mitgekriegt hat, schläft sowieso.
Der große Käfer aber ist an dem Baum hochgeklettert.
Er sitzt auf einem Ast und schläft auch.

Sie gefällt ihm, seine Geschichte. Lächelnd schwingt er sich aus der Hängematte, hängt seine Lesebrille um den Hals und spaziert zu der Familie, um sie vorzulesen. Viel Gelächter wieder, Jana ist begeistert und zieht ihn stolz zu Frederiks Zelt, er soll die Geschichte sofort hören.

Als er äußerst zufrieden zu seinem Womo zurück schlendert, kommt er an der Rezeption des Platzes vorbei. Eher automatisch schaut er zum Holzregal mit den kleinen Fächern, in dem die in der Nachsaison wenigen Karten und Briefe für Gäste liegen. Unter dem Buchstaben seines Nachnamens bemerkt er einen Umschlag. Als er ihn herauszieht, erkennt er auch ohne Lesebrille seinen Namen und sofort schlägt sein Herz schneller. Rena!

Mein Lieber!

Fünf Wochen sind vergangen, seitdem wir unterwegs waren.

Langsam verblasst in mir unsere wunderbare Zeit, erscheint eher wie ein Traum; die Tage mit dir sind und bleiben unvergesslich, unbeschwert, einfach, schön. Am Anfang war es nicht leicht für Hannes. Er hat mich sogar gefragt, was los sei. Ich sei völlig verändert von meiner Freundin zurückgekehrt.

Am liebsten hätte ich ihm da alles erzählt und eine Trennung vorgeschlagen. Aber, ich gebe es zu, ich war und bin feige, und der Alltag fordert unerbittlich seinen Tribut und rollt Tag für Tag weiter.

Wie es dir jetzt wohl geht?

Ich vermute, dass du auch erst einmal Abstand von unserer Nähe finden musstest.

Ach, ich würde in diesem Moment gerne bei dir sitzen und direkt mit dir reden … du fehlst mir!

Genug gesülzt. Das bringt ja doch nichts.

Du wirst dich freuen, ich „sitze", seitdem ich zurück bin, fast jeden Tag. Immer wenn etwas Ungewöhnliches dabei passiert oder ich unsicher werde, rufe ich Claudia an. Manchmal machen wir sogar telefonisch aus, dass wir gleichzeitig meditieren.

Claudia hat mir Dehnübungen empfohlen, damit ich allmählich im Schneidersitz auf dem Boden sitzen kann. Die Knie tun mir dabei zwar weh, aber es wird langsam besser. Die Ruhe stärkt mich total, obwohl es manchmal nicht einfach ist, still zu sitzen. Natürlich denke ich dabei immer wieder an dich, aber du weißt ja: die Gedanken ziehen wie Wolken am Himmel ...

Und ich habe mich zu einem Einführungskurs im Sonnenhof angemeldet. In drei Wochen ist er, vorher werde ich Claudia besuchen.

Hannes konnte das zuerst gar nicht verstehen, denn er ist in dieser Zeit zu Hause. Überhaupt beobachtet er das Meditieren mit einem sehr kritischen Blick.

Aber ich habe ihm knallhart gesagt, dass ich mehr Zeit für mich brauche, unabhängig von seinen Plänen. Das hat er akzeptiert, wenn auch widerwillig.

Staunst du?

Ich habe das Gefühl, ein neues Kapitel in meinem Leben aufzuschlagen. Weiß noch nicht, welche Rolle du in diesem Kapitel spielen wirst ... aber mein Herz ist oft bei dir.

Rena

P.S.: Ich habe mir zwei Bücher über Meditation gekauft. In einem fand ich dieses Gedicht – es soll dich begleiten:

Achte gut auf diesen Tag,
denn er ist dein Leben.

In seinem kurzen Ablauf
liegt alle Wirklichkeit
und Wahrheit des Daseins:
die Wonne des Wachsens,
die Größe der Tat,
die Herrlichkeit der Kraft.

Denn das Gestern ist nichts
als ein Traum
und das Morgen
nur eine Vision.

Das Heute jedoch, ganz gelebt,
macht das Gestern zu einem
Traum voller Glück
und das Morgen zu einer
Vision voller Hoffnung.

Darum: Achte gut auf diesen Tag!
AUS DEM SANSKRIT[19]

Berührt liest er den Brief zum zweiten und dritten Mal. Um sein Herz ist es warm, gleichzeitig spürt er, wie sein Magen sich vor Trauer verkrampft. Dieser Brief bringt Unruhe, wo er gerade gemeint hatte, seine innere Ruhe gefunden zu haben. Unruhe, Trauer, Freude.

Den Spruch braucht er nicht zu Ende zu lesen, nur den ersten Satz. Es ist eines von seinen Lieblingsgedichten – nach jedem

Sitzen rezitiert er still eines davon, jeweils passend zu seiner Stimmung und inneren Situation in diesem Moment.

Aber dass Rena gerade den gut findet, das ist wieder einer dieser träumerischen Zu – Fälle, die er mit ihr erlebt. Er nimmt den handschriftlichen Zettel und heftet ihn neben den Spruch mit der Glocke, die verklingt, und die Geschichte mit dem goldenen Wind.

Er merkt plötzlich, wie aufgedreht und aufgewühlt er ist. Eilt und rennt keuchend zur Düne und hinüber ans Meer, damit seine Brust nicht zerspringt. Stürzt sich kopfüber in die wilden Wellen. Will alles vergessen, will nichts davon vergessen, will alles aufnehmen, was ist.

Erst als eine der hohen Atlantikwellen über ihm zusammenschlägt und ein großer Schluck Salzwasser in seiner Speiseröhre brennt, kommt er zu sich und robbt auf den goldgelben Sandstrand hoch. Dort liegt er still und lässt die Mittagssonne seinen gebräunten Körper mit geschlossenen Augen trocknen.

Er träumt, hört die Wellen, von weitem ein Kinderkreischen, ein Hund bellt …

IN dieser Nacht schläft er mit Sofia. Oder, besser gesagt, Sofia schläft mit ihm.

Sie und eine Freundin waren mit ihrem alten Bus und einem Zelt einige Tage vorher am Campingplatz angekommen. Schon an ihrem ersten Abend saßen sie mit in der Gruppe am langen Tisch im Bistro, mehrmals hat er mit ihr Backgammon gespielt. Ihre lustige, lebhafte Art hat ihm gefallen wie ihr selbstbewusstes Auftreten, dazu die langen braunen Haare, die ihr manchmal nach vorne ins Gesicht fallen und die sie sofort mit einer geschmeidigen Bewegung zurück über die Schulter wirft. Sehr klein ist sie, schlank, gute Figur; als er sie am Strand sieht, wirkt sie eher wie eine Jugendliche, obwohl er abends mitbekommen hat, dass sie Anfang dreißig ist. Einige der jüngeren Männer haben sofort versucht, sie und ihre größere, ähnlich gut aussehende Freundin anzubaggern, aber beide haben freundlich ihren Abstand gehalten. Da sie so viel jünger ist als er, hat er keine Scheu vor ihr gehabt, und sie haben beim Spielen viel gescherzt und geblödelt. Spätabends ist er danach mit einem guten Gefühl zum Womo geschlendert, meistens jede Menge Sterne über sich, einige Biere im Bauch und den Atlantikwind in der Nase.

Nach einem seiner Lieblingsabendessen, Tomaten mit Mozzarella und Basilikum, dazu frisches Baguette und natürlich kaltes Bier, will er an diesem denkwürdigen Tag, dem Tag, an dem Renas Brief angekommen ist, hat er ihn genannt, den Sonnenuntergang von der Düne aus genießen.

Er setzt sich auf seinen Stammplatz, etwas abseits von der Holztreppe, die zum Strand hinunterführt. Unten am Strand gehen Leute mit Hunden spazieren; eine kleine Gruppe spielt Frisbee, die Sonne hat noch einige Handbreit bis zum Horizont. Am Saum des Meeres sieht er eine kleine Gestalt sich langsam nähern und bald erkennt er Sofia. Sie winkt ihm zu, und als sie die Treppe hochsteigt, kommt sie die paar Schritte auf ihn zu.

„Willst du den Sonnenuntergang alleine sehen, du Romantiker, oder ist Gesellschaft angenehm?", scherzt sie.

„Angenehme Gesellschaft ist angenehm, setz dich zu mir", grinst er zurück.

Sie lässt sich neben ihn in den weichen Sand plumpsen. Sie plaudern, doch als die Sonnenscheibe sich bunt leuchtend durch die Wolkenschichten am Horizont brennt, verstummen sie beinahe ehrfürchtig.

„Adieu, entzückender Sonnenjüngling …", sagt er halblaut.

„Wie kommst du auf Sonnenjüngling?", fragt Sofia.

„Oh, das ist eine alte Geschichte …"

„Lass hören!", unterbricht ihn Sofia, „ich liebe alte Geschichten."

„Na gut. Als junger Lehrer war ich einige Jahre an einem kleinen Gymnasium im Jagsttal. Der Schulleiter dort war als streng und korrekt bekannt, manche haben ihn sogar gefürchtet. Er hat zum Beispiel", er muss in der Erinnerung kichern, „manchmal um halb acht, da hat die erste Stunde angefangen, die Schultür abgeschlossen und danach jedem Zuspätkommer, sei es Schüler oder Lehrer, persönlich aufgeschlossen. Das war vielleicht peinlich, kann ich dir sagen ..."

Sofia lacht laut auf.

„Das ist cool", meint sie, „ist es dir auch passiert?"

„Nein, ich hatte Glück, weil ich eher der pünktliche Typ bin. Auf jeden Fall sagt das aber etwas über seine Korrektheit. Eine andere Geschichte war, dass er oft kurz vor dem Klingeln nach der großen Pause ins Lehrerzimmer gekommen ist. Du kannst dir vorstellen, dass alle superpünktlich zum Unterricht abgedampft sind, während an Tagen, an denen er außer Haus war, alles lockerer zuging. Na ja, ich mochte ihn auf jeden Fall mit all seinen Schrullen, weil er sich auf der anderen Seite total für seine Schule und die Schüler eingesetzt hat. Und ich glaube, er hat gemerkt, dass ich Respekt, aber keine Angst vor ihm hatte ..."

„Du hast ihn wirklich gemocht, das merkt man", lächelt Sofia.

„Ja, sehr. Wir schreiben uns heute noch jedes Jahr einen Brief, obwohl ich ein Vierteljahrhundert von der Schule weg bin und er längst in Pension ist ... Aber zurück zu der Geschichte mit dem Sonnenjüngling. Er hat genauso Deutsch unterrichtet wie ich, und ab und zu hatten wir spontan gute Fachgespräche, von denen ich viel gelernt habe, denn er war deutlich erfahrener als ich. Er kam also wieder einmal kurz vor dem Klingeln ins Lehrerzimmer, du weißt schon warum, ich stand gerade an meinem Postfach und irgendwie kamen wir auf den Dichter Friedrich Hölderlin zu sprechen, der Anfang des 19. Jahrhunderts in Tübingen gelebt hat. Ich kannte wenig von ihm, aber der Schulleiter hatte in Tübingen studiert und seine Gedichte dort kennengelernt. Jedenfalls rezitierte er plötzlich das Gedicht 'Sonnenuntergang'[20] von Hölderlin, das ich noch nie gehört hatte. Mir gefiel das Gedicht, der Austausch floss angeregt hin und her, plötzlich meinte der Direktor erschrocken: 'Aber ich muss ja zum Unterricht. Es hat doch sicher schon geklingelt.' Und in der Tat: wir hatten beide zehn Minuten des kostbaren Unterrichts verplaudert und rannten verspätet die Treppe zu unseren Klassen hoch."

„Och, wie süß", lacht Sofia.

„Ja, ich weiß noch, dass ich damals sehr erfüllt, richtig glücklich zu meinen Schülern gehetzt bin. Jedenfalls muss ich seitdem bei fast jedem Sonnenuntergang an den 'entzückenden Sonnenjüngling' denken … und du wirst es nicht glauben, ich habe das Gedicht damals sogar auswendig gelernt."

„Kannst du es noch?"

Er denkt eine Weile nach.

„Den Anfang weiß ich nicht mehr. Dann kommt …

> ' …eben ist's,
> *dass ich gelauscht, wie, goldner Töne*
> *voll, der entzückende Sonnenjüngling*
> *sein Abendlied auf himmlischer Leier spielt;*
> *es tönten rings die Wälder und Hügel nach.'* "

„Es tönten rings die Wälder und Hügel nach", wiederholt Sofia leise, „das erleben wir ja gerade in Vollkommenheit, wenn ich mich umschaue. Nur dass es ein wenig kühl wird."

Er schaut sie an, sie hat wirklich für ihren Abendspaziergang nur einen dünnen Pullover übergezogen.

„Leider kann ich dir meine wunderbare Jacke nicht leihen, sonst muss ich frieren", meint er grinsend.

„Oh, ein Gentleman alter Schule", feixt sie zurück.

„Aber du könntest mich für ein paar Minuten wärmen, bis dieses Schauspiel zu Ende ist", meint sie frech.

„Sehr gerne. Und wie?"

„Ganz einfach!"

Sofia rutscht vor ihn und schmiegt sich mit ihrem Rücken an seine Vorderseite.

„So bin ich schon mal vom Wind von hinten geschützt."

„Mmhh", brummt er und merkt, wie ihm am ganzen Körper warm wird. Eine Frau, die sich an ihn kuschelt, das ist wie eine Erinnerung an eine vergangene Zeit. Hoffentlich hält mein Pimmel Ruhe, ermahnt er sich selbst, das wäre unangenehm.

Sofias Stimme reißt ihn aus seinen verwischten Halbträumen.

„Du bist jetzt mein Gartenzaun", hört er sie sagen.

„Was bin ich?", fragt er verwundert.

„Mein Gartenzaun. Jetzt erzähle ich dir eine Geschichte."

„Lass hören. Ich liebe alte Geschichten."

„Blödmann, das war mein Spruch. Aber gut, du sollst sie hören …Also, ich habe die Tante Babett, die älteste Schwester meines Vaters, sehr gern gehabt und als ich klein war oft bei ihr übernachtet. Ihre Kinder waren schon aus dem Haus, der Mann gestorben und sie hatte ein ganz großes Herz für mich. Ich durfte bei meinen Besuchen bei ihr im Bett schlafen, das war richtig toll für mich.

Vor einigen Jahren, sie war an die achtzig, ist sie sehr krank geworden und es war klar, dass sie bald sterben würde. Sie lag zu Hause, ihre Tochter hat sie versorgt; ich wollte sie unbedingt noch einmal vor ihrem Tod sehen. Meine Kusine hatte mir am Telefon gesagt, dass sie die meiste Zeit in einer Art Koma lag, aber ich bin trotzdem gekommen, um Abschied zu nehmen. Ich setze mich also an ihr Bett, halte ihre Hand, bleibe still bei ihr, denke über meine Kindheit nach und weine ein bisschen, weil ich sie so lieb hab und sie jetzt gehen muss. Nach einigen Minuten kommt sie plötzlich zu sich und schaut mich mit großen, runden Augen an. Ich sage: 'Ich bin's, Tante Babett, die Sofia.' Sie nickt und meint: 'Was bist du für eine schöne Frau geworden.' Ihre Tochter, die dabei steht, schüttelt verwundert den Kopf, denn so klar war die Tante seit Tagen nicht mehr gewesen. Sie will sich aufsetzen, das merken wir, aber sie hat keine Kraft dazu.

Ich helfe ihr, ziehe sie hoch, sie hält sich an meinem Arm fest, als sie schließlich sitzt. Wieder sieht sie mich an und sagt: 'Du bist jetzt mein Gartenzaun ...' "

Sofia schluchzt auf, er nimmt sie automatisch fester in den Arm. Sie zieht ein Papiertaschentuch aus ihrer Hose, schnäuzt sich, erzählt weiter.

„Dazu musst du wissen, sie hat sich an schönen Tag gerne draußen, in ihrem Vorgarten, auf den Gartenzaun gelehnt, den Vorbeigehenden zugeschaut und mit den Nachbarinnen geplaudert und geklatscht. 'Du bist jetzt mein Gartenzaun', sagt sie also. Sie schaut einige Minuten vor sich hin und manchmal mich an. Sie hatte einen Blick von ganz weit her, wie von der Grenze zu einer anderen Welt. Sehr weise, sehr weit. Dann hat sie geseufzt und wir haben gemerkt, dass sie keine Kraft zum Sitzen mehr hatte. Wir haben sie vorsichtig zurückgelegt und sie hat die Augen geschlossen. Ich blieb noch einige Minuten bei ihr. Am nächsten Tag hat ihre Tochter, meine Kusine, bei mir angerufen. Die Tante Babett war in der Nacht friedlich eingeschlafen."

Sofia braucht wieder ihr Taschentuch. Eine Weile ist es still, nur die Wellen sind zu hören; er nimmt die Dämmerung mit allen Sinnen wahr, eingebettet in dieses Stück Atlantikküste, das langsam seine Farben an die Nacht abgibt.

„Ich bin also jetzt dein Gartenzaun", meint er irgendwann lächelnd.

„Ja, bist du, und ich fühle mich sehr wohl", flüstert Sofia und kuschelt sich seufzend wohlig in seine Bauchkuhle hinein.

Ihm wird heiß, sein Penis beginnt sich zu regen unter dieser seit Wochen vermissten Berührung. Entweder scheint Sofia es nicht zu merken oder sie hat nichts dagegen, denn sie bleibt eng an ihn gelehnt. Er versucht, sich zu entspannen und zu genießen; sie schauen schweigend auf den dunkler werdenden Himmel. Fern am Horizont beginnt es zu leuchten und zu blitzen.

„Wetterleuchten", meint Sofia.

„Oder es baut sich im Westen ein Gewitter auf. Mal sehen, ob es sich nähert."

Er muss sich nach vorne abstützen, trotz ihres geringen Gewichts wird Sofia langsam schwer. Seine Hand findet ihren Oberschenkel, bleibt auf dem Stoff ihrer Jogginghose liegen, als er sich von hinten her aufrichtet. Eher zufällig liegt sie da, aber die Berührung macht ihn doch nervös.

Sofia schiebt die Hand nicht weg. Aufgeregt verstärkt er minimal den Druck, sein Gefühl ist, der Schenkel kommt ihm eine Spur entgegen. Sie beobachten weiter das Wetterleuchten, aber er ist nur halb dabei, denn die andere Hälfte von ihm fühlt ihren Rücken und ihren Po an seiner Vorderseite und ihren Schenkel unter seiner Hand, die ihm gerade sehr groß vorkommt. Er bewegt die Hand ein wenig, streicheln wäre übertrieben gesagt.

Kein Nein ertönt. Wächst die Spannung nur in ihm und seinem Penis, der sich jetzt deutlicher in Sofias Rücken drückt, atmen beide unruhig oder ist es die Gewitterspannung, die sich in ihnen aufbaut? Bin ich verrückt, das hier zu tun?, will er eigentlich denken, aber schon hat die aufregende Situation ihn wieder eingesogen.

Weit, weit weg grollt und donnert es leise, kurz darauf etwas näher.

„Es ist schön hier mit dir", flüstert Sofia in seine Halsbeuge, er streichelt als Antwort ganz zart die Innenseite des Schenkels, wo seine Hand liegt, mit einem Finger. Als sie mit ihren Lippen seinen Hals streift, wird seine Hand mutiger und klettert an ihrem Oberschenkel hoch. Sie rekelt sich unter seinen Fingern, öffnet ein wenig ihre Schenkel, und ja, sie drückt eindeutig ihren Rücken an seinen Schwanz. Dann dreht sie sich langsam vor ihm und küsst ihn. Dabei drückt sie mit ihrer Hand gegen die Beule in seiner Hose.

Er zuckt zurück und kommt fast, so aufgeregt ist er in diesem Moment. Da es mittlerweile dunkel und niemand in der Nähe ist, legt er seine Hand mit leichtem Druck zwischen ihre Beine. Sofia stöhnt auf, bewegt ihren Unterkörper auf die Hand zu, verstärkt gleichzeitig ihren Druck und umfasst seinen Penis durch die weiche Jogginghose. Als sie ihn knetet, merkt er, dass er das nicht lange aushalten wird, und hört sich stöhnen. Sie drehen sich, sodass sie sich besser berühren können, seine Hand rutscht in ihre Hose, zwischen ihre Beine. Ihr Slip ist feucht und als er ihre Schamlippen durch ihn nachzieht, zuckt sie keuchend zusammen. Wieder küsst sie ihn, ihre Zunge spielt mit seiner. Er fährt mit einem Finger am Saum des Slips entlang, schiebt sich unter ihn und berührt ihre Schamhaare. In dem Moment, in dem er seinen Finger auf ihre Klitoris legt und ihre stöhnende Nässe spürt, rutscht ihre Hand in seine Hose, umfasst den Penis und drückt ihn. Das ist zu viel für ihn und er platzt.

„Ups", meint sie überrascht, „was ist denn jetzt passiert?"

„Ich war lange nicht mehr mit einer Frau zusammen. Das war gerade zu viel für mich. Oh Gott, wie peinlich."

„Macht doch nichts", meint Sofia seufzend, „aber mir war das zu wenig. Wie soll es weitergehen?"

„Hast du Lust, mit in mein Wohnmobil zu kommen?", fragt er. „Es wird eh gleich regnen …"

Und tatsächlich. Während ihrer Schmuserei haben sich die Wolken stark ausgebreitet. Im Hintergrund zucken silbrige Blitze über den gesamten Horizont und erhellen das Meer, und der

Donner folgt in kürzer werdenden Abständen. Ein großartiges Spektakel, von dem sie in den letzten Minuten allerdings nur einen Bruchteil wahrgenommen haben.

„Lass uns gehen, es geht gleich los!", ruft Sofia.

Sie eilen die Holzplanken über die Düne zurück zum Platz. Ab und zu drehen sie sich um, um das Gefunkel, Geblitze und Gedonner hinter ihnen zu bewundern.

„Ich sag schnell meiner Freundin Bescheid, damit sie sich keine Sorgen macht", meint Sofia, als sie an seinem Wagen angekommen sind, „ und dann komm ich."

„Und ich gehe kurz duschen", sagt er, ein wenig kleinlaut.

„Keine schlechte Idee", grinst Sofia, das freche Biest.

„Na warte, dich krieg ich schon noch!", ruft er, während die ersten dicken Regentropfen in den Sand klatschen, „ich lass das Womo offen, dann kannst du schon rein, bevor der große Regen kommt und du früher als ich da sein solltest."

Schnell holt er Handtuch und Shampoo aus dem Wagen. Beim Duschen hört er einzelne Vorboten des Regens auf das Holzdach des Waschhauses trommeln. Immer noch ist ihm ziemlich peinlich zumute, wenn er sich an die Situation vor wenigen Minuten erinnert, aber andererseits freut er sich und hofft, Sofia im Wagen vorzufinden. Hoffentlich hat das Ganze sie nicht abgekühlt, denkt er, sie wirkte so lustvoll und geil vorhin.

Für einen winzigen Augenblick schiebt sich Rena in seinen Kopf. Heute Morgen der Brief und heute Abend …er drückt den Gedanken mit Macht beiseite. Jetzt will ich leben, jetzt, jetzt …

Er rennt, nur das Handtuch um die Hüften geschlungen, durch die Tropfen zum Wohnmobil zurück. Ob sie wohl da ist?

„Da kommst du ja endlich", hört er, als er die Tür aufdrückt, aus dem Dunkel.

„Wie wäre es mit einer Kerze", meint er cool und zieht gleich eine aus einem Regal.

Sofia liegt in Slip und T-Shirt auf seinem Bett, als die ersten Lichtstrahlen das Wageninnere sanft beleuchten.

„Meine Hose ist nass geworden", meint sie grinsend.

„Und mir ist kühl mit dem nassen Handtuch, es regnet mittlerweile ganz schön", antwortet er.

„Na, dann komm unter die Decke."

Er liegt einige Augenblicke unsicher, fast schüchtern neben dieser zierlichen und gleichzeitig kraftvollen jungen Frau. Doch die kuschelt sich an seinen nackten Körper, als sei er ihr vertraut.

„Ich habe mich gleich zu dir hingezogen gefühlt", sagt sie leise. „Du bist eine Mischung aus unsicher und cool, frech und lustig und dahinter so verletzlich, das hat mir schon am ersten Abend gefallen. Und auch", sie kichert, „das Linkische an dir gefällt mir."

„Linkisch?"

„Ja, man merkt, dass du bei technischen Dingen, anders als die meisten Männer, keinen Plan hast. Ganz anders als mein Freund zum Beispiel, für den sein Motorrad und sein Auto unglaublich wichtige Teile sind."

„Du hast einen Freund?"

„Klar! Wir Mädels sind spontan für zwei Wochen mit dem Bus los, nachdem Ralf und sein Freund angekündigt hatten, zu zweit eine Motorradtour durch Südtirol machen zu wollen."

„Und … wie ist das jetzt mit mir?", fragt er und streichelt dabei vorsichtig ihren Rücken zwischen den dünnen Bändern des T-Shirts.

„Gut! Klar werde ich in den nächsten Tagen ein paar Schuldgefühle haben, aber der Abend mit dir ist es mir wert. Weißt du", sie kuschelt sich enger an ihn, „ich mach so etwas eigentlich nicht, bin eher eine Brave. Aber das mit dir ist irgendwie anders. Das gönne ich mir einfach mal … und … es wird auch keine Wiederholung geben."

„Auch kein Adressenaustausch?", fragt er, während seine Hand zärtlich ihren unteren Rücken erkundet. Sie streckt sich ihm wohlig entgegen.

„Kein Adressenaustausch. Du bleibst mein Geheimnis, mein süßer, einmaliger One-Night-Stand, mein ganz spezieller Junggesellinnenabend, wenn du so willst, bevor es definitiv in Richtung Ehe und Kinder geht."

„Und wieso gerade ich?"

„Das ist einfach. Ich mag dich, das Jugendliche und das Väterliche, sehr, aber du bist ungefährlich für mich."

„Ungefährlich?"

„Ja. Du bist ein toller Typ, doch du bist einfach zu alt für mich. Das heißt, ich kann dich genießen, laufe aber nicht in Gefahr, mich wirklich in dich zu verlieben. Das nämlich wäre gefährlich, verstehst du?"

„Weil du eben deinen Freund heiraten und Kinder mit ihm haben willst."

„Genau!"

„Apropos Kinder …"

„Schön, dass du fragst, doch da gibt es kein Problem, ich nehme die Pille. Aber, bist du etwa ein HWG?"

„Ein was?"

„Ein häufig wechselnder Geschlechtspartner? Die haben nämlich eine höhere AIDS-Gefährdung."

„Leider nicht", grinst er, „ich habe nur eine Geliebte und die sehe ich viel zu wenig."

„Ach, du armer Mann", lächelt Sofia, „na, dann komm mal her."

Sie kuschelt sich eng an ihn und drückt ihre Schenkel an seine Hüfte. Er merkt sofort, dass die Erregung wieder in ihm hochsteigt. Er zieht ihr das Hemdchen über den Kopf und liebkost sanft mit seinem Mund die Gegend um ihr Schlüsselbein. Als seine Zunge über ihre kleine, feste Brust streift und die hart gewordenen Brustwarzen umspielt, atmet Sofia laut aus. Seine

Hand streichelt ihren Bauch, genau über dem Saum ihres Slips. Sofia drückt sich gegen seinen wieder erregten Penis. Als sie ihn anfasst, spürt er seine Lust, aber er weiß auch, dass er jetzt Zeit hat. Er streichelt über dem Slip ihre Scham, zieht ihn vorsichtig nach unten. Als er sanft zwischen ihren Beinen entlang streicht, taucht er in ihre aufregende Nässe ein; sie stöhnt jetzt unter seinen Fingern, die zart mit ihr spielen. Er lässt sich Zeit, genießt ihre steigende Erregung. Als er merkt, dass sie gleich kommt, bewegt er seine Finger noch langsamer und weicher. Ihr Unterkörper windet sich, drückt sich gegen seine Hand, dann zieht sich ihr Bauch im Orgasmus zusammen.

„Das ist so gut", keucht sie und umfasst seinen steil aufgerichteten Penis. Auch er stöhnt jetzt. Sie dreht ihn, sodass er auf dem Rücken liegt, und schiebt sich auf ihn. Wieder ist er fasziniert von ihrem kleinen, mädchenhaften Körper, als sie sich auf ihn legt. Während sie seine Brust küsst, spreizt sie ihre Beine leicht, um sich an seinem Penis zu reiben. Dann gleitet sie langsam, ja, er hat dieses Gefühl, in ihn hinein, bis sein Schwanz in ihrer Höhle aufgehoben ist. Er bleibt still liegen, hört ihren lauten Atem, als sie sich auf ihm bewegt, ihre Hüften kreisen lässt.

Schließlich stemmt sie sich hoch und sitzt auf ihm. Immer noch liegt er still, lässt geschehen; ihre weichen Bewegungen erregen ihn stark, doch er bleibt ruhig, stößt nicht zu. Sie sitzt jetzt aufrecht auf ihm und bewegt sich, wie es ihr gefällt. Lässt ihn zart in sich hinein gleiten, umspielt mit ihren Schamlippen seinen Peniskopf, lässt sich auf ihn zurück sinken.

Er kann jetzt nicht mehr, er muss sich auch bewegen und hebt ihr sein Becken rhythmisch mit leichtem Stoß entgegen.

„Das ist nicht fair", keucht sie und bewegt sich erregt stärker.

Für einen Moment verlieren sie sich miteinander in Raum und Zeit, ohne Vergangenheit, ohne Zukunft, in der reinen, unwiederbringlichen Gegenwart.

Plötzlich stöhnt sie laut auf. Er umfasst außer sich ihre kleinen Pobacken fest mit beiden Händen, hebt sie, drückt sie gegen sich, drückt sich in sie. Ganz innen, bis in die Fußspitzen spürt er seinen Orgasmus kommen …

Nach einer Weile zieht sie die Decke über sich, bleibt aber noch auf ihm liegen.

„Bin ich zu schwer?", fragt sie erschöpft.

„Nein", lacht er glücklich, „überhaupt nicht …"

Sie müssen eingeschlafen sein. Als er kurz zu sich kommt, liegt Sofia vor ihm, sein Bauch drückt sich an ihren Po, die Hände hat er um ihren Oberkörper geschlungen. Sie scheint ebenfalls wach geworden zu sein, windet sich sanft aus seiner Umarmung.

„Wie geht es dir?", fragt er schlaftrunken.

„Saugut!", lächelt sie und drückt ihm einen Kuss auf die Schulter.

Sie zieht sich an, bläst die fast herunter gebrannte Kerze aus.

„Ich bin dann mal weg", hört er noch durch die geöffnete Tür, doch da ist er schon wieder eingeschlafen.

....

ER sitzt nachmittags auf der Düne im warmen Sand, dort, wo sie sich gestern Abend zufällig getroffen haben. Das Gewitter hat sich längst verzogen, ab und zu blitzt die Sonne durch hohe, weiße Wolkengebirge. Unaufhörlich rollen die Wellen unter ihm auf den Strand zu, schütteln ihre weiße Mähne, verbreitern sich wie ein Schaumteppich, vergehen mit dunklen Rändern im Goldgelben. Eigentlich möchte er lesen, aber dieses unendliche Schauspiel hält ihn davon ab. Sein Blick geht bis zum Horizont über das Meer; einige Wellenreiter liegen in ihren dunklen Schutzanzügen in diese Weite hinein getupft, sie warten auf ihren Brettern sitzend auf die ultimative Welle des Tages. Ab und zu schwingt sich einer von ihnen empor und hält ein Stück mit, doch die Wellen sind heute eher schwach, brechen früh und lassen nur kleine Ritte zu.

Unbewusst hat er sich eine Handvoll Sand genommen und lässt ihn durch seine locker zur Faust geballte Hand rieseln. Erneut greift er neben sich, und nach einigen Versuchen merkt er, dass sich ein Teil des Sandes trocken, der andere nass anfühlt. Kleinere Klumpen verdrückt er leicht mit der Handinnenfläche, wie in einer Eieruhr gleitet der Sand nach unten. Er kitzelt ihn dabei in seiner Handinnenfläche, er lächelt unwillkürlich.

Da er die Lesebrille vorne auf seiner Nase sitzen hat, damit er mit einer leichten Neigung des Kopfes oder dem Hochdrehen der Augen zwischen der Nähe des Buches und der Ferne des Meeres wechseln kann, sieht er plötzlich die einzelnen Sandkörner stark vergrößert: braune, gelbe, weiße, winzige Muschelsplitter dazwischen.

Immer und immer wieder lässt er eine Handvoll des Sandes durch seine Finger zurück in seinen Ursprung gleiten; von weit weg gesehen einfach nur Sand, aber in der Vergrößerung gleichzeitig eine Vielzahl von Formen und Farben. Bis in die Unendlichkeit hinein, denkt er, vergleichbar mit einem Blick in Inkas braune, schimmernde Augen.

Er sitzt, der Sand rieselt, die Wellen brausen wie ein andauernd vorbeirauschender Schnellzug, die Zeit scheint wieder einmal abhanden gekommen …

„Hey!", wird er aus seinem netzseidigen Kokon herausgeholt, „wo bist du denn gerade?"

Sofia steht vor ihm.

„Weit, weit weg", lächelt er, doch als sein Blick beim Umdrehen auf ihre braunen Beine, die aus dem kurzen Rock neben ihm herausschauen, fällt, fühlt er sich sofort in einen anderen Teil der Realität hineinversetzt und spürt ein leises Ziehen in seiner Lendengegend.

„Du siehst toll aus", flirtet er sie an, „mit dieser goldbraunen

Urlaubsfarbe."

„Na, das ist gar nichts gegen dich", gibt sie zur Antwort, „du siehst aus, als würdest du hier am Strand wohnen."

Sie setzt sich neben ihn, nahe, aber ohne Berührung.

„Unser Zelt ist abgebaut. Heute Abend wollen meine Freundin und ich mit einigen anderen zum benachbarten Ort in ein Kinocafè. Dort werden zum Saisonabschluss drei Tage hintereinander deutschsprachige Filme gezeigt. Heute Nacht schlafen wir im Bus und morgen fahren wir ganz früh los, damit wir in der Nacht zu Hause ankommen. Was ist, willst du zum Kino mitkommen?"

Er denkt einen Moment nach, schüttelt den Kopf.

„Ist mir, ehrlich gesagt, auch lieber so", meint Sofia ernst, „ein belangloser Abschlussabend ohne dich ist besser für mein Gemüt. Ich brauche ein bisschen Abstand zu dir und unserer Nacht, um zu Hause gut anzukommen."

Er nickt, plötzlich ist er traurig.

„Wirklich keine Adresse?", fragt er leise.

„Wirklich keine Adresse!", sagt sie mit Nachdruck, „Du weißt schon warum."

Sie steht auf, streift umständlich einige Sandkörner von ihrem Rock.

„Komm her", meint sie mit übertrieben wirkender Leichtigkeit, „lass dich umarmen, du mein wunderbarer Liebhaber für eine Nacht."

Innig umarmen sie sich, dann streckt sie sich auf die Fußspitzen.

„Es war wunderschön mit dir gestern Nacht", flüstert sie ihm ins Ohr, „ich werde es nicht vergessen."

Er kann nur nicken und sie noch einmal fest in den Arm nehmen. Sanft macht sie sich nach einer Weile los. Auch in ihren Augen stehen Tränen.

„Du bist ein guter Mann, ein ganz guter ..."

Sie drückt seine Hände, dreht sich abrupt um, läuft in Richtung Wald und Campingplatz. Er schaut ihr nach. Kurz bevor sie hinter der Kuppe verschwindet, dreht sie sich und winkt. Weg ist sie! Es brennt weh in seiner Brust, obwohl er wusste, dass es so kommen würde. Er sinkt zurück in den Sand, lässt erneut den Sand durch seine Hand rieseln; jetzt mechanisch, die Stimmung von vorhin lässt sich nicht zurückholen. Er ist definitiv in die Zeit zurückgefallen.

....

ABENDS, er liegt im Bett, nagen abwechselnd Schuldgefühle und Sehnsucht in ihm. Er will an Rena denken, hat noch einmal ihren Brief gelesen, um innere Verbindung zu ihr aufzunehmen. Doch Sofia und ihr sehniger, aufregender Körper drängen sich andauernd dazwischen. Er schämt sich, dass er Rena betrogen hat, und er ist beglückt von der Intensität der vergangenen Nacht. Was heißt auch betrogen? Rena lebt bei ihrem Mann, er hat keine Verpflichtung und darf keine Hoffnungen ihr gegenüber haben. Wie kann ich also eine Frau betrügen, die nicht meine Partnerin ist?, will er sich beruhigen. Und dennoch sitzt ein schales Gefühl in seinem Magen, verspannt Schulter und Nacken. Gleichzeitig würde er am liebsten aufspringen und zu Sofias Bus laufen. Wie kindisch! Wie ein alter, hormongesteuerter Gockel! Kann ich aber auch verstehen!, ruft er sich innerlich zu. Die Nacht gestern war so leicht und … geil.

Noch im Halbschlaf flattern seine Gedanken wie ein Hühnerschwarm zwischen den beiden Frauen hin und her. Unruhig wirft er sich von einer Seite zur anderen. Als er mitten in der Nacht zum Pinkeln muss, tappt er schlaftrunken bis zu Sofias Bus. Alles dunkel, natürlich. Spinnst du jetzt endgültig? Was soll das denn?, ruft er sich zur Räson und schlurft zu seinem Wagen zurück.

Morgens wacht er zerschlagen auf und leicht unzufrieden. Beim Rückweg vom Baguette holen läuft er in einem kleinen Umweg an Sofias Platz vorbei. Leer! Klar!

Bin ich jetzt befreit oder endgültig einsam?

„Ach was, das ist die Wirklichkeit und Wahrheit meines Daseins", ruft er sich halblaut einen Satz aus dem Sanskritgedicht in Renas Brief in Erinnerung.

„Genauso wollte ich es. Unterwegs sein, frei sein, Neues erleben. Da gehört das alles dazu."

Stimmt, denkt er, eigentlich bin ich genau da, wo ich sein will, und erlebe das, was geschehen will. Wozu dann grübeln? Er atmet ein paarmal kräftig ein und aus, schaut sich um und bemerkt plötzlich, dass die Natur und die Farben um ihn herum so schön sind, wie sie es gestern waren. Als er an der Rezeption vorbeikommt, stoppt er an der Plakatwand, wo verschieden Aktionen in der Umgebung angekündigt werden. Die Wand ist in der Nachsaison fast leer und er entdeckt sofort das Plakat von der Kinokneipe aus dem Nachbarort, von dem Sofia gesprochen hat. Den Actionfilm, der heute läuft, kennt er nicht, und er hat keine Lust darauf. Aber den Abschlussfilm morgen, den hat er vor dreißig Jahren gesehen. Überraschend hat er noch einige verschwommene Bilder davon im Kopf, obwohl es so lange her ist. „Spiel mir das Lied vom Tod"[21], ja, da fahr ich hin, den will ich anschauen, denkt er. Charles Bronson als einsamer Westernheld, wenn das nicht passt! Genau, und danach ziehe ich weiter – die Pyrenäen und Spanien rufen, mein Wilder Westen!

Beim Wohnmobil angekommen, bemerkt er einen flachen Stein auf seinem Campingtisch, den er beim Losgehen übersehen hatte. Ein Blatt liegt darunter mit einigen Zeilen. Bestimmt von Sofia, denkt er; aber weißt du was, ich habe gerade keine Lust auf Geschreibsel von dir, Sofia. Du bist weg, ich bin hier, du kannst mich mal!

GEMÜTLICH rollt er auf seinem alten Fahrrad den alten Postweg in Richtung Nachbarort. Es ist später Nachmittag, die Septembersonne scheint warm, aber tiefer stehend durch die Kiefern; sein Fahrradkorb ist vollgepackt mit Hose, Schal und Pullover, denn er geht davon aus, spät in der Nacht zurück zu radeln. Das Licht am Fahrrad hat er überprüft, überraschend funktionierte es. Ein weiterer Grund mehr für gute Laune, findet er. Neugierig radelt er durch den Küstenort, der sich nach einigen Kilometern Fahrt durch den Wald zum Meer hin öffnet. So viele Kneipen, Restaurants, Geschäfte! Zwar sind die meisten in der Nachsaison geschlossen, aber allein wenn er sich vorstellt, was hier im Hochsommer los ist … Was für ein Glück, dass Ella und Gerd ihm ihren Lieblingsort verraten haben. Viel mehr Ruhe und Einbettung in die Natur.

Aber heute soll ihm Trubel recht sein. Er sucht das Kinocafè, kettet das Fahrrad davor an eine Laterne, schaut sich zu Fuß das langgestreckte Dorf an. Bald findet er ein kleines, noch geöffnetes Bistro, in dem es mit Gemüse gefüllte Galette, dünne, zusammengeklappte Pfannkuchen, gibt. Ein Viertel trockenen französischen Rotwein dazu, hinterher ein mit Schokoladencreme gefülltes Crêpes und anschließend ein Spaziergang an einigen Souvenirläden vorbei, schon das ist ein ungeheures Urlaubsabenteuer für ihn nach den letzten, ruhigen Wochen. Ihm fällt nebenbei auf, dass er lange kein Fleisch mehr gegessen hat. Sehr gut, findet er; manche Ideen setzen sich anscheinend von selbst um, wenn man nicht zu sehr über sie nachdenkt.

Als er zu dem Kino kommt, dämmert es leicht. Er kauft sich eine Eintrittskarte und schaut in den geöffneten Vorführraum. Amüsiert und zufrieden betrachtet er den hinter einer Glasscheibe im Halbdunkel stehenden Filmapparat. Hier wird noch mit den riesigen, silbernen Filmspulen gearbeitet, das gefällt ihm. Er sucht sich einen Platz im hinteren Drittel, schätzt, dass auf den in die Jahre gekommenen, aber gut gepolsterten Stühlen ungefähr fünfzig Personen Platz finden. Getränke kann man natürlich mit in den Raum nehmen, die Wände hängen voll mit alten, bunten Kinoplakaten.

Der Raum ist zu mehr als zwei Dritteln gefüllt, als ein Mann, ein Deutscher mittleren Alters, der vorher draußen an der Bar bedient hat, die Besucher begrüßt.

„Ich freue mich, dass zu unserem Abschlussfilm dieses Jahr noch einmal so viele gekommen sind", beginnt er.

„Allerdings haben wir leider den angekündigten Film nicht bekommen", fährt er fort.

Wie ein leichter Wind erfüllen Geraune und Getuschel den Raum.

„Aber ich denke, mit dem Film 'Vom Winde verweht' habe ich einen guten Ersatz gefunden."

Das Getuschel verstärkt sich zu einem mittelschweren Orkan.

„Oh nein, nicht so eine Schnulze!" und „Das kann nicht sein!", ertönt es von allen Seiten.

Einige wollen schon aufstehen, da kann der Mann nicht mehr an sich halten und fängt an zu lachen. Er fuchtelt mit den Armen und macht mit den Händen eine Bewegung, dass sich alle wieder setzen sollen.

„Das war nur ein kleines Späßchen", grinst er, „ich wollte nur eure Leidensfähigkeit testen. Ich freue mich sehr, euch heute Abend den Kultwestern 'Spiel mir das Lied vom Tod' präsentieren zu können."

Die nächsten Worte des Mannes gehen in tobendem Gelächter und heftigen Klatschen unter. Auch er muss heftig lachen und klatscht begeistert. Selten hat er sich so amüsant Auf-den-Arm-genommen gefühlt. Es ist unglaublich, merkt er, wie schnell Stimmungen wechseln können. Eben noch hatte sich Enttäuschung, fast Zorn aufgebaut, Sekunden später wirken alle gut gelaunt und entspannt. Es wird weiterhin gelacht und die Leute reden durcheinander; es dauert eine ganze Weile, bis der Besitzer seine organisatorischen Anweisungen und einige Anmerkungen zum Film loswerden kann. Meine Güte, was sind wir Menschen leicht manipulierbar, schießt es ihm noch durch den Kopf, doch bald lehnt er sich gemütlich zurück, um die extrem entschleunigte Anfangssequenz des Filmes zu genießen.

Sechs Wochen hat er in keinen Bildschirm und auf keine Leinwand mehr geschaut. Die Großaufnahmen der Gesichter, die Musik und die bedächtige Entwicklung des Films ziehen ihn sofort in ihren Bann. Die wenigen Schnitte, kein Vergleich zu den heutigen Filmen mit ihrem ständigen Wechsel, nehmen ihn mit in die archaische Männerwelt des Wilden Westens, und als der Mundharmonikaspieler, Charles Bronson, im Duell die ersten Gangster in ihren langen Ledermänteln erschießt, fühlt er sich ihm auf eine eigentümlich Art verbunden, obwohl er sonst die Gewaltorgien der Actionfilme schon allein aus pädagogischen Gründen ablehnt.

Die Einsamkeit, die dieser Mann ausstrahlt, seine Ruhe oder auch seine Unberührbarkeit, er will in diesem Moment gar keinen exakten Namen dafür finden, nehmen ihn von Minute zu Minute mehr gefangen.

In der Pause, als die Filmrolle ausgetauscht wird, holt er sich ein Bier, setzt sich allein an einen kleinen Tisch draußen ins Dunkle. Er will mit niemanden reden, schon gar nicht über diesen Film. Ständig wiederholen sich Szenen und Musikfetzen in seinem Gehirn, so intensiv hat ihn seit Jahren kein Film mehr berührt.

Als sich der Höhepunkt, das Duell zwischen Bronson und Henry Fonda, langsam nähert, beugt er sich auf seinem Sessel nach vorne, er will keine Sekunde, keinen Satz verpassen.

Bronson sitzt auf einem Zaun und beobachtet die Eisenbahnarbeiter beim Legen der Schienen. Wachsam schaut er um sich, und dabei schneidet er mit seinem Messer Stücke von einem Holz. Der Gangster Cheyenne, der durch die gemeinsamen Erlebnisse fast eine Art Freund des Mundharmonikaspielers geworden ist, lässt sich von der Witwe, Claudia Cardinale, im Haus eine Tasse Kaffee geben. Sie geht ans Fenster und beobachtet Bronson, in den – und seine unendliche Einsamkeit – sie sich verliebt hat.

„Was macht er da?", fragt sie und nach einer kurzen Pause. „Worauf wartet er?"

Hellwach schaut er auf die Leinwand. Was wird Cayenne antworten?

„Er schnitzt was aus nem Stück Holz", antwortet der, „aber irgendwann wird er ja damit fertig werden. Und dann passiert was!"

Ich bin dieser Mann, das weiß er im gleichen Augenblick. Und ich bin dieses Stück Holz. Gleichzeitig. Energie fließt kraftvoll durch seinen Oberkörper. Ich bin mein eigenes Holz und ich schnitze mich. Werde ich irgendwann mit mir selbst fertig werden? Und wird dann etwas passieren? Was wird passieren?

Diese Gedanken schießen ihm in Sekundenschnelle durch den Kopf, bevor ihn die nächste Szene wieder mitnimmt, in der Bronsons Gegner, Henry Fonda, der Mörder des Vaters des Mundharmonikaspielers, untermalt von schwermütiger, aber auch Gewalt ankündigender Musik ohne Hast heran reitet.

Bronson klappt sein Messer zusammen und lässt das Holz achtlos nach hinten fallen.

„Hast du auf mich gewartet?", fragt Fonda.

„Ja, schon viel zu lange", antwortet Bronson.

Minuten später liegt der Killer von einer Kugel des Mundharmonikaspielers getroffen sterbend am Boden. Bronson, der als Jugendlicher miterleben musste, wie sein Vater perfide umgebracht wurde, hat sich und seinen Vater gerächt …

LANGSAM fährt er mit seinem Fahrrad auf der dunklen, nicht mehr befahrenen Nebenstraße. Er ist froh, dass es einige Kilometer bis zum Campingplatz sind. Er will in Ruhe nachfühlen und nachdenken. Mechanisch hatte er das Fahrrad nach dem Film aufgeschlossen, keinen Kontakt mit anderen gesucht, mehr unbewusst den kleinen Ferienort verlassen. Die Wucht der Bilder nach der langen Medienpause hat ihn umgehauen, aber auch das Thema und die grenzenlose Einsamkeit, die Bronson aus jeder Pore verströmt ...

Als er nach dem Duell in das Haus zurückkommt, um seine Sachen zu holen, wird deutlich, dass die Witwe ihn gerne dabehalten würde. Der Mundharmonikaspieler nimmt seine wenigen Habseligkeiten von einem Haken an der Wand, geht zur Tür, schaut auf die nicht weit entfernten emsig arbeitenden Männer.

„Das wird mal eine schöne Stadt, Sweetwater", sagt er.

„Sweetwater wartet auf dich", meint die Witwe hoffnungsvoll.

Er schaut sie kurz an, wendet sich ab.

„Irgendeiner wartet immer", antwortet er halblaut und verlässt, ohne sich umzusehen, das Gelände.

Irgendeiner wartet immer, denkt er, stimmt das? Wer wartet auf mich in diesem Moment? Rena, fragt er sich, wartest du auf mich? Und worauf warte ich? Warte ich darauf, dass diese Reise zu Ende geht, oder warte ich darauf, dass mein Leben beginnt?

Er erinnert sich plötzlich an eine Aussage seines fünfundachtzigjährigen Meditationslehrers bei einem Vortrag.

„Viele ältere Menschen sagen zu mir: 'Da muss doch noch was kommen, irgendetwas muss doch noch kommen!' Ich meine dann: 'Ja, es kommt noch etwas: das Alter'."

Wie ist das mit mir?, fragt er sich. Warte ich mit Anfang fünfzig nur noch auf mein Alter?

Während die nächtlichen Grillen sein gemütliches, gedankenvolles Dahinrollen mit ihrem kratzenden Lied umrahmen, fällt ihm die Szene, als Bronson das Holz schnitzt, wieder ein. Ja, wirklich, denkt er, ich bin der Holzschnitzer und das Holz gleichzeitig. Sein Gedankenblitz von vorhin kommt ihm absolut sinnig vor.

Also kommt es darauf an, was ich aus dem Holz, aus mir, mache. Egal wie alt, egal in welcher Lebenslage, egal ob jemand auf mich wartet oder nicht. Ich will es mir wert sein, ein vernünftiges Objekt aus mir zu schnitzen. Zum Beispiel einen Löffel, mit dem man Suppe essen kann, das wäre doch schon etwas.

Bronson wirft das Stück Holz weg, nein, genauer, er lässt es achtlos nach hinten fallen, als sein Feind, den er über alles stellt und hasst, näher kommt. Ich werde mich nicht so achtlos wegwerfen wie er das Holzstück, verspricht er sich, während er gemächlich in die Pedale tritt. Bei dem Mundharmonikaspieler ist dieses Verhalten logisch; er ist durch seinen Hass so gebunden, dass er sich selbst nicht mehr sehen und weiterentwickeln kann. Seine ungelösten Gefühle aus seiner Jugend, festgeschnürt durch die schreckliche Tat, die er miterleben, ja, an der er teilnehmen musste, als sein Vater auf seinen Schultern stand, den Hals mit gefesselten Armen in der Schlinge, lassen keine Bindungen an Menschen mehr zu. Das Trauma schlechthin! Seine Fähigkeit, zu hoffen, etwas zu erwarten, sich an jemanden zu binden, ist durch das grausame Erlebnis verstümmelt worden. Er ist mit seinem Todfeind und dem Wunsch, ihn zu töten, für immer verbunden, an ihn angekettet, ohne die Chance eines einzigen eigenen freien Schrittes. Er ist sozusagen eins mit seinem Feind, nicht mit sich selbst. Er will und er kann daran nichts ändern. Das ist Tragödie: die Unausweichlichkeit des Kommenden, der unaufhaltsame Ablauf des eingeleiteten Geschehens, die unauflösbare Bindung, die jede andere Bindung verunmöglicht.

Und ich? Ich bin keine Marionette meines Schicksals, habe zumindest einige Fäden selbst in der Hand, bestimme mit, welche

Kerben in das Holz meines Lebens geschnitten werden. Nicht vollständig, natürlich, aber ich bin dabei, wenn mein Leben gelebt wird.

Er fühlt sich plötzlich frei auf dem Fahrrad, während die kühle Nachtluft um seine Ohren streift. Keine Angst: nicht vor der Zukunft, noch nicht einmal vor der Gegenwart. Gelassen biegt er ein zum Campingplatz, dessen wenige Lichter ihn wie eine Heimat empfangen. Hier ist mein Zuhause seit einigen Wochen, denkt er, bald werde ich es verlassen. Im Wohnmobil fällt sein Auge auf den Zettel von Sofia, den er umgedreht achtlos auf den Tisch gelegt hatte. Jetzt hat er Lust, ihn zu lesen:

Die Warner

Wenn Leute dir sagen:
„Kümmere dich nicht
so viel
um dich selbst"
dann sieh dir die Leute an
die dir das sagen:
An ihnen kannst du erkennen
wie das ist
wenn einer
sich nicht genug
um sich selbst
gekümmert hat.
ERICH FRIED[14]

Das passt perfekt, denkt er beim Einschlafen; Synchronizität, so hat Claudia es in Freiburg genannt. Ein scheinbar zufälliges Zusammenspiel der Ereignisse, ein Zusammenpassen der Geschehnisse, wie bei einem Puzzle. Jeder Stein hat seinen Platz und der findet sich, wenn man sich zu-fallen lässt, was das Leben bereit hält.

„Im Guten wie im Schwierigen …", murmelt er müde vor sich hin, „passt schon … Gute Nacht, Sofia, gute Nacht, Rena, gute Nacht, Welt …"

TEIL 4

»Flüsse fließen, Berge werden abgetragen,
Kulturen erblühen und zerfallen.«

TARTHANG TULKU [22]

ZWEI Tage später am Vormittag verlässt er mit seinem Wohnmobil den Campingplatz. Ein wenig melancholisch, hat er hier doch dichte, lebendige und gleichzeitig ruhige Wochen verlebt. Aber es ist gut weiterzuziehen. Die Freunde sind alle vor ihm gegangen, das erleichtert das Adieu. Er wird wiederkommen.

Die Stichstraße vom Meer her endet an einer T-Kreuzung. Links geht's nach Norden, nach Hause, die rechte Seite führt nach hundert Kilometern direkt in die Pyrenäen. Einen Augenblick zögert er, ist verunsichert. Eigentlich habe ich alles erlebt, denkt er. Will ich nach Hause?

Ich könnte heimfahren, aber was will ich da?

Irgendetwas muss noch kommen ... und wenn es das Alter ist, grinst er.

Ein einzelnes Auto hinter ihm hupt; er lässt die Scheibe hinunter und winkt es vorbei. Diese Entscheidung treffe ich, die lasse ich mir nicht von außen aufdrängen.

Nein, ich bin nicht reisesatt und schon gar nicht habe ich es satt, denkt er. Ich bin neugierig auf die Berge, und ich war noch nie mit dem Womo in Spanien. Außerdem bin ich gespannt, was auf mich zukommt. Ich habe mein Wohnmobil, ich habe mein Meditationskissen und ich habe eine gut gefüllte Bankkarte; nur tanken muss ich demnächst.

Entschlossen dreht er nach einem Blick in die Rückspiegel das Steuer nach rechts. Vamos! Spanien, ich komme.

Während er gemütlich vor sich hin tuckert, kommt ihm

Charles Bronson, der Mundharmonika spielende Revolverheld, in den Sinn. Wo ist der wohl hingegangen, nachdem er seinen in ihm liegenden tödlichen Auftrag erledigt hatte? Was hat er danach getan?

Ist doch nur ein Film, sagt er sich, der geht nicht weiter. Was soll also die blödsinnige Frage?

Aber rein theoretisch. Was macht ein Mensch, der in seinem Inneren gebunden ist, wenn das erfüllt ist, worauf er sein ganzes Leben ausgerichtet hat?

Ihm fällt nichts ein, wo er Bronson hinstecken oder hinschicken könnte: Rettung einer von Gangstern bedrohte Stadt, Sheriff oder Outlaw, Rancher und Ehemann, kein Platz passt. Er bekommt ihn nicht 'verortet', wie es so schön im neuen Deutsch heißt, höchstens im klischeehaften Bild des weiterziehenden, einsamen Wolfes.

Egal wie, ein solcher Mensch nimmt sich und seine inneren Bedingungen auf jeden Fall mit, gleich, wohin er kommt.

Aber wer nimmt sich nicht mit?

Nur weil ich drei Jahre Auszeit habe und durch die Gegend gondele, nehme ich mich doch auch mit und bin kein anderer, als der ich sonst bin, oder?

Ein bisschen ein anderer bin ich schon, denn immerhin bin ich allein unterwegs, habe keine Verpflichtungen und Termindruck, esse weniger, vor allem weniger Fleisch, bewege mich mehr auf meinen Beinen als in den Jahren vorher und habe mehr echten Kontakt zu Menschen als noch vor einigen Monaten.

Bin ich also ein anderer, oder sind es die Umstände, die sich, die zugegebenermaßen ich geändert habe?

Aber: ich bin doch der, der ich bin, auch wenn die Situation sich ändert. Und bin dennoch das mehr, was ich jetzt mache. Offener, eventuell bewusster, auf jeden Fall mit neuen Erfahrungen, die mich erweitern, ein wenig jedenfalls.

„Ihr seid, jede und jeder Einzelne von euch, perfekt, so wie ihr in diesem Moment seid", hat sein Zenlehrer bei einem sesshin im Vortrag gesagt, „und dennoch könnt ihr euch immer noch vervollkommnen."

Das ist das Paradox der Veränderung durch Entwicklung, denkt er: Ich nehme mich an, wie ich bin, dann gehe ich weiter und bin dadurch wieder in Bruchstücken ein anderer. So kann ich allmählich anschauen, was mir das Leben schwer macht, und es vielleicht loslassen.

Aber erst kommt das Annehmen …jetzt weiß ich, warum mich in den Meditationswochen früher gestört hat, wenn vom Verlöschen oder dem Sterben des Ego die Rede war. Ich hatte immer das Gefühl: hier sitzen viele Leute, die wollen unbedingt ihr Ego loswerden … dabei haben sie es noch gar nicht entwickelt oder wenigstens wahrgenommen!

Ich denke, das Ego kann erst erlöschen oder zu sterben beginnen, wenn es in mein Selbst, was immer das sein mag, anerkannt aufgenommen wird. Anerkannt aufgenommen …anschließend kann es seine Dominanz verlieren.

„Liebe den anderen wie dich selbst", soll Jesus gesagt haben. Ja, liebe dich selbst, liebe die anderen wie dich selbst, liebe die verrückte Welt wie den anderen und dich selbst … und dein Ego wird verlöschen wie … wie eine Schneeflocke im wütenden Feuer, fällt ihm plötzlich ein.

Wow!, was für großartige Gedanken; schade, dass er sie beim Autofahren nicht aufschreiben kann. Aber irgendwann werde ich es tun, das verspricht er sich.

....

PAS DE ROLAND, Roncesvalles, Cirque de Gavarnie, Brèche de Roland, Lourdes, St-Jean-Pied-de-Port, Ste-Marie-de-

Comminges, La Rhune, der heilige Berg der Basken: die knapp zweihundert Kilometer der westlichen Pyrenäen[23] in Frankreich mit ihren Bergen und Schluchten, ihren baskischen Städtchen und den Wanderwegen, auf denen er häufig Jakobspilgern begegnet, das Ganze geschwängert mit Mythen, Sagen und historischen Begebenheiten, nehmen ihn gefangen für die zweite Hälfte des Septembers.

La Rhune, der 900 Meter hohe Aussichtsberg des Baskenlandes mit Rundumsicht über Berge und Meer ist für ihn eine kleine Enttäuschung; selbst jetzt viele Leute an der Abfahrtstelle der historischen Zahnradbahn von 1924, Geschäfte an der spanisch-französischen Grenze auf dem Gipfel, wo spanische Geschäfte steuergünstig ihre Waren anbieten, aber vor allem das Wetter spielt ihm einen Streich, denn Wolken und Nebel lassen die gepriesene Aussicht nur erahnen. Tropfnass kommt er zum Womo zurück, diese erste Wanderung macht ihm deutlich, dass die Pyrenäen im September kein durchgehend stabiles Spätsommersonnenwetter mehr bieten.

Doch am nächsten Morgen spitzt überirdisches Blau durch die Wolkendecke und er begibt sich nach einem Besuch von Espelette, einem touristischen baskischen Vorzeigeort und dem Zentrum des Piment- und Peperonianbaus, auf die Spuren eines Ritters von Karl dem Großen: Roland, einem seiner Helden der Kindheit. Wie oft hat er an Regentagen die Sagen des frühen Mittelalters verschlungen, hat mit Parzival den Gral gesucht, mit Dietrich von Bern entscheidende Schwertkämpfe ausgefochten oder den verschlagenen Hagen verflucht, der den guten Siegfried, den Drachentöter, in einen Hinterhalt lockt und mit einem Speerstoß in dessen einzige verwundbare Stelle an der Schulter tötet.

Die Rolandsage hat ihn in seinem dicken grünen Buch mit den „Schönsten Helden- und Rittersagen des Mittelalters"[24] besonders beeindruckt, weil ihm Roland gar so ehrenhaft und heldenmütig erschien in seinem aussichtslosen Kampf gegen die Übermacht der bösen Mauren, die die Nachhut von Kaiser Karl in den Pyrenäen schmählich überfielen. Wenn Roland in sein Meilen weit dröhnendes Silberhorn Olifant blies, um den Kaiser zurückzurufen, schwer verletzt und zu spät, war ihm dieser Tod ungerecht und unfair erschienen.

Klar, dass er die mythischen Plätze dieser Sage unbedingt aufsuchen will, jetzt, wo er zum ersten Mal in ihre Nähe kommt, und so fährt er in das baskische Städtchen mit dem unaussprechlichen Namen Itxassou, um von dort aus zum Pas de Roland zu wandern.

Zufrieden steht er an dem mehrere Meter großen Loch in einem Felsen oberhalb eines kleinen Gebirgsflusses, das Roland der Sage nach mit seinem Zauberschwert Durendart geschlagen hat, damit seine Mannen vor den Verfolgern flüchten konnten. Es spielt keine Rolle für ihn, dass dieser Platz dreißig Kilometer entfernt davon ist, wo die eigentliche Schlacht stattgefunden haben muss. Amüsiert und glücklich klettert er auf einen freistehenden großen Stein im Fluss, vertilgt dort sein vorsorglich geschmiertes Vesper und genießt die mittägliche rauschende Stille. Einmal kommt für einige Minuten ein Touristenpaar vorbei, sonst hat er die großartige Gebirgsszenerie für sich. Als er zum Himmel sieht, bemerkt er große Vögel, die ihre Kreise ziehen; er legt sich auf den warmen Fels, beobachtet die schwarzen Schwingen. Gänsegeier! Mindestens zehn zählt er, kaum fünfzig Meter über sich. Er hat im Reiseführer davon gelesen, aber lesen oder selbst sehen, das ist eine andere Kategorie. Er hört das Rauschen des Flusses, schaut begeistert in den Himmel, versucht ein Foto, aber dafür sind die Geier leider zu weit entfernt.

Als er durch das Loch zurück hoch zur kleinen Straße steigt, steht ein großer, schwarzer Ziegenbock mit langen silbrigen Bart auf einem Mäuerchen daneben und zupft an den Gräser, die herauswachsen. Einen Moment hat er Angst vor den langen, gedrehten Hörnern, aber schließlich drängt er sich auf dem rauen Kopfsteinpflaster an dem Bock vorbei, der ihn unaufgeregt mustert und weiter frisst – er scheint die Anhänger Rolands zu kennen.

An diesem Abend checkt er in einen kleinen Campingplatz in der Nähe des Jakobspilgerortes St-Jean-Pied-de-Port ein. Der Platz schließt Ende September; nur wenige Wohnmobile haben sich eingefunden, wieder hat er das Glück der letzten Wochen auf seiner Seite. Er kommt beim Abspülen in der Küche mit Walter und Andreas ins Gespräch, einem schwulen Rentnerpaar, die am nächsten Tag ihre Heimreise nach Norddeutschland beginnen wollen. Sie laden ihn zu einem Abschiedstrunk ein, und als er von seiner Kinderschwärmerei von Roland erzählt, stellt sich heraus, dass Walter als promovierter Historiker nicht nur ein profunder Kenner der mittelalterlichen Sagenwelt, sondern auch der tatsächlichen geschichtlichen Fakten dieser Zeit ist.

„Mich hat die Geschichte total begeistert, als ich klein war", meint Walter. „Was heute die Dinosaurier für die Kleinen sind, waren für uns damals die Ritter. Starke, machtvolle Objekte der Idealisierung. Und speziell Roland, der mit wenigen Getreuen gegen eine fremde, feindliche Übermacht kämpfte, der war natürlich eine perfekte Identifikationsfigur ..."

„Ja, klar! Ich wollte immer ein unzerstörbares Schwert haben wie er sein Durendart", unterbricht ihn Andreas. „Weißt du übrigens, das Durendart bzw. Durendal, wie es auch genannt wird, übersetzt 'unzerbrechlicher Stahl' heißt?"

„Wusste ich nicht", meint er. „Ich kann mich eher an Olifant, sein Silberhorn, erinnern. Es hat mich beim Lesen damals beeindruckt, dass jedes Mal der Kampf kurz gestoppt hat und alle atemlos zugehört haben, wenn Roland hinein geblasen hat und sein ungeheuer kraftvoller Ton erklungen ist."

„Ich habe vor unserer Reise in die Pyrenäen die Sage und das Rolandslied nochmal gelesen", fährt Walter fort, „denn wir wollten natürlich die historischen Plätze besuchen. Roland hat sich aus reinem Stolz zuerst geweigert, das Horn zu blasen und so Kaiser Karl mit dem Großteil des Heeres zurückzurufen, obwohl ihn sein Freund Oliver darum gebeten hat. Er meinte, es sei zu früh, sie seien noch nicht in höchster Gefahr."

„Genau", ruft er, „das hat mich früher total geschockt. Ich hab mir bei jedem Lesen gewünscht, Roland solle endlich das Heer verständigen, und nie verstanden, warum er mit dem Signal so lange gewartet hat. Sie hätten, wenn er früher um Hilfe gerufen hätte, vielleicht alle gerettet werden können."

„Walter und ich haben darüber diskutiert", meint Andreas, „und hatten das Gefühl, das ist typisches Machogehabe. Du kennst das bestimmt auch. Viele Männer wollen, heute noch, alles alleine erledigen und, bildlich gesprochen, lieber scheinbar stolz untergehen, als um Hilfe zu bitten."

„Ja, da ist was dran", überlegt er. „Ich kenne jede Menge Männer, die lieber ewig in einer Stadt herum fahren und suchen, als nach dem Weg zu fragen. Nur nicht um Hilfe bitten müssen."

„Klar, und viele Männer fressen lieber ihre Probleme in sich hinein, als mit ihrer Partnerin oder einem Freund ernsthaft darüber zu sprechen", meint Walter. „Als wenn Hilfe suchen ein Zeichen von Schwäche oder fehlender Souveränität wäre."

„Dann ist unser Freund Roland also ein Beispiel von Machismo schon vor über tausend Jahren", grinst er.

„Du wirst keine Epoche in der Menschheitsgeschichte finden, wo es das nicht gibt. Und nicht nur das", fährt Walter fort, „historisch ist das Ganze in der Sage und dem Lied keineswegs korrekt geschildert. Das Rolandslied, das mehr als dreihundert Jahre später verfasst wurde und übrigens das erste in Volkssprache verfasste Heldenepos des Mittelalters war, verfälscht nach heutigem Wissen stark die Tatsachen."

„Wird jetzt mein Held völlig seines ritterlichen Nimbus beraubt?", will er lächelnd wissen.

„Ein Stück weit leider schon. Richtig ist, dass Karl der Große, Charlemagne, wie er im Französischen genannt wird, 778 nach Christus, da war er übrigens noch gar nicht Kaiser, sondern fränkischer König, denn er wurde erst im Jahr 800 vom Papst in Aachen zum Kaiser gekrönt, mit einem Heer nach Nordspanien gegangen ist, um dort gegen die Mauren, die fast die ganze Halbinsel besetzt hatten, zu kämpfen. Er wollte speziell Marsilie, einen Sarazenenkönig, der Saragossa beherrschte, niederzwingen, was ihm allerdings nicht gelang. Also beschloss er, mit Marsilie Frieden zu schließen. An der Stelle erzählt die Sage, dass der Ritter Ganelon beauftragt wird, diesen Frieden mit dem Mauren auszuhandeln. Da aber Marsilie schon einmal eine Gesandtschaft von Karl grausam hat töten lassen und die Idee, Ganelon zu beauftragen, von Roland stammt, denkt Ganelon, der der Stiefvater von Roland ist, dass der ihn so loswerden und sterben sehen will, um an sein Erbe zu kommen. Also tut sich Ganelon heimlich mit dem Sarazenen zusammen und entwickelt einen bösen Plan: Marsilie solle scheinbar auf den Frieden mit Charlemagne eingehen, aber fordern, dass der König die Halbinsel verlässt. Die Nachhut des Heeres, die von Roland befehligt wird und den Friedenspakt prüfen soll, könnten die Sarazenen dann überfallen und vernichten und damit Karls Heer entscheidend schwächen … und Ganelon wäre seinen jugendlichen Widersacher los. So geschah es denn auch in den Bergen von Roncesvalles oder Roncevaux, wie diese Höhe in den Pyrenäen bei den Franzosen genannt wird. Soweit die Sage …"

„Und genauso erinnere ich sie. Ich war immer wütend auf diesen Paladin, so sagten sie doch früher zu den Gefolgsmännern des Kaisers und mir hat das Wort so gut gefallen … Paladin …, der sich kaufen ließ und meinem Held Roland aus Goldgier in den Rücken gefallen ist. Und du sagst, das stimmt gar nicht?"

„Das ist zumindest historisch kaum nachprüfbar. Was aber sicher ist, dass Karls Truppen bei ihrem Zug durch den Norden der Halbinsel die baskische Stadt Pamplona zuerst besetzten und später, wohl weil die Basken ihn bei seinem Angriff auf Saragossa nicht unterstützten, schleiften. Was das heißt, kannst du dir vorstellen: Pamplona wurde zerstört, es gab viele Tote in der baskischen Bevölkerung und dabei hat Roland mit Sicherheit ordentlich mitgemischt. Historisch gesichert scheint, dass daraufhin die hasserfüllten Basken sich mit den Sarazenen zusammengetan haben, um Rache zu nehmen und Karls Nachhut in den Pyrenäen zu überfallen … und dabei ist Roland umgekommen."

„Wieder eine meiner Kindermythen, die entzaubert wird", grinst er, „aber ich hab mir eigentlich so etwas gedacht. Jetzt bleibt mir nur noch Winnetou. Nein", unterbricht er Walter, als der den Mund aufmachen will, „über den möchte ich jetzt nicht reden, der soll mir bleiben …obwohl ich natürlich weiß, dass die Geschichte von dem 'Edlen Wilden' genauso nicht stimmt."

„Ist ja gut!", lacht Walter. „Aber ich sag ja, Roland war genauso einer meiner Helden in Kindertagen …"

„Und nicht nur deiner", mischt sich Andreas in das Gespräch ein. „Ich habe gelesen, dass das Rolandslied das französische Heldenlied schlechthin geworden ist und, zumindest früher, jedem Franzosen aus der Seele gesprochen hat. Das 'Chanson de Roland' wurde bis ins 20. Jahrhundert im Schulunterricht in Frankreich gelesen und verehrt."

„Ist doch klar!", übernimmt Walter wieder. „Roland bot sich durch die Legendenbildung geradezu an als Identifikationsfigur für Freiheit, Heldentum und Mut. Deswegen hat ihn ja zum Beispiel die Stadt Bremen zu ihrem Schutzherren ernannt und sein fünf Meter hohes Standbild neben das Rathaus gestellt."

„Ach, das ist unser Roland!? Das wusste ich nicht. Ich habe mir die riesenhafte Statue zwar mal bei einem Besuch in Bremen angeschaut, aber keinerlei Verbindung zum mittelalterlichen Helden hergestellt."

„Ich weiß nicht, warum Bremen gerade ihn genommen hat und nicht einen deutschen Sagenhelden", fährt Walter fort. „Aber Tatsache ist, dass die Figur um 1400 als Symbol für die Freiheit, die Rechte und Privilegien der Stadt aufgebaut wurde. Genau wie in Dubrovnik in Kroatien; die haben ebenfalls seit dem Mittelalter eine Rolandsäule auf einem Platz stehen als Symbol für ihre unabhängige Gerichtsbarkeit und ihre Marktfreiheit. Dubrovnik ist überhaupt eine Reise wert. Historisch gesehen wahnsinnig interessant. Warst du schon dort?"

„Nein, nie. Aber ich werde mir den Tipp merken."

„Und noch eine Anekdote am Rande", ergänzt Andreas. „Die Historiker munkeln, dass Karl mit seiner Schwester Inzest betrieben haben könnte. So wäre Roland nicht nur sein geliebter Neffe, sondern auch sein Sohn gewesen ..."[25]

....

UNGLAUBLICH, wie gut sich Walter und Andreas, die drei Wochen durch die Pyrenäen gereist waren, auf diese Reise vorbereitet haben, denkt er einige Tage später, als er auf der engen, autofreien Hauptstraße im historischen Zentrum von St.-Jean-Pied-de-Port zur Mittagszeit vor einem Bistro sitzt und die ankommenden Jakobspilger, leicht zu erkennen an den Wanderschuhen, den Rucksäcken mit der Muschel und den Wanderstöcken, beobachtet. Die beiden haben mir gute Wandertipps und Informationen gegeben; okay, manche bekomme ich aus meinen Reiseführern, aber sie hatten viele Anekdoten und Insiderwissen auf Lager, sensationell. Es ist etwas anderes, wenn man sich mit Zeit und Muße gezielt auf eine Reise durch eine Region vorbereitet, als wenn man sich, wie ich, mehr oder weniger zufällig treiben lässt. Beides hat was, und ich genieße, wie leichtfertig und spontan ich unterwegs bin, aber die beiden haben mich beflügelt. Die Tage in Roncesvalles und die Wanderungen hier waren für mich durch die Tipps und Hintergrundinformationen viel anregender, als wenn ich ohne sie herum getappt wäre.

Das sollte ich meinen Schülern irgendwie vermitteln, denkt er sich ... und da fällt ihm auf, dass er das erste Mal seit Wochen an die Schule und die Kids gedacht hat. In der Tat, er vermisst nichts und niemanden ... jedenfalls niemanden aus der Schule.

Rena vermisst er. So gerne hätte er die letzten Tage und Erlebnisse mit ihr geteilt. Er kann zwar mittlerweile recht gut allein unterwegs sein und er trifft häufig tolle Leute, ja, er ist regelrecht stolz auf die Art, wie er sich in seinem Reiseleben allein eingerichtet hat und wie er es bewältigt ... offen und meistens recht gelassen ..., aber hin und wieder fehlt ihm der Austausch mit einem vertrauten Menschen. Natürlich hätte er manche Erlebnisse der letzten Wochen mit Rena nicht gehabt, lächelnd erinnert er sich an Sofia, und er spürt, wie ihn das Alleinsein innerlich stärkt, aber immer wollte er nicht allein unterwegs sein. Ich bin ein Beziehungsmensch, denkt er, das ist sicher, aber genauso sicher ist, dass es mir gut tut, jetzt diese Erfahrung zu machen.

In diesem Augenblick, er merkt es an einem Kribbeln über seinen Rücken, überfällt ihn eine alte Reiseerinnerung, lässt ihn die beschauliche, mittelalterliche Straße, an deren Rand er sitzt, für eine Weile vergessen.

Es hat mich nach Indonesien, auf die Insel Java, in die Stadt Yogyakarta in der Inselmitte gebeamt. Ich verlasse nach dem Frühstück meine Pension, laufe quer durch die quirlige Stadt, schlendere langsam an den riesigen, Keulen schwingenden Wächterstatuen vorbei, hinein in die historische Hofstadt des

Sultans. Ich gehe vorbei am Palast des Maharadschas, hin zu einem Festplatz, wo unter einem viereckigen, offenen, aber überdachten und mit Säulen flankierten Pavillon das herrschaftliche Gamelanorchester probt. Vielfältige, in das goldene Holz geschnitzte Tiersymbole, Schlangen, Drachen und andere Fabelwesen, verzieren die Säulen und das Dach, tauchen das Gebäude in eine unwirkliche, magische Atmosphäre. Vorsichtig bewege ich mich auf diesen Platz zu, mein T-Shirt ist von der feuchtwarmen Hitze durchschwitzt, die dünne, rote Stoffhose klebt an meinem Körper, mein kleiner Rucksack hängt lässig über meine rechte Schulter. Sofort zieht mich die Musik der Dutzenden von Trommeln, Klangschalen, für mich unbekannte Flöten und Gongs in ihren Bann. Sie zieht mich in sich, sie zieht mich in mich und, ich schwöre, ich habe nichts geraucht und keine Magic-Mushrooms gegessen vorher. Ich setze mich, lehne meinen Rücken an eine der Säulen, vergesse die wenigen anderen Touristen, die umher schweifen und fotografieren. Ich zähle ungefähr vierzig alte Männer in wunderlichen Kleidern und Röcken, die auf dem Boden sitzen und mit unterschiedlichen Instrumenten in fremdartigen Tonfolgen und eigentümlichen Rhythmen musizieren. Natürlich habe ich schon im Reiseführer von der Gamelan-Musik gelesen, sie auf der Insel Bali, die ich vorher mit meinem Rucksack bereist hatte, auch im Rahmen einer touristischen Veranstaltung gehört. Aber das hier ist anders; es ist eine Probe, das Orchester spielt in erster Linie für sich selbst, nicht für die Touristen. Ich sehe den Ernst und die Verbundenheit in den Gesichtern der Alten, und als jetzt noch Sängerinnen mit zerfurchten Gesichtern dazu kommen, bewundere ich deren Konzentration und Hingabe. Die Musik breitet sich, durch die Luft und die Vibrationen der Holzsäule, an der ich lehne, in meinem Körper aus: langsame, getragene wechseln mit schrillen und wilden Stücken, der schwermütige Gesang rührt mich in der Seele; uralt und alterslos kommen mir Musik und Spieler vor, verbunden in reiner Magie, und ich mittendrin …

Wie bin ich jetzt darauf gekommen?, fragt er sich, während ihn das Geräusch eines Tandems, auf dem ein Pilgerpaar sitzt und das auf dem Kopfsteinpflaster neben ihm vorbei rattert, in die Realität des 21. Jahrhunderts zurückholt. Das Ganze ist mehr als fünfundzwanzig Jahre her, er hat sich ewig nicht mehr daran erinnert. Ach, es hat mit dem Alleinreisen zu tun, darüber hatte er gerade nachgedacht. Ja, damals ist er, nach der Trennung von seiner ersten langjährigen Freundin, das erste Mal allein in Urlaub gegangen. Flug nach Denpasar in Bali, Rückflug von Jakarta in Java, dazwischen sechs Wochen mit dem Rucksack alleine unterwegs. Ein Jahr später eine ähnliche Reise durch Südostasien; anschließend trat Esther in sein Leben und die lonely Trips waren Vergangenheit.

Habe ich mich seit damals verändert?, fragt er sich plötzlich. Was ist anders heute, fünfundzwanzig Jahre später, was ist gleich?

Mmh, es war eine extreme Umbruchsituation damals nach der Trennung, aber … das ist heute genauso. Keine Ahnung, wohin mich die nächsten drei Jahre treiben werden.

Er erinnert sich an Bilder von dieser Reise: zottelige, lange Haare, deutlich abgenommen, wilder, braungebrannter Gesichtsausdruck … und jetzt? Braungebrannt auch wieder, und nach dem vegetarischen, reduzierten Essen der letzten Wochen nähert er sich deutlich seinem Idealgewicht. Haare sehr kurz, vor allem dünner und weniger als früher … aber das ist es alles nicht. Was ist es?

Okay, ich hatte damals weniger Erfahrungen als heute, denkt er, fühlte mich innerlich zerrissener und unsortierter. Und … ich habe zu dieser Zeit innendrin nicht sehr viel von mir gehalten, wird ihm plötzlich klar. Nach außen habe ich vielleicht ziemlich cool gewirkt, aber das war zwar sehr lebendige, aber eben doch Fassade. Die Reise damals war einzigartig, sie hat mir unendlich gut getan und mich gestärkt, aber insgesamt habe ich in dieser Zeit gelebt wie unter einer feinen Cellophanglocke. Sobald ich an mir gekratzt habe, kamen Ängste und Selbstabwertungen zum Vorschein. Ich hatte zu der Zeit oft das Gefühl, ich würde unter eine Brücke zu den Pennern und Alkoholikern gehören. Es waren die ersten Jahre als Studienassessor, ich hatte als junger Lehrer viel Verantwortung zu tragen, war beliebt, Vertrauenslehrer ... und fühlte mich innerlich andauernd überfordert. Wenn irgendjemand mitbekommen würde, wer und wie ich wirklich bin, so dachte ich, dann fliege ich hochkant aus meinem Beruf und dem Beamtenverhältnis. Trotz allen äußeren Erfolgen war ein Gefühl von Minderwertigkeit ein häufiger Begleiter in meinem Leben, das hat mich im Innern zerrissen, manchmal fast gespalten agieren lassen.

Und heute?, fragt er sich.

Mein Körper ist älter, schwächer, daran gibt es keinen Zweifel. Und mein Geist ist viel ruhiger und getragener, auch wenn die innerliche Spaltung noch immer vorhanden ist. Aber die beiden Stücke sind mehr in Verbindung, haben sich gegenseitig mit Lebenserfahrungen versorgt, trauen einander mehr. Ja, ich kämpfe nicht mehr so stark mit mir selbst, akzeptiere mich eher, wie ich bin. Der Penner ist ein schwächerer Freund des akkuraten Lehrers geworden, der aber nicht nur Schwäche und Haltlosigkeit, sondern auch Milde, Friedfertigkeit und Freiheit in diese Beziehung einbringt. Der Penner braucht seinen Alkohol und seine Ungebundenheit, der Lehrer braucht seine Genauigkeit und Absicherung – all das und mehr macht mich jetzt aus, aber die Kanten stehen nicht mehr scharf gegeneinander. Es ist eine Wertschätzung der Teile füreinander in mir entstanden und so mag ich mich als Ganzen viel mehr als früher. Und dieser Prozess erhält durch meine Auszeit neuen Treibstoff, über Anregungen, Alleinsein, Entgrenzungen aus dem engen Alltag und vor allem durch die freie Zeit.

Auch die frühere Angst, ich würde völlig aus dem Ruder laufen und haltlos abstürzen, wenn ich meine klaren Rhythmen und Regelmäßigkeiten aufgeben würde, war bisher völlig unbegründet.

Ich trinke eher weniger als zu Hause, ich lebe ernährungstechnisch gesünder und meine Bauchringe schwinden, ich bewege mich mehr als vorher, ich dehne und meditiere weiter regelmäßig, und sei es auf der grünen Wiese neben dem Wohnmobil; ja, ich benütze sogar öfters die kleine Hantel, die ich vor der Abfahrt zweifelnd eingeladen hatte.

Ein warmes Gefühl von Zufriedenheit durchzieht seinen Körper. Er fühlt sich wohl an seinem Bistrotisch in der Mittagswärme des späten Septembers, bestellt bei der freundlichen Bedienung noch einen Milchkaffee. Seine Landkarte des Lebens ermöglicht ihm mehr Orientierung und leichtere Lebenswege als früher, dessen ist er sich gewiss. Natürlich hat sie weiterhin blinde, unerforschte Flecken, aber Orientierungslosigkeit, das wäre mittlerweile der falsche Ausdruck.

Ist das jetzt die Müdigkeit oder die kommende Weisheit des Älterwerdens in mir?, fragt er sich, während sein Blick auf einen etwa gleich alten Mann fällt, der als Jakobspilger in diesem Moment langsam an ihm vorbei zieht.

Der Jakobsweg wäre auch einige Monate wert, denkt er plötzlich. Bei diesem langen Wandern passiert sicher einiges in einem. Gestern schon war ihm aufgefallen, wie zentriert viele dieser Pilger wirkten, als er ihnen, allein oder in kleinen Gruppen wandernd, bei Roncesvalles begegnet ist. Zwar hatte ihn einer der jüngeren Pilger, den er etwas fragen wollte, nach einem Blick auf seinen kleinen Rucksack, der ihn als Tageswanderer auswies, ein wenig arrogant abgespeist; insgesamt jedoch hatte ihn die Zähigkeit, Ausdauer, aber auch Freundlichkeit, die viele ausstrahlten, beeindruckt.

Er beobachtet den Mann, der sich müde einige Meter weiter auf den Boden vor dem mittäglich geschlossenen örtlichen Meldebüro der Jakobspilger setzt, wo sie ihren Tagesstempel erhalten. In dich reinschauen kann ich nicht, denkt er sich, genauso wenig wie du in mich, wenn du mich überhaupt bemerkst. Zwar ist mir klar, dass dein Glück und dein Leid nicht von meinen Wünschen, sondern von deinen eigenen Taten abhängig sind, aber schaden wird es sicher nicht, dir gute Gedanken auf den Weg mitzugeben. So wünsche ich dir, fremder Freund, dass es dir gutgehen möge auf deinem Weg nach Santiago …

....

LOURDES! Er hat bisher nur Negatives gehört über diese Pilgerstadt in den Pyrenäen, die jährlich von mehr als fünf Millionen Menschen besucht wird. Aber sie liegt für ihn auf dem Weg zum Cirque de Gavarnie, einer Wanderung und Naturschauspiel, das für viele den absoluten Höhepunkt der französischen Pyrenäen darstellt. Außerdem ist er neugierig auf Lourdes, den berühmt-berüchtigte Wallfahrtsort, der die Massen und die Leidenden anzieht, seitdem dem vierzehnjährigen Mädchen Bernadette 1858 in einer Grotte mehrmals die Mutter Gottes erschienen sein soll. In der Folge soll es zu mehreren Wunderheilungen gekommen sein, die katholische Kirche hat das in einer Untersuchung bestätigt, und so ist es kein Wunder, dass Kranke aus der ganzen Welt hierher kommen, um das besondere Wässerchen mitzunehmen und sich Linderung ihres Leidens zu erhoffen.

Schon bei der Umrundung der Stadt auf der Suche nach dem Campingplatz, den er ausgewählt hat, fällt ihm der Trubel und die unruhige Stimmung auf, zumal er von der Ruhe der letzten Tage verwöhnt ist. Der Campingplatz liegt in einer Senke etwas außerhalb, er ist das ganze Jahr geöffnet und belebter als die bisherigen. Der Besitzer nimmt seine Daten auf, begleitet ihn zu einer großen, parzellierten Wiese und weist ihm einen der nummerierten, von der Sonne beschienenen Standplätze zu. Als er aussteigt und den Stromanschluss sucht, fällt ihm eine ältere, schwere Frau auf, die unweit von ihm vor ihrem Wohnmobil sitzt und sehr kritisch, so scheint es ihm, zu ihm schaut. Ein unauffälliger Blick auf das Nummernschild ihres Wagens sagt ihm, dass sie Britin ist, und er grüßt freundlich zu ihr hinüber. Schwerfällig steht sie auf, sie kann kaum laufen, hinkt die paar Schritte auf ihn zu.

„Hallo, Sie nehmen mir mit Ihrem Wohnmobil die Sonne", spricht sie ihn auf englisch an, „können Sie nicht auf einen anderen Platz fahren?"

Er schaut sich um. Es stimmt zu diesem Zeitpunkt nicht, die Sonne steht noch hoch, aber in einigen Stunden könnte die Frau Recht haben. Zwei Reihen weiter sieht er, als er sich umschaut, freie Stellplätze. Eigentlich kein Problem, denkt er, abgesehen davon, dass der Besitzer ihm diesen Platz zugewiesen hat.

Gleichzeitig merkt er, dass er die eigentümliche Begrüßung erst verdauen muss. Irgendetwas, wahrscheinlich die Bestimmtheit der Frau, hat ihn leicht verärgert. Er schiebt seinen unbestimmten Groll zur Seite, warum soll er dieser behinderten Frau nicht den Gefallen tun.

„Der Besitzer hat mir diesen Platz zugewiesen", antwortet er. „Aber ich kann zur Rezeption laufen und fragen, ob ich einen anderen nehmen kann. Es sind ja genug frei."

„Dann fahren Sie Ihr Auto doch gleich weg!", meint sie.

Wieder steigt Ärger in ihm hoch.

„Nein!", sagt er sehr deutlich, „Ich frage zuerst den Besitzer!", und läuft gemächlich zum Empfangshäuschen.

„Kein Problem", meint der Mann, der gut englisch spricht, auf seine Anfrage, „suchen Sie sich einen Platz aus, der Ihnen passt.

In dieser Jahreszeit gibt es genug Raum."

Halb grinsend fügt er mit einer wegwerfenden Handbewegung hinzu: „Dieses Ehepaar ist schon einige Tage hier. Die Frau meint, sie ist die eigentliche Chefin am Platz."

Als er zum Wagen zurückkommt, sitzt ein älterer, ebenfalls beleibter Mann neben der Frau. Er nickt ihnen zurückhaltend zu, parkt sein Wohnmobil dreißig Meter weiter in der übernächsten Reihe.

Eine eigentümliche Begrüßung hier in Lourdes, denkt er, als er kurz darauf Richtung Innenstadt läuft. So etwas ist mir auf der ganzen Reise noch nicht passiert. Bin gespannt, wie es weitergeht!

Er bemerkt, dass er mit einem kritischen Blick auf diese Stadt schaut. Vielleicht hatte er den vorher schon, aber der an sich unbedeutende Vorfall hat seine Vorurteile verstärkt.

Er kommt an einem riesigen, eingezäunten Wiesengelände vorbei. Es sieht aus wie ein Aufmarschgelände für Hunderttausende. Wahrscheinlich für die Gläubigen bei einem Papstbesuch, spekuliert er. Um die vielen Kirchen nahe der Innenstadt und die große, unterirdische Basilika wird es zunehmend voller. Trauben von Menschen strömen zu den heiligen Plätzen, ständig fahren Busse an, die Behinderte und Menschen in Rollstühlen mit Hilfe von Außenaufzügen ausladen. Die Souvenirläden der Stadt sind überfüllt mit religiösem Kitsch in allen Farben: beleuchtete Madonnenfiguren, Heiligenbilder, Flaschen mit dem heilenden Wasser. Die gesamte Stadt, mit all ihren Nobelhotels, Restaurants und Geschäften, ist ausgerichtet auf religiös verbrämten Kommerz.

Er muss lachen, es widert ihn an, er kann kaum glauben, was um ihn herum geschieht, und er empfindet trotzdem tiefes Mitgefühl mit den Behinderten aller Altersklassen, die er noch nie in solch einer Dichte gesehen hat. Schließlich gewinnt die amüsierte Seite in ihm die Oberhand und er genießt nahezu das Gewimmel; aber länger als drei Stunden hält er es nicht aus und er ist wirklich froh, als er am späten Nachmittag das Campinggelände erreicht.

Erschöpft öffnet er sich ein kaltes Bier aus seinem Vorrat und setzt sich vor das Womo, um die letzten Strahlen der untergehenden Sonne zu genießen. Sein Blick fällt schräg auf das Wohnmobil der Briten von vorhin und auf die Wiese und das Waschhaus dahinter. Vor dem Wagen der Briten stehen einige Leute, die sich lautstark unterhalten; das beleibte Ehepaar gestikuliert aufgeregt, es scheint etwas Wichtiges für sie geschehen zu sein. Einer der Dabeistehenden geht davon und kommt einige Augenblicke später mit einem Damenfahrrad zurück. Interessiert beugt er sich nach vorne; er sitzt in der ersten Reihe und will keine Sekunde verpassen.

Die dicke Britin nimmt das Lenkrad des Rades, der Besitzer hält es am Sattel fest. Schwerfällig hebt sie einen Fuß über die tiefliegende Stange und setzt ihn auf das Pedal. Ihr Mann hilft ihr und schiebt sie nach vorne, bis sie sich abdrücken kann und mit ihrem gewaltigen Hintern auf dem Sattel sitzt. Es ist ein Moment höchster Spannung. Sie tritt in das andere Pedal, von hinten wird das Rad noch gehalten; langsam bewegt es sich, sie fährt zitternd los. Fast hysterisch schreit ihr Mann in englisch auf.

„Sie kann fahren, sie kann wieder fahren!"

Nach drei, vier Metern langsamer Bewegung beginnt das Fahrrad bedenklich zu wackeln, denn die Frau verliert das Gleichgewicht. Schnell eilen die anderen hinzu, stützen sie ab und helfen ihr aus dem Sattel. Alle sind ziemlich aufgeregt und reden laut durcheinander. Schließlich gehen sie langsam zu dem Wagen zurück und die Frau lässt sich erschöpft, aber scheinbar sehr glücklich in ihren Stuhl sinken.

Nachdenklich nimmt er einen Schluck aus der Flasche. Hat er gerade ein Wunder von Lourdes gesehen? Oder war das eine Selbstaufpuschung im hysterischen Umfeld des heiligen Ortes? Er vermag es nicht zu entscheiden, bemerkt aber, dass er aufgewühlt und im Hintergrund schlecht gelaunt ist. Ich kann das nicht glauben, denkt er, ist doch alles Humbug! Aber warum sehe ich nicht amüsiert und locker zu und lasse die Leute, wie sie sind? Wo ist meine Contenance geblieben?

Oh Mann, das kann nicht wahr sein! Er ist sich in diesem Augenblick voll seiner eigenen Ambivalenz bewusst. Einerseits tut ihm die Frau und ihre Gehbehinderung leid, er wünscht ihr Genesung und sei es durch ein Wunder. Andererseits kotzt ihn der Klamauk und die übertriebene, illusorische Heilungshoffnung an. Das grenzt für ihn an religiösen Wahn, was dieser Ort erhoffen lässt, anbietet und verkauft.

„Hättest du in deinem Leben nicht so viel in dich rein gefressen und dich mehr bewegt, wärst du nicht so schwer", murmelt er vor sich hin, erschrocken von seiner Boshaftigkeit.

Ihm ist klar, wie unfreundlich sein Gerede ist, aber ist es auch ungerecht? Tragen wir nicht alle ein Stück weit unser Schicksal durch unsere Handlungen in der Hand? Warum wundert sich ein Mann, der zwölf Stunden jeden Tag arbeitet, darüber, wenn er ein Burn-out-Syndrom bekommt? Was bringt einen Menschen dazu, vierzig Kilo zu viel mit sich herum zu schleppen? Vor einigen Tagen hatte er in einer Zeitschrift gelesen, dass 63% der Männer und 57% der Frauen in Deutschland übergewichtig sind. Klar, die leiden selbst darunter und die meisten hätten es gerne anders, und natürlich gibt es komplexe Ursachen dafür bis hinein in Kindheitsstrukturen. Aber dennoch ist es ein teilweise selbstgeschaffenes Leiden, ein Ausdruck fehlender Verantwortung gegenüber dem eigenen Leben, eine Versündigung gegen die Natur …

Jetzt fange ich auch schon an, in religiösen Kategorien zu denken und zu urteilen, stoppt er sich.'Versündigung gegen die Natur', was soll das denn heißen? Und was ist überhaupt los, warum bin ich so wütend?

Lourdes reizt ihn, diese Frau reizt ihn, sein Verständnis ist überschnell aufgebraucht in diesem Tempel des religiösen Kommerzes. Vielleicht habe ich meinen Austritt aus der katholischen Kirche vor über fünfundzwanzig Jahren doch nicht ganz verarbeitet und wirklich integriert, denkt er, vielleicht kämpfe ich innerlich noch gegen dieses System, das ich als überwunden angesehen habe. Und vielleicht gibt es etwas wie die 'Arroganz des Meditierenden' in mir. Ich meditiere, ich fühle mich auf meinem Kissen 'heiliger' und 'spiritueller' als 'die'; ganz heimlich, im Verborgenen, halte ich mich für etwas Besseres, denn ich gehe ja den 'richtigen' Weg, während die hier der Scheinheiligkeit aufsitzen.

Durch die gut verborgene Hintertür hat mein Ego also gerade meinen prachtvollen Kaiserstuhl hereingetragen ... Ja, ein wenig aufgeblasen fühle ich mich schon. Wird Zeit, dass ich die Luft raus lasse. Jeder hat sein eigenes Fegefeuer auf Erden, um im religiösen Bild zu bleiben, und jeder hat die Chance, sich in sein persönliches Licht empor zu arbeiten ...

Offene Weite, nichts von heilig! Darum geht es, nicht um den besseren und schon gar nicht um den einzig richtigen Weg.

Er wirft nach seinem inneren Streitgespräch einen Blick hinüber zu dem britischen Wohnmobil. Die beiden haben ihr Vordach längst verlassen, er sieht den Fernseher aus dem Inneren des Wagens flackern. Sein Magen knurrt, es wird Zeit für das Abendessen.

Und morgen in aller Frühe haue ich ab, noch einen Tag länger halte ich hier nicht aus!

....

„TROTZDEM lassen wir uns von unserem Plan nicht abhalten: wir wandern zum CIRQUE DE GAVARNIE. Nach groben Schätzungen habe wir diese Sehenswürdigkeit bisher 10mal nicht besucht. Nach dem ersten Versuch 1977 haben uns Nebel, Regen, Zeitdruck, ein Gewitter, Schneesturm und ein Motorschaden bisher immer wieder einen Strich durch die Rechnung gemacht.

Diesmal muss es einfach klappen!"[26]

Nach dem Frühstück in der Morgendämmerung hat er diesen Abschnitt noch einmal in seinem Wohnmobilführer der Pyrenäen gelesen. Als er von der Toilette kommt, schaut er zum Himmel. Kein Wölkchen! Warum sollte die Tour bei mir nicht beim ersten Mal klappen?, freut er sich. Schließlich bin ich ein Glückskind! Allerdings sind es von Lourdes etwa fünfzig Kilometer bergan bis zu dem berühmten Gebirgskessel, da kann sich einiges ändern. Also, Aufbruch!

Lourdes ist schnell umfahren, die Stadt und ihre Wunder schlafen und träumen noch. Die ständig ansteigende Straße ist kurvig, jedoch keineswegs eng, wie er befürchtet hatte; die Franzosen wissen ihre touristischen Sensationen zu präsentieren. Anderthalb Stunden später wird er vor dem Ortseingang des Gebirgsortes Gavernie, der auf 1360 Meter Höhe liegt, von Parkplatzwächtern auf einen riesigen, kostenpflichtigen Parkplatz dirigiert, auf dem schon einige PKW stehen. Der Trubel muss im Sommer katastrophal sein, aber Ende September wird es gehen. Es ist am Morgen kühl zwischen den Bergen, doch der Himmel ist weiterhin wolkenlos, der Tag wird warm werden. Wanderschuhe an, Anorak über den leichten Pullover, dazu die langen Hosen mit den Reißverschlüssen, die in kurze umfunktioniert werden können.

Fünf Stunden später sitzt er auf einem Felsbrocken am Bergbach, kühlt seine bloßen Füße im kalten Wasser und schaut zurück in die Richtung des Gebirgskessels, zu dem ihn die wunderbare Wanderung geführt hat. Er beißt große Stücke von dem Käsebrot, das er sich morgens geschmiert hatte, genießt die warme Sonne im Rücken und ist rundum zufrieden. Es war eine großartige Tour; nicht, weil sie so anstrengend gewesen wäre, denn abgesehen vom letzten Stück hinein in den Talkessel, der von 1500 Meter hohen Steilwänden mit Schneeresten auf drei Seiten abgeschlossen wird, wie eben ein Cirque, ein Zirkus, war es eher ein ansteigender

Spaziergang als eine schweißtreibende Wanderung. Nur das letzte Stück unter die Wasserfälle, die bis zu 420 Meter von den steilen Hängen herabstürzen und unter deren Sprühregen er stand, war wegen dem Geröllschutt anstrengend gewesen, aber es hatte sich gelohnt. Der gigantische Felskessel, Teil eines Naturschutzgebietes auf der französischen und auf der hinter den bis zu 3300 Meter hohen Berggipfeln liegenden spanischen Seite hat ihn beeindruckt und begeistert, zumal der Andrang sich in Grenzen gehalten hat.

Nach der Pause zieht es ihn zu seinem Wohnmobil, denn er will seinem verlorenen Helden Roland ein letztes Mal die Referenz erweisen. Ein Stück quält er den Wagen eine enge Bergstraße hinauf, und plötzlich liegt sie vor ihm, die Bréche de Roland, eine auffällige, tiefe Kerbe in einer Felswand hoch über ihm. Auch diesen Teil der Sage hatte ihm Walter erzählt. Als Roland, blutüberströmt und am Ende seiner Kräfte, bemerkt, dass er sterben wird, will er in einem letzten Kraftakt sein Zauberschwert zerstören, damit es nicht in die Hände der Feinde fällt. Zweimal versucht er Durendart am Felsen zu zerbrechen, doch das sagenhafte Schwert ist unzerstörbar. So schleudert er es in einem letzten Aufbäumen weit in die Berge, wo es eine riesenhafte Bresche in eine Felswand schlägt.

Zwar befindet sich die Kerbe mindestens siebzig Kilometer Luftlinie von dem vermeintlichen Ort von Rolands zu frühen Todes entfernt, aber mit solchen Belanglosigkeiten will er sich an einem wunderbaren Tag wie heute nicht aufhalten. Er steigt zu der Spalte hoch, bewundert sie ausgiebig und träumt ein letztes Mal von Heldentum und untadligem Mannesmut.

Auf dem Rückweg nach Gavernie kurvt er auf einen großen Wohnmobilstellplatz, der einsam oberhalb des Ortes, in ungefähr 1400 Meter Höhe liegt. Hier will er heute übernachten.

Als die Sonne untergegangen ist, wird es schnell kühler. Lediglich zwei französische Wohnmobile haben sich noch eingefunden und in deutlicher Entfernung ihre Fahrzeuge nebeneinander geparkt. Der Sternenhimmel am Abend ist unvergleichlich; als er später in einer kleinen Runde über den stillen, unbeleuchteten Platz spaziert, sieht er allerdings eine Wolkenwand vom Westen her aufziehen.

Nachdenklich legt er eine dickere Wolldecke für die Nacht zurecht; er schläft schlecht ein, viele Gedanken schwirren durch seinen Kopf, unruhig wälzt er sich von einer Seite auf die andere. Irgendwann muss er eingedämmert sein, doch mitten in der Nacht wacht er auf. Es ist kalt im Wohnmobil, er zieht die zweite Decke über seinen Körper, denkt sogar einen Moment daran, die Heizung, zum ersten Mal in diesen Wochen, anzuschalten. Aber unter der Wolldecke wird es schnell warm und er hat auch keine Lust aufzustehen und an dem Heizungsschalter zu fummeln, zumal ihm die verschiedenen Stellungen des Schalters überhaupt nicht mehr vertraut sind. So kuschelt er sich in die Decke und hört nach draußen.

Er liegt in einer ungeheuren Stille. Kein Ton zu hören, schon gar kein von Menschen geschaffenes Geräusch. Kein in der Ferne vorbeifahrendes Auto, keine Bahnlinie, kein Flugzeuglärm, aber auch kein Nachtgeschrei einer Eule oder eines anderen Tieres. Nichts!

Überrascht bemerkt er, dass ihn, dem Ruhe oft wichtig ist, die Stille nicht stärkt in diesem Moment, sondern eher ängstigt. Sie ist ungeheuer ausfüllend und allgegenwärtig, scheint unendlich ausgedehnt; es ist ihm, als könne er sich an nichts mehr halten, er befürchtet voller Furcht, die Stille könnte ihn wie in ein Loch ohne Boden ziehen. Er versucht bewusst über etwas nachzudenken, aber es gelingt ihm nicht, etwas Angenehmes an sich heran zu ziehen. Sofort werden auch seine Gedanken von Ängsten besetzt und ziehen ihn weiter ins Bodenlose. Sein Herz schlägt hart und schnell gegen seine linke Brustseite, als er auf dieser Seite liegt, und er muss sich umdrehen, weil es ihn schmerzt und seine Ängste verstärkt. Nie mehr werde ich mit Rena zusammen sein können, ich werde allein alt werden, überfällt es ihn plötzlich. Ich bin schon alt und ich werde immer älter, Tag für Tag; ich werde nicht nur allein alt werden, auch im Tod werde ich allein sein, denkt er verzweifelt. Keine Kinder, kein Partner, keine Freunde. Wo soll der Sinn von diesem ganzen Leben sein? Und diese Reise ist nur eine Flucht vor der Leere meines Lebens. Eine neue Flucht nach all den anderen Versuchen …

Sein Herz jagt, er versucht, fast panisch, auf seinen Atem zu hören und ihn zu beruhigen, um nicht weiter abzustürzen …

„Lausche", hört er plötzlich die Stimme seines Zenlehrers in sich. „Lausche auf das, was um dich ist. Höre mit allen Sinnen hinaus in diese Welt. Was hörst du?"

Und er lauscht. Es ist, als wenn sich seine Ohren weit hinaus in die Leere öffnen würden. Zuerst hört er weiterhin nichts, und noch einmal will ihn die Beklemmung überschwemmen. Aber dann hört er die Decke rascheln, als er sich auf den Rücken dreht, und bald hört er seinen Atem, der leise über die Nase ein und aus strömt. Das beruhigt ihn eigenartigerweise ein wenig. Vielleicht gibt es mich ja doch, denkt er, jetzt friedlicher.

Eine Geschichte über die Angst fällt ihm aus dem Nichts ein, die ihm Gerd vor Wochen erzählt hat, als sie über dieses Thema gesprochen haben. Fast meint er seine Stimme zu hören.

>*Zu Nasrudin, dem Weisen des Morgenlandes, kommt eines Tages ein Mann.*
'Nasrudin', fragt er, 'ich habe immer wieder große Angst. Was soll ich nur tun?'
Der Weise sieht den Mann eine Zeitlang an.
'Lege beim Abendessen ein Gedeck mehr auf', sagt er schließlich ruhig zu ihm.«

Diese Geschichte scheint ihm wie ein Rettungsanker.

„Da bist du also, Angst", flüstert er leise, „meine Lebensangst, vor der ich mich so gerne drücke. Sei willkommen, setz dich zu mir."

Er merkt, dass er schwitzt unter den beiden Decken. Aber ihm ist gleichzeitig innerlich wärmer geworden. Da ist sie also, spürt er nach einer Weile, beinahe ehrfürchtig; eine große, dunkle, umfassende Macht, größer und stiller als ich. Sie ist nicht gegen mich gewendet, sie hat keine Absicht und trägt keine Gefühle in sich. Sie ist in mir mit mir aufgewachsen, sie ist aus mir geboren; sie ist aus mir, aber sie hat keine Absicht, mich zu zerschmettern, merkt er. Sie ist eine Ahnung von dem, was am Ende meines Lebens kommen mag, aber sie wird nicht gegen mich kämpfen, wenn ich nicht gegen mich kämpfe …

Er muss eingeschlafen sein. Als er wieder aufwacht, dämmert es vorsichtig. Er hört, dass etwas sehr leicht auf seinem Wagendach auftrifft. Ab und zu wie Regentropfen, dazwischen weicher, kaum hörbar. Aber ich stehe doch nicht unter einem Baum, von dem es im Morgengrauen tropfen könnte. Es ist überhaupt kein Baum auf diesem riesengroßen Stellplatz. Er konzentriert sich auf das Geräusch: einzelne Tropfen, ein weiches Wischen, eine Spur von Wind …

Bevor er erkundet, was da draußen los ist, möchte er noch ein bisschen nachschlummern und in sich hinein horchen. Er fühlt sich jetzt viel stärker – wie nach einem tiefen, befreienden Schlaf. Die Angstepisode der Nacht ist ihm allerdings nicht vergessen. Sie ruht zwischen klar abgegrenzt und verschwommen wie ein Traum in ihm; aber er fühlt sich nicht mehr besetzt von der Angst. Bin ich das Gefühl … oder habe ich das Gefühl?, das ist der Unterschied, denkt er. Oder hat das Gefühl gar mich …? Dazwischen liegen Welten.

Heute Nacht bin ich knapp daran vorbeigeglitten, die Angst zu werden und ganz von ihr besetzt zu werden. Fürchterliches Gefühl! So stelle ich mir eine Panikattacke vor. Die Konzentration auf meinen Atem hat mir geholfen, das aufmerksame Lauschen auch, anscheinend genauso die Einladung und das Gespräch mit meiner Angst. Als wenn sie sich gefreut hätte, von mir gesehen und anerkannt zu werden.

Und jetzt?

Jetzt fühlt er sich wie freudig in den Tag geschickt.

Hallo, Freude, sei auch du willkommen! Du wirst ebenso vergehen wie die Angst, aber das ist gut so. Denn dadurch wird Platz für Neues geschaffen und neue Gefühle in mir. Unmöglich, immer mit dem gleichen Gefühl herum zu laufen in dieser sich ständig verändernden Welt. Gesund leben heißt vielleicht, sich immer wieder neuen Erfahrungen mit immer wieder neuen Gefühlen zu stellen und dabei alle Gefühle, seien sie angenehm oder gefährlich, befreiend oder bedrängend, zuzulassen. Weil die immer wieder neue Welt mich immer wieder neu will ...

Also, was ist los da draußen? Langsam lässt er den kleinen silbrigen Rollo nach oben gleiten, mit dem er nachts sein Fenster am Bett abdunkelt. Heute Nacht, in seiner Angst, hätte er das nicht wagen können, da war es aus irgendeinem Grund zu gefährlich für ihn. Doch nun fühlt er sich stärker und viel ruhiger. Sieben Grad Innentemperatur zeigt der Thermometer auf seinem Wecker an, als ein dünner Lichtstrahl ihn trifft; was für ein Glück, dass er die warme zweite Decke hat. Er schaut hinaus. Weiche, fedrige Flocken segeln durch das Halbdunkel sanft am Auto vorbei auf den dunklen Asphaltboden, dazwischen fallen einzelne dickere Tropfen. Es schneit ...

....

SCHNELL ist alles zusammengepackt und keine Viertelstunde später dirigiert er vorsichtig das Wohnmobil die wenigen, leicht verschneiten Kehren hinunter zum Ort, denn er hat Sommerreifen. Ab dem Städtchen sind schon Schneeräumfahrzeuge unterwegs, die Salz streuen; einige Kilometer weiter, der Weg führt nur bergab, mischt sich zunehmend Regen unter die Schneeflocken, es besteht keine Gefahr, wenn er aufmerksam fährt. Von den herrlichen Ausblicken in die Gebirgswelt und auf die Gipfel, die er gestern beim Hinauffahren noch hatte, ist nichts mehr zu sehen. Dicker Nebel hüllt die Hänge rechts und links der Straße ein, er rollt durch eine nasse, dichte Wolkensuppe. Jetzt erst wird ihm bewusst, was für ein wahnsinniges Glück er gestern mit dem Wetter hatte, und er erinnert sich daran, dass er gelesen hat, dass häufig Ende September hier in den Pyrenäen der erste Schnee fällt. Als einige Minuten später klar wird, dass der Schnee ihn heute nicht weiter verfolgt, fährt er auf einen kleinen Parkplatz am Rande der Straße, um zu frühstücken und die Karte zu studieren. Der Wettereinbruch hat ihm deutlich gemacht, dass es Zeit für ihn ist, die Berge zu verlassen. Die spanische Halbinsel ruft, doch soll er sich hinter der Bergkette nach Osten zum Mittelmeer oder nach Westen zum Atlantik wenden? Walter und Andreas haben ihm von den grünbewachsenen Felsen und Stränden Asturiens und Kantabriens vorgeschwärmt, doch dabei zugegeben, dass es dort im Oktober ziemlich rau werden kann und oft die ersten Herbststürme kommen. Außerdem hat er wenig Lust, danach das weite Kernland Spaniens um Madrid zu durchqueren. Klar hat er schon viel von den weißen Dörfern Andalusiens und begeisterte Erzählungen von den alten Maurenstädten, wie Granada oder Sevilla, gehört, aber das kommt ihm auf der Karte ebenfalls weit vor und es scheut ihn, so viele Kilometer zu fahren. Außerdem zieht es ihn weiterhin nicht in die großen Städte. Was soll ich allein in Barcelona oder Valencia?, denkt er sich. Kirchen und Museen waren noch nie so mein Ding, wenn sie nicht sowieso auf dem Weg lagen. Laufen will ich, schwimmen im Meer und abends unter einem Olivenbaum in der Hängematte liegen.

Gut, entscheidet er nach einigem inneren Hin und Her, ich wende mich Richtung Mittelmeer und dort lasse ich mich führen, durch was und wen auch immer.

Aber zuerst einmal gilt es, die Pyrenäen, auf deren Nordseite er sich befindet, zu überwinden. Auf keinen Fall kann er heute bei Schneefall die hohen Pässe, wie z.B. den Col du Tourmalet, dessen Namen er nur von den Radrennen der Tour de France kennt, oder enge Quertäler benutzen, die oft weit über 1300 Meter Höhe durchs Gebirge führen. Er muss zurück bis fast nach Lourdes, um im Vorgebirge zu queren und anschließend eine der größeren, sicheren Straßen mit Tunnel in Nordsüdrichtung zu nehmen. Er entscheidet sich mit dem letzten Schluck Kaffee für den Tunnel de Bielsa und findet in der Karte ein Städtchen kurz vorher, wo er sicher noch einmal übernachten kann. Er spürt, wie ihm diese Entscheidung Energie gibt. Oft ist es anscheinend gar nicht so wichtig, wie man sich entscheidet, denkt er, sondern dass man sich entscheidet. Denn dann kann es losgehen und das Leben kann es weiter richten, wie es ihm gefällt …

Die Fahrt allerdings ist heute langweilig. Die dichten Nebelbänke verhindern weite Ausblicke, der ständige Bindfadenregen verengt das Blickfeld zusätzlich. Er ist froh, als er seinen möglichen Übernachtungsplatz am späten Vormittag erreicht, aber nach kurzer Zeit merkt er, dass ihn dort bei diesem Wetter nichts hält. Kurzentschlossen fährt er den nächsten Supermarkt an und kauft ein letztes Mal in Frankreich Käse, Gemüse und Bier für die nächsten Tage ein, denn wer weiß, wie Spanien sortiert ist. Die enger werdende Straße steigt jetzt steiler in Kurven an, und erneut mischen sich dicke Schneeflocken in den Regen. Doch bald steht er vor der Ampel, die den Verkehr vor dem einspurigen Tunnel regelt. Nur wenige PKW und einige Motorradfahrer, die er bei diesem Wetter keinesfalls beneidet, stehen vor ihm. Er stellt den Motor ab, schaut auf die Flocken, die an seiner Windschutzscheibe schmelzen, und sinniert: Wie wird Spanien sein? Und hoffentlich werde ich mich dort auch sicher fühlen. Doch bevor seine Zweifel stärker werden können, springt die Ampel auf grün. Viva Espana!

Drei Kilometer Fahrt durch das Dunkel, schon hat ihn das Licht wieder. Grenzkontrollen gibt es keine, es lebe das Schengener Abkommen. Und siehe da, beim Abwärtsfahren wird der Regen zum Getröpfel und kurz danach spitzt auf der Südseite der Pyrenäen die Sonne goldglitzernd durch die Wolkengebilde. Seine Straße führt an einem Flusslauf entlang, plötzlich werden Fluss und Straße durch eine enge, eindrucksvolle Schlucht gepresst, mit hoch aufragenden Talwänden. Seine Laune ist blendend, die Farben und das Licht nach dem Regen beeindrucken ihn, schöner hätte er sich den Empfang in Spanien nicht vorstellen können. Um ihn herum leuchten Gipfel in verschiedenen Farben, umspielt von Wolken und Nebelresten, die andauernd neu Teile freigeben oder verdecken. Nach wenigen Kilometern ist Ainsa erreicht, ein wunderbar restauriertes mittelalterliches Städtchen mit fantastischem Blick zurück auf die Hochpyrenäen, die umliegenden Berge und das breiter gewordene Flussbett, das den oberhalb gelegenen Ort umkreist und auf drei Seiten umschließt. Er parkt auf einem fast leeren Touristenparkplatz außerhalb des Ortes, genießt die einmalige Aussicht und beschließt: hier werde ich bleiben diese Nacht, und heute Abend lade ich mich zur Feier meines ersten Spanientages zu einem feinen Dreigängemenue ein.

Am nächsten Morgen, es war deutlich wärmer diese Nacht als gestern in 1400 Metern Höhe, beschließt er, noch einen Tag zu bleiben und unten am Fluss zu wandern. Von seinem hochgelegenen Platz aus kann er weit über das mehr als hundert Meter breite Flussbett blicken, in dessen Mitte, jetzt am Ende des Sommers, nur noch ein kleines Flüsschen seinen Weg durch Geröll und große Steine sucht. Zur Zeit der Schneeschmelze, so stellt er sich vor, muss dies ein reißender, breiter Strom sein, doch nun liegt sein Reiz in den weißen Steinen und Felsen, die das gemütlich fließende Rinnsal auf allen Seiten umlagern. Weiter vorne, etwa zwei Kilometer entfernt, hat es sich, wie er gut sehen kann, geteilt und eine mehrere hundert Meter breite und lange Insel gebildet. Dort zieht es ihn hin und er ist sicher, dass er eine Stelle findet, wo er das Wasser queren kann.

Er schafft es tatsächlich problemlos, obwohl das Wasser kräftig an seinen Oberschenkeln zieht, als er vorsichtig hindurch watet. Vorausplanend hat er Brot, Oliven, Käse und Wasser mitgenommen und so verbringt er mehrere Stunden auf seiner Insel und erkundet sie. Wie ein kleiner Junge, wie damals bei seinen Großeltern, deren allein liegendes Haus an einem Bächlein stand, baut er einen kleinen Damm, um das Wasser ein wenig umzulenken. Später versucht er flache Steine aufeinander zu schichten. Unten die großen, nach oben immer kleiner werdend schafft er elf Stück, bevor beim zwölften der obere Teil seines Bauwerks zusammenbricht. Einige seiner Steinpyramiden lässt er stehen, soll sie doch das nächste Frühjahrsschmelzwasser mit sich reißen. Sogar einen verzweigten wilden Tomatenbusch mit kleinen roten und grünen Früchten entdeckt er auf der Insel. Du bist mutig, denkt er, dich hier anzusiedeln. Du wirst mit Sicherheit den nächsten Sommer nicht erleben. Aber das ist dir vielleicht gar nicht wichtig, kleiner Tomatenstrauch. „Sie tanzte nur einen Sommer"[27] fällt ihm die Überschrift einer Fabel ein, die er manchmal in der sechsten Klasse behandelt hat. Du tanzt eben auch nur einen Sommer, wilde Tomate, was braucht es mehr. Dieser Sommer ist dein Sommer! Versonnen reißt er eine kleine rote Frucht ab und probiert sie. Schmeckt sauer, aber was soll's.

Am Spätnachmittag sitzt er in Ainsa in einem Café und beobachtet spanische Rentnertouristen, die in seiner Nähe stehen bleiben, um den wuchtigen Kirchturm zu fotografieren. Sie werden anscheinend mit Bussen zu diesem Vorzeigestädtchen gebracht, um zwei Stunden bummeln und einkaufen zu können. Er versucht sich in das knarrende Spanisch einzuhören, das er zwei Semester in der Uni gelernt, von dem er aber das meiste vergessen hat. Einige Redewendungen versteht er, das freut ihn. Er kommt sich in Spanien von der Sprache her nicht so verloren vor wie in Frankreich, sie ist ihm eine winzige Spur vertrauter. Zum Abendessen, er denkt daran, nach dem gelungenen Einstand gestern das gleiche Lokal aufzusuchen, will er das alte Übungsbuch, das er zu Hause eingepackt hat, mitnehmen und einige Redewendungen lernen.

....

HEUTE muss ich auf jeden Fall einen Campingplatz anfahren, beschließt er beim Aufstehen, denn seine Womotoilette braucht unbedingt eine Entsorgung. Ein Blick auf die Gipfel der Hochpyrenäen, die ungefähr dreißig Kilometer nördlich hinter ihm zurückgeblieben sind, lässt ihn tief ausatmen. Die Berge sind bis in die mittleren Lage verschneit. Es sieht wunderbar aus, aber er ist froh, dass er vorgestern noch gut durchgekommen ist. Es muss dort oben weiter geregnet und später bis in tiefere Lagen geschneit haben.

„Wieder einmal Glück gehabt", seufzt er.

Kurze Zeit später setzt Nieselregen ein. So zieht er an einem Stausee, der sich direkt hinter Ainsa auftut und der ihn bei sonnigem Wetter trotz des abgesunkenen Wasserspiegels sicher zu einem Badestopp animiert hätte, kurzerhand vorbei, bis ihn die bekannte Pilgerkirche von Torreciudad, die hoch über dem nächsten Stausee thront, zu einem Besuch einlädt. Der Parkplatz ist riesig, der Blick über den Stausee und die im Sprühnebel weit entfernt schimmernden weißen Pyrenäengipfel gigantisch, die Kirche aber ist für ihn eine Enttäuschung, denn sie wirkt wie eine Mischung aus rostbrauner Fabrik und modernem Konsumtempel.

„Mit den heiligen Stätten habe ich gerade nicht so viel Glück", murmelt er und stellt sich vor, wie das hier wohl wirkt, wenn es an den Feiertagen zusätzlich noch von Menschenmassen überschwemmt wird.

Auf der Weiterfahrt lässt er sich treiben. Er weiß, dass er Richtung Mittelmeer will, aber er hat keine Eile. So nimmt er nach einem Blick auf die Karte Nebenstraßen, die ihn durch eine atemberaubend enge Schlucht und schließlich zu einem romantisch an einem Berghang klebendem Dörfchen führen. Es ist Mittagszeit, er parkt das Womo unten auf einem Platz, an dessen Rand frisch geerntete Mandeln unter einem Dach getrocknet werden, und steigt langsam das feuchte Kopfsteinpflaster des bestens restaurierten Dorfes empor. Kein Mensch ist auf der Straße, das Nest wirkt verlassen, bis er auf dem kleinen Marktplatz weit oben eine uralte Bäckerei und gegenüber einen winzigen Lebensmittelladen entdeckt. Die betagte, zahnlose Bäckersfrau verkauft ihm ein frisches, großes Rundbrot, die Besitzerin des Ladens, sie könnte eine kaum jüngere Schwester der anderen sein, überredet ihn in einer fremden Sprache, er schätzt, es ist katalanisch, die Sprache der auf ihre Unabhängigkeit stolzen Region Katalonien, eine rote Dauerwurst und einen alten Käse zu kaufen. Er nimmt noch zwei Tomaten dazu, steigt hoch zu der Burgruine, die oberhalb des Dorfes liegt, und findet einen trockenen Vesperplatz unter einer Brüstung. Es nieselt weiter, doch es ist warm; der Blick über das Dorf, hinunter zu dem Platz, wo er klitzeklein sein Wohnmobil weit unter sich weiß leuchten sieht, ist unglaublich; die Wurst ist scharf, aber sehr schmackhaft, der Käse stark gewürzt, das Brot mildert den kraftvollen Geschmack und ab und zu beißt er in die tiefrote, saftige Tomate, die nach Garten und herrlich süß schmeckt. Er bleibt lange an diesem wunderbaren Fleckchen Erde, erforscht die Ruine und das unterhalb liegende offene Kirchlein mit der beeindruckend geschnitzten, mit riesigen Nägeln beschlagenen Holztür und dem steinernen, runden Portalvorbau.

„Ego sum ianua", kommt ihm dabei in den Sinn. „Ich bin die Pforte", soll Jesus gesagt haben, und als er eine Weile in der Stille der Kirche sitzt, nachdem er nach einer Spende eine kleine Kerze für sich und die ganze Welt angezündet hat, spürt er seit den ernüchternden religiösen Erfahrungen der letzten Tage wieder einmal die tiefe Kraft, die von einer Kirche ausgehen kann.

„Ich bin die Pforte", das heißt für ihn nicht „Ich bin der einzige Weg" oder „Ich allein bin der Weg", wie es sicher von den Kirchen mit ihrem Alleingeltungsanspruch oft interpretiert wurde; für ihn heißt es „Es gibt einen Weg – hinein ins Leben", und dieser Mensch Jesus, der Sohn Gottes, für ihn der Sohn des Lebens, zeigt beispielhaft mit seinem friedfertigen Sein, dass es diesen Weg gibt, wohin er auch führen mag. Wir haben, jeder von uns, ein Recht auf diesen Weg, gleich welcher Religion oder Nichtreligion wir angehören. Aber nicht nur das Recht, sondern auch die Möglichkeit, ihn zu gehen. Und vielleicht, er lächelt vor sich hin, als er das überlegt, finden wir heraus, wenn wir durch die Pforte des Lebens gegangen sind, dass es, wie man im Zen sagt, ein „torloses Tor" war, dass wir schon immer am richtigen Platz waren, dass es die trennende Pforte von innen und außen nur in unserem Innern gab.

Es ist Nachmittag, als er das immer noch fast menschenleere Dorf auf der kleinen Straße verlässt. Einige Kilometer weiter nimmt er aus den Augenwinkeln ein einfaches, altes Holzschild mit einem Namen und einem eingeritzten Zelt, das möglicherweise einen Campingplatz symbolisieren soll, wahr. Er dreht, was auf dieser engen Straße gar nicht so einfach ist, und biegt an dem Schild in einen Feldweg ein. Dreißig Meter später stoppt er. Das kann nicht der Weg zu einem Campingplatz sein! Eher ein Wanderpfad! Er parkt das Wohnmobil rechts an die Seite in eine winzige Nische, will die Sachlage zu Fuß erkunden. Da es mehr nieselt, kramt er den Schirm heraus und läuft los. In der Tat findet er bald die Markierungen eines Wanderwegs, denen er eine Viertelstunde folgt. Wilde Landschaft mit aufgelassenen Olivenhainen, grünen Hügeln, schroffe Felsen dazwischen; alles sehr reizvoll, aber kein Campingplatz in Sicht. Er kehrt um, er muss sich geirrt haben. Als er sich das Holzschild an der Straße noch einmal anschaut, kommt aus einem gegenüberliegenden Feldweg ein kleines Auto gefahren. Mit Handzeichen bittet er den Fahrer anzuhalten und fragt in gebrochenem Spanisch nach dem Campingplatz.

„Si, si!", bedeutet ihm der Mann und deutet ausholend in die Landschaft.

Und wie weit?

„Cuatro kilómetros!"

Er überlegt. Vier Kilometer auf diesem Erdweg? Und wenn ihm jemand entgegenkommt? Er hat in der Viertelstunde Spaziergang höchstens einen Ausweichplatz gesehen. Und was, wenn der Platz geschlossen ist? Andererseits, bis zum Meer sind es bestimmt noch zwei Stunden Fahrt. Will ich dieses Abenteuer?, fragt er sich.

Ziemlich verunsichert und mit klopfendem Herzen schaukelt er auf seinem Kamel, so kommt er sich jedenfalls vor, durch die langsam ansteigende Landschaft. Konzentriert weicht er größeren Steinen aus, denn er will auf keinen Fall, dass der Abwasserbehälter, der am Boden des Wohnmobils angeschweißt ist, beschädigt wird. Zu der Verunsicherung gesellt sich zaghaft

Freude, als der Tacho drei Kilometer mehr anzeigt. Jetzt muss er doch bald da sein!

Nach einer Weile senkt sich der Weg zu einem Bachbett hinunter. Es ist zum Glück ausgetrocknet; vorsichtig tastet sich der Wagen durch die Furt, braucht anschließend ordentlich Gas, um die andere Seite erklimmen zu können. In einem halbkreisförmigen Bogen zieht der Pfad nach oben; ein Schild weist darauf hin, dass er sich auf Privatgebiet befindet und hier die Jagd verboten ist; er durchfährt nach hundert Metern ein weit offenes Tor, und plötzlich befindet er sich auf einem Platz, um den sich mehrere Steinhäuser gruppieren. An einem davon sieht er ein verwittertes Schild mit der Aufschrift „RECEPCIÓN".

Aufatmend verlässt er den Wagen, schaut sich um und geht einige Schritte auf das Haus mit dem Schild zu. Er ruft mehrmals „Hola!", um sich anzukündigen. Als sich die Tür öffnet, stürzen zwei riesige Hunde mit verfilztem Fell auf ihn zu. Er erschrickt kurz, merkt aber, dass sie wild mit dem Schwanz wedeln, und lässt sie an seiner Hand riechen. Eine junge, ungepflegt wirkende Frau mit halblangen Haaren folgt den Hunden. Sie versteht nicht, was er zu sagen versucht, aber sie holt den Patron, einen dicken, schwarzhaarigen Mann mit dichtem, silbergrauem Bart, der eine alte, schmuddelige Trainingshose mit Hosenträgern anhat. Die beiden Männer kauderwelschen in den verschiedensten Sprachen miteinander und sind sich bald einig. Der Campingplatz sei das ganze Jahr offen, aber jetzt seien nur noch wenige Dauermieter und einige Volontäre da. Strom habe er heute kaum, der Mann zeigt auf die Stelle, wo eigentlich die Sonne stehen müsste, dann auf einige Photovoltaikplatten, und zuckt mit den Schultern. Er könne sich für ein geringes Entgelt, so lange er wolle, irgendwo auf dem großen Platz zwischen den Häusern hinstellen; der eigentliche Zeltplatz sei eng und zur Zeit zu nass für ein Wohnmobil. Morgen früh gebe es frisches Brot, auch den kleinen

Laden werde er morgens für eine Stunde öffnen. Ob er Wein oder irgendetwas anderes für heute noch benötige? Und um achtzehn Uhr gebe es jeden Tag einen gemeinsamen Spaziergang über das Gelände, das dreißig Hektar groß sei, dazu sei er herzlich eingeladen.

Mittlerweile, nachdem dem Auto auf der Fahrt nichts passiert ist, hat die Abenteuerlust bei ihm längst die Oberhand gewonnen. Er schaut sich um und platziert sein Auto so, dass es mit der Nase in die Richtung steht, aus der die Regenwolken und der leichte Wind kommen. Er bemerkt, dass er sich auf einer Art Hochebene befindet, eingeschlossen von grün bewaldeten, steil ansteigenden Hängen, auf deren Spitze sich riesige Windräder befinden, die sich gerade nur gemächlich drehen. Er nimmt sich vor, den Mann zu fragen, warum er von dort keinen Strom bekommt.

Kaum hat er sich eingerichtet, marschiert ein merkwürdiger Konvoi auf seinen Wagen zu. Vorneweg der Patron, der ungefähr in seinem Alter zu sein scheint, mit einer Schirmmütze auf der Stirn, an seiner Seite eine kleine, schlanke, weißhaarige, sicher siebzigjährige Frau, die einen aufgespannten Schirm mit sich trägt; dahinter kommt die junge Frau, jetzt mit einem Pferdeschwanz, begleitet von einem durchtrainiert wirkenden Mann mit langen schwarzen Haaren, von dem er sofort annimmt, dass er einer der Volontäre ist. Umkreist wird die Gruppe von den schwänzelnden, aufgeregten Hunden, die sich augenscheinlich auf den Spaziergang mit ihrem Rudel freuen.

Der Patron, der sich als Joan vorstellt, nennt die Namen seiner Begleiter. Stolz erklärt er, dass Fini, die ältere Frau, fünf Sprachen und darunter auch deutsch spreche und ihm alles auf dem Rundgang erklären und übersetzen werde.

Und in der Tat: Fini spricht, mit leichtem, angenehmen Akzent, hervorragend deutsch. Sie erzählt ihm, dass sie sieben Jahre in Berlin gelebt habe, einige Jahre in Paris und ein Jahrzehnt in

Südamerika. Aufgewachsen sei sie in der Nähe von Barcelona, und sie sei zurück nach Katalonien gekommen, um hier ihr Alter zu verbringen.

„Ach, Sie leben auf diesem Campingplatz?", fragt er verblüfft.

„Ja, ich habe hinten in einem der Häuser ein Zimmer gemietet, weil ich so nahe an der Natur sein kann. Und ich werde bleiben, so lange ich gesund bin und laufen kann. Nächstes Jahr werde ich dreiundsiebzig und, übrigens, wir können uns ruhig duzen."

Er schaut in ihr lebendiges, altes Gesicht mit den wachen, liebevollen Augen und kann es nicht glauben. Nicht nur, dass ihm hier, weit weg von den Stränden oder einer Stadt, ein Mensch begegnet, der ihn in seiner Landessprache auf einen Abendspaziergang mitnimmt, auch die Ausstrahlung der alten Dame haut ihn um. Sie wirkt aufrecht und selbstbewusst, aber in keinster Weise arrogant. Sie ist alt, doch sie wirkt nicht ältlich, müde oder gar deprimiert. Während Joan die Gruppe auf einen der ungepflasterten Erdwege führt, die sternförmig von dem Hauptplatz mit den Häusern wegführen, fragt Fini ihn neugierig und offen, aber keineswegs aufdringlich über sein Leben aus; bald jedoch konzentriert sie sich darauf, die Erklärungen des auf sein Gelände stolzen Patrons zu übersetzen.

Er erfährt, dass Joan vor fast dreißig Jahren das ganze Gebiet mit den damals verfallenen Häusern für einen sehr geringen Betrag gekauft hat. Im Mittelalter war es ein kleines Dorf gewesen, das allerdings nach einer Pestepidemie verödete und verfiel. Mit einigen Helfern und mit Volontären, die einige Monate bei ihm leben und für Kost und Logis auf dem Platz arbeiten, habe Joan das Dorf Haus für Haus wieder aufgebaut. Im Sommer werden die renovierten Steinhäuser gerne von Familien und ganzen Gruppen gemietet, dazu kommt der einfache Campingplatz, der sich auf dem engen Talboden entlangzieht und jetzt in der Nachsaison ziemlich heruntergekommen aussieht. Joan führt die

Gruppe zu einem runden, steinumfassten Brunnen am Ende des Geländes. Er werde nicht mehr benutzt, erläutert er, aber es sei ein Wunschbrunnen. Man könne gedanklich Wünsche in ihn hinein werfen, sie würden, das wisse er bestimmt, ganz sicher erfüllt, aber man müsse still dabei sein und dürfe sie niemandem verraten.

Zu fünft stehen sie ruhig, fast meditativ um den Brunnen herum, selbst die Hunde haben sich gesetzt. In diesem Moment hat er wahnsinnige Sehnsucht nach Rena. Wenn du doch hier dabei sein könntest an diesem verwunschenen Ort, denkt er. Ich würde mich so gerne mit dir zusammenschweißen durch all diese Erlebnisse, durch die täglichen Erfahrungen der Reise. Ich wünsche mir, einmal länger mit dir unterwegs zu sein – langsam und behutsam lässt er diesen Traum in den Brunnen gleiten.

Als er zu sich kommt, bemerkt er, dass auch die anderen, obwohl sie sicher schon oft an diesem magischen Platz gewesen sind, von weit weg zurückzukommen scheinen. Ein feines Lächeln des Vertrauens breitet sich zwischen diesen Menschen aus, und er fühlt sich einbezogen, obwohl er die anderen fast nicht kennt. Fini drückt kurz seine Hand, der eigentlich klobige Joan wirkt plötzlich fein und entspannt, die beiden anderen lächeln träumerisch vor sich hin.

Später, es regnet mittlerweile nicht mehr, zeigt Joan ihm die Gemüsebeete und die Tiergehege. Die kleinen Felder, übersetzt Fini, können im Frühjahr von Familien, die regelmäßig am Wochenende aus der Stadt kommen, gepachtet und bearbeitet werden; so können die Stadtkinder lernen, wie man Fenchel, Karotten, Salat und anderes Grünzeug pflanzt und pflegt, und da Joan nur den biologischen Anbau erlaube, werde der Wochenendspeiseplan der Familien gesund erweitert.

Ein Stück weiter kommen zügig zwei Esel und einige Schafe an ihren Zaun getrabt, weil sie ihr Futter erwarten. Der Volontär verlässt die Gruppe an dieser Stelle, er will die Tiere und die

Gänse und Hühner nebenan versorgen. Im Sommer, meint Fini, führen die Kinder die Esel durchs Gelände und die Kleineren dürfen auf ihnen reiten.

Unter einer großen Eiche, an einem riesigen Steintisch, wartet schon ein anderer Volontär auf Joan. Sie besprechen kurz, wie der Tisch repariert werden soll, denn an einigen Stellen sind farbige Steinchen aus dem Mosaik gesprungen, das die Tischplatte bildet. Er versteht natürlich, abgesehen von den Gesten, kaum ein Wort von diesem Gespräch auf katalanisch, aber er sitzt fast vertraut und eingebunden dabei, als würde er dazu gehören.

Gegen Ende des einstündigen Rundgangs, sie sind an mindestens acht Gebäuden und Häusern und einem kleinen, versteckten Naturschwimmbecken vorbeigekommen, zeigt Joan ihm noch ein Kleinod, die Ruine eines romanischen Kirchleins.

„Warum hast du die nicht wieder aufgebaut?", fragt er.

„Das hat mir die katholische Kirche nicht erlaubt", übersetzt Fini Joans Worte, „sie wollte nicht, dass eine Kirche von einem Kommunisten renoviert wird."

Am Wohnmobil angekommen, verabschieden ihn alle für diesen Tag. Fini lädt ihn ein, sie am nächsten Morgen in ihrer Wohnung zu besuchen, Sekunden später liegt der große Platz, in dessen Mitte sein Wagen steht, völlig verlassen. Er überlegt, ob er außen Tisch und Stuhl aufbauen soll, aber der Wind, der kräftig aufgefrischt hat, und die dichten Wolken, die zügig über die Kante der Hänge ziehen, belehren ihn, heute den Abend im Womo zu verbringen.

In der ersten Hälfte der Nacht findet er kaum Schlaf. Zuerst nervt ihn der Stromgenerator, den Joan laut fluchend in seiner Nähe angeworfen hat, nachdem das Licht im Haupthaus und der große Fernseher, dessen farbige Lichter quer über den Platz durch die Fenster bis zum Womo gefunkelt hatten, ausgefallen waren. Später rüttelt der mittlerweile sehr böige Wind an den

Aufbauten seines Wagens, vor allem aber das unablässige, laute Surren der Windräder stört ihn. Er bekommt auch etwas Angst, diesmal weil er befürchtet, dass das Wohnmobil durch den Sturm umgeworfen werden könnte, wenn der zum Orkan wird. Ihm wird deutlich, dass diese Angst eine andere Qualität hat als die vor wenigen Nächten in den Pyrenäen. Jetzt ist es eine realere Angst – obwohl er hofft, dass sein Inneres die Situation etwas übertreibt und es keinen echten Grund für die Angst gibt –, während er in der Nacht bei Gavernie eher eine diffuse Lebensangst gespürt hatte. Damals hätte er sich nicht getraut, den Wagen zu verlassen, während er jetzt konzentriert das Auto umrundet, um zu prüfen, ob es gut im Wind steht und nicht etwa quer zu den Böen. Er merkt, dass er mit dieser Furcht besser umgehen kann, denn er kann sich dabei um seine Sicherheit kümmern und handeln, während es bei dem anderen Gefühl um bodenlose Lebensunsicherheit und Anerkennen und Akzeptieren ging.

Wie auch immer, einschlafen kann er trotzdem nicht. Erst als gegen Mitternacht plötzlich der Wind abflaut und wieder Regen beginnt, findet er Ruhe.

Er schläft lange am nächsten Morgen, in den neblig nassen Tag hinein. Nach dem Pinkeln kuschelt er sich noch einmal unter die Decke und schließlich streichelt er sich selbst. Er braucht es einfach, spürt er. Sein Orgasmus ist stark, hinterher wird er eher traurig. Er fühlt sich allein, sehnt sich nach Rena, sehnt sich nach Kuscheln und gegenseitigem Wärmen. Energetisch ist Onanieren sinnvoll für ihn, er spürt, dass sein Unterkörper sich freier, breiter und leichter anfühlt. Aber es ist kein Ersatz für Beziehung, nur eine Erleichterung.

Ein bisschen lässt er sein Traurigsein zu, aber er will sich nicht den ganzen Tag verkriechen. Plötzlich ist ein Gedicht in ihm, er holt sich ein Blatt, um es aufzuschreiben.

An Rena

Gefangen
in deinen Armen
fühl(t)e
ich
mich
frei

Er überlegt. Muss es 'fühle' oder 'fühlte' heißen? Ist es vorbei oder wäre es immer noch so? Wird es je wieder sein, wenn er zurückkommt? Das Gedicht gefällt ihm, vor allem der scheinbare Gegensatz zwischen 'gefangen' und 'frei'. Doch seine Laune verbessert sich nicht wirklich dadurch. Missmutig trinkt er Kaffee, reißt sich anschließend aber zusammen, denn er will ja Fini besuchen.

Als er den Wagen verlässt, steht die Tür zu Joans kleinem Laden offen. Drinnen riecht es muffig und staubig, typisch nach wenig Betrieb und Männerwirtschaft. Frisches Gemüse gibt es nicht, dafür genügend Kanister mit Rotwein, eingetütete Knabberware und Dosen. Joan begrüßt ihn freundlich, genauso wie seine Hunde. Als er den Patron fragt, wieso er gestern keinen Strom hatte, obwohl die großen Windkrafträder auf den Hügeln unablässig gesurrt haben, wird der wütend.

„Die großen Energiefirmen, alles Gangster", stößt er hervor, aber mehr versteht er nicht, obwohl Joan ihm die Lage ausgiebig auf spanisch und mit ausholenden Handbewegungen erklärt. Von dem erhöht liegenden Laden aus schaut er auf den großen Platz und bemerkt nun erst, dass er recht schön gestaltet ist. Riesige, alte Mühlsteine liegen dekorativ an den Rändern verstreut, locker umrahmt von kleinen Büschen, die Ende September noch rot blühen. Gegenüber scheint eines der Gebäude ein kleines Café zu sein, denn es stehen einfache Metalltische und Stühle davor. Jetzt ist es geschlossen und wirkt, wie eigentlich alles um den Platz, verlassen und etwas verwahrlost, aber er kann sich gut vorstellen, wie lebendig und ausgelassen es hier im Sommer zugeht.

Er schlendert um die Häuser, entdeckt einen Briefkasten, der laut Aufschrift immerhin zweimal die Woche geleert wird, und steht schließlich vor dem Häuschen mit dem Namen „Alegria", in dem Fini wohnt. Sie sitzt davor auf einer Decke auf der steinernen Sitzbank und genießt die einzelnen Sonnenstrahlen, die sich ab und zu durch die dicken Wolkenschichten stehlen.

„Was heißt 'Alegria'?", fragt er.

„Das bedeutet 'Freude' auf spanisch", erklärt Fini und steht auf, um ihm ihr Blumengärtchen, das sich über mehrere kleine Steinterrassen hinzieht, zu zeigen. Voller Glück nennt sie ihm die Namen auf spanisch, einige kennt sie auch auf deutsch. Gerade blühen vor allem rosa Cosmea und orangegelbe Ringelblumen, dazwischen stehen Salatpflanzen, Basilikum und am Rand Rosmarinbüsche. Er muss kurz an Ella, die Blumenkennerin vom Atlantik, denken, die ihm das Büchlein mit den Mittelmeerpflanzen geliehen hat. Die wäre sicher begeistert von Fini, denkt er, ich möchte ihr von diesem Platz erzählen, wenn ich sie und Gerd im Winter besuchen werde.

Aber auch ihn reißt die so jugendlich wirkende alte Dame mit ihrem hochgesteckten grauen Zopf mit, die wirklich an jedem Quadratzentimeter ihres Stückchens Landes hängt.

„Joan hat mir erlaubt, es zu bepflanzen, wie ich möchte, und es blüht das ganze Jahr etwas."

„Ist denn der Winter hier nicht hart?", fragt er.

„Es regnet öfter, und ganz selten gibt es Morgenreif", erläutert Fini, „aber Schnee habe ich noch nie erlebt. Dafür sind wir zu weit weg von den Pyrenäen."

Sie erzählt ihm, dass sie früher eine begeisterte Skifahrerin gewesen sei, und bald sind die beiden vertieft in das wirklich ungewöhnliche Leben dieser Frau.

„Und du, lebst du allein?", fragt sie ihn nach einer Weile.

Er spürt plötzlich, wie Tränen in seinen Wangenknochen hochsteigen. Er muss einige Male schlucken und drängt sie zurück, selbst überrascht, dass ihn die Traurigkeit vom Morgen so schnell wieder einholt. Etwas zögerlich erzählt er von Rena, Finis freundliches Nicken und ihre verständnisvollen Fragen lockern seine Zunge … und irgendwann sind sie doch da, einige Tränen.

„Ich weiß gar nicht, was mit mir los ist", schnieft er, „aber mir war heute Morgen schon komisch zu Mute."

Fini legt leicht ihre Hand auf seinen Arm.

„Weißt du", meint sie ernst, „die Liebe ist eine große Macht. Die bekommt man nicht leicht unter Kontrolle, auch wenn man weit, weit wegfährt. Ich habe das ebenfalls erlebt …"

Es ist eine große Alegria in ihm, Fini zuzuhören und selbst zu erzählen. Befreiend, als sei in den letzten, wunderbaren Wochen heimlich eine immer größere Last in ihm aufgehäuft worden, die es auf dieser Steinbank abzuladen gilt.

„Was meinst du, was soll ich tun?", fragt er irgendwann, nachdem er von der bescheuerten Situation berichtet hat.

„Als ich jung war", holt Fini aus, „war ein hübscher Mann sehr verliebt in mich. Ich wollte ihn nicht erhören und habe ihn gemieden. Einmal kam ich nach Hause und da lag er vor der Tür zu meiner Wohnung. 'Ich bleibe hier auf deiner Schwelle liegen, bis ich weiß, woran ich mit dir bin', hat er gesagt … wie wäre es denn damit?"

Beide müssen herzlich lachen.

„Das wäre vielleicht etwas", grinst er, „aber erzähl zuerst, wie ist es bei dir ausgegangen?"

„Oh", meint Fini verschmitzt, „ich habe ihm gesagt, dass er ruhig aufstehen und nach Hause gehen kann, weil er keine Chance bei mir hat."

„Na, das ist ja mal ein Ratschlag!", lacht er.

„Aber immerhin hat er durch seine Aktion herausbekommen, was er wissen wollte", verteidigt sich Fini lächelnd. „Ich glaube, das hat ihm weitergeholfen."

TEIL 5

Das Beste,
was wir auf der Welt tun können,
ist: Gutes tun, fröhlich sein
und die Spatzen pfeifen lassen.

DON BOSCO [28]

LÄCHELND fällt ihm Finis Geschichte ein, als er drei Tage
später erneut auf eine Erdstraße einbiegt, die ihn zu einem Campingplatz am Meer bringen soll. Der Tipp zu diesem abgelegenen
Flecken Erde kommt auch von der alten Frau. Sie kennt die Küste
von Katalonien und Valencia gut und hat ihm erklärt, dass die
meisten schönen Strandabschnitte mittlerweile von ausufernden
Hotelkomplexen und Retortenurlaubsstädten, die nur im Sommer leben, verschandelt worden sind, wie sie sich ausdrückte.
Dieser Platz jedoch sei für sie etwas Besonderes, weil er sich in
einem Naturgebiet befinde, wo nicht mehr gebaut werden dürfe.
Die großen Sandstrände seien zwar einige Kilometer weiter weg,
aber eine beeindruckende Felsenküste mit Bademöglichkeiten
liege nur einige Meter vom Campingplatz entfernt. Sie selbst habe
am Anfang überlegt, ob sie nicht dort auf Dauer am Meer leben
wollte, aber die kleine Wohnung auf dem Platz mitten im Land
sei eben noch ruhiger und individueller gewesen.

Ja, dieses Gefühl ist auch in ihm hängen geblieben. Die Anlage,
in der Fini lebt, ist wirklich etwas Spezielles. Keinesfalls jedem
zu empfehlen, denkt er, wenn er sich an die Stromgeschichte und
die Beschaffenheit der Toiletten und Duschen erinnert. Aber die
Wiesen und Wälder und die Olivenhaine, Hügel und Feldwege,
die er allein oder zusammen mit Fini und Joan durchstreifte,

haben ihn trotz des Regenwetters, das ihn in diesen wenigen Tagen begleitete, begeistert. Die bei Wind sehr störenden Windräder allerdings waren ein Ärgernis geblieben, und er versteht mittlerweile hundertprozentig, warum in Deutschland klare gesetzliche Abstandsregeln gelten. Als er Fini erzählt hat, dass Joan die Energiefirmen wütend als „Gangster" bezeichnet hat, kann sie ihm auch erläutern, warum er sich über sie ärgert. Die Firmen hätten die Windräder auf die Hügel gesetzt, ohne sich darum zu kümmern, dass diese die Atmosphäre und die Stille des Areals stark verändern, und sie hätten Joan nicht einmal die Anbindung des Geländes zu vernünftigen Preisen angeboten. Rechtlich könne Joan nichts dagegen machen und deshalb sein Ärger. Zum Glück sei er trotz seines wilden Aussehens ein friedlicher Mensch, sonst hätte sie längst einen Sabotageakt von seiner Seite befürchtet.

Fast entsetzt war er am Anfang von Finis winziger Wohnung in dem Alegria-Haus gewesen. Sie hat nur ein Zimmer mit Bett, einem Regal und einem Tisch, an dem sie ihre Geschenke bastelt. Eine winzige Küche und Toilette komplettieren das Ganze, aber Fini erklärte ihm lächelnd, dass ihr das völlig ausreiche.

Besonders gut hat ihm gefallen, was sie aus Wegwerfartikeln und kleinen Naturutensilien, wie Blättern und getrockneten Samenkapseln, herstellt. Ihr Credo dabei ist, dass man mit allem noch etwas anfangen kann, wenn man es genau anschaut und wichtig nimmt. Weise Fini!

Da gibt es Armbänder aus den Öffnungsringen von Getränkedosen, die mit bunten Bändern aneinander geflochten sind, Ohrringe und Ketten aus Muschelresten und vor allem zarte Feen aus allerlei Naturmaterialien, die lackiert und geschmackvoll bemalt sind. Einiges kauft er für wenige Euro von ihr, einen wunderschönen blauen Armreif aber schenkt sie ihm zum Abschied, für seine Rena, wie sie sagt.

Fini und er umarmen sich herzlich, als er sich verabschiedet. Er verspricht, die Fotos, die er gemacht hat, zu Weihnachten zu schicken. Ja, und danach kämpft er sich wieder durch den Bachlauf, der mittlerweile einige Pfützen aufweist, und den Erdpfad zurück zur Straße. Der Weg, der von hohen, herbstlich gelben Fenchelstängeln gerahmt ist, erscheint ihm nun einfacher, rollt er doch langsam durch eine Landschaft, die ihm nach diesen wenigen Tagen vertraut und lieb ist. Hierher werde ich irgendwann mit Rena kommen, verspricht er sich. Werde ich das?

Zwei Tage Sightseeing später, wie so oft mit einem Kloster und anschließend einem Städtchen am Meer, rattert er also erneut auf einer Erdstraße und entfernt sich langsam von den gewohnten Zivilisationsgeräuschen.

Der Mann an der Rezeption spricht gebrochen, aber verständliches Deutsch und meint, er solle sich einen Platz aussuchen, es sei viel frei. Kein Wunder, denn heute ist der erste Oktober; die letzten Ferienurlauber sind längst zu Hause und arbeiten am Schreibtisch, in der Fabrik oder in der Schule. Einen Moment empfindet er ein überwältigendes Gefühl von Freiheit, als ihm das einfällt, doch die Platzsuche holt ihn in die Realität zurück. Das Areal wirkt sauber und gepflegt, die Stellflächen sind groß und gekiest. Links von der Durchgangsstraße gibt es hölzerne Mietbungalows, rechts liegen die etwa vierzig Stellplätze auf Terrassen. Überall spenden junge Bäume mit großen Blättern, deren Namen er nicht kennt, Schatten; der gepflasterte Hauptweg wird von dicken, kurzen Palmen gesäumt, deren Stämme sich in den nächsten Jahren strecken werden. Der Campingplatz scheint nicht alt zu sein, alles wirkt sinnvoll geplant und gut überlegt.

Er findet schnell einen Platz in einer Reihe für sich alleine, der ihm zusagt. Als er vorne seine Wahl mitteilt, merkt er, dass der Mann, der ihn empfangen hat und sich als Pedro vorstellt, mit links schreibt. Die rechte Hand behält er in der Hosentasche. Als er sie herauszieht, sieht er, dass es keine rechte Hand gibt. Der Arm endet in einem Stumpf hinter dem Handgelenk.

....

NACH zwei Tagen hat er sich gut eingelebt. Er ist mit dem Fahrrad ins nächste Städtchen gefahren, das fast schon im Winterschlaf schnarcht, aber die Touristeninformation war gerade noch offen, und so hat er eine gute Wanderkarte, sogar auf deutsch, von der Sierra, die den Campingplatz umschließt, erhalten. Und er hat sofort seinen Schnorchel aktiviert, denn das Wasser am Felsstrand ist glasklar und spätsommerwarm. Auch das Wetter hat sich wieder sonnenhaft eingependelt, in der Mittagszeit ist sogar eincremen angesagt.

Er liegt nach einer ausgiebigen Schnorcheltour, bei der er neben vielen kleinen, bunten einige größere Fische und einen Tintenfisch beobachten konnte, auf einem Felsen, um sich aufzuwärmen, als er in einiger Entfernung einen Menschen über die scharfkantigen roten Steine schlendern sieht.

Häufig bleibt die Person, die langsam näher kommt, stehen, bückt sich, sie scheint etwas aufzuheben. Bald erkennt er, dass es eine kleine, sehr schlanke, fast schon dürre Frau um die fünfzig im Badeanzug ist. Ihr kurzes, dunkles Haar mit grauen Strähnen liegt eng um ihren kleinen Kopf. Die Frau ist sehr braun, sie scheint lange unterwegs zu sein. Einige Meter von ihm entfernt bückt sie sich wieder und er bemerkt, dass sie eine alte Plastikflasche zwischen den Steinen hervor zieht. Sie steckt sie in einen halbvollen Plastiksack, den sie über die Schulter gelegt hat. Da er nackt sonnt, aber nicht weiß, ob Nacktbaden hier gerne gesehen wird, legt er, als sie sich allmählich seiner Felsennische nähert, ein Handtuch locker über seine Blöße.

Sie hat ihn längst gesehen, aber er scheint sie nicht zu interessieren. Sie grüßt freundlich, als sie vor ihm vorbei läuft, schenkt ihm jedoch keinen zweiten Blick. In der etwas durchsichtigen Tüte meint er Reste von Getränkedosen und weitere Flaschen zu erkennen. Als er ihr nachschaut, wirkt sie auf ihn, als würde sie sich hier gut auskennen und sozusagen zum Inventar dieses Strandabschnittes gehören. Vertraut und sicher zieht sie in ihren Trekkingsandalen ihres Weges und verschwindet nach einer Weile hinter einer Felsnase.

Beim Abspülen am Abend spricht er, neugierig geworden, einen gemütlichen deutschen Rentner, der mit Frau, Hund und Wohnwagen etwas unterhalb von seinem Womo steht und der ihm am Tag zuvor erzählt hat, dass sie seit einigen Jahren in jedem Spätjahr einige Monate auf diesem Platz verbringen, auf die fremde Frau an.

„Ach, das ist die Müllsammlerin", lacht der Mann, „jedenfalls nennen wir sie so. Wissen Sie, meine Frau und ich erfinden gerne Namen für Leute, die wir länger auf dem Platz sehen, ohne sie genauer zu kennen …"

„ … und haben Sie auch schon einen für mich?", unterbricht er lächelnd.

„Nein, dafür sind Sie noch nicht lange genug da. Aber wir werden was für Sie finden, da bin ich sicher, hihi."

„Und die Frau nennen Sie so, weil …"

„Na ja, weil sie jeden Tag ein Stück des Felsstrandes entlang geht und Müll, den das Meer angespült hat, oder Abfall, den Touristen liegen lassen, absammelt. Die Frau ist seit einigen Wochen hier, sie hat sich ein Holzhäuschen da drüben gemietet. Die sind übrigens sehr günstig in der Nachsaison, wenn man mindestens einen Monat bleibt; wir haben auch daran gedacht, eines zu nehmen, wenn es im November kühler wird."

„Ist sie eine Deutsche?"

„Vom Autokennzeichen her schon. Sie hat ihren Wagen unten

auf dem Parkplatz stehen. Aber sie spricht nicht viel. Außer einem Gruß habe ich von ihr noch nichts gehört. Anscheinend will sie keinen Kontakt oder einfach nur ihre Ruhe … und man will sich ja nicht aufdrängen."

„Sie sammelt also jeden Tag Müll von der Küste … und was macht sie damit?

„Wenn der Müllsack, ich glaube, sie holt sich die von Pedro, dem einhändigen Manager, Sie wissen schon, voll ist, schleppt sie ihn her und verteilt die Sachen auf die Wertstofftonnen. Sie haben bestimmt bemerkt, dass hier Mülltrennung und Sauberkeit groß geschrieben wird. Deshalb sind wir ja so gerne an diesem Platz. Sie müssten mal sehen, wie es teilweise unten im Süden aussieht …"

„Und Pedro ist gar nicht der Besitzer dieses Campingplatzes?", fragt er weiter.

„Nein, er ist der Manager, wie man so schön sagt. Der Besitzer ist ein Verwandter von Pedro, der im Süden noch mehr Campingplätze sein eigen nennt und wohl ziemlich reich ist. Er hat diesen Platz, der am Ende war, aufgekauft und renovieren lassen. Pedro hat er zum Verwalter ernannt, und das ist auch gut für den Mann, denn mit der einen Hand würde er in Spanien bei der momentanen Arbeitslosenquote mit Sicherheit keinen Job finden."

„Wissen Sie, wie er die Rechte verloren hat?"

„Nein, ich hab mich nicht getraut, ihn zu fragen. Aber es scheint lange her zu sein, denn er kommt gut mit der linken Hand zurecht."

Sie plappern sich gemütlich durch den Abwasch; der Mann hat wirklich was zu sagen, denkt er, während er mit seiner Schüssel zum Womo zurück läuft. Den kann ich zu allem hier fragen. Und die mysteriöse Frau macht ihn neugierig. Läuft jeden Tag über die Felsen und sammelt Zivilisationsreste. Was sie wohl antreibt, die Müllsammlerin?

EINE Woche vergeht. Er unternimmt jeden zweiten Tag eine mehrstündige Wanderung in die Umgebung, die ihn in ihrer Kargheit zunehmend fasziniert, fährt ab und zu mit dem Fahrrad in die Stadt, um einzukaufen und einen Cappuccino zu trinken, schnorchelt jeden Nachmittag und sonnt sich auf den Felsen oder in einer der kleinen Muschelsandbuchten, die er mittlerweile entdeckt hat. Abends kocht er sich etwas Warmes mit viel Gemüse und Salaten, er hat weiterhin Lust, vernünftig für sich zu sorgen. Danach sitzt er in der Dämmerung am Meer oder er liest. Im Aufenthaltsraum des Campingplatzes befinden sich mehrere Regale, in denen Bücher in den verschiedensten Sprachen stehen, die Gäste dagelassen haben. Manchmal träumt er von Rena, abends in der Hängematte oder am Meer ist er oft einsam, aber es hält sich in Grenzen. Ein Teil sehnt sich, ein anderer hat sich zur Gänze beruhigt; die offenen Fragen in seinem Leben sind lebendig in ihm, aber sie bedrängen ihn nicht oder treiben ihn herum. Es ist, als habe er eine Auszeit innerhalb der Auszeit genommen, wie ein kleiner Blick ins Paradies. Ihm ist klar, dass das vorübergehend ist, so wie jeder Fluss weiterfließt und neues Wasser nachdrängt; aber er sucht nicht nach der Unruhe, die wird ihn von selbst finden. Warum nicht einfach eine Zeitlang das eigene Leben genießen?

Die Müllsammlerin beobachtet er weiterhin neugierig, wenn sie nahezu jeden Nachmittag auf den Felsen vorüberzieht. Aber er wagt es, genau wie Karl, der Rentner, mit dem er längst zum vertrauten Du übergegangen ist, auch nicht, Kontakt zu der Frau aufzunehmen. Sie strahlt eine eigenartige, starke Aura von, ja, von was denn eigentlich?, aus. Er vermag sich nicht festzulegen: ist es Einsamkeit, Unberührbarkeit, Stärke des Alleinseins, Verlorenheit, Angst vor einem Gegenüber, Beziehungsunfähigkeit? Oder eine Mischung aus all diesen selbst schon vieldeutigen Begriffen? Sie fasziniert ihn, nicht als Frau, glaubt er, sondern als Mensch.

Da ist etwas, was ihm fehlt, was er sucht, etwas Unnennbares oder jedenfalls noch nicht Benennbares. Er wird still, wenn sie vorübergeht, vielleicht eher stumm. Ist sie von allem isoliert oder, im Gegenteil, durch ihr Müllsammeln in alles eingebunden?

Er vergisst sie oft über den Tag, aber am Nachmittag erwartet er sie geradezu auf den Felsen. Fast scheint ihm, als kumulierten sich seine offene Fragen in ihrem Wesen. Klar weiß er, dass es lediglich Übertragungen sind, Projektionen des eigenen Ungelösten in diese unbekannte Person. Aber er lässt es zu, er lässt es sogar gerne zu; ihn reizt es, dieses Unklare in ihm zuzulassen, es nicht nur zu fördern, sondern vor allem, es nicht zu klären. Genau, das ist es! Sein ganzes Leben lang hat er Klärung und Lösungen gesucht, alles wollte von ihm für ihn selbst verstehbar gemacht werden. Teile ein Problem in kleinere Häppchen auf, dann kannst du es verstehen und sinnvoll angehen, es Stück für Stück aufarbeiten. Eine gute Lebensstrategie, gewiss, sie hat ihm über viele Klippen geholfen. Es hat ihn beruhigt, eine Sache, ein Problem oder das Verhalten eines Menschen zu verstehen ... aber alles, was er nicht in seine bekannten, von ihm selbst geschaffenen Schubladen einteilen und ablegen konnte, blieb beunruhigend und unsicher.

Die Frau geht mich nichts an, denkt er plötzlich, die will nichts von mir, braucht nichts, erwartet nichts. Seine Mutter fällt ihm sofort ein. Die wollte immer von ihm und für ihn, brauchte ihn, erwartete unaufhörlich etwas von ihm, wollte ständig etwas für ihn tun, ob er es wollte oder nicht. Das hat ihn fast umgebracht, ja, das ist der erste Begriff, der sich ihm dazu aufdrängt. Auf jeden Fall aber hat es ihn in andauernden Widerstand getrieben; Widerstand gegen die Mutter, die Gesellschaft, gegen Autoritäten, gegen die Bösen. Aber Widerstand ist keine Freiheit, sondern gebundene Energie, das weiß er längst. Gebunden durch etwas und an jemanden. Diese Energie reibt sich auf, ohne sichtbaren

Fortschritt. Sie lässt Müdigkeit zurück, aber keine Müdigkeit nach gelungener, befriedigender Arbeit, sondern Müdigkeit mit depressiven Erschöpfungsgefühlen.

Das habe ich so satt, da will ich raus, das ist ihm klar geworden. Doch was hat diese Frau damit zu tun? Was will ich von ihr?, fragt er sich. Was verlangt sie, besser, was verlangt ihr pures Sein von mir?

Und was wäre, um das Fragenspektrum noch zu erweitern, wenn ich sie kennenlernen würde? Würde nach kurzer Zeit ihr Nimbus, das Fremde, verglühen und ein normalneurotischer Mensch übrig bleiben? Würde ich sie möglicherweise mit all den Gefühlen, die eigentlich meiner Mutter zustehen, anfüllen, sie letztendlich als eigenständigen Menschen übersehen, ersetzen und gegen meine Mutter eintauschen? Habe ich das mit Esther getan und würde ich das mit Rena tun, wenn ich fest mit ihr zusammen wäre?

Die Müllsammlerin ist währenddessen längst um die Felsecke verschwunden; er steht auf, um zu schwimmen und seinen Gedankenwust in den Wellen durchzuspülen.

Aber: Es tut gut, das einfach eine Weile ohne Erklärung, ohne Lösung, ohne Verständnis so stehen zu lassen. Es tut gut, hier zu sein, Zeit vergehen zu lassen, eine Weile zu leben, ohne Antworten; nur den Fragen ihren Raum zu lassen, ohne Ziel. Vielleicht wächst man so, wie Rilke in einem Brief gesagt hat, „allmählich, ohne es zu merken, eines fernen Tages in die Antwort hinein"[29].

....

„WAS ist mit deiner Hand geschehen?"
Völlig überrascht von der Kühnheit der Frage, die ihn überrollt hat, ohne dass er eine Sekunde davor daran gedacht hätte, steht er vor Pedro. Auch der scheint überrascht.

„Das werde ich nur selten gefragt", antwortet er langsam in seinem stockenden Deutsch. „Es war ein Sprengstoffunfall, als ich dreizehn Jahre alt war. Wir spielten unerlaubt mit Feuerwerkskörpern. Einer ist explodiert."

Es überläuft ihn kalt und heiß. Was für ein Schmerz muss das gewesen sein.

„Hat es sehr weh getan?"

Pedro nickt.

„Am Anfang nicht. Schock! Später war es schrecklich!"

„Und jetzt?"

„Jetzt ist es okay. Ich habe schon so lange nur eine Hand, es gibt nichts anderes mehr für mich. Das ist mein Leben."

Er nickt, das versteht er. Aber er hat noch eine Frage, die fällt ihm schwer. Doch er möchte sie stellen, denn er will Pedros Antwort hören.

„War es richtig oder falsch, dass ich dich danach gefragt habe? War das zu intim?

„Was heißt 'intim'? Ich verstehe dieses Wort nicht", fragt Pedro nach.

„Hmm, das heißt so viel wie 'persönlich'. Habe ich dich mit dieser Frage bedrängt? Hat sie dich geärgert?"

Pedro schaut ihn mit seinen braunen Augen direkt an. Forschend. Er lässt sich Zeit; ihm ist unbehaglich, aber er ist doch froh, es gewagt zu haben.

„Deine Frage ist ungewöhnlich", meint Pedro schließlich, „nicht viele stellen sie. Aber ich sehe, dass alle auf meinen Arm starren. Es ist gut, dass du gefragt hast. Dadurch wird es normal. Ich wäre böse, wenn du nur neugierig wärst. Aber ich sehe, dass du mit mir fühlst. Es ist gut, wenn jemand mit dem anderen fühlt … auch wenn es lange vorbei ist."

Wieder schaut er ihn an. Sie nicken sich leise zu, in einer fast unmerklichen Bewegung. Ganz unten, das fühlt er in diesem

Augenblick, gibt es in jedem eine tiefe Traurigkeit. Die gehört dazu. Weiter unten löst sie sich auf in wortlose, vorsprachliche Verbindung. Wir sind alle an der Oberfläche eine einsame, für uns allein stehende Insel ... und in der Tiefe entspringen wir dem einen Meer.

....

INGE und Karl haben ihn für diesen Abend zum Essen eingeladen. Sie grillen: Würstchen, Steaks und Hähnchenteile. Ihr dicker schwarzer Hund liegt dabei und beobachtet den Grill und das, was drauf oder runter kommt, genau.

Anfangs hat er fast nur Kontakt mit dem gesprächigen Karl gehabt, aber bald hat Inge ihn in ihr großes Herz geschlossen. Jeden Tag kommt sie für einige Minuten vorbei und erzählt ihm eine Geschichte aus ihrem langen Leben. Vom Krieg, den sie als Mädchen in Hamburg miterlebt hat, von ihrer Ausbildung als Näherin und von ihrer Liebe zu Karl, dem Maurer, der, wie sie sagt, die Stadt wieder aufgebaut hat. Sie bleibt und erzählt ein bisschen, aber sie spürt meistens genau, wann es genug für ihn ist. Dann schaut sie ihn mit ihren pfiffigen, alten Augen an, wagt einen klitzekleinen Abschiedsflirt und verschwindet schließlich Richtung Pool, um eine Runde in dem kühlen Wasser, das mittlerweile deutlich kälter als das Meer ist, zu schwimmen.

Er genießt in vollen Zügen, bekocht und bedient zu werden. Die saftigen Steaks, die scharfen spanischen Würste, den lecker angemachten gemischten Salat von Inge ... und das kühle Bier, das Karls Beitrag zur Fete darstellt.

„Und wo bekommt ihr das Fleisch her?", fragt er.

„Das kaufen wir beim Metzger im Städtchen", antwortet Karl. „Bei dem kannst du vorbestellen, er hat total frische Ware. Hast du bei dem noch nichts gekauft?"

„Ich esse zur Zeit sehr wenig Fleisch. Weiß auch nicht, aber für mich alleine reizt es mich nicht sehr."

„Ich könnte nicht auf Fleisch verzichten. Dienstags hat der Metzger zum Beispiel frisches Rinderfilet, da schlagen wir zu. Nicht wahr, Inge!"

Die Angesprochene nickt.

„Ja, mein Karl braucht Fleisch. Schon immer, er hat ja auch hart gearbeitet. Jetzt sind wir allerdings ein bisschen schwer geworden. Aber wenn du fast kein Fleisch isst, verstehe ich, warum du so ein dünner Strick bist. Dann iss dich heute nur mal richtig satt!"

Das macht er mit Genuss. Das Gespräch fließt locker dahin, natürlich landen sie irgendwann bei der Müllsammlerin.

„Ich finde das toll, dass sie jeden Tag den Müll wegsammelt und so den Strand und die Felsen sauber hält", sagt Inge.

„Ja, da bewundere ich sie auch", meint er.

„Ach was, ist doch übertrieben", mäkelt Karl.

„Du kannst sie ja bloß nicht leiden, weil sie nicht auf dein Geschmarre und Gebrabbel eingeht", lacht Inge. „Ich finde es nicht nur gut, sondern sogar bewundernswert, dass eine Frau alleine unterwegs ist und unabhängig ihr Leben gestaltet. Das hätte es früher nicht gegeben …"

„Kein Wunder, dass die allein ist …", murmelt Karl.

„Karl, das war jetzt wirklich nicht gut!", weist Inge ihn zurecht, „Du hast doch überhaupt keine Ahnung, warum sie alleine ist und was sie erlebt hat. Du bist immer so …abwertend. Wenn ich nicht wüsste, dass du ein gutes Herz hast, ich würde dich glatt noch verlassen."

„Jetzt übertreib mal nicht, Inge", grinst Karl, „ohne mich wärst du doch völlig hilflos. Du kannst ja nicht einmal den Wagen mit dem Anhänger fahren …"

„Ja, weil du mich nicht lässt! Wie oft hab ich gesagt, dass ich wenigstens mal auf der Autobahn fahren will, um ein bisschen

Gefühl zu bekommen, aber du lässt mich einfach nicht."

Inge ist empört.

„Nun lass mal gut sein, Frau, wir wollen doch nicht streiten, wenn wir Besuch haben. Aber was die Müllsammlerin angeht, die finde ich halt einfach staubtrocken. Was meinst du denn dazu?"

„Mich fasziniert die Frau irgendwie", meint er. „Nicht, dass sie mein Typ ist …"

„Die ist ja auch wirklich viel zu dünn!", wirft Karl ein.

„Findest du, Schwergewicht", kontert Inge, die noch etwas sauer ist.

„Aber für mich hat sie eine besondere Ausstrahlung", fährt er fort. „Ich kann es noch nicht genauer sagen, ich muss sie immer beobachten, wenn sie ihre Felsenwanderung macht."

„Hast dich vielleicht doch in sie verguckt", grinst Karl.

„Weiß nicht, glaub ich eigentlich nicht. Aber wenn, dann bist du der erste, dem ich es beichte, okay!?"

Alle lachen.

„Und das mit dem Müll sammeln, das finde ich halt große Klasse!", fährt er fort. „Außerdem bin ich ja genauso alleine unterwegs. Hältst du mich auch für 'staubtrocken', Karl?"

„Nee, dich nicht. Aber du sammelst auch keinen Müll, sondern Leben!", meint der mit Nachdruck.

„Müll ist doch auch Leben", sagt Inge nachdenklich.

„Ja, aber vergiftetes, kaputtes Leben", kontert Karl.

„Und muss das nicht jemand sammeln und …recyclen?", fragt er sich laut. „Dadurch wird es wieder ins Leben reingebracht …"

„Das stimmt schon", gibt Karl zu. „Aber doch nicht dauernd und als Hauptlebensaufgabe …"

„Na, ob das die Hauptlebensaufgabe der Müllsammlerin ist, das weißt du ja auch nicht. Geht uns ja auch nichts an. Aber das vorher war endlich mal kein dummer Satz, Männe!", lacht Inge, „und wo du Recht hast, hast du Recht. Unser Bärilla sammelt

Leben …", fast erschrocken hält sie sich den Mund zu.

„Bärilla?"

Karl lacht laut los.

„Ja, die Inge, jetzt hat sie es verraten. Aber das hätte ich nach dem nächsten Bier auch getan. Ich hab dir doch erzählt, dass wir den Leuten hier am Platz immer Namen geben. Und du hast deinen auch weg. Ich hab gemeint, dass du wie ein tapsiger, gemütlicher Bär durchs Leben läufst, und vor allem, wenn du neben deinem Wohnmobil deine Gymnastikübungen machst, hast du so auf mich gewirkt. Inge hat dich eher wie einen großen, starken …",

„aber gemütlichen", wirft Inge ein,

„Gorilla gesehen", fährt Karl fort, „und da haben wir uns auf die Mitte geeinigt, ist ja sowieso schön, wenn wir uns mal einigen können, und dabei ist Bärilla rausgekommen. Gefällt dir der Name?"

„Darüber muss ich erst mal nachdenken. Bärilla …, mmmh …, klingt eigentlich ganz nett …"

„Ist ja auch nett gemeint, sonst hätten wir dich nie zum Grillen eingeladen. Na, stoßen wir bei einem Schnaps darauf an?"

„Normalerweise trinke ich eigentlich keinen Schnaps …", fängt er vorsichtig an,

„aber mal muss man ja auch eine Ausnahme machen", fährt Karl auftrumpfend fort, „und ich habe einen echt guten Obstler da."

Inge geht los und holt die Stamperl, die sie vor Jahren in Österreich erstanden haben.

„Auf dich, Bärilla!", meint sie nach dem Einschenken.

„Und auf euch beiden. Ich freue mich total, dass ihr mich eingeladen habt."

Inge und Karl strahlen.

„Wir uns auch!"

SEINE Hängematte schaukelt zwei Tage später leise in der warmen Mittagsbrise und er ist eingenickt, als ihn plötzlich zwei deutsche Stimmen wecken.

„Wollen wir da hinten ….?"

„Ja, das ist ein guter Platz …"

Er schaut hoch und sieht zwei junge Männer ihre Mountainbikes vorbei schieben. Aus den Augenwinkeln bekommt er mit, dass sie zwei Plätze hinter ihm ihr Quartier aufschlagen. Sie haben nur ein klitzekleines Igluzelt, die Heringe können sie in dem Kiesboden kaum in die Erde bekommen, zumal sie keinen Hammer haben.

Er steht auf, um sich einen Espresso zu kochen. Einer der Männer kommt vorbei, als er ihn trinkt und harte spanische Kekse darin eintunkt.

„Hätten Sie vielleicht einen Hammer für uns? Der Boden hier ist sehr hart", fragt ihn der Mann.

Hat er und wenige Minuten später ist er mit den beiden ins Gespräch vertieft. Tobias und Paul, so heißen sie, sind seit fünf Wochen mit ihren Fahrrädern unterwegs. Sie sind bis Faro in Südportugal geflogen und seitdem mit ihren Rädern durch die Berge Südspaniens und am Mittelmeer entlang getingelt. Bis Barcelona wollen sie noch fahren. Von dort soll es mit dem Zug zurück nach Stuttgart gehen, denn in einer Woche beginnt für sie das Wintersemester. Sie studieren beide für das Lehramt an Gymnasien.

Fasziniert fragt er nach den Erlebnissen auf ihrer Tour. Neuer Kaffee wird aufgesetzt, bald sind sie in ein angeregtes Gespräch vertieft. Später beschließen sie, am Abend gemeinsam zu kochen – Spaghetti Bolognese soll es geben. Tobi und Paul spazieren zu den Felsen, um zu baden, er fährt mit seinem Fahrrad ins Städtchen, um die Zutaten einzukaufen.

Als er auf dem Fahrradweg hinter dem Stadtstrand entlang

radelt, sieht er plötzlich die Müllsammlerin im Freien in einem Café sitzen. Allein. Er bremst verblüfft, das hat er überhaupt nicht erwartet.

„Na, Kaffepause?"

Etwas Intelligenteres ist ihm in diesem Moment nicht eingefallen.

„Ja. Ich bin vom Campingplatz hierher gelaufen und jetzt ruhe ich aus, bevor es zurückgeht. Und du, machst du eine Fahrradtour?"

Wow, denkt er, mit der kann man ja völlig normal reden. Warum habe ich mich eigentlich auf den Felsen nie getraut, sie anzusprechen?

„Nein, keine Tour. Vorhin sind zwei junge Männer mit Mountainbikes angekommen und wir haben beschlossen, heute Abend gemeinsam zu kochen. Sag mal, hättest du Lust, dich uns anzuschließen?"

Selbst überrascht von seinem Mut wartet er auf ihre Antwort.

„Nein, danke", lächelt sie. „Aber danke für das Angebot. Was kocht ihr denn?"

„Spaghetti Bolognese, dazu gemischten Salat, Parmesan, Rotwein, Nachtisch, alles vom feinsten. Na, hast du nicht doch Lust?"

„Das hört sich gut an, aber ich habe schon etwas anderes vor. Jedenfalls wünsche ich euch einen guten Appetit …"

Sie lächelt immer noch, aber er merkt, dass sie sich innerlich nach einem ersten Aufflackern zurückgezogen hat.

„Ja, dann mach's mal gut", verabschiedet er sich und radelt weiter.

Sein innerer sonniger Himmel hat sich bedeckt, merkt er, während er in Richtung des großen Supermarktes abbiegt. War ich verkrampft oder sie? Oder beide? Einen Moment hatte ich das Gefühl, wir sind im Kontakt, dann ist es wie abgerissen trotz ihrer Freundlichkeit.

Er spürt eine leicht zittrige Unruhe und eine traurige Einsamkeit in sich, die er erst ablegen kann, als er sich im Markt auf die Einkäufe konzentriert. Über sein Gemüt hat sich ein Schatten gelegt, der bleibt, als er schwer beladen zurück fährt. Der Platz im Café, wo sie gesessen hat, ist leer; ein kleiner Stich in seinem Magen. Was soll das denn?, fragt er sich.

Jetzt möchte ich trinken, saufen, merkt er plötzlich; ich würde das erste Glas stürzen, nachschenken, sofort wieder austrinken. Er ist kurz davor, sich ein Bier zu bestellen, doch er gibt diesem Wunsch, dieser Macht in sich vor dem Café nicht nach, er beobachtet nur. Was macht mich so unendlich einsam?, fragt er sich, denn es ist eindeutig Einsamkeit, die er spürt. Und Traurigkeit. Wie wenn einer alleingelassen worden ist. Zu lange …

Paul und Tobias schnippeln draußen am Tisch Tomaten, eine Gurke, Staudensellerie und bereiten den Salat vor, während er im Womo die Zwiebeln und den Knoblauch anbrät.

„Sag mal, du als erfahrener Lehrer, was hältst du eigentlich von G8, der Verkürzung der Schulzeit um ein Jahr?", fragt Tobias von unten. „Paul und ich diskutieren öfters darüber und haben zum Teil unterschiedliche Ansichten."

„Halt, halt, erst kochen, dann diskutieren!", ruft er lachend von oben. „Seitdem ich aus der Schule raus bin, merke ich, dass ich immer weniger zwei Dinge gleichzeitig tun kann. Außerdem bin ich auch nicht der Superkoch. Ich muss mich auf die Bolognese und die Nudeln konzentrieren."

„Ich finde auch, die Nudeln gehen vor", schaltet sich Paul ein, „die sollen schließlich al dente sein. Wir haben noch den ganzen Abend Zeit …"

Zufrieden und satt wischen sie mit dem Weißbrot die letzten Reste aus den Schüsseln. Das Essen war wirklich lecker, zumal die Hackfleischsoße mit Rotwein verfeinert war.

Tobias nippt an seinem Glas.

„Also, was ist jetzt deine Meinung als Praktiker zum Turboabitur?"

„G8", meint er, den Ball von vorhin aufnehmend, „das war ein rotes Tuch in unserem Kollegium. Wir waren in den Lehrerkonferenzen, als es vor der Einführung diskutiert wurde, nahezu einstimmig dagegen, und, wie ich gehört habe, die meisten anderen Kollegien auch. Aber natürlich hatte das keinen Einfluss auf die Landesregierung. Bevor ich meine Meinung sage. Wie seht ihr das in der Uni?"

„Ein Vorteil ist sicher, dass man so schneller zum Geldverdienen kommen kann", meint Paul. „Ein Jahr früher ins Studium, ein Jahr schneller damit fertig, ein Jahr früher Kohle in der Kralle."

„Und ein Jahr früher Burnout!", mischt sich Tobias ein. „Wir sind ja noch vom alten Abi und du weißt selbst, Paul, wie lange es gedauert hat, bis wir uns an der Uni heimisch gefühlt haben. Die jetzt kommen, die sind noch jünger und unerfahrener und werden durchgetaktet verheizt. Turboabi, Bachelor, Master, Arbeitsmarkt, ein paar Jahre später Klinik, so sehe ich das. Keine Entwicklung, keine Pause, kein Durchatmen. Deutschland wird immer mehr ein Land von Workaholics."

„Jetzt übertreibst du aber, Tobi!", wehrt sich Paul. „Wenn die Lernpläne entsprechend verkleinert werden, ist der Stress an den Schulen nicht unbedingt größer. In ganz Europa und in den USA gibt es schon lange kürzere Schulzeiten und die überleben auch. Sag du mal, sind denn die Lernpläne nach deinem Gefühl wirklich verkleinert worden."

„Also, ich habe das G8 einige Jahre unterrichtet und in diesem Jahr auch das erste Abi mitgemacht; ich hatte einen Neigungskurs, von dem 19 Leute ins schriftliche Gemeinschaftkundeabi gegangen sind. Meine Erfahrungen sind natürlich begrenzt, denn es war nur ein Abi in dieser Form, aber ein bisschen was ist mir schon aufgefallen."

Er holt tief Atem. Die Situation kommt ihm unwirklich vor. Mehr als zwei Monate hat er sich keine Minute mit Schule und schon gar nicht mit Schulpolitik beschäftigt. All das scheint ihm unendlich weit weg ...und für sein Leben geradezu unbedeutend. Er kann es kaum glauben, dass dies vor nicht allzu langer Zeit sein hauptsächlicher Lebensinhalt war. Wo bin ich nur gelandet auf dieser Reise? Und wie es den anderen zu Hause wohl geht?

„Jetzt spann uns mal nicht auf die Folter", holt ihn Paul, dem das Schweigen zu lange dauert, in die Realität des Campingplatzabends zurück.

„Entschuldigt. Mir ist gerade durch den Kopf gegangen, wie weit dieses Leben von meinem momentanen Sein entfernt ist. Lichtjahre! Aber okay. Also, die Lehrpläne vor dem Abi sind nach meiner Meinung zu wenig verkleinert worden. Die Klassen von fünf bis elf haben deutlich mehr Wochenstunden als vorher, um das Jahr sozusagen reinzuholen. Der Stress, finde ich, ist enorm ...und unnötig. Wenn schon ein Jahr weniger, dann auch Stoff weniger ...und nicht Stunden mehr."

„Sag ich doch!", wirft Tobias ein.

„Das Abi selbst habe ich in diesem Jahr als leichter als früher empfunden, jedenfalls im Fach Gemeinschaftskunde. Mein Kurs, die waren lerntechnisch echt gut drauf, hat hervorragend abgeschnitten, wenn ich sie und mich mal loben darf. Kann aber sein, dass das bewusst so von der Regierungsbehörde gewollt war, denn schließlich war es das erste G8-Abi in Baden-Württemberg – und das sollte natürlich, bei all den Klagen über die Verkürzung vorher, kein Reinfall werden."

„Da muss man also die nächsten Jahre abwarten", meint Paul.

„Aber der Ärger mit dem G8 ist doch so groß, dass es nun jede Menge Versuchsschulen gibt, die mit dem Neunjährigen experimentieren dürfen, und selbst in Bayern soll es zum Teil wieder eingeführt werden oder Wahlfreiheit geben", wirft Tobias ein.

„Ja, da wird sich in den nächsten Jahren viel tun", meint er. „In der Stadt, in der ich arbeitete, gibt es drei Gymnasien. Nur eins davon hat ab dem nächsten Jahr die Erlaubnis, das Neunjährige erneut anzubieten, obwohl es alle drei Schulen beantragt hatten. Ich bin gespannt, wie die Anmeldezahlen im kommenden Jahr aussehen werden. Unsere Schule war immer sehr beliebt und musste häufig Fünftklässler an andere Schulen abgeben, weil nur drei Eingangsklassen erlaubt sind. Wie das wohl beim nächsten Mal aussehen wird?"

„Ich würde wetten, dass die Schule mit der Erlaubnis viel höhere Anmeldezahlen als vorher hat!", ruft Tobias. „Die Eltern wollen in ihrer Mehrheit das Jahr länger, weil sie merken, dass es für ihre Kids immer härter wird. Die merken doch auch, dass, wenn der Mensch immer hochtouriger unterwegs ist, das Nachdenken und die Freizeit viel zu kurz kommen."

„Auf jeden Fall ist sichtbar", setzt er hinzu, „dass die Anmeldezahlen für die Realschulen enorm hochgegangen sind mit der Einführung von G8. Viele machen lieber zuerst eine gute Mittlere Reife und gehen danach auf ein Fachgymnasium, wo sie in drei Jahren ein vollwertiges Abi bekommen."

„Na, schau an, wenn das kein Zeichen ist!", ruft Tobi, dem anzumerken ist, dass er kein Verfechter des Turboabis ist.

„Aber etwas anderes ist mir noch aufgefallen, eher im persönlichen Bereich", meint er. „Ich hatte jetzt acht Jahre am Stück immer Gemeinschaftskundeabiklassen, also vier Kurse von jeweils zwei Jahren. Gemeinschaftskunde lebt viel vom Lesen, Nachdenken und Diskutieren. Und genau in diesem Punkt hat den Turboabiturlern eben das Jahr gefehlt. Sie haben klasse gelernt, sie haben alles aufgenommen, was ich ihnen mitgegeben habe, aber: sie waren viel unkritischer und weniger aufmüpfiger als die 'Alten'. Gerade im dreizehnten Schuljahr gab es früher die interessantesten Auseinandersetzungen über wichtige Themen, weil die Leute ein Jahr älter, reifer und erfahrener waren. Sie hatten mehr Input von außen bekommen in dem zusätzlichen Jahr, sie hatten sich tiefer eine eigene Meinung gebildet und dadurch hatten sie viel mehr Diskussionspower."

„Das ist sonnenklar", meint Paul, „ein Jahr macht in diesem Alter so viel aus …"

„Ja, das ist, als wenn die Erziehung zum mündigen Bürger eine Delle bekommen würde", sagt er. „Das Jahr Weiterentwicklung fehlt nun, stattdessen wird ein Jahr früher Verantwortung und Druck reingeschoben. Das passt gesellschaftlich und vor allem ökonomisch in unsere Zeit. Das relativ unwichtige elfte Schuljahr, das einige als langweilig und unnötig empfunden haben, war für viele andere allerdings eine Möglichkeit des Reifens am Ende der Pubertät. Was habe ich Leute gehabt, die in der Elften echt noch planlos, lustlos und nervig waren, aber in der Oberstufe menschlich viel ausgeglichener wurden und leistungsmäßig total angezogen haben. Einfach nur, weil sie die Zeit hatten, sich zu entwickeln. Das wird jetzt übersprungen und ich vermute, dafür zahlen wir gesellschaftlich letztlich mit mehr Krankheiten, Unzufriedenheit und Erschöpfungszuständen in den Jahrzehnten danach. Jedenfalls befürchte ich das."

Er merkt, dass er sich in Feuer geredet hat. Für einen Moment ist er in vorübergehend vergangene Zeiten eingetaucht. Seine alte Kraft ist zurückgekehrt, spürt er. Er will nicht zurück in die Schule in diesen Moment, auf keinen Fall, aber er bemerkt, dass er nach drei Jahren Auszeit als anderer wieder einsteigen wird.

„Außerdem", lacht er, „hat man mit den Älteren viel besser feiern können. Die waren einfach cooler drauf gegen Ende, haben sich gleichberechtigter mit mir auseinander- und zusammengesetzt. Das waren eben erwachsenere Menschen wie du und ich, versteht ihr?"

Paul und Tobias müssen mitlachen. Schnell werden Erinnerungen an Kursfeiern und Abifeten herausgekramt; das Gelächter um den Campingtisch findet kein Ende und zum Glück hat er noch eine Flasche Rotwein mehr vom Supermarkt mitgebracht.

Gegen Ende wird es allerdings noch einmal ernster, denn die beiden Studenten kommen auf das Thema ADHS zu sprechen.

„Wir haben in der Uni kaum Informationen", meint Paul. „Sind denn solche Aufmerksamkeitssyndrome echte Probleme im Gymnasium?"

„Eine Statistik kann ich dir nicht vorlegen", antwortet er, „aber ich habe gelesen, dass etwa dreißig Prozent aller Schüler und Studenten in Deutschland sich mit leistungssteigernden Drogen versorgen. Davon erzählt mir natürlich kein Schüler. Wie sieht es bei euch in der Uni aus?"

„Na ja, vor wichtigen Klausuren putsche ich mich schon mit Koffein und Energiedrinks auf, und ab und zu nehme ich ein Tablettchen, um länger lernen zu können", gibt Paul zu.

„Bei mir ist es ähnlich", meint Tobias, „aber wir reden nicht viel darüber in der Uni. Jeder wurschtelt so rum, um über die Runden zu kommen. Hauptsache, die Noten stimmen."

„Vielleicht ist es in der Oberstufe auch so. Aber, wie gesagt, davon erfahre ich nichts. Anders ist es allerdings mit Aufmerksamkeitsstörungen in der Unter- und Mittelstufe. Die nehmen enorm zu, jedenfalls nach meiner Erfahrung."

„Und woran liegt das?"

„Zu wenig Bewegung und Sport, zu viel Spielen am Computer, einseitige Ernährung, zu viel Druck schon ab dem Kindergarten, unfreundliche Lehrer mit wenig Verständnis, unsichere Verhältnisse zu Hause wegen Scheidungen, häusliche Gewalt, ich denke, da gibt es nicht die eine Antwort, sondern nur ganze Komplexe", meint er.

„Aber es wird auch geschrieben, dass ADHS sozusagen von den Arzneimittelfirmen erfunden worden ist, um mehr Medikamente an Kinder und Jugendliche abzusetzen", ergänzt Tobias. „Ich habe gelesen, dass 1993 deutsche Apotheken 34 Kilogramm Ritalin verkauft haben, 2011 waren es 1800 Kilogramm."[30]

„Ritalin sozusagen als Kinderkokain, zum Ruhigstellen und zur Steigerung der Leistungsfähigkeit", grinst Paul, „das ist doch wohl der Hammer!"

„Ja, das ist ein Drama", stimmt er zu. „Eindeutig können sich wohl Kinder nach Einnahme dieses Stoffes besser konzentrieren, bleiben wacher, sind vorübergehend leistungsfähiger. Aber niemand weiß natürlich, was das auf Dauer mit der Seele und dem Körper des Kindes macht."

Er schweigt eine Zeitlang nachdenklich. Zwei Erinnerungen bedrängen ihn, eine davon aus dem letzten Schuljahr; sie ist ihm peinlich und schambesetzt, er würde sie am liebsten vergessen.

„Also gut", setzt er an, „ich erzähl euch was aus dem Nähkästchen, auch wenn es mir unangenehm ist."

Paul und Tobias spüren sofort die Veränderung der Stimmung. Neugierig richten sie sich auf.

„Die eine Sache macht nachdenklich, die andere ist mir extrem peinlich. Zuerst einmal die einfachere Geschichte. Vor einigen Jahren hatte ich eine 9. Klasse in Deutsch, die ich neu übernommen hatte. Ein schlanker, aufgedrehter Schüler war in dieser Klasse, er ist mir von meiner Vorgängerin als sehr schwierig beschrieben worden. Er hatte eine Vier bei ihr im Zeugnis bekommen, sie meinte allerdings dazu, dass er theoretisch wesentlich besser hätte sein können, wenn …die Bedingungen blieben offen. Okay, der Schüler testete mich in den ersten Wochen, wie natürlich die ganze Klasse. Schließlich hatten wir eine pubertätsgemäße Art des Umgangs", bei diesem Ausdruck muss er selbst grinsen, „gefunden, wir kamen insgesamt gut miteinander zurecht. In einem Probeaufsatz zum Thema 'Erörterung' gab der Schüler nur die erste Hälfte seines Aufsatzes ab. Mehr habe er nicht schaffen können, meinte er. Aber: diese erste Hälfte war echt gut, zumindest in Wortwahl, Gedankengang und Aufbau. Die Rechtschreibung und Zeichensetzung vergessen wir mal. Der Schüler war eindeutig sprachlich außerordentlich begabt, wenn auch ein Chaot.

Die erste Klassenarbeit kam, Erörterung, zweistündig. Ich lese den Aufsatz des Schülers, das gleiche Bild: die erste Hälfte klasse, danach bricht der Aufsatz gewissermaßen ab und wird mit einigen dümmlichen Floskeln irgendwie abgeschlossen."

„Welche Note hast du ihm gegeben?"

„Weiß ich nicht mehr genau, irgendetwas zwischen zwei und drei, glaube ich. Jedenfalls habe ich mit dem Schüler darüber gesprochen. Er hat alles verstanden, meinte aber: 'Länger kann ich einfach nicht.' Was willst du da tun?"

„Und was hast du getan?"

„Ich hab es erst einmal so laufen lassen. Der Schüler kam aber unheimlich unter Druck, weil andere Kolleginnen große Disziplinprobleme mit ihm hatten. Viele waren sauer auf ihn, Klassenkonferenz, Ausschlussandrohungen usw."

„Und dann?"

„Ich habe mit seiner Mutter gesprochen. Sie war eine kleine, sehr zarte, verständnisvolle Frau. Alleinerziehend, der Junge hatte seinen Vater nie kennengelernt. Sie konnte ihn nicht bändigen, hatte keine Chance gegen seinen Intellekt, seine Passivität und seine Wut. Sie hat mir erzählt, bei ihm sei ein Jahr vorher ADHS diagnostiziert worden, er habe Medikamente bekommen, aber die hätten sie jetzt abgesetzt."

Er macht eine kurze Pause.

„Der Schüler wäre von der Schule geflogen, wenn sich nichts geändert hätte. Der Klassenlehrer hat sich hinter den Schüler gestellt und ihn geschützt, aber empfohlen, mit dem Arzt zu sprechen, eine Gesprächstherapie anzufangen und die Medikament wieder einzunehmen. All das geschah, einige Jahre später hat er ein vernünftiges Abi gemacht."

„Und seine Deutscharbeiten?"

„Waren vollständig, aber weniger kreativ und sprachlich deutlich langweiliger. Er war in Deutsch von einem begabten zu einem guten Schüler geworden."

„Was ist aus ihm geworden?"

„Keine Ahnung. Er hat wahrscheinlich studiert, aber ich weiß es nicht."

„Du warst der Klassenlehrer, nicht?"

„Ja, ich war der Klassenlehrer, und mit der Geschichte damals war ich zufrieden, innerhalb der Umstände, wie sie nun einmal sind. Aber, wie gesagt, es gibt auch noch die peinliche Geschichte. Seid ihr bereit?"

Paul und Tobias grinsen.

„Raus damit, Alter, spann uns nicht auf die Folter."

„Es war im letzten Schuljahr. Ich hatte eine siebte Klasse in Deutsch, so etwas habe ich noch nie in meiner Schulzeit erlebt. Die Klasse war völlig überdreht, deutlich mehr als gewöhnliche pubertierende Mädchen und Jungen. Mein Vorgänger, ein beliebter und kompetenter jüngerer Lehrer der Schule, hat sie als katastrophal geschildert, und das will schon etwas heißen. Ich bin ja ziemlich erfahren, aber ich habe keinen echten Zugang zu der Klasse bekommen. Es war schrecklich! Nach einem halben Jahr hatte ich regelrecht Angst, zu ihnen in die Stunde zu gehen, vor allem aber ein großes Unbehagen vor meiner Wut, meinen Misserfolgen, meinen sinnlosen und wenig hilfreichen Gefühlsausbrüchen. Die Klasse hat mich wirklich fast zur Weißglut getrieben, noch nie zuvor hatte mir eine Gruppe so meine Grenzen aufgezeigt."

„Wow, das klingt heftig", meint Tobi, „weil, du machst ja eher den coolen Eindruck."

„War nix mehr mit cool, das kann ich euch sagen. Hab alles probiert, aber es wurde nicht dauerhaft besser. Die Eltern waren in den vielen Gesprächen verständig, jeder einzelne Schüler war im persönlichen Kontakt einsichtig und nett, aber in der Klassensituation ging unheimlich die Post ab. Na gut, es waren viele Problemkinder dabei: Scheidungen, Gewalt in der Ehe, Umzug wegen sexuellem Missbrauch, Mobbing schon in der Grundschule. Aber ich konnte mein Verständnis nicht mehr halten, wenn ich in der Klasse stand, ich rastete ständig überfordert aus und mein Unterricht wurde immer schlechter, mal abgesehen davon, dass ich im Stoff nicht befriedigend vorwärts kam."

„Waren sie der Grund, warum du deine Auszeit beantragt hast?", fragt Paul.

„Nein!", lächelt er. „Der Grund waren sie nicht, aber sie haben mir die Entscheidung und den Abschied deutlich erleichtert, wie ihr euch vorstellen könnt. Die Gründe für meine Auszeit sind vielfältiger, aber das ist ein anderes Thema. Wenden wir uns lieber einem speziellen Jungen dieser Horrorklasse zu."

„Wie heißt er?"

„Ich will ihn mal Kevin nennen. Also, Kevin war einer von den sieben Hauptchaoten, bei denen, eher ungewöhnlich, zwei Mädchen waren. Drei davon verließen im Halbjahr die Klasse, wobei zwei in die Realschule wechselten und einer eine Klasse zurück ging. Kevin blieb und das war prinzipiell gut so, denn er ist intelligent. Aber, er war nicht nur ein schlauer Kopf, sondern zudem andauernd völlig aufgedreht, manchmal überdreht, hektisch, kaum ansprechbar. Er malte, während er mitschrieb, er bastelte, spielte, hantierte mit allem, was in seinem Mäppchen war, und gleichzeitig platzte er ständig heraus, natürlich ohne sich zu melden, und oft genug überhaupt nicht zum Thema.

Dazwischen kamen manchmal kluge und nachdenkenswerte Äußerungen, die aber leider zu oft untergingen, weil er sich an keinerlei Regeln halten konnte. Er saß allein in seiner Bank; die an sich verständnisvolle Klassenlehrerin hatte die anderen weggesetzt, weil er sie ständig störte und gleichzeitig permanent zu Blödsinn motivierte. Aber das veränderte kaum etwas, denn Kevin war trotzdem, wann immer es in ihm wollte, ich betone dieses 'es', weil ich sicher bin, dass nicht andauernd er es wollte, in ständigem Kontakt mit Mitschülern: er kommentierte ihre Äußerungen, rief ihnen etwas zu, verarschte sie. Ähnlich verhielt er sich mir gegenüber. Meine Äußerungen wurden kommentiert, Anweisungen gar nicht oder verspätet ausgeführt, z.b. weil er das Bild, das er zu malen begonnen hatte, erst zu Ende bringen musste, bevor er den Satz mitschreiben konnte, den ich diktieren wollte."

„Das klingt heftig. Und was war, wenn du ihn ermahnt hast? Oder bestraft, Strafarbeit oder so?"

„Ermahnungen hielten nicht länger als höchstens eine Minute an. Kevin nickte verständnisvoll, signalisierte, dass er sich zusammennehmen wolle, und sofort ging es weiter mit der Action. Er hatte keine Chance gegen seinen inneren Umtrieb. Und Strafarbeiten, da lachten er und die anderen nur. Er hatte schon in der Grundschule ganze Bücher von Strafarbeiten geschrieben, erzählten er und seine Mitschüler von damals fast voller Stolz. Er bekam auch im Gymnasium täglich mindestens eine, die er klaglos am nächsten Tag abgab. Ich habe ihm allerdings keine gegeben. Erstens sind Strafen nicht so mein Ding, ich habe nahezu ohne gearbeitet, und zweitens habe ich bemerkt, dass sie bei ihm völlig sinnlos waren. Er konnte einfach nicht anders."

„Und wie konntest du dann unterrichten?"

„Ich sag ja, fast gar nicht, denn er war nicht der einzige in der Klasse, der überdrehte. Und wenn die sich gemeinsam hochschaukelten, gab es für mich kein Durchkommen mehr. Es ist mir sehr peinlich, mich hier zu outen, aber so war es tatsächlich. Ich konnte diese Dynamik nur ungefähr zwanzig Minuten unterbrechen, der Rest der Stunden ging für meine Verhältnisse im Chaos verloren. Total unbefriedigend für mich."

„Da kommt ja was auf uns zu!", platzt Tobias heraus.

„Das ist nicht der Alltag, ich sag ja, es war die härteste Klasse meines fünfundzwanzigjährigen Lehrerdaseins. Also keine vorschnelle Panik, Jungs, …aber zurück zu Kevin. Ich sprach öfter mit ihm nach der Stunde, er meinte selbst, dass er unerträglich sei, aber er könne nicht anders. Wir handelten einen Deal aus: Ich ließ ihn mit seinen aus Füller und Geodreieck gebauten Fliegern spielen oder ihn seine Bilder während des Unterrichts malen, dafür schrieb er nach der dritten Ermahnung mit und versuchte, sich nach der fünften Ermahnung irgendwie zusammenzunehmen. Manchmal ging das, öfters nicht, aber selbst seine Mitschüler, die natürlich nicht mit ihren selbstgebauten Fliegern spielen durften, sahen seine Privilegien ein, denn Kevin nervte auch sie gewaltig. Wir waren alle froh, wenn er irgendwie Ruhe hielt. Dazwischen, ich wiederhole es gerne, hatte er kluge Ideen zum Unterricht, meistens allerdings eher abstruse und abenteuerliche. Dumm war er keinesfalls. Allerdings völlig überdreht. Und auch seine Klassenarbeiten, die natürlich von Leichtsinnsfehlern strotzten, waren inhaltlich nicht schlecht."

„Und seine Eltern?"

„Er lebte allein bei seiner Mutter, hatte kaum Kontakt zu seinem Vater. Die Mutter allerdings kam nie zu meiner Sprechstunde, obwohl ich sie mehrmals darum bat. Sie müsse ständig in der Schule wegen ihm antanzen, hat sie mir einmal am Telefon gesagt, sie könne und wolle einfach nicht mehr. Mit mir komme Kevin doch noch am besten aus, ob ich nicht auf ein Treffen verzichten könne, wir könnten ja telefonieren. Ich habe die Frau also nie leibhaftig gesehen in dem Jahr, in dem ich Kevin unterrichtete."

„Aber was ist daran peinlich? Du hast doch dein Bestes getan!", ereifert sich Tobias.

„Das Peinliche kommt jetzt, bisher habe ich nur die Vorgeschichte erzählt. Eines Tages kommt die Klassenlehrerin zu mir, die natürlich genau wie ich von dieser Klasse extrem gefordert bis überfordert war und andauernd Elterngespräche hatte. Wir haben uns gut verstanden und uns viel über die Situation in der Gruppe ausgetauscht, die Lehrerin hat wirklich Übermenschliches in dem Jahr geleistet. Sie kam also und meinte, bei Kevin sei ADHS diagnostiziert worden und er bekomme ab nächster Woche Medikamente."

„Ritalin wahrscheinlich!"

„Ja, das vermute ich auch. Und ihr werdet es nicht glauben. Kevin war einige Wochen später wie ausgewechselt. Viel ruhiger, konzentrierter, angepasster. Immer noch nicht der soziale Typ im Umgang mit anderen, aber doch so, dass er wieder einen Nebensitzer haben konnte. Ich habe ihn gefragt, wie es ihm gehe, und er hat mir erzählt, dass er viel besser mit seinem Leben klar komme, seitdem er die Medikamente nehme. Er fühle sich ausgeglichener, die Unruhe sei weniger."

„Unglaublich!"

„Wirklich unglaublich! Die Klasse war zwar weiterhin der Hammer, aber ein permanenter Unruheherd war nahezu beseitigt. Kevin hat sich wie jeder pubertierende Dreizehnjähriger verhalten, allerdings …"

„Allerdings?"

„Das Besondere und Spontankreative, das in seinen Chaoszeiten aufblitzte, war auch nicht mehr da. Er war ein eher durchschnittlicher Schüler mit durchschnittlichen Meinungen und durchschnittlichen Verhaltensweisen …"

„Na, dann war alles soweit gut …"

„Anfangs ja. Doch nach ungefähr zwei Monaten ging sein altes Verhalten von Neuem los. Ich spreche ihn an, und er meint, er habe die Medikamente abgesetzt, es gehe ihm ja jetzt besser. Nach einer Woche Kevin-Stress pur bekomme ich die Panik und rufe seine Mutter an. Richtig, meint sie, Kevin nehme keine Medikamente mehr, das sei für die Gesundheit des Jungen besser. Und jetzt kommt das Peinliche, wofür ich mich echt schäme. Ich hab's ihr zwar nicht direkt gesagt, aber ich habe ziemlich deutlich durchblicken lassen, vielleicht sogar fast darum gebeten, dass Kevin doch bitte die Medikamente wieder nehmen solle. Die Gesundheit des Jungen war mir in diesem Moment völlig egal, versteht ihr, ich wollte ihn nur ruhiggestellt wissen, weil er mich so genervt hat."

„Kann ich verstehen", meint Paul trocken.

„Ich auch", sagt Tobias, „aber ich begreife dein Dilemma. Du hast das Gefühl, du warst innerlich bereit, den Jungen und seine Persönlichkeit zu opfern, um im Unterricht mehr Ruhe zu haben."

„Genau das ist es! Ich habe noch mit niemandem darüber gesprochen, aber das belastet mich wirklich. So wollte ich nie denken als Lehrer ... puh, ich bin froh, dass ich es euch erzählt habe, ... aber ich schäme mich wirklich ..."

Er sitzt da, den Kopf in die Hände gestützt. Erst langsam nimmt er wahr, dass er sich im herbstlichen Spanien auf einem nächtlichen Campingplatz befindet. Für eine Weile war er abgetaucht in dunkle Schattenseiten seines Seins ...

Paul und Tobias allerdings nehmen das Ganze nicht so persönlich wie er. Während er nach seiner langen Rede erst einmal zuhört, diskutieren sie ohne Scheu und Ängste alle Seiten seiner Geschichte. In ihrer jugendlichen Frische und Unbekümmertheit ziehen sie ihn langsam aus dem Loch von Selbstvorwürfen, in das er abzugleiten drohte.

„Ich habe vor zwei Jahren Aktien von einer Fluggesellschaft gekauft", erzählt Paul. „Nicht viele, so viel Geld habe ich gar nicht, aber ich wollte das Aktiengeschäft einfach mal kennenlernen. Ein Jahr später ist ein Flugzeug der Gesellschaft abgestürzt. Und plötzlich merke ich, dass ich nicht an die Toten denke, sondern nur daran, ob meine Aktien dadurch eventuell fallen könnten. War ein saublödes Gefühl, als ich das festgestellt habe. Ich habe die Aktien verkauft, wollte raus aus diesem dreckigen Geschäft, denn ich merkte, dass es mich unsensibel machen würde. Meine Gedanken waren blöd, aber ich habe sie bemerkt. Das war's, nicht mehr, nicht weniger. Shit happens, jeder macht Fehler. Wichtig ist doch, dass wir es bemerken und eventuell unser Handeln danach verändern. Bis sich unsere Gedanken verändern, das kann dauern …"

Paul und Tobias sind längst in ihr Minizelt gekrochen, er findet nach diesem aufregenden Abend keine Ruhe. Er tastet sich durch den dunklen Waldweg vor zum Meer und schaut auf die silbrig schimmernde, schwankende Fläche hinaus. Allmählich erst beruhigt sich sein aufgewühltes Inneres.

Auf dem Rückweg biegt er spontan in die Reihe ein, in der die Müllsammlerin in ihrem Holzhäuschen wohnt. Natürlich ist alles dunkel. Versonnen steht er einen Moment vor dem Haus. Puh, das war viel auf einmal, heute. So eine Reise ist manchmal ein ganz schön anstrengender Selbstfindungstripp …

....

WIEDER hat sich etwas gewandelt, er spürt es am nächsten Tag. Es ist, als habe er aus dem schweren Rucksack, den er auf seinem Rücken trägt, einen weiteren Stein herausgezogen und abgelegt. Reden hilft, denkt er, gute Zuhörer sind die besten Therapeuten.

Paul und Tobias sind nach herzlichem Abschied früh mit ihren Rädern Richtung Norden gezogen. Er lässt sich durch den Morgen treiben, schlendert über den Campingplatz, landet eher zufällig in der Rezeption. Pedro sitzt hinter dem Tresen und lächelt ihm zu. Er schaut die Bilder an den Wänden an, bemerkt, dass es eine Postkarte mit einer Luftaufnahme vom Platz und dem Felsstrand gibt. Er will eine kaufen, hat aber kein Geld dabei.

„Ist die Karte für deine Freundin?", fragt Pedro grinsend.

„Ja", sagt er eher vorsichtig.

„Ja!", wiederholt er mit Nachdruck, „die ist für meine Freundin!"

„Ich schenke sie dir", meint Pedro trocken.

Was soll ich nur schreiben?, fragt er sich. Außer der Adresse von Claudia steht nichts auf der Karte. Er sitzt am Pool an einem Tisch, schaut über die hügelige Sierra im Hintergrund. Es gäbe viel zu erzählen, aber dazu bräuchte er Rena als Gegenüber.

„Na, Bärilla, schreibst du einen Liebesbrief?", reißt ihn Inges freche Stimme aus seinen Gedanken. Die schwere Frau steht in ihrem Badeanzug und Badekappe vor ihm und lacht ihm zu.

„Mir fällt nichts ein", gibt er zu. „Es ist schon so lange her …"

„Na, komm mit ins Wasser, vielleicht bekommst du dort Ideen", witzelt Inge.

„Ist das nicht mittlerweile zu kalt für Rentner?", grinst er.

„Kalt schon, auf jeden Fall kühler als das Meer", ruft Inge zurück. „Aber es nimmt schwermütigen Gedanken den Atem."

„Hört sich gut an. Schwimm schon mal eine Runde, vielleicht komme ich nach."

Inge stößt spitze Schreie aus, als sie in das klare Wasser des Pools eintaucht. Zwei gemütliche Bahnen Brust, eine auf dem Rücken, bald steht sie tropfend neben ihm. Sie nimmt das Handtuch, das sie auf einen Stuhl gelegt hat, und trocknet sich ab.

„Bleibst du am Wochenende da oder flüchtest du?", fragt sie.

„Wieso flüchten? Warum?"

Er hat keine Ahnung, wovon sie redet.

„Ach, hat Karl noch nicht mit dir geredet? Am 12. Oktober ist spanischer Nationalfeiertag, Tag der Entdeckung Amerikas durch Kolumbus. Und weil der Tag dieses Jahr auf einen Donnerstag fällt, nehmen sich viele den Freitag als Brückentag frei und feiern über das Wochenende. Letztes Jahr waren an dem Wochenende alle Hütten mit spanischen Großfamilien besetzt und es kamen auch viele Wohnmobile. Es wurde bis in die Nacht gefeiert, du weißt ja, die Spanier beginnen zu kochen, wenn wir ins Bett gehen. War eigentlich ganz schön, aber ziemlich laut die Tage. Die Mülleimer sind von Paellaresten übergequollen, zwei Tage haben sie danach geputzt."

„Gut, dass du mir das erzählst. Ich glaube, da verzieh ich mich. Aber wohin?"

„Frag doch Pedro, der kennt die Gegend wie seine Westentasche. Vielleicht hat der einen Tipp in den Bergen für dich. Wir bleiben. Bis wir das Vorzelt abgebaut hätten ... Außerdem finde ich es aufregend, wenn mal was los ist. Wenn man vier Monate hier ist, kann man ein bisschen Abwechslung vertragen."

„Ja, ich überlege mir das. Danke für den Tipp, Inge!"

„Also, Bärilla, ich gehe zurück. Wünsche dir gute Schreibideen."

„Hast du da auch einen Tipp, Inge? Dir fällt doch bestimmt etwas ein."

„Schreib ihr ein Gedicht, das kommt bei uns Frauen gut an. Du kannst das!"

Und damit schreitet Inge in ihren alten Badelatschen davon wie eine Königin.

Ein Gedicht, das ist es, denkt er. Die Zeilen, die ich am Morgen auf dem wilden Campingplatz geschrieben habe.

An Rena

Gefangen
in deinen Armen
fühl(t)e
ich
mich
frei

Ist das: Vergangenheit? Gegenwart? Zukunft ...!?

Dein Bärilla

P.S. Bis mindestens 1. November bin ich noch hier!

Er schreibt die Adresse des Campingplatzes darunter, holt eine Ein-Euro-Münze und läuft zu Pedro, um nach einer Briefmarke zu fragen. Der hat schon eine auf dem Tresen liegen.

„Geht heute noch zur Post", grinst Pedro.

„Danke, du bist ein echter Freund", feixt er zurück.

Und wirklich. Seitdem sie das Gespräch über seine verlorene Hand hatten, sind er und Pedro sich näher gekommen. Jeden Tag stehen sie irgendwo am Platz wie zufällig auf einen Plausch, der zunehmend intensiver wird, zusammen, manchmal schaut der Manager sogar an seinem Wohnmobil vorbei. Sie sprechen in einem Gemisch von spanisch, deutsch und englisch, bei jedem Treffen lernt er einige spanische Wörter oder Redewendungen von Pedro

„Wird es nächstes Wochenende sehr voll?", fragt er. „Da ist doch Feiertag."

„Oh ja", antwortet Pedro, „es haben sich viele Leute für die Häuschen angemeldet. Es wird eine große Fiesta geben."

„Ich glaube, das ist nichts für mich. Ich kann so viele Menschen gerade nicht aushalten. Hast du eine Idee, wo ich für einige Tage hinfahren könnte? Oder ist es überall voll?"

Pedro überlegt.

„Die Campingplätze sind sicher überall gut ausgebucht, zum letzten Mal in diesem Jahr. Mit Zelten wird keiner mehr kommen, denn es wird nachts langsam kühl. Aber viele Wohnmobile …"

„Und irgendwo frei stehen? In den Bergen vielleicht?"

„Ja, da habe ich eine Idee. Ungefähr hundert Kilometer von hier gibt es in den Bergen ein Thermalstädtchen. Es liegt auf 700 Meter Höhe an einem Fluss, dessen Wasser das ganze Jahr 25° warm ist. Dort gibt es viele Schluchten zum Wandern. Man kann bestimmt unten am Fluss stehen. Auch dorthin werden Menschen zum Klettern und Wandern kommen, aber nicht viele."

Pedro holt eine Landkarte hinter dem Tresen hervor und zeigt ihm, wie er zu diesem Ort kommt. Zwei Stunden Fahrt auf gut ausgebauten Straßen, kein Problem.

Den Nachmittag verbringt er auf den Felsen am Meer. Als die Müllsammlerin mit ihrem Plastiksack vorbei kommt, nickt sie ihm zu – eine Spur vertraut, soweit man das bei ihr sagen kann.

„Na, sammelst du wieder?", begrüßt er sie unbeholfen.

„Ja, wie jeden Tag."

„Warum machst du das so regelmäßig?"

Er kann nicht anders, er muss sie fragen. Die Frau überlegt. Er merkt, dass es ihr schwerfällt, eine eindeutige Antwort zu finden. Schließlich zuckt sie mit den Schultern.

„Ich mache es gern. Es ist wie eine Aufgabe. Einfach so …"

Wo hat er das schon einmal gehört? Ach ja, von der Frau an dem Friedhof am Rand des Schwarzwaldes vor zwei Monaten.

„Ich finde das toll", meint er.

„Da ist nichts toll", antwortet sie eine Spur unwirsch. „Ich weiß dann halt, wo ich hingehöre."

„Bist du gerne so viel allein?", fragt er, plötzlich kühner werdend.

Er merkt, wie sie innerlich zurück zuckt. Das war zu viel, zu persönlich. Auch ihr Gesicht, das ein wenig gelächelt hatte, ist zugegangen

„Ich kenne es nicht anders", beschließt sie das Gespräch.

Sie nickt ihm noch einmal zu, nimmt den Sack, den sie kurz abgestellt hatte, auf die Schulter und geht weiter. Er spürt erneut diesen Stich wie gestern, aber es ist anders. Er fühlt sich nicht mehr so bloßgestellt und verloren; er war vorbereiteter und er hat mehr Verständnis für diesen Menschen. Gestern hatte sie ihn kalt erwischt, ohne es zu wollen …

Aber er merkt, fast körperlich kann er es spüren, wie abgeschlossen sie ist. Wie ein eiskalter Wind hält sie den anderen von sich weg. Nur nicht selbst berührt, nicht verletzt werden. Sie hält ihren inneren Kreis sauber von äußeren Einflüssen, so wie sie den Felsenstrand sauber hält. Ob sie auch anders könnte? Oder kann sie sich nur zurückgezogen verhalten? Jedenfalls versteht er, warum Karl sie nicht leiden kann. Karl ist geradeaus, offen, braucht Kontakt, sichert sich sozusagen über Kontakt ab, wie sie sich über strikte Abgrenzung absichert. Dem Rentner ist ihre Art so fremd, der hat schlicht und ergreifend Angst vor ihr.

Und habe ich nicht auch Angst vor ihr?, fragt er sich. Angst, zurückgestoßen, verletzt zu werden? Natürlich begreife ich, dass sie das nicht will, aber es geschieht eben in mir. Ich werde unsicher, weiß nicht mehr, was ich sagen soll, verheddere mich innerlich, und anschließend kommt irgendein Blödsinn aus mir heraus, der künstlich und aufgesetzt wirkt. Souveränität weg!

Wird wirklich Zeit, dass ich hier abhaue und Abstand nehme. Die Idee mit dem warmen Fluss in den Bergen ist gut, aber hinterher komme ich auf jeden Fall hierher zurück.

ZWEI Stunden Fahrt, völlig veränderte Landschaft. Anfangs schnurrt das Wohnmobil über eine autobahnähnliche, vierspurige Schnellstraße, vorbei an einem neu gebauten Flugplatz, von dem wahrscheinlich niemals eine Maschine starten wird. Pedro hat ihm erzählt, wie hier EU-Gelder sinnlos versenkt wurden, nun ja, einige Baufirmen und korrupte Staatsdiener werden ihre Millionen verdient haben, hat er ironisch hinzugefügt.

Nach einer Weile biegt die Straße ins Hinterland ab, durchquert ein endlos scheinendes Industriegebiet, das sich am breiten Tal vom Meer her entlang zieht und ihm die Chance bietet, in einem Supermarkt seine Essens- und Getränkevorräte aufzufrischen. Doch bald werden Tal und Straße enger, die Hügel rücken näher heran, die Dörfer kleiner. Felsen breiten sich rechts und links des Weges aus, neben dem ein Flüsschen fließt, die Bäume und Büsche tragen hier ein herbstlich buntes Laub, wie er überrascht bemerkt, denn die Büsche der Sierra waren ihm eher vertrocknet erschienen.

Die Straße zieht allmählich in die Höhe, eine Schafherde steht auf einer schmalen Wiese am Rand, mehrmals überquert der Weg auf kleinen Brücken das Flussbett. Plötzlich, nach einigen engeren Kehren, weitet sich das Land in ein Hochtal, an dessen Ende er die Häuser des Thermalstädtchens erkennt. Als er vorsichtig durch die enge Hauptstraße fährt, bemerkt er an den größeren Anwesen und dreistöckigen Häusern den leicht verblichenen, abgeblätterten Glanz vergangener Zeiten. Die kleine Stadt, auf drei Seiten umgeben von Bergen, wirkt auf den ersten Blick ruhig und angenehm verschlafen, er hofft, hier einige gemütliche Wandertage erleben zu können.

Aber wo soll er stehen? Es gibt kein Campingplatzzeichen, die Straßen wirken in der Stadt sehr eng, einen größeren, freien Platz scheint es nicht zu geben. Langsam rollt er an den letzten Häusern vorbei, als rechts hinten eine weitgespannte Brücke auftaucht. Sie hangelt sich über das ganze Tal und führt wohl weiter in die Berge. Er biegt ab, überquert die Brücke und entdeckt an ihrem Ende ein blaues Parkplatzzeichen, das nach links unten weist. Unterhalb der Brücke, direkt an dem Flüsschen, an dem ein Spazierweg entlang führt, liegt ein kleines Sportgelände. Davor öffnet sich ein großer, ungeteerter Parkplatz, auf dem einsam ein spanisches Wohnmobil steht. Er parkt in dessen Nähe, sodass er, wenn er vor dem Wagen sitzt, einen wunderbaren Blick hinunter auf den Spazierweg, den von Schilf flankierten Fluss und das sich im Hintergrund aufbauende Bergpanorama hat. Toller Platz, denkt er, als er aussteigt, aber da entdeckt er die rotweißen Verbotsschilder. Camping verboten, übersetzt er. Mist! Was jetzt?

Der andere Wohnmobilist scheint unterwegs zu sein, ihn kann er nicht fragen. Also Kühlschrank auf Gas umschalten, damit die Wohnraumbatterie nicht geleert wird, Wanderschuhe an, Badehose für später einpacken und über die Brücke ins Städtchen zurück laufen. Dort wird es hoffentlich eine Art Touristen-Information geben.

Gibt es auch, im Eingang des kleinen Kurbades, ist allerdings erst wieder ab 16.00 Uhr geöffnet. Typisch spanische Siesta, mittags geht gar nichts. Er schlendert durch die malerischen Straßen, entdeckt einen kleinen Marktplatz mit geschlossener Bäckerei und nebenan geöffnetem Straßencafé, findet einen Stuhl in der Mittagssonne, die angenehm wärmt, einen aber auf 700 Meter Mitte Oktober keineswegs mehr heiß in den Schatten jagt.

Pünktlich um 16.00 Uhr steht er vor dem Büro. Eine hübsche, junge Dame, die einige Worte englisch spricht, schüttelt ihr langes, dunkelbraunes Haar, als er nach einem Campingplatz fragt.

Ob man mit Wohnmobil sonst irgendwo nachts stehen dürfe, fragt er. Natürlich, da gebe es doch den großen Parkplatz unter der Brücke, da stünden alle Wohnmobile. Und die Verbotsschilder?

Die junge Dame schüttelt lächelnd den Kopf. Kein Problem, das sei der Übernachtungsplatz, ganz gewiss.

Freudig schlendert er am Flüsschen, das sich unterhalb der Stadt von fruchtbaren Terrassengärten umgeben durch die Ebene schlängelt, zurück, an seinem Wagen vorbei, hinauf in das enger werdende Tal. Nach ungefähr zwei Kilometern kommt er an den Rand eines künstlich angestauten kleinen Sees, flankiert von hoch aufragenden Felsen. Eine öffentliche Toilette, eine winzige Kirche und ein geschlossener Kiosk schmiegen sich an den Rand der Felsen, davor breitet sich eine befestigte Liegefläche aus, die flach zu dem Badebecken führt. Das muss der Thermalfluss sein, denkt er, und tatsächlich, das Wasser fühlt sich warm zwischen seinen Fingern an. Es schimmert glasklar in einem vom Himmel reflektierten Blau, in dem Dutzende grauschillernde Fische, manche bis zu vierzig Zentimeter lang, gemächlich schwimmen. Außer ihm ist nur ein jüngeres Paar da, das sich mühsam hinter ihrem Badetuch gegenseitig beim Umziehen schützt.

Schnell hat er die Badehose angezogen und watet in das angenehm warme Wasser. Sofort nähern sich ihm einige Fische und beginnen, sanft an der Haut seiner Waden zu knabbern und zu beißen. Zuerst verjagt er sie verschreckt, aber schließlich beobachtet er sie. Es tut nicht wirklich weh, aber bald reicht es ihm, er verscheucht sie und geht in das tiefer werdende Wasser Richtung Schlucht. Nach einer Weile muss er ein Stück schwimmen, dann fühlt er wieder Boden unter seinen Füßen. Bis zum Hals im Wasser läuft er weiter, schwimmt erneut ein Stück. Das Paar vor ihm ist um eine Felsnase gebogen und nicht mehr zu sehen. Nach vielleicht zweihundert Metern erreicht er ebenfalls diese Biegung. Dahinter hat er das Gefühl, in eine eigene, nie gesehene Welt einzutauchen. Der gestaute Bachlauf ist hier noch etwa zwanzig Meter breit, eingeschlossen von gezackten Steinwänden, die sicher hundert Meter in die Höhe ragen und nur ein winziges

Stück Himmel freilassen. Bald kommen die Felsmauern noch näher; Flechten und moosige Wassergewächse hängen bis auf die Wasserfläche, Spiegelungen und Brechungen der Felsen im Wasser schimmern bunt in den smaragdgrünen, kleinen Wellen, die sich um ihn ausbreiten; in einer halbdunklen Steinhöhle, bis zum Hals im Wasser stehend, hört er das Paar kichern, und als er vorbeikommt, küssen sie sich gerade. Er bewegt sich weiter, bis zu einem kleinen, warmen Rinnsal, das aus einer halbrunden Quelle von den Felsen plätschert; als er sich umdreht, sieht er, dass die beiden, wieder auf dem Rückweg, gerade um die Felsnase biegen. Nun ist er allein in dieser unwirklichen Welt; es gibt keine Geräusche außer Tropfen, die von den Wänden auf die Wasseroberfläche fallen. Rechts und links flankieren kleine Vertiefungen, die das Wasser in Jahrmillionen in den Fels gewaschen hat, seinen Weg. Er könnte, verzaubert von dieser kleinen Welt, in der es keinerlei menschliche Eingriffe gibt, immer so weitergehen, doch allmählich wird ihm trotz der Wärme des Wassers kühl. Mit langen Zügen schwimmt er zurück, um sich aufzuwärmen, schaut sich kurz in der dunklen Höhle um, in der er vorher das Pärchen gehört hat.

Als er am Rande des Staubeckens aus dem Wasser steigt, versinkt die Sonne gerade hinter der westlichen Schluchtwand. Er fröstelt in seiner nassen Badehose, zieht sich schnell um und läuft am Fluss zurück, bis das Tal breiter wird und er einen Stein findet, der sich noch in der Sonne wärmt. Angenehm, hier zu sitzen, auf den leise plätschernden Wasserlauf zu schauen und die letzten wärmenden Strahlen zu genießen.

Überrascht kommt er zum Parkplatz zurück. Siehe da, es sind etliche Neuankömmlinge dazu gekommen – schließlich ist es der Vorabend des Feiertages. Er setzt sich mit einem Bier vor den Wagen, genießt das einmalige, unverbaubare Panorama vor ihm und beobachtet aus den Augenwinkeln, wie von Minute zu Minute mehr Wohnmobil hinter ihm einen Übernachtungsplatz suchen. Lange vor dem Dunkelwerden ist der Parkplatz mit zwanzig Wagen gut gefüllt; sie stehen eng, er hätte sogar Schwierigkeiten, seinen Platz zu verlassen. Es sind nur Spanier, die meistens zwischen dreißig und vierzig, viele mit jüngeren Kindern; sie haben Mountainbikes dabei, einige beginnen ihre Kajaks abzuladen, während andere ihre Kletterrucksäcke für den nächsten Tag richten. Eine umtriebige, aber angenehme Atmosphäre entfaltet sich. Na, enger kann es an meinem Campingplatz auch nicht werden, denkt er, doch das Leben um ihn stört ihn nicht. Er fühlt sich auch als Ausländer eingebunden, zumal ihm viele, die vorbeikommen, nach einem Blick auf sein Nummernschild freundlich zunicken oder ihn mit einem netten „Holla!" begrüßen. Ein bisschen kommt er sich vor wie der Exot in einer kleinen Abenteuergemeinde, die sich auf die Touren der nächsten freien Tage freut.

Aufgeregt studiert er die Wandervorschläge, die er aus dem Informationsbüro mitgenommen hat. Wandervorschläge und Erläuterungen gibt es genügend, allerdings sind die Faltblätter auf spanisch geschrieben. Na ja, die Skizzen wirken übersichtlich und sein Wörterbuch wird ihm weiterhelfen.

Im Vorabendlicht, nach einem einfachen Abendessen, schlendert er noch einmal in Richtung der Schlucht. Auch einige spanische Familien sind zu einem Abendspaziergang unterwegs. An einer Stelle stehen etwa zehn Menschen, Kinder wie Erwachsene, sehr still und schauen hoch in die Felsen. Zuerst kann er nichts entdecken, doch als sich oben ein kleiner Stein löst, sieht er sie: eine Steinbockmutter steht mit ihrem Jungen auf einem schmalen Band, ungefähr fünfzig Meter über ihnen. Sie sind in ihrem Felsbraun fast nicht zwischen den Steinen zu entdecken, zumal sie sich kaum bewegen. Er befürchtet, das Jungtier könnte dort oben seinen Weg verfehlt haben und im steilen Gelände nicht mehr weiterkommen. Kurz darauf muss er selbst über seine

Ängstlichkeit lachen, als er sieht, wie Mutter und Kind in fließenden, geschmeidigen Bewegungen gemütlich die Höhe erklimmen. Vielleicht waren sie nur stehen geblieben, um die Menschen da unten zu beobachten, so wie die sie da oben bestaunen.

Auf dem Grat werden die Tiere, bevor sie nicht mehr zu sehen sind, für einen Augenblick in die gelblich roten Strahlen der auf der anderen Seite des Berges verschwindenden Sonne getaucht. Ein bewunderndes Raunen dringt aus den Kehlen der ergriffenen Menschen, bevor sie sich mit lächelnden Gesichtern zerstreuen. Glücklich nickt er einigen Erwachsenen, die seinen Gruß erwidern, beim Weitergehen zu und spaziert erfüllt in der bläulichen Dämmerung zu seinem Wohnmobil zurück.

....

WELCH ein Unterschied, denkt er, als er nach einer vierstündigen Bergwanderung am frühen Nachmittag des nächsten Tages, dem Tag der Entdeckung Amerikas, verschwitzt zu dem Badebecken kommt. Unter den Bäumen stehen unzählige Tischchen und Plastikstühle, an denen spanische Mehrgenerationenfamilien essen und feiern. Ihm läuft das Wasser im Munde zusammen, als er die gebratenen Fische, den Käse, die roten Würste zwischen den Tomaten, Paprika und verschiedenfarbigen Oliven liegen sieht, die aus geöffneten Kühltaschen geräumt werden. Nach dem Essen und dem Rotwein schlummern die Älteren auf den unbequemen Stühlen, während die Kinder mit den Eltern im warmen Wasser plantschen; am heute geöffneten Kiosk bilden sich Schlangen von Eiskäufern, überall wird geschrien, gelacht, geplaudert. Der besinnliche hintere Teil der Schlucht, in der er sich gestern in der stillen Wunderwelt verloren hat, ist erfüllt von Ball spielenden Jugendlichen und Gruppen, die um die Wette schwimmen. Der Widerspruch zum Tage vorher ist so groß, dass er ihm schon wieder gefällt. Trotzdem bleibt er nach einem erfrischenden Bad nicht lange in diesem Trubel. Es ist ihm nicht nur zu unruhig, er spürt auch eine zunehmende traurige Einsamkeit in sich. Nicht nur, dass es keine ausländische Touristen außer ihm gibt, er fühlt sich einfach außen vor. Während die anderen ausgelassen feiern, diskutieren, schnattern und streiten, wie es so ein Feiertag mit sich bringt, spürt er sein Alleinsein wie kaum in den letzten Wochen. Niemand, mit dem er die wunderbare Wanderung oder die lustigen Beobachtungen an den improvisierten Festtafeln teilen kann, keiner, der mit ihm spricht oder lacht.

Er kehrt zum Wohnmobil zurück, schaut von oben auf die Massen der nachmittäglichen sonnenbeschienenen Spaziergänger und Lustwandler, spürt natürlich die quirlige Lebendigkeit dieses Festtages, gleichwohl eben auch seine innere Leere. Am liebsten würde er abfahren, flüchten, aber sein Womo ist völlig von spanischen Autos zugeparkt. Etwas genervt sucht er in seinem Bücherfach nach einer Lektüre. Auf einen Roman mag er sich jetzt nicht einlassen. „Kraft zum Loslassen; Tägliche Meditationen für die innere Heilung" von Melody Beattie fällt ihm in die Hand. Wieso habe ich dieses Buch eigentlich eingepackt?, fragt er sich leicht verärgert. Aber mal schauen, was die zum 12. Oktober schreibt, vielleicht passt es zum heutigen Tag.

„Der sanfte Umgang mit sich selbst in Zeiten des Kummers

Es kostet Kraft, mit Veränderungen und Verlusten zurechtzukommen. Der Kummer zehrt an uns, manchmal bis an den Rand der Erschöpfung. Manche Menschen haben das Bedürfnis, in dieser Phase der Umwandlung, in dieser Zeit des Leidens, sich zu 'verpuppen' …

*Es ist in Ordnung, wenn wir in Zeiten der Um-
wandlung einen Kokon um uns spinnen. Wir können
uns diesem Prozess hingeben und darauf vertrauen,
daß eine neue, aufregende Kraft in uns entsteht.
Es dauert nicht lange, bis uns Flügel wachsen und
wir uns in die Lüfte schwingen."* [31]

Na ja, nicht schlecht, denkt er, aber richtig passt es nicht auf mich. Bisschen übertrieben. Er liest den Text noch einmal, blättert in dem Buch und kommt zufällig vorne auf die Umschlagsseite. „Oktober 1997" liest er da handgeschrieben …und eine Widmung, …die ihm für einen Moment den Atem raubt.

*„Sei nicht zu schüchtern und zaghaft in deinen Handlun-
gen. Das ganze Leben ist ein Experiment. Je mehr Experimente du anstellst, desto besser. Und was ist, wenn es etwas
rauh zugeht und du dir die Kleider schmutzig machst oder
zerreißt? Was, wenn du stolperst und gelegentlich in den
Dreck fällst? Raffe dich wieder hoch; hab nie Angst davor
zu stürzen."*

RALPH WALDO EMERSON

*Dieses Buch soll dir Tag für Tag, Woche für Woche die Kraft
geben, ein Experiment zu wagen.*

Mir ist dieses Buch ein wichtiger Lebensbegleiter geworden.

Oktober 1997, Thomas

„Gerade du! Gerade du!! Lass mich in Ruhe, du dummer Hund!!", flucht er wütend.
Er wirft das Buch in die hinterste Ecke seines Bettes, holt sich

mit überschnellen, hektischen Bewegungen ein Bier aus dem Kühlschrank, trinkt in großen Zügen aus der Flasche …

....

FRÜHER Morgen. Er erwacht wie gerädert. Miserable Nacht, verworrene, dunkle, verquollene Träume; schales Gefühl in Kehle und Bauch, zu viel Bier gestern. Schnaufend und seufzend quält er sich aus dem Bett; die Knochen tun ihm weh. Er zieht die Jogginghose über, um in der kühlen Morgenluft am jetzt stillen Wasserlauf spazieren zu gehen. Ihm ist fröstelig, sein Kopf ist leer, nein, er ist übervoll, doch er will nichts davon wissen. Als die Sonne über den Bergrücken spitzt, muss er zugeben, dass das ein wunderschöner Anblick ist, aber sein Herz wird heute nicht berührt; es bleibt wie ein emotionsloses Foto in ihm abgelichtet.

Er streicht über seinen Dreitagebart; keine Lust auf Rasur. Lustlos kocht er Wasser ab, rührt Kaffeepulver in der Tasse, schmiert sich Brote für die Wanderung. Schon vorgestern hat er sich eine Schluchtentour anhand der Skizzen zurecht gelegt, die als ein Höhepunkt der Gegend hier beschrieben wird. Er hat zwar jetzt keine Lust mehr darauf, doch was soll er sonst tun?

Er hört durch seine geöffnete Tür, wie bei den anderen Wohnmobilen Luken geöffnet werden, Menschen miteinander sprechen, lachen, Kinder zwischen den Wagen herum rennen. Nur weg hier, denkt er, das ist nicht zu ertragen …

Ein dunkler Kaffeetropfen läuft an der Außenseite der weißen Tasse herab; wie eine flüchtende, blutige Träne … am liebsten würde er die Tasse auf den Boden vor seinem Wagen schmettern, aber ein vernünftig erzogenes Etwas in ihm hält ihn zurück. Warum die anderen erschrecken, die können nichts dafür.

Lustlos schlingt er ein Brot in sich, zieht schnaufend die Wanderschuhe an, läuft mit unrunden, gehemmten Schritten in

Richtung des Städtchens, in deren Mitte der Einstieg der Wanderung beschrieben ist.

Er folgt der rot-weißen Markierung, bald hat er die letzten Häuser im Anstieg hinter sich gelassen. Der Weg wird schmaler, steiniger, führt über einen Grat, windet sich oberhalb eines Canyons entlang. Graue Felsen liegen rechts und links des steinigen Pfades, einige herbstlich bunte Büsche in rotem und gelben Kleid dringen in ihrer Schönheit in sein dumpfes Gehirn. Auf dem Faltblatt wird der nächste Kilometer als der eindrucksvollste der Tour beschrieben; in der Tat, eine Schlucht mit steilen rotgrauen Felswänden stürzt sich direkt rechts des Weges einige hundert Meter in die Tiefe. Vorsichtiger und achtsamer setzt er die nächsten Schritte; der Pfad ist keinesfalls gefährlich oder abschüssig, aber nur vierzig Zentimeter breit. Nach links zieht der Hang nach oben, ein großer Schritt nach rechts, und er würde unweigerlich tief und ohne Halt in die Schlucht hinabstürzen.

Langsam setzt er Fuß vor Fuß. Er hat keine Höhenangst, doch manchmal wird ihm beim Gehen auf solchen Wegen eine Spur schwindelig. An einem größeren Felsen, der ihn zum Abgrund absichert, bleibt er stehen, lehnt sich an und schaut in die Tiefe. Wie schon öfters spürt er einen Sog, der ihn nach unten ziehen möchte. Da gibt es einen unerklärlichen Wunsch, sich abzudrücken und zu springen. Manchmal hat er das auch auf Bahnsteigen, wenn ein Zug einfährt; er stellt sich dann vor, wie er von dem Zug überrollt und zermatscht werden würde, tritt schnell einen Schritt zurück, um der Gefahr in sich Herr zu werden und Klarheit zu bekommen.

An den Felsen gelehnt schaut er nach unten; die Angst kommt, er fühlt sich innen dünn und instabil, sein Rücken kribbelt, und als ein Ziehen in seinem Hinterkopf beginnt, weiß er, dass er die Erinnerung nicht mehr länger zurückhalten kann … aufstöhnend tritt er zurück, rettet sich auf einen Stein am Wegrand und verbirgt sein Gesicht in seinen Händen ...

Thomas und er waren in den Herbstferien zum Wandern nach Mallorca geflogen, ein Jahr, nachdem sein Freund ihm dieses Buch geschenkt hatte. Nachdem er in der Zeit davor einige geführte Wanderwochen auf der Insel mitgemacht und Thomas, einem seiner engsten alten Freunde, begeistert davon berichtet hatte, bekam der auch Lust und machte ihm den Vorschlag, gemeinsam im bergigen Teil der Insel eine Woche zu verbringen. Einige Tage hatten sie Puerto de Soller als Ausgangspunkt gewählt, den zweiten Teil wohnten sie in Andratx, um von dort die Berge und Küsten zu erwandern.

Er hatte noch nie so viel Zeit am Stück mit Thomas verbracht, sie lernten sich erst in der Woche richtig kennen. Thomas war oft schweigsam und in sich gekehrt in diesen Tagen; streng, mit schmalem, kantigem Gesicht, straffem, fast verkrampft wirkendem Körper; gelacht hatte er nicht viel, Alkohol lehnte er mit großem Nachdruck ab, manchmal schien er missmutig oder zumindest in sich zurückgezogen; aber sie hatten sich gemocht in ihrer Unterschiedlichkeit, hatten ab und zu miteinander gescherzt, die Wanderungen geplant, sich in Ruhe gelassen, wenn es angesagt war ...

An diesem Tag waren sie stundenlang die Nordostküste Mallorcas mit ihren hohen Klippen und kleinen Buchten entlang gegangen. Oft gemeinsam, manchmal getrennt, wenn einer noch fotografieren oder für sich alleine sein wollte.

Er ist ein Stück vor Thomas; die Klippen liegen hier mindesten hundert Meter über dem Meer, das ruhig in kleinen Wellen an die Felsen heran rollt. Als er sich umdreht, sieht er den gleichaltrigen Mann etwa fünfzig Meter entfernt ganz vorne auf einer Klippe stehen. Er erstarrt, befürchtet in diesem Augenblick zutiefst, Thomas wird in die Tiefe springen. Seine Zunge ist wie gelähmt, er kann nicht schreien, ihn zurückhalten. Er muss gebannt hinschauen, ohne eingreifen zu können, das ist nicht zugelassen. Es sind sicher nur einige Sekunden vergangen, auch wenn sie ihm viel länger vorkommen. Plötzlich dreht sich Thomas um und schaut ernst zu ihm. Schließlich läuft er langsam los in seine Richtung.

„Ich hatte plötzlich Angst, du würdest springen", stößt er hervor, als Thomas bei ihm ankommt.

„Das wäre ich auch, wenn du nicht gewesen wärst, … aber ich wollte dir das nicht antun", antwortet sein Freund sehr ernst.

„Denkst du wirklich daran, dich umzubringen?", fragt er erschüttert.

„Ja, schon lange. Ich kann dieses Leben nicht mehr aushalten. Es erdrückt mich …"

Auf dem Rückweg und am Abend erfährt er Thomas' Lebensgeschichte. Nicht die bisher bekannte, sondern die wirkliche, innere. Sie ist erdrückend gefüllt mit Scham und Schuldgefühlen; Scham für den Vater, dem Alkoholiker, der im Suff einen Menschen totgefahren hat, Scham vor dem Weiblichen in jeder Form; tiefe Schuld für jeden Traum, der nicht den in ihm eingefrorenen Normen entspricht, abgrundtiefe Schuldgefühle für jede noch so kleine Handlung, die ihm schiefgeht.

„Aber das war doch nur ein Traum!", meint er an einem Morgen, als Thomas ihm von einem Traum erzählt, der einen sexuellen Hintergrund hatte.

„Egal, in mir ist das bedeutungslos. Das bedrückt und erdrückt mich tagelang, ich kann es nicht mehr loswerden."

Sie reden über Angst, Schuld und die mörderischen inneren Gewaltgefühle, die den Geist seines Freundes besetzen und die er am liebsten gegen sich selbst einsetzen würde. Lieber gegen sich selbst als gegen andere, obwohl er auch panische Angst davor hat, einen anderen Menschen zu töten, wenn die rote, heiße Wut seinen Kopf übernimmt. Und natürlich sprechen sie über

Selbsttötung in den wenigen Tagen vor dem Heimflug. Thomas meint, er denke schon sehr lange daran als einzigen Ausweg, aber er verspricht ihm, weiter in therapeutische Behandlung zu gehen, auch wenn er darin keine wirkliche Hilfe mehr für sich sieht. Und er verspricht ihm, noch einmal mit ihm oder einem anderen für ihn wichtigen Menschen zu reden, bevor er es tatsächlich tut.

Am Flughafen in Stuttgart trennen sie sich mit einer festen Umarmung. Fast dreihundert Kilometer liegen zwischen ihren Wohnorten.

Es gibt ein Bild in seinem Fotoalbum, da sitzt er am 2. November mit Thomas auf dem Marktplatz von Fornalutx in Mallorca bei einem Milchkaffee. Am 15. Dezember dieses Jahres wirft sich sein Freund im Grauen des Morgens vor einen Nahverkehrszug bei Heidelberg ... mit einem kühnen Sprung wie ein Torwart, sagt der Zugführer, der unter Schock steht, aus ... Thomas hat in seiner Jugend im Handballtor gestanden ... und er hat am Tag zuvor mit einem Bekannten noch einmal über Selbsttötung und seine Ängste gesprochen, erfährt er am Grab seines Freundes ...

....

ER hat Thomas gehasst dafür, er hat sich gehasst dafür; er hat sich Schuldvorwürfe gemacht, er hat um ihn geweint an seinem Grab; er hat gewusst, dass es so kommen würde, und es im Alltag weggeschoben; er hat so getan, als würde es doch nicht dazu kommen, und er hat auch nicht gewusst, was er denn hätte tun sollen ... und er hat es verdrängt, verdrängt, verdrängt ... bis zu diesem Augenblick am Canyon.

Gestern die Widmung in dem Buchgeschenk von Thomas, an die er sich überhaupt nicht mehr erinnern konnte, hat einen Riss in seiner Staumauer hinterlassen, ach was, die Reise hat die Staumauer sowieso Stück für Stück ausgedünnt und abgetragen, denn etwas in ihm will, dass sein zurückgedrängtes Leben in Bewegung, endlich in Fluss kommt. Als er von oben in den Canyon schaut, ist ein Teil der Mauer eingebrochen …

Er sitzt auf dem Stein, hält sein Gesicht in Händen und schluchzt laut mit zuckenden Schultern. Nach einigen Minuten kommt eine kleine spanische Wandergruppe vorbei. Die Gruppe wird still, als sie ihn weinen hört. Ein junger Mann legt eine Hand auf seine Schulter.

„Can I help you?"

„No, thank you, I'm okay … But I am very, very sad …"

Die jungen Leute verstehen, gehen ruhig weiter. Die Hand auf seiner Schulter hat ihm gut getan, ein bisschen in die Realität zurück gebracht. Das heftige Schluchzen und Beben wird weniger, die Tränen rinnen ihm jetzt einfach so aus den Augen, die er weiterhin in seinen Händen verbirgt.

Irgendwann ist es gut. Er schaut um sich, bemerkt, dass er völlig durchgeschwitzt ist. Er trinkt einen Schluck Wasser; als er aufsteht, zittern seine Beine. Sehr vorsichtig und behutsam läuft er weiter, ein kleiner Mensch oberhalb einer riesigen Schlucht, eine Schneeflocke im wütenden Feuer …

Als der Weg sich steil nach unten senkt, auf den im Herbst wasserlosen Boden des Canyon, muss er sich ständig an Steinen abstützen und langsam, mit vielen Atempausen hinabsteigen. Unten liegt ein übermannshoher, kantiger Fels in der Mitte des Bachlaufes, wie von einem Riesen hinein gerollt. Als er sich an ihn lehnt, um auszuruhen, fällt seine Auge auf den Trieb einer Pflanze, die ihre Wurzeln oben in eine enge Spalte des Steines gekrallt hat und schon einige Zentimeter herausgewachsen ist. Es ist ein Oleander, ungefähr zwanzig Zentimeter hoch, seine länglichen, schmalen, grünen Blätter gruppieren sich regelmäßig um den dünnen Zweig. Er muss wieder weinen, als er dieses winzige Stück neuen Lebens sieht. Erschöpft klettert er hoch und setzt sich neben die Pflanze. Es tut ihm gut, in der Halbsonne auszuruhen und einfach dazusitzen. Kaum Gedanken, viel zu erschöpft, nur sitzen und mit leerem Blick in die menschenleere, durch den Taleinschnitt gut geschützte, abgeschlossene Natur schauen.

Nach einer Weile bemerkt er, dass er unwillkürlich seinen Rucksack auf den Schoß genommen hat und wie ein kleines Kind sanft wiegt. Eine Geschichte fällt ihm ein, die seine Mutter immer wieder aus seiner frühen Kindheit erzählt hat. Mit anderthalb Jahren habe er eine Mittelohrentzündung gehabt, die so schlimm geworden sei, dass er für einige Tage ins Krankenhaus in der nächsten Stadt musste. Es sei seine erste Trennung von ihr, der Mutter, gewesen. Er lag wohl als kleines Kind mit einem Mann in einem der Krankenzimmer, und dieser Mann habe seiner Mutter bei jedem Besuch erzählt, wie viel und wie laut er nach ihr geschrien und wie lange er geweint habe. Im Bericht seiner Mutter kam danach rituell der Satz des Mannes, der sie besonders beeindruckt und stolz gemacht hatte.

„Ihr Sohn kommt bestimmt einmal in den Bundestag, so laut und lange wie der schreien kann!"

Besonders als er Politikwissenschaft für das Lehramt studierte, liebte es seine Mutter, diese Geschichte zu erzählen. Es hat ihn unangenehm berührt, fast abgestoßen, wenn er sie wieder einmal anhören musste. Er kam sich als Kind übergangen und verletzt vor, aber wenn er seine Mutter darauf ansprach, meinte die nur: „So war das halt damals!"

Jetzt ist ihm, mit dem Rucksack auf dem Schoß, als habe er sich endlich selbst zum Trösten auf den Arm genommen.

„Ich habe mir die Seele aus dem Leib geschrien", flüstert er, während er das kleine Kind in sich wiegt.

„Komm wieder zurück, Seele", sagt er nach einer Weile leise.

In ihm bilden sich Worte, er nimmt sie deutlich wahr.

„Ich war nie weg. Ich bin immer bei dir."

Erst versteht er nicht; … schließlich begreift er. Er nickt. Das Zuhause ist immer da. Man kann es nicht verlassen. Aber man kann sich so verlassen fühlen, dass man es nicht mehr spüren kann.

Es ist ihm, als schmiege sich sein Rucksack in seinen Arm.

„Ich werde mehr auf dich achten", sagt er zu dem Kind, „ich verspreche es dir …"

....

HUNGER. Die Sonnenstrahlen sind weiter gezogen. Ihn fröstelt und er hat ein Loch im Bauch. Was für ein Glück, dass er morgens, wenn auch widerwillig, Brote geschmiert hat. Er holt die Karotte, die Käsestulle und die Schokokekse aus dem Rucksack, rückt in die Sonne, achtet dabei darauf, seine kleine Oleanderfreundin nicht zu verletzen. Das Brot und die harte Karotte schmecken überirdisch gut, er isst mit großem Genuss. Als er sich umschaut, hat er das Gefühl, als sei das Licht im Canyon intensiver, farbiger geworden. Als habe er seine Fenster zur Welt geputzt, so strahlend wirkt die Umgebung auf ihn. Die weißgrauen Wolkenfetzen, die er über sich segeln sieht, wirken klar, deutlich abgegrenzt, kühn in den Himmelsausschnitt über ihm hinein gemalt.

Er zieht einen leichten Pullover über, aber es bleibt kühl. Bergauf wird ihm wärmer werden, da ist er sicher. Beim langsamen Aufsteigen merkt er, wie schwach er sich fühlt. Seine Beine könnten aus Gummi sein, um seinen Hals hängt ein Schild mit der Aufschrift: „Frisch gestrichen!"

Die Augen brennen vom Weinen und fühlen sich verquollen an, sein Hemd klebt verschwitzt an seinem Körper; er muss ständig anhalten, weil er keine Luft bekommt, denn seine Nasenschleimhäute sind angeschwollen. Dennoch: die herbstlich bunten gelbroten Büsche scheinen ihm freundlich zuzunicken und der Schrei eines Raubvogels, der weit oben seine Kreise zieht, gilt ihm als Aufmunterung.

Es ist in seiner Schwäche ein großes Erstaunen in ihm … und Zustimmung. Zu dieser Welt. Zu sich selbst. Zu all den Teilen in ihm. Besonders zu den Verschütteten.

....

GEGEN Morgen beginnen leichte Halsschmerzen, die auch nicht vergehen, als er einen heißen Kaffee trinkt. Das wird eine Erkältung, denkt er, aber sie kann ihn nicht davon abhalten, das Gedicht aufzuschreiben, mit dem er aufgewacht ist und das sich vervollständigt hat, als er für einen Augenblick den braunen Augen einer hübschen Spanierin begegnet ist, während er seinen Abfall zur überquellenden Mülltonne am anderen Ende des Parkplatzes gebracht hat.

Nichts Neues! Nichts Neues? Alles neu!

Heute ist der erste Tag
von dem Rest meines Lebens.
Die leichten Rückenschmerzen
beim Aufwachen –
das bin ich.
Brot, Butter, Käse und
Marmelade zum Frühstück
und der Kaffee – alles für mich?

Alles für mich! Die schnellen
Wolken, die durchblitzende Sonne,
der Regen, der kurz gegen die Scheibe klatscht;
das morgendliche Lächeln an der Mülltonne
und das Gedicht, das ich schreibe.

Wie wäre es, wenn es das letzte Mal wäre,
dass ich beim Einkaufen einem anderen Menschen
in die klaren grünen, blauen, braunen, schwarzen
Augen schaue?

Schatten wandern durch diesen Tag;
was wäre das Licht ohne sie?
Und dann: Dasitzen und einer
Mücke zuschauen, die im dämmrigen Wohnmobil
kreist.

Nichts Neues!, sagen viele jetzt abwinkend.
Nichts Neues?, fragen einzelne aufmerksam.
Alles neu!, lache ich und schlafe ein,
bis morgen heute ist.

Und wie geht es jetzt bei mir weiter?, fragt er sich nach seinem kreativen Anfall. Um ihn herum werden die spanischen Wohnmobile heimreisefertig gemacht. Es ist Sonntag, die geliebten freien Tage sind geschmolzen, morgen beginnt eine neue Arbeitswoche. Einige ziehen los, auch ihm winken sie aus den Fenstern zu; es hat sich in diesen wenigen Tagen ohne viele Worte eine lockere Abenteurergemeinschaft gebildet, die sich nun nach und nach auflöst.

Er schlendert zum kleinen Sportgelände, wo sich einige Minuten zuvor vier Männer zum sonntäglichen Pelotaspiel, einer Art Squash im Freien, zusammengefunden haben. Er will zuschauen und dabei überlegen, wo es ihn hinzieht.

Als er zum Himmel blickt, sieht er, wie sich dicke, dunkle Wolken zusammenballen. Genial! Pünktlich zum Ende der Feiertage verabschiedet sich vorerst das goldene, warme Oktoberwetter.

Während er zuschaut und sein Hals beim Schlucken schmerzt, denkt er über gestern nach. Er hat jetzt nicht mehr das Gefühl, dass er Thomas und seine Verzweiflung übersehen, dass Thomas ihn und das Leben verraten hat. Es gab wohl keine andere Möglichkeit als die, die geschehen ist. Thomas konnte seiner Wut und seiner Verzweiflung nicht mehr Herr werden, für ihn gab es in diesen Tagen keinen anderen Ausweg mehr. Er hätte ihn vermutlich auch nicht retten können, wenn er in seiner Nähe gewesen wäre, das muss er sich eingestehen. Er musste ihn gehen lassen, aber das einzusehen, hat sehr lange, bis gestern, gedauert. So lange hatte seine Wut seine Trauer und seine Liebe überdeckt … vielleicht kann man Wut, vielleicht können speziell Männer manchmal Wut besser aushalten als Trauer, ihren Zorn einfacher zeigen als ihre Liebe.

Plötzlich überfällt ihn, während er den Männern zuschaut, die manchmal beim Spiel heftig gestikulieren und sich Tipps zurufen, über sich die zusammenziehenden Wolken und ein fernes Gewittergrollen, ein tiefes, grundloses Glücksgefühl. Er ist wie eingebettet in dieses Gefühl, ohne Widerstand verbunden mit allem, was um ihn herum und in ihm geschieht. Seine Gedanken fließen ohne Denken, sein Gesäß spürt keinen Druck auf dem Stein, seine Gefühle wabern unzensiert durch seinen Körper. Er lacht mit den vier Männern, als sich beim Spiel eine lustige Situation ergibt; sie schauen verblüfft zu ihm, und ihr lautes Lachen mischt sich mit seinem. Er spürt eine ungeheure Lust in sich; es gibt noch so viel zu entdecken, zu sehen, zu spüren auf dieser Welt; hinter dem kleinen Stadion sieht er das lustig plätschernde Flüsschen, umgeben von hohem gelben Schilf, das unter den ersten Windböen schwankt und sich kraftvoll geschmeidig biegt. Er ist froh und dankbar, dass er diesen besonderen Ort und die umliegenden Berge kennenlernen durfte … und dass er sich hier erneut ein Stück näher gekommen ist. Kaum eine Geburt geschieht ohne Schmerzen, das weiß er, und auch die Schneeglöckchen und Krokusse müssen sich im Frühling sicher mit großer

Anstrengung durch die harte Erde kämpfen. Es ist gut, wie es ist, zumindest in diesen Augenblicken.

Und er weiß, dass es weiterhin in seinem Leben auf und ab gehen wird. Die Momente des ungebundenen, absichtslosen Glücks, die er gerade erlebt, werden vorbeigehen. Tröstlich und traurig ist das zugleich ...

Mittlerweile ist das Grollen näher gekommen. Die Männer blicken zum Himmel, packen zügig ihre Schläger zusammen. Mit einem Winken zu ihm hin verlassen sie das Spielgelände, einige Sekunden später hört man das Motorengeräusch ihrer Autos.

Er sitzt allein auf der dreistufigen Steintribüne. Ein staubiger Wind umwirbelt ihn. Etwas ist gewesen, vorbeigegangen, im Spiel des Lebens untergegangen. Es hallt in ihm nach, magisch, numinos, alltäglich zugleich. Er könnte noch lange so sitzen bleiben, im Nachhören, Hinspüren, Dasein; die Augen eher nach innen gerichtet, die Poren des Körpers zum Leben hin geöffnet, im Aufnehmen von Farben, Licht, Bewegungen und Erscheinungen ...

„Eben habe ich etwas gesehen!", hatte seine Mutter einige Tage vor ihrem Tod gesagt. Er war bei ihr am Krankenbett gesessen, sie hatten ein wenig beliebig geplaudert, mit langen Pausen, denn seine Mutter war schon sehr schwach gewesen. Plötzlich hatte sich ihr Gesichtsausdruck verändert; sie hatte durch die Mauern in eine Weite geschaut, in die er nicht mit konnte. Zentriert und wach hatte sie in diesem Augenblick ausgesehen, ihre dünne, altersfleckige Hand gehoben, sich eine Spur aufgerichtet und gestreckt, vage in die Richtung ihrer Augen gedeutet.

„Eben habe ich etwas gesehen!"

Die Frage, was dieses Etwas sein könnte, hatte sich ihm verboten; sie war nicht stellbar, diese Frage, so wenig wie es eine Antwort hätte geben können. Er saß einfach still dabei und wusste, dass ihm seine alte, todkranke Mutter in diesem Moment weit voraus war.

Es dauerte nur Sekunden, dann sank sie zurück. Sie hatte die Augen geschlossen, geschwiegen, wie in sich hinein gehorcht. Bald zeigten ihm ihre ruhigen Atemzüge, dass sie eingeschlafen war. Er saß noch eine Weile bei ihr, war schließlich gegangen, voll der Bewunderung für das Leben ...und den Tod.

Der Wind stößt heftig gegen ihn, erste Tropfen fallen. Das ist der Ruck, den er braucht; er schüttelt Arme und Beine, als er aufsteht, schaut hinüber zu dem mannshohen Schilf, das sich von den Böen schwankend bis auf den Boden niederdrücken lässt.

„Ich nehm das mal als Abschiedswinken", lächelt er und eilt zu seinem Wagen.

SUMMEND lenkt er das Womo durch das Thermalstädtchen, das vor dem Gewitter sozusagen seine Bürgersteige hochgeklappt hat. Er fährt vorsichtig und konzentriert bergab, weicht Pfützen aus, die der rasch fallende Regen auf die Bergstraße zaubert. Eigentlich wollte ich ja darüber nachdenken, wie es bei mir weitergeht, fällt ihm ein. Aber das hat sich erledigt. Er will heim zu 'seinem' Campingplatz in der Sierra, will zu Inge, Karl ... und zur Müllsammlerin. Mit der bin ich auch noch nicht fertig, denkt er, aber: ich bin der Sache in den letzten Tagen bedeutend näher gekommen.

Und mein Kreativhirn hat schon den nächsten Spruch bereit, merkt er plötzlich.

Glück ist nicht das Ziel.
Glück ist ein Geschenk
des Augenblicks
auf dem Weg.

Mache aus deinem Herzen
ein gemütliches, warmes Nest
– für dich selbst
und für die anderen –
und du wirst dieses Geschenk
grundlos erhalten.

Na gut, das lässt sich alles nochmal überarbeiten. Aber wenn ich irgendwann meinen Roman schreibe, grinst er innerlich, kommen meine Sprüche alle rein, hundertprozentig …

Lange bevor die Küste ins Blickfeld kommt, lässt der Regen nach, dafür nimmt der Wind an Stärke zu. Auf der Schnellstraße kann er kaum sechzig fahren, er muss mit beiden Händen das Steuer fest in den Händen halten. Trotzdem wackelt der hohe Wagen bedenklich, und es kommt ihm vor, als würde er manchmal von den Sturmböen um Meter versetzt.

Er ist sehr froh, als er endlich auf die Erdstraße zum Campingplatz einmündet. Minuten später begrüßt ihn Pedro mit seinem stillen Lächeln. Er lässt sich kurz von seinen Tagen berichten und erzählt selbst, dass es auf dem Platz nicht so laut war, wie sie es vermutet hatten.

Karl, den er am Waschhaus trifft, freut sich, ihn wiederzusehen. „Stell dein Wohnmobil steil in den Wind", warnt er danach. „Einige haben ihr Auto umgestellt und die Markisen abgebaut. Es soll heute Abend und in der Nacht eine Windgeschwindigkeit von bis zu 100 Stundenkilometern geben. Und ab morgen soll es für zwei Tage regnen."

„Den Sturm hat es schon im Landesinneren", berichtet er, „mich hat es beinahe weggeweht!"

„Du musst uns erzählen, was du alles erlebt hast. Komm doch die nächsten Tage zum Abendessen."

„Sehr gerne, aber vielleicht sollten wir auch Inge dazu fragen."

„Mach’ ich schon. Aber die freut sich bestimmt auf ihren Bärilla …“

„Und die Müllsammlerin, ist die noch da?“

„Die zieht ihre einsamen Kreise am Strand und ist ansonsten nicht zu sehen“, brummt Karl. „Na, du denkst wohl doch an sie …“

„Nicht so, wie du denkst, Karl“, lacht er, „aber sie gehört für mich hierher wie das Meer, Pedro, die Macchia und …wie ihr. Ich freue mich, euch alle wieder zu sehen.“

„Gut, jetzt ist genug gesäuselt“, beendet Karl das Gespräch, das ihm zu gefühlig wird.

„Schau erst mal, dass du einen sicheren Stellplatz findest. Wie wäre es zum Beispiel direkt hinter dem Waschhaus, da hättest du genügend Schutz vor dem Sturm …“, lenkt er die Unterhaltung in pragmatischere Bahnen.

Die Wellen werfen sich weit und trotzig über die Felsen, als er nachmittags zum Meer schlendert. Er wandert auf den Steinen in Richtung des Leuchtturms, der, an einer engen Bucht gelegen, den städtischen Bereich von dem Naturgebiet trennt. Von dort kommt ihm eine dick eingepackte Gestalt entgegen, in der er schnell die Müllsammlerin erkennt.

„Na, heute wird viel angeschwemmt werden, bei dem Sturm“, begrüßt er sie.

Sie nickt ihm wortlos zu. Als er in ihr Gesicht sieht, bemerkt er zum ersten Mal die tiefen Furchen und Falten, die sich eingegraben haben. Hat er diese Geschichte von Trauer und Schmerz, die sich ihm in ihrem Gesicht ohne Worte offenbart, übersehen in den beiden letzten Wochen? Womit war er beschäftigt, als er sich mit ihr beschäftigt hat, wenn sie Müll sammelnd an ihm vorbei gegangen ist? Sicher nicht mit ihr, sondern mit sich selbst, das merkt er in diesem Augenblick. Es sticht links in seiner Brust, als er sie ansieht, während sie am Weitergehen ist. Er weiß, dass es für ihn keine Chance gibt, ihren Schmerz mit ihr zu teilen. So, wie er auch mit Thomas keine echte Möglichkeit hatte, seinem Schmerz näher zu kommen.

Er möchte sie ansprechen, wenigstens einen dummen Scherz machen, irgendwie mit ihr in Verbindung kommen. Am liebsten würde er sie in den Arm nehmen, aber er weiß natürlich, dass das unmöglich ist. Ihm fällt nichts ein, er ist wie blockiert, leer im Hirn; und er wagt auch nicht, an ihrem Panzer zu rütteln. Er wagt noch nicht einmal, ihn zu berühren. Das ist nicht erlaubt, es wäre wie ein Eindringen, ein Vergewaltigen.

Sie ist fast an ihm vorbei, da bleibt sie plötzlich stehen und schaut ihn an. Er spürt, wie sie ringt, Kontakt mit ihm aufzunehmen, irgendetwas zu sagen. Unter ihrer braunen Gesichtshaut wirkt sie blass; ihm stockt kurz der Atem: der Mundharmonikaspieler aus dem Western schiebt sich eindrücklich vor sein inneres Auge, vermischt sich mit dem Blick von Thomas, als der ihm an den steilen Felsen Mallorcas entgegen lief.

„Es ist nicht leicht, auf den Klippen zu sein, wenn so starker Wind herrscht", sagt sie, als sei damit alles gesagt, alles erklärt. Eine Andeutung eines traurigen Lächelns zeigt sich in ihrem Gesicht; eine Antwort erwartet sie nicht, es gäbe auch keine, weiß er.

Er schaut hinter ihr her, als sie weitergeht. Ich hab so viel geweint in den letzten Tagen, denkt er, woher soll ich denn all die Tränen nehmen, die noch in mir warten? Er schluckt sie geräuschvoll in seinen schmerzenden Hals zurück. Wütend nimmt er einen großen Kieselstein und wirft ihn, so weit er kann, in das wilde Meer hinaus. Es ist ein Nichts, dieser Stein, er verschwindet in den Wellen; die Geste kann sein aufgebrachtes Inneres nicht beruhigen; er möchte schreien, aber er traut sich nicht; es ist zu hell dafür, die Müllsammlerin ist zu nah, sie könnte ihn hören. Seine Bronchien brennen wie die ungeweinten Tränen in seiner Brust. Heute Morgen hatte er gedacht, er sei durch, und jetzt beginnt schon eine neue Runde. Gibt es denn keine Ruhe für mein wehes Herz?, schreit es in ihm, und er weiß: es gibt keine Ruhe, noch nicht …

Zwei Bier später, die Bäume biegen sich im brausenden Wind, er sitzt in der Eingangstür seines Wohnmobils, es dämmert und das Licht zieht sich langsam aus diesem Tag zurück, hat er sich noch nicht beruhigt. Ich trinke, weil ich mich gottverlassen fühle, denkt er, während er die dritte Flasche öffnet. Mein Alkoholproblem ist nicht stoffbedingt, sondern hängt mit Personen, Beziehungen und Gefühlen, die ich kaum aushalten kann, zusammen. Wenn ich mich so verdammt allein fühle, rettet mich das Bier. Reine Kompensation! Ich kann noch nicht anders, sonst ist mir diese Lebenskacke manchmal einfach zu heavy.

Allerdings merkt er, dass ihn das Bier heute nicht gelassener werden lässt oder abdämpft, sondern eher aufgewühlter und wütender zurücklässt. Doch er findet den Feind nicht, mit dem er kämpfen will, dem er seine Wut in die Fresse schleudern könnte. Völlig klar, dass es unter Alkoholeinfluss oft zu Schlägereien kommt. Wenn ihm jetzt einer schräg käme, würde er gerne streiten, schreien … nur keine Faust ins Gesicht bekommen, nur nicht selbst zuschlagen, nur keine Ohrfeige mehr …

Er stapft, seinen dicksten Pullover übergezogen und darüber seine dünne Regenjacke, wütend vor zum Meer. Vielleicht ist dort der Feind zu finden, zumindest kann er seinen Frust in den Wind und die Wellen schreien. Überrascht, aber zufrieden steht er an der Stelle, wo sich der Weg zum Meer hin öffnet. Ja, hier ist er, der Feind! Meterhoch rasen die Wellen in kürzesten Rhythmen über die Felsen, mehr als die Hälfte des Steinstrandes ist überspült, der Wind brüllt wie ein Vulkan kurz vor seinem Ausbruch. Es gibt keine Lichter draußen auf dem Meer, es kann sich kein Boot hinaus gewagt haben. Es ist noch nicht ganz dunkel; die Zeit, in der sich das Licht bleicher werdend zurückzieht; er schaut sich um und sieht etwa hundert Meter entfernt eine Felsklippe, die wie ein gezackter Thron aus der schäumenden Gewaltorgie herausragt. Dorthin will er.

Für einen Moment kriecht Angst in ihm hoch, als er vor dem Felsen steht. Was ist, wenn er doch von einer der mächtigen Wellen überspült wird, die sich ununterbrochen gegen den Stein stürzen? Er beobachtet die Szenerie eine Weile. Sie wirkt bedrohlich, vor allem wegen dem ungeheuren Getöse, aber keine Welle schlägt über den Felsen. Ich werde aufpassen, sagt er sich, aber ich will da hoch, das ist mein Platz.

Vorsichtig zieht er sich an dem Stein hoch, sucht eine Stelle, wo er sich hinsetzen kann. Selbst der Thron ist von der Gischt nass, doch er findet eine glattere Vertiefung, in die er sich wie in einen Sessel hineinzwängen kann.

Sofort fühlt er sich vom Festland abgeschnitten; es ist gewaltig; die Wellen rollen sich überschlagend auf ihn zu, prallen gegen die Felswand unter ihm, sodass der Stein erdröhnt und erzittert. Er muss seine Hände schützend über seine Ohren legen, der Widerhall der Urgewalten scheint ihn zu zermalmen. So sitzt er eine Weile, wie gelähmt, ausgeliefert, während Welle auf Welle anrollt und der Sturm ihm beinahe den Atem nimmt. Fast wird er von seiner Angst erdrückt; flüchten, in Todesstarre verfallen oder kämpfen?

Plötzlich durchzittert eine ungeheure Energie seinen Rücken, seine Oberschenkel, seinen Nacken; seine Wut, die ungelebte Wut einiger Jahrzehnte, richtet sich auf wie eine zu allem entschlossene Kobra.

„Wer bin ich?", schreit er laut in das Getöse.

„WER BIN ICH?", wiederholt er brüllend mit all seiner Kraft, zornig in das dunkle, wilde Gewühle vor ihm starrend

„WER BIST DU?"

Rena, Thomas, die Müllsammlerin, alle schießen ihm gleichzeitig kreuz und quer durch den Kopf. Verzweifelt schreit er, bis ihm die Stimme versagt. Dabei öffnet er entschlossen den Reißverschluss seiner Hose und holt seinen Schwanz heraus, in dem sich pulsierend seine Energie zu zentrieren scheint. Während er sein steif gewordenes Glied massiert, fiebrig seiner Entladung zustrebt, ist er fest überzeugt, dass sein Orgasmus der wild gewordenen Natur etwas entgegenzusetzen hat, wenn er ihn in den Wind schreit. Doch als er schließlich seinen Samen in die Nacht spritzt, breitet sich in der gleichen Sekunde ein Gefühl der Enttäuschung in ihm aus. Sein Höhepunkt ist wie ein lächerliches, laues Lüftchen gegen den Orkan, der außerhalb und in ihm tobt. Er ist ein Nichts gegen das, was ihn umgibt, genauso wie seine hinaus geschrienen Fragen in ihrer eigenen Bedeutungslosigkeit verhallen.

„Wer bist du, Mensch, wenn dein Glück versiegt?", flüstert er, aber da weiß er schon, dass er aufgeben wird, aufgeben muss.

Und so gibt er auf, schreien, fragen, wissen und verstehen zu wollen, und lässt sich, zusammengekauert, von dem Orkan zermalmen und zerbröseln, wie ein Stein zu Sand zerrieben wird …eine Schneeflocke im wütenden Feuer …

„TSSSSCCCCHHHHRRRKK, KKKRRRSSCCHH, RRRB-BRRRSCHHKKK!!!", donnern die Wellen gegen den Felsen, ohne Pause, ohne Unterlass.

„FFFFVVVWWWW, SSCCKKHHHRR, SSSCCCHHHRRR!!!", durchfegt der Sturm, aufbrausend und abschwellend, sein leeres Gehirn, ohne Pause, ohne Unterlass.

Er sitzt da, hört hin, schaut auf die schäumenden weißen Gischtberge und die dunkel heran jagenden Wellen, bis diese, noch höher und ruppiger werdend, verwehten Wasserschaum auf ihn niederregnen lassen. Als er zum dritten Mal durchnässt wird, muss er unwillkürlich lachen. Es ist ihm, als würde die Natur ihren Samen über ihn ausschütten in einem nicht endenden

Höhepunkt.

„Okay, ich hab's kapiert!", grinst er vergnügt. „Du hast gewonnen!"

Vorsichtig klettert er auf dem Felsen zurück in Sicherheit. Sein Leben ist ihm kostbar wie ein Diamant in diesem Augenblick.

Erst als er sich durch den stockdunklen Wald zum Campingplatz zurück getastet hat, spürt er, wie stark sein wunder Hals weh tut und seine geschundenen Bronchien schmerzen. Er schafft es gerade noch, im Waschraum eine heiße Dusche zu nehmen, dann verkriecht er sich in seinem warmen Bett.

....

SCHMERZEN überall im Körper, bis in die Haarspitzen, wie zerfetzt, so kommt er sich am nächsten Morgen vor. Geschlafen hat er kaum in dieser Nacht. Ständig hat der wütende Wind an seinem Wagen gerüttelt, die Bäume haben im Sturm geächzt. Dazu haben sich wilde, sich ständig wiederholende Gedankenfetzen in seinem fiebrigen Hirn festgesetzt, die ihn kreiselnd nicht zur Ruhe haben kommen lassen. Er fühlt sich krank und wie gerädert. Will nur noch seine Ruhe.

Als ihn Karl im Waschhaus anspricht und mit ihm über den Orkan sprechen will, winkt er ab.

„Bin krank", stößt er heiser hervor und schlurft zerschlagen zu seinem Wagen.

Gegen Mittag, ein kräftiger, auf das Wagendach trommelnder Regen hat mittlerweile den Sturm verdrängt, klopft es mehrmals an die Wagentür. Er kommt langsam aus den wirren Träumen seines Halbschlafes, durch die die Müllsammlerin und seine Mutter in völlig sinnlosen Handlungen getorkelt sind. Als er etwas sagen möchte, bekommt er einen Hustenanfall, der ihn schrecklich in den Bronchien schmerzt.

„Ich bin's, Bärilla!", hört er eine Frauenstimme.

„Tür ist offen", krächzt er.

Inge kommt herein, stellt einen Topf auf den Tisch.

„Hühnerbrühe mit Gemüseeinlage, ist gut gegen Erkältung", meint sie liebevoll.

„Danke, Inge, bist ein Schatz!", bringt er hervor, bevor ihn wieder der Husten packt.

„Du hörst dich nicht gut an", sagt sie leichthin. „Karl, der mich begleitet hat und draußen mit dem Regenschirm steht, lässt dir ausrichten, dass es bis morgen durchgehend regnen soll. Er meint, du solltest am besten heute nicht vor die Tür gehen und dich richtig auskurieren. Ich bring dir am Abend noch mal ein heißes Süppchen, dann wird das wieder."

Er nickt dankbar. So gute Freunde!

Inge schaut sich, bevor sie geht, aufmerksam die Wand an, wo die Zettel mit den Sprüchen hängen, die er in den letzten Wochen bekommen hat.

„Darf ich die lesen?", fragt sie. „Ich kann dir derweil die Suppe auf dem Herd noch einmal heiß machen."

Er nickt. So gute Freunde - und so neugierig.

Bald stellt Inge ihm einen Teller mit warmer Suppe auf den Tisch.

„Die sind wirklich gut, die Sprüche", meint sie. „Und jetzt will ich nicht weiter stören. Lass es dir schmecken. Tschüß!"

Er löffelt langsam die Suppe. Bei jedem Schlucken schmerzt der Hals; aber es tut so gut, umsorgt zu werden.

Zwei Tage später, es hat wirklich durchgehend geschüttet, geht es ihm tatsächlich viel besser. Die Nase läuft zwar und der Husten schüttelt ihn manchmal, aber die Halsschmerzen sind weg und das fiebrige Durcheinander ist einem starken Ruhebedürfnis gewichen. Er hat fast nur geschlafen, dazwischen versorgt von der unermüdlich mütterlichen Inge.

„So, ich habe auch einen Spruch für dich aufgeschrieben", hat sie ihn am zweiten Abend begrüßt, als sie ihm Reis mit gebratenen Hühnerstückchen gebracht hat. „Damit du an uns eine Erinnerung hast, wenn du irgendwann weiterfährst."

Berührt hat er den Zettel gelesen, als sie gegangen war.

> *„Das Beste,*
> *was wir auf der Welt tun können,*
> *ist: Gutes tun, fröhlich sein*
> *und die Spatzen pfeifen lassen. "*
>
> *DON BOSCO*

„Dein Spruch hat einen Ehrenplatz an der Wand", sagt er, als Inge das nächste Mal erscheint. Inge freut sich.

„Ich bin euch sehr dankbar, dass ihr so gut für mich sorgt. Womit habe ich das eigentlich verdient?", krächzt er, noch leicht heiser, denn die Schreierei auf dem Felsen hat ihn mitgenommen.

„Na ja, schließlich bist du unser Nachbar, Bärilla", antwortet die alte Frau. „Und weißt du, einen Sohn wie dich hätten wir gerne gehabt", fügt sie nach einer kleinen Pause leise mit einem leichten Beben in der Stimme hinzu.

„Es ist uns nicht bestimmt gewesen, da kann man nichts machen. Aber du bist uns ans Herz gewachsen. Manchmal bist du wie ein erwachsener Mann, manchmal wie ein großer Junge …"

„Wenn ich nicht ansteckend wäre, würde ich dich jetzt gerne drücken, Inge, weißt du das?"

„Ach lass man", wehrt sie gerührt ab, „und außerdem wartet Karl draußen mit dem Regenschirm, der soll sich ja auch nichts holen …"

UNGLAUBLICH, aber am dritten Tag hat ein blitzeblauer Himmel das Sturmtief verdrängt. So ist Spanien, denkt er, als er gegen Abend zum Waschhaus schlurft. Zwar ist es kühler geworden, aber die wenigen Gäste des Campingplatzes laufen in kurzen Hosen herum. Er allerdings hat die lange Jogginghose und den dicken Pullover an und einen Spaziergang zum Strand hat er auf morgen verschoben. Etwas schwach und zittrig fühlt er sich körperlich noch, innerlich jedoch wach und sensibilisiert - wie neu geboren.

Als er im Männerwaschraum pinkelt, hört er in der Dusche eine Kinderstimme auf französisch sprechen. Irgendetwas mit „Papá" am Anfang sagt das Stimmchen, den Rest versteht er nicht. Der Vater antwortet in ruhigem, dunklem Ton, anscheinend ziehen sich Vater und Sohn gerade nach dem Duschen an. Wieder fängt das Kind einen Satz mit seinem hellen, kindlichen „Papá" an. Was irritiert mich daran, lässt mich so aufmerksam hinhören?, fragt er sich, während er zum Handwaschbecken geht. Als er die Kinderstimme zum dritten Mal mit dieser Anrede und einer folgenden Frage hört, schmeckt er dem Ton in seinem Inneren nach ...und da ist es klar.

Das vertrauensvolle, kindlich-unschuldige, liebevolle „Papá" hat ihn berührt. Warm und weich hat es geklungen, oft benutzt, bewundernd, nie in Frage gestellt. Als wenn die Welt des kleinen Jungen in diesem Moment mit der Welt seines für ihn großen, starken Vaters in absolutem Einklang schwingen würde. Eine Welt des Vertrauens und der bewundernden Liebe!

Ob der Vater das ungeheure Vertrauen, das ihm sein Sohn entgegenbringt, spüren kann? Oder zumindest davon unbewusst in seinem Leben getragen wird? Ob er eine Ahnung hat, welches Geschenk der uneingeschränkten Liebe ihm das Leben eben übergeben hat?

Seine Bronchien schmerzen leicht in seiner Brust bei diesen Gedanken. Oder ist es das Herz? Niemals, in keiner Sprache der Welt, wird ihm diese Anrede jemals zukommen, und es wird sich kein Mensch ihm je so uneingeschränkt vertrauensvoll öffnen können wie dieses Kind seinem Vater.

Während er gedankenvoll seine Hände wäscht, öffnet sich die Tür und Vater und Sohn verlassen die Dusche. Sie grüßen ihn freundlich. Der vielleicht Dreijährige nimmt seinen Vater an der Hand, als sie in die Dämmerung hinaustreten. Er folgt langsam und schaut ihnen nach, bis sie in Richtung ihres Wohnmobils abbiegen. Es ist ein wunderbarer Anblick, diesen kleinen Menschen, der sein Gesicht zu seinem Vater hochgedreht hat und ihn etwas fragt, neben dem großen Menschen laufen zu sehen. Ich will Inge davon erzählen, denkt er, das wird ihr gefallen.

Als er zum Himmel hochschaut, sieht er den ersten Stern, wahrscheinlich die Venus, im Dunkelblauen blinken. Die Wehmut, die ihn umfangen hatte, weicht der Übermacht von Leben, die ihn umgibt, und er nimmt das Warme, Weiche mit, als er durch die kühler werdende Luft schlendert.

„Papá", murmelt er liebevoll vor sich hin, „Papá …"

....

ÜBERRASCHT steht er am nächsten Vormittag an dem Erdweg, der parallel zum Felsstrand durch die ansonsten dichte Macchia führt. Er ist nicht nur nass und glitschig, sondern große Teile sind von den Resten der Regenmassen überschwemmt. Er tastet sich am Rande der Pfützen entlang, als er plötzlich einige Meter vor sich eine Schlange entdeckt. Glaubt er zumindest, bis er beim vorsichtigen Näherkommen merkt, dass es eine Art Regenwurm sein muss. So etwas hat er noch nicht gesehen. Nahezu fünfzig Zentimeter muss das Tier lang sein und dick wie sein Zeigefinger. Natürlich hat er gerade heute keinen Fotoapparat dabei, das wird ihm zu Hause niemand glauben.

Überhaupt befindet sich die Landschaft durch den reichlichen Regen, der wirklich nötig war, in einem auffälligen Wandel. Überall spitzen grüne Blättchen aus den vorher trocken wirkenden Ästen. Durch den Boden brechen dicke, dunkelgrüne Triebe, die er, als er in den nächsten Tagen Ellas Mittelmeerpflanzenbuch dabei hat, als frische Meerzwiebelblätter identifizieren kann. Aber erst als er das Bild mit den weißen, dichten Blütensternen im Buch sieht, wird ihm bewusst, dass er die Meerzwiebeln Anfang Oktober noch in ihrer Blüte bewundert hat.

An einer Ecke, an der ihm vorher nichts aufgefallen war, duftet es und er entdeckt neben roten Beeren hunderte zierliche Blüten, von denen sich einige bald nach dem Regen geöffnet haben müssen, während die meisten kurz vor dem Aufbrechen stehen. Unter dem Namen 'Stechwinde' findet er diesen großen Strauch, dessen Blüten einen auffälligen Honigduft verströmen, in dem Pflanzenführer wieder.

Am allerbesten gefällt ihm aber der Rosmarin, dessen kleine, blassblaue Blüten sich in Hunderten von Büschen überall in der Macchia öffnen. Vertrocknet hatte er die Büsche, die bis zu fünfzig Zentimeter hoch werden, vorher völlig übersehen.

Als er auf dem Rückweg an einer Ruine vorbeigeht, bemerkt er verwilderte Mandelbäume, die nach dem lebensspendenden Guss erste winzige Blatttriebe zeigen. Wie wird es wohl im Februar und März hier aussehen, wenn der Frühling die Sierra überzieht? Ich werde mir das anschauen, irgendwann in den nächsten beiden Jahren, freut er sich und jubelt innerlich, dass er so viel freie Zeit vor sich hat.

Nach dem anstrengenden ersten Spaziergang nach seiner Krankheit braucht er am Nachmittag einen ausgiebigen Mittagsschlaf. Danach löffelt er den Rest von Inges Suppe und läuft dick eingepackt erneut zum Meer, denn er will seinen Thronfelsen besuchen, um das Abendlicht und die Dämmerung zu genießen.

Die Szenerie wirkt völlig verändert, nachdem sich das Wellenchaos gelegt hat. Der gezackte Felsen schaut einige Meter höher aus dem Wasser heraus, nur noch gurgelnd umspielt von den mittelgroßen Wellen, die gemächlich aus dem Unendlichen anrollen. Er hüllt sich gemütlich in die Decke ein, die er mitgebracht hat, sein Wärmebedürfnis ist nach der überstandenen Krankheit groß. Draußen legen in der glitzernden Bläue zwei kleinere Fischerboote ihre Netze aus; er sieht, wie zwei Männer sie nach hinten über den Bootsrand gleiten lassen, Bojen mit Fahnen markieren ihre Lage.

Allmählich wird das Licht bleicher und verliert langsam seine Farben; Himmel und Meer gleichen einander an und sind kaum noch voneinander zu unterscheiden.

Aus den Augenwinkeln nimmt er plötzlich eine Bewegung wahr. Eine Gestalt klettert vorsichtig auf die Felsnase, nähert sich langsam. Dann sitzt sie seitlich neben ihm, die Müllsammlerin, die er seit dem Sturm nicht mehr gesehen hatte. Vielleicht zwei Meter entfernt. Er nickt ihr kurz zu, wartet leicht aufgeregt, was geschehen wird. Nichts. Sie sitzt ruhig da wie er, schaut aufs Meer hinaus.

Nach einer Weile beruhigt sich sein Atem. Anfangs hatte er etwas erwartet, doch allmählich entspannt er sich und nimmt die Umgebung wieder in sich auf. Die Boote haben sich entfernt, rechts, Richtung Stadt, sieht man heute in regelmäßigen Abständen das Licht des Leuchtturms in der Dämmerung seine Kreise ziehen. Es ist nahezu windstill, lediglich das Geräusch der milde brechenden Wellen ist zu hören.

Er fühlt sich zum ersten Mal recht wohl in der Anwesenheit der Müllsammlerin. Bisher war sein Inneres alarmiert und unter

Druck, wenn er ihr begegnete, jetzt ist es, als sei der Stress mit der Krankheit von ihm abgefallen.

Hat sie mein Ziel erreicht?, fragt er sich plötzlich. Ja und nein. Sie kann allein sein und leben, das werde ich nie dauerhaft schaffen. Aber sie wirkt einsam und unberührbar auf ihn, abgeschlossen, unnahbar. Nein, so kann, so will ich aber auch nicht werden. Ich brauche den anderen Menschen, zutiefst.

Rena kommt ihm in den Sinn; er wird traurig. Rena, ich möchte gerne mit dir zusammen sein! Jetzt ist es zum ersten Mal gedacht.

Einige Tränen laufen über seine Backen. Sie rinnen ohne Anstrengung und Widerstand aus seinen Augen, einfach nur so. Einatmen, ausatmen. Sein Blick verschwimmt, er reibt mit dem Handrücken seine nasse Nase ab …

Müllsammlerin, du hast mir viel gezeigt über mich; ich danke dir!

Während er seine Gedanken und Gefühle wie Wolken am Himmel ziehen lässt, bemerkt er, dass er die Furcht vor der Frau neben sich verloren hat. Er spürt, wie zerbrechlich und kostbar sie ist …

Als er ein Geräusch hört, taucht er aus der versunkenen Zeit auf. Die Müllsammlerin ist aufgestanden, er sieht ihre schmale Silhouette gegen das in den letzten Sonnenstrahlen silbrig leuchtende Meer. Eine kleine Taschenlampe leuchtet auf, sie klettert im Halbdunkeln von dem Felsen; der dünne Lichtstrahl begleitet sie bis zu dem Wäldchen, verschwindet schließlich zwischen den Bäumen. Ihm ist nicht klar, ob er sich die leichte Berührung an seiner Schulter nur eingebildet hat, aber das spielt auch keine Rolle …

Vorne glitzert sanft das Meer, keine Bootsgeräusche, nur noch Wellen; das Leuchtturmlicht kreiselt regelmäßig in der Ferne, das wirkt beruhigend und heimelig auf ihn; oben strahlen die ersten Sterne, später so viele, dass ihm die wenigen Sternbilder, die er kennt, wie gefüllt erscheinen; die Milchstraße ehrt in ihrer Mannigfaltigkeit ihren Namen …

Lange sitzt er auf dem Fels, summend, eingehüllt in seine Decke, eingehüllt in das Licht des Leuchtturms und der Milchstraße. Vorsichtig sucht er danach seinen Weg im Dunkeln, denn seine Taschenlampe hat er natürlich im Wagen vergessen. Er schläft gut in dieser Nacht.

....

AUF dem Weg zur Rezeption, wo er Baguette holen will, sieht er am nächsten Morgen, dass das Auto der Müllsammlerin verschwunden ist. Ja, meint Pedro, sie sei heute früh abgefahren, nachdem sie das Holzhaus für zwei Monate bewohnt hatte. Er nickt vor sich hin, als er zum Wagen zurück schlendert, das überrascht ihn nicht.

Am frühen Nachmittag fährt er in die Stadt, um Kuchen und Blätterteigstückchen einzukaufen, denn er hat Inge und Karl zum Kaffee eingeladen. Als er an dem Café vorbeikommt, fällt sein Blick auf den Tisch, an dem er die Müllsammlerin einmal getroffen hat. Das ist unendlich lange her, so kommt es ihm zumindest vor. Plötzlich spürt er Erleichterung, dass sie abgefahren ist.

„Dein Auftrag ist erfüllt, mehr war für mich nicht zu tun", grinst er. „Den Rest erledige ich alleine", setzt er hinzu, „egal, wie der aussieht."

Karl und Inge haben ihre gemütlichen Stühle mitgebracht; sie sitzen um den gut bestückten Campingtisch und haben ihre Teller gefüllt. Er drückt das Oberteil der Presskanne langsam nach unten, wobei der Kaffee leise gurgelt.

„Die Müllsammlerin ist heute abgefahren", sagt er, während er sich das erste Stück Kuchen in den Mund schiebt.

„War auch Zeit", meint Karl, „die hat einem mit ihrem Miesepetergetue ja fast den Urlaub versaut."

„Du wieder", lacht Inge, „die wird nie deine Freundin."

„Sei doch froh", grinst ihr Mann, „damit hast du wenigstens eine Rivalin weniger."

Alle lachen. Er ist froh, dass diese beiden lebendigen Rentner ihn in ihr Herz geschlossen haben. Sie sind einfach und gerade heraus, versuchen, auch wenn ihm Inge von manch schwerer Krankheit berichtet hat, ihren Lebensabend zu genießen, so gut es das Alter zulässt.

„Hab ich euch schon gesagt, wie dankbar ich euch bin, dass ihr mich so super versorgt habt, als ich krank war?", setzt er an.

Die beiden winken lächelnd ab. Karl beißt in sein Stück Kuchen und meint grinsend: „Die Inge würde dich am allerliebsten adoptieren, Bärilla."

„Na, du doch auch!", wehrt sie sich.

„Ja, würde ich. Ist eben ein feiner Kerl, unser Bärilla. Nur, was ich mich schon lange frage, und die Inge fragt sich das sowieso, warum du alleine lebst. Wo bist du denn eigentlich beheimatet, wie man so schön neudeutsch sagt?"

„Jetzt willst du es aber genau wissen, Karl", antwortet er. „Ja, wo bin ich eigentlich beheimatet?"

Er denkt nach. Das ist nicht so einfach.

„Ich lass jetzt einmal Frauen weg …", beginnt er,

„wobei uns das natürlich am allermeisten interessiert", ruft Karl dazwischen.

„Nu lass ihn doch mal", mahnt Inge. „Du bist wirklich unmöglich!"

„Also, Karl, zu den Frauen kommen wir gleich, versprochen", lacht er. „Aber erst einmal zum Grundsätzlichen. Na ja, bis vor kurzer Zeit war die Schule eine Art Heimat für mich. Die fällt allerdings für die nächsten drei Jahre weg. Was ist es jetzt, was mir Sicherheit gibt? Meine Wohnung natürlich, unterwegs mein

Wohnmobil …mmmh, dazu die täglichen Spaziergänge und abends ein gesundes, selbst gekochtes Essen und dazu mein Bier, auch wenn das komisch klingt. Natürlich das regelmäßige Meditieren …und ab und zu ein anregendes Buch …und am allermeisten die Einbettung in das Große Ganze, ob man das Gott, Natur oder lebendigen Kosmos nennen mag …"

Er denkt nach.

„Ich glaube, im täglichen Allerlei ist es mein Lebensrhythmus, der mir Sicherheit gibt. Einerseits habe ich wiederkehrende Beschäftigungen und Rituale, die mich erden, wenn man so sagen will. Und auf der anderen Seite passiert fast jeden Tag etwas Neues, auf das ich mich einlassen muss. Das ist auch gut. Außerdem, da ich nun mal alleine unterwegs bin, muss ich meine Heimat in mir selbst finden. Und das ist manchmal gar nicht so einfach. Ich habe in den drei Monaten, in denen ich auf Reise bin, einiges an Höhen und Tiefen erlebt, das kann ich euch sagen. Zur Zeit habe ich allerdings das Gefühl, als würde ich zunehmend mehr zu mir selbst finden, wer immer ich auch sein mag …Wie ist das bei euch, wo ist eure Heimat?"

Inge ist sehr nachdenklich geworden.

„Wenn du mich so fragst, geht es mir letztlich wie dir. Auch ich muss meine Heimat in mir finden, obwohl mir natürlich mein Karl sehr wichtig ist. Aber ganz zum Schluss bleibst doch nur du selbst …"

„Das ist bei mir anders", unterbricht Karl. „Inge ist meine Heimat, und damit ist alles gesagt!"

„Und was ist, wenn ich einmal nicht mehr bin?", fragt Inge.

„Also, erstens sterbe ich sowieso vor dir. Frauen leben nun mal länger als Männer. Du lebst auch viel gesünder als ich. Und zweitens kann ich mir überhaupt nicht vorstellen, dass du weg bist. Das ist gar nicht möglich und basta!"

Inge und Bärilla sehen sich zweifelnd an. Aber Karl hat sichtbar keine Lust auf diese Wendung des Gesprächs.

„Lassen wir mal das Gerede über das Sterben", meint er, „das bringt doch nichts. Warum hast du denn deinen Job für drei Jahre an den Nagel gehängt. War es nichts mehr?"

„Oh, das hat viele verschiedene Gründe. Ich sag's mal so", beginnt er, „weil wir aus Gewohnheit in die Gefahr kommen, nicht mehr darüber nachzudenken, ob wir das, was wir tun, noch wollen, hab ich mir viel Zeit genommen, um genau darüber nachdenken zu können. Versteht ihr das?"

Die beiden nicken.

„Also, du wolltest prüfen, ob du noch so leben willst, wie du gelebt hast", meint Inge schließlich.

„Genau. Und außerdem wollte ich einfach eine Zeitlang frei sein und von allem unabhängig leben. Deshalb hat ja die Müllsammlerin mich sehr interessiert. Die hat ausgesehen, als habe sie mein Ziel, allein und unabhängig leben zu können, erreicht."

„Was für ein Blödsinn", schaltet sich Karl vehement ein. „Die Müllsammlerin lebt zwar allein, aber überhaupt nicht unabhängig oder frei, finde ich jedenfalls."

„Wieso?", fragt Inge.

„Weil sie keine Wahl hat. Die konnte nur so, eben alleine, leben. Unabhängig sein, das heißt für mich, selber zu entscheiden. Und die hatte keine Entscheidungsfreiheit, das hat man doch gesehen. Die Müllsammlerin konnte nur zurückgezogen leben. Alles andere war, ich sag mal, zu gefährlich für sie, und deshalb hat sie jeden Kontakt vermieden."

„Das glaube ich mittlerweile auch", meint er nachdenklich. „Sie hatte vielleicht tatsächlich keine andere Möglichkeit. Aber es hat eine Weile gedauert, bis ich das kapiert habe."

„Und du?",fragt Karl. „Willst du wirklich werden wie sie? Das kann ich nicht glauben."

„Nein, ich weiß mittlerweile, dass ich nicht so leben will, wie sie – wahrscheinlich – lebt. Mein Ziel ist nicht, ohne Bindung zu leben …",

„die Müllsammlerin war sogar bindungsunfähig!", wirft Karl erbost dazwischen.

„Das weiß ich nicht", meint er. „Aber ich weiß, dass ich eingebunden leben will. Eingebunden in die Natur, das Leben …"

„Und was ist mit Beziehung, mit einer Frau?", insistiert Karl. „Du bist doch in deinen besten Jahren …"

„Ach, Karl, wenn das so einfach wäre. Weißt du, eine Ehe ist schief gegangen …"

„Wie lange ist das her?"

„Mehr als drei Jahre."

„Und seitdem gibt es niemanden mehr?"

„Doch, mittlerweile schon. Aber das ist nicht einfach. Sie ist verheiratet. Wollt ihr die Geschichte wirklich hören?"

Natürlich wollen die beiden. Er erzählt ausführlich von Rena und seiner Beziehung zu ihr.

„ …allerdings haben wir überhaupt keine Ahnung, ob wir es länger als eine Woche miteinander aushalten würden. Wir kennen uns ja eigentlich gar nicht", endet er.

„Dann wird es aber wirklich Zeit, dass ihr euch kennenlernt und ausprobiert, ob es wirklich etwas mit euch beiden werden könnte", meint Inge.

„Das ist leicht gesagt. Aber ich habe euch ja erzählt, dass sie verheiratet ist und großen Wert auf Sicherheit legt. Ich weiß nicht einmal, ob sie sich je trennen würde …"

„Gut, du weißt nicht, ob sie sich trennen würde", ruft Karl, „aber was willst du?"

Er sitzt still da, doch innen brodelt es. Die nächsten Worte wollen heraus, aber sie finden den Ausgang noch nicht.

„Ich würde gerne mit Rena …."

„Ach was, 'würde'. Was willst du?"

Karl ist jetzt richtig in Fahrt.

„Okay, Karl, du Scharfmacher!" Er bläst die Luft aus den Backen. „Ich habe in den letzten Monaten so viel Neugier auf das Leben und mich selbst entwickelt: *ICH WILL RENA!* Will mit ihr zusammen sein, will sie kennenlernen, will mit ihr zusammen leben. Reicht das!?"

Jetzt ist es zum ersten Mal laut gesagt, in die Welt gerufen, eindeutig formuliert. Das tut überraschend gut!

Inge und Karl lachen und freuen sich …und er lacht befreit mit.

„Aber", meint er nach einer Weile, „ich habe total Schiss, der Verlierer zu sein."

Er erzählt, wie ihm die weise Fini vor drei Wochen von dem Verehrer berichtet hat, der vor ihrer Haustür lag.

„Ich möchte nicht vor der Haustür liegen und wie ein Hund abgewiesen werden. Wenn sie sich wirklich für ihren Mann entscheidet, das könnte ich ja verstehen. Aber wenn sie nur die Sicherheit eines gewohnten Lebens einem unsicheren Neuanfang vorziehen würde, nein, das will ich nicht erleben, obwohl …ich das letztlich auch verstehen würde …; ich glaube, ich hab Angst, eine Riesenangst, zurückgewiesen zu werden", setzt er nach einer Weile hinzu."

„Ein Verlierer ist keiner, der Fehler macht oder dem etwas schief geht", sagt Karl nach einer nachdenklichen Pause. „Ein Verlierer ist, finde ich, jemand, der solche Angst hat, dass er es nicht einmal versucht … und jetzt hole ich einen Schnaps, das regt mich alles viel zu sehr auf …"

....

ZWEI Tage sind seit dem Kaffeenachmittag vergangen. Er merkt, dass seine Kraft wiederkommt, er wandert in der Sierra und genießt das warme Endoktoberwetter. Die Temperaturanzeige steigt mittags auf 25 Grad, Regen und Wind gehören seiner fieberdurchtränkten Vergangenheit an. Einmal ist er zu dem kleinen Muschelstrand, den der Sturm ziemlich verdreckt zurückgelassen hat, gewandert. Die von rotbraunen Felsen gesäumte, etwas abseits vom Weg gelegene Bucht ist, seitdem kaum Touristen in der Gegend sind, verwaist. Für das Schnorcheln wäre das Wasser noch zu aufgewühlt und außerdem mittlerweile zu kühl, aber nackt Schwimmen und Sonnenbaden ist in der Mittagszeit ein erfrischender Genuss.

Die Diskussion mit Inge und Karl hat ihn angeregt und lässt ihn voller Energie und Hoffnung in die Zukunft schauen; es ist, als wenn sich die Mosaiksteinchen der letzten Monate wie von einem Magneten angezogen langsam zu einem Bild gruppieren. Es ist ihm nicht klar, wie dieses Bild aussehen wird, denn es hat noch keinerlei Ausrichtung oder eine eindeutige Aussage. Aber es hat ihn gestärkt, seinen Traum von einer Beziehung mit Rena laut und vor Zeugen auszusprechen; als wenn seine bisher vor ihm selbst geheimgehaltenen Wünsche dadurch näher kommen und realer werden könnten.

Einen Plan, wie lange er in Spanien bleiben, welche nächsten Schritte er unternehmen will, hat er allerdings nicht. Es gibt jedoch kein Drängen in ihm; er spürt verwaschen, dass es etwas gibt, worauf er wartet, überraschenderweise ohne Ungeduld.

Als er zum zweiten Mal auf dem Felsen über der Muschelsandbucht steht, hinunter schaut und sich an den vor dem Sturm in vielen Weiß- und Gelbtönen karibisch glitzernden Boden erinnert, hat er spontan eine Idee. Ich habe Lust, diese überschaubare Bucht zu säubern, wird ihm bewusst. Ich will dieses herrliche Stückchen Strand sozusagen adoptieren, solange ich noch hier bin.

Er steigt hinunter und schreitet das Halbrund ab. Siebzig große Schritte, von Felsen zu Felsen. Das muss doch zu schaffen sein! Der menschliche Müll scheint ihm kein großes Problem.

Einige Säcke mit Plastikmüll und mehrere alte Tintenfischfallen aus schwarzem Hartgummi sollten schnell entsorgt sein. Mehr Arbeit werden die in der Sonne allmählich muffelnden Algen und Pflanzenreste bringen, die die Wellen in den verschiedenen Phasen ihrer Stärke halbkreisförmig überall auf dem Muschelsand abgelagert haben. Er braucht Werkzeug, sonst wird das nichts.

Voller Tatendrang läuft er die zwanzig Minuten zurück zum Campingplatz und sucht Pedro.

„Pedro, kannst du mir Müllsäcke geben, einen Eimer und einen Rechen leihen?", fragt er aufgeregt.

„Was heißt 'leihen'?", fragt der Manager zurück. „Ich verstehe dieses Wort nicht."

„'Leihen' heißt, dass ich dir die Sachen zurückgebe, wenn ich fertig bin", erklärt er.

„Und wofür brauchst du sie?"

„Ich möchte die kleine Bucht säubern, die mit dem wunderbaren Muschelsand, du weißt schon."

Pedro lächelt. Ob über seine Begeisterung oder seine Naivität, das behält er für sich.

„Aber es wird viele und größere Stürme geben im Winter", meint der Manager. „Die Bucht wird neu dreckig werden. Im Frühjahr, wenn es wärmer wird und bevor die Touristen anreisen, kommen Männer von der Stadt und reinigen den Strand."

Jetzt lächelt er.

„Das weiß ich, Pedro. Aber ich möchte es wirklich gerne tun. Jetzt!"

Der einhändige Mann schaut ihn aufmerksam an, wie schon oft.

„Sagst du mir, warum?"

„Ich weiß es nicht genau. Es war zuerst einfach eine Idee, als ich auf den verschmutzten Strand geschaut habe. Es hat mit Freude zu tun und mit der Lust, etwas zu gestalten. Und ich will es gut machen. Es soll schön aussehen, auch wenn der nächste Sturm alles auslöscht. Verstehst du?"

„Ich verstehe. Es soll sein, als wenn du ein Bild malst oder einen Stein bearbeitest."

„Ja, genau! Es soll wie ein Mandala sein. Weißt du, was ein Mandala ist?"

Pedro nickt.

„Ich habe viele davon in Büchern gesehen."

„Und ich habe einmal zwei Stunden zugeschaut, wie tibetische Mönche an einem Mandala aus buntem Sand gearbeitet haben. Sie brauchen eine oder zwei Wochen, bis es fertig ist, es hat oft einen Durchmesser von bis zu zwei Metern. Wenn es beendet ist, wird tüchtig gefeiert, und bald danach wird es zerstört. Es soll die Vergänglichkeit des Lebens, den Wandel zeigen."

„Ja, das habe ich in einem Film gesehen."

„Allerdings will ich kein Kunstwerk schaffen, sondern nur den Strand säubern. Das Kunstwerk, das ist die Bucht selbst, und es soll nur wieder sichtbar werden. Das reicht. Und wenn es fertig ist, feiern wir. Danach kann der nächste Sturm kommen …"

Pedro lacht.

„Gut", meint er, „dann feiern wir. Ich lege einen guten spanischen Sekt in den Kühlschrank."

Sie gehen zu einem Nebengebäude, in dem die Werkzeuge des Campingplatzes lagern. Pedro gibt ihm Säcke, einen Eimer und einen alten Rechen.

„Du wirst mehrere Tage brauchen", sagt er noch. „Bring die vollen Müllsäcke und stell sie an die Wertstofftonnen, wir werden die Sachen verteilen. Die Pflanzenreste kannst du in die Macchia hinter der Bucht kippen. Das ist Dünger. Und lass den Eimer und den Rechen nach der Arbeit dort. Das wird niemand mitnehmen."

»Ich sage ja zum Schatten,
weil ich das Licht liebe«,

schreibt er am nächsten Morgen frohgelaunt nach dem Aufwachen auf einen Zettel. Heute will er mit der Arbeit beginnen.
Karl hat er von seinem Projekt gestern Abend beim gemeinsamen Abwasch in der Küche nichts erzählt. Der würde bestimmt
denken, jetzt spinnt er komplett, und er will sich weder erklären
noch verteidigen müssen. Aber natürlich sieht ihn Inge, als er mit
seinen Utensilien Richtung Meer loszieht.

„Na, was hast du denn vor?", fragt sie neugierig.

„Mmhh, ich will die kleine Muschelbucht säubern", meint er,
etwas verlegen.

„Das ist mal eine gute Idee", lacht sie. „Das ist nämlich eigentlich
meine Lieblingsecke. Aber so verdreckt, wie sie jetzt ist …Nur,
dem Karl erzähle ich vorerst nichts davon. Damit er dich nicht
mit der Müllsammlerin in eine Ecke steckt. Da ist er ein bisschen
verbohrt, das hast du sicher schon gemerkt."

Sie lachen sich verschwörerisch an und er zieht davon …

Mit den menschlichen Müllresten kommt er gut voran. Er füllt
in zwei Stunden vier große Plastiktüten und deponiert sie am
Rand des Erdweges. An jedem Tag will er eine davon zum Platz
schleppen. Nach der Schweißarbeit gönnt er sich ein ausgiebiges
Bad im Meer und Sonnenbaden. Es reicht für heute. Sein Rücken
schmerzt etwas und er will sich nicht überanstrengen.

Am zweiten Tag bemerkt er, dass sein Inneres ihn und seine
Arbeit unter Druck setzt. Es ist, als wenn eine antreibende Stimme
in ihm ständig Forderungen stellen würde: mach schneller, du
könntest mehr geleistet haben, warum willst du schon aufhören?,
brauchst du ständig Pausen? …

Genervt hört er auf, die Algen zusammen zu rechen, in den
Eimer zu füllen und zur Macchia zu tragen; er setzt sich auf einen
riesigen, ausgebleichten Schwemmholzstamm, um nachzudenken.
So habe ich mir das nicht vorgestellt, sinniert er, ich wollte mich
auf keinen Fall selbst unter Druck setzen. Als er dasitzt, fällt ihm

auf, dass er in den letzten Minuten schneller, angestrengter, aber mit weniger Spaß gearbeitet hatte. Als wenn er unbedingt fertig werden wollte.

Nicht mehr das Tun stand im Mittelpunkt, sondern der Wunsch, voranzukommen und ein Ende zu finden. Er versucht sich an die tibetischen Mönche und ihr Mandala zu erinnern. Bei denen hatte die Arbeit wie ein konzentriertes, heiteres Happening gewirkt, nicht wie ein zielgerichtetes Muss. Wie eine Spirale, die in Kreisen zur Mitte führt, nicht wie ein Strich, bei dem der kürzest mögliche Weg zu einem Ergebnis genommen werden soll. Außerdem hatten die Mönche gewirkt, als hätten sie alle Zeit der Welt. Sie hatten Tee getrunken, geplaudert, gearbeitet, gelacht; es war eine freundliche Atmosphäre des Entstehens entstanden, während er sich eher im Dunst des getriebenen Vorwärtskommenwollens ansiedeln würde.

Wie arbeite ich eigentlich zu Hause, als Lehrer, beim Vorbereiten, beim Korrigieren?, fragt er sich plötzlich.

Wenn ich arbeite, arbeite ich schnell, gut und äußerst effektiv. Warum eigentlich? Na, weil ich fertig werden will, um danach etwas Anderes, Besseres tun zu können. Ich will nicht andere übertreffen, es ist ja überhaupt niemand da, und ich will mich auch nicht in meiner Arbeit beweisen. In erster Linie arbeite ich so zügig, damit ich fertig werde, und will, dass es vorbeigeht und geschafft ist. Ich lasse mich nicht auf den Augenblick ein, sondern ziele auf die Zukunft, wo es beendet sein soll.

Das heißt aber doch, überlegt er, dass ich die kostbare Gegenwart, wenn ich sie mal so nennen will, übersehe und versäume. Ich wurstle unter Druck vor mich hin, danach sitze ich in meinem Sessel und frage mich, was ich jetzt tun soll. Es kreiselt weiter, eine Tat und das nächste Tun folgen aufeinander, aber keine davon habe ich wirklich genossen. Es ist, als wenn ich Angst hätte, mich jetzt zu freuen. Die Freude verschiebe ich auf die nächste

Handlung und durch die hetze ich hindurch, um vielleicht danach zur Freude kommen zu können. Was aber wieder nicht geht, weil ja bald etwas Neues getan werden muss.

Eine Episode aus einer seiner Meditationswochen fällt ihm ein. Es war vor einigen Jahren in einem Kloster. Zum Seminar gehörten neben den Körperübungen und dem Sitzen ungefähr eine Stunde Arbeitszeit für die Gemeinschaft. Er hatte sich für den Küchendienst gemeldet, saß jeden Vormittag mit anderen in einem großen Raum, um die verschiedensten Früchte, Gemüse und Salate für das Mittagessen zu schnippeln.

An diesem Morgen hatte eine große Menge auf sie gewartet, als sie in die Küche kamen. Er hatte das Gefühl, sie würden es vielleicht nicht schaffen, und begann, eifrig und zügig zu arbeiten. Im Raum herrschte eine große Stille, die „Arbeitsmeditation" sollte, wie das ganze Seminar, schweigend absolviert werden. Plötzlich, er hat gerade die nächste große Karotte genommen, um sie zu schälen, legt sich eine Hand leicht auf seine Schulter. Als er sich überrascht umdreht, steht einer der älteren Köche hinter ihm.

„Du musst nicht so schnell arbeiten", sagt er freundlich. „Es geht nicht darum, dass ihr schnell fertig werdet, sondern darum, dass ihr achtsam arbeitet."

„Und wenn wir es nicht schaffen?", hatte er gefragt.

„Dann machen wir den Rest, wenn ihr nachher wieder meditiert."

Während der Koch zu seinen Töpfen zurückging, hatte er, ziemlich irritiert, die Karotte zum ersten Mal richtig angeschaut. Sie war orange, hatte mehrere erdige Kerben und eine leichte Krümmung an ihrem dünner zulaufenden Ende. Er hatte sie befühlt und anschließend langsam geschält. Hinterher hatte sie sich saftiger und glatter angefühlt und ihre Farbe hatte stärker geleuchtet. Was er alles in seiner inneren Hetze versäumt, das war ihm in diesem Augenblick klar geworden.

Jetzt ist wieder so ein Moment, denkt er. Wenn ich weiter auf meinem Strand arbeite, mit dem ständigen Ziel des Fertigwerdenwollens, mit der Absicht, so schnell wie möglich zu einem Ende zu kommen, versäume ich viele niemals wiederkehrende Stunden meines Lebens, anstatt sie genießend zu erleben ...ich will versuchen zu arbeiten, nur um zu tun, was zu tun ist, nicht auf ein Ziel hin. Und das Ganze will ich spielerischer angehen.

Er schaut wacher auf den Boden, als er die nächsten Algen zusammen recht. Tatsächlich! Da ist nicht nur Dreck, der weggeräumt werden muss, da liegt eine Vielzahl von verschiedenen Pflanzen, Reste von Meeresgetier und unbekannte Teile, die gesehen werden wollen ...

Gutgelaunt legt er ein flaches Stück Schwemmholz auf einen Felsen, auf dem er alles, was ihm gefällt oder unbekannt ist, sammeln möchte. Bald liegen dort einige komplette kalkige Seeigelskelette neben weißen Kalkschalen von Tintenfischen; außerdem trocknet ein wie eine kleine Schlange geformtes Stück weißbraunes Holz in der Sonne und im Laufe des Vormittags kommen noch zwei kleine, wie Porzellan schimmernde Muscheln dazu. Daneben legt er ihm unbekannte Formen und kugelige Pflanzenteile, die er später im Pflanzenbuch bestimmen möchte. Er ist zufrieden, als er um die Mittagszeit für diesen Tag aufhört. So macht ihm die Arbeit Spaß. Und außerdem ist er ein gutes Stück weiter gekommen.

Als er am Campingplatz den Müllsack von seiner Schulter rutschen lässt, kommt ihm Karl mit einem Briefumschlag entgegen.

„Na, Bärilla, bist du auch unter die Müllsammler gegangen?", grinst er ihn an.

„Ja", lacht er zurück, „weißt du, der Mensch braucht eine Aufgabe."

„Dann interessiert dich vielleicht der Brief gar nicht, der eben für dich angekommen ist. Pedro hat ihn mir mitgegeben", meint

Karl, der sich sichtbar freut.

„Her damit!", ruft er, „der kann nur von Rena sein."

Karl reicht ihm großzügig den Brief.

„Ich will mal nicht weiter stören", lächelt er, „aber natürlich würden Inge und ich gerne wissen, was drin steht."

„Mal sehen, mal sehen!"

Er ist viel zu gespannt, um sich einen Espresso aufzusetzen, und öffnet den Brief sofort, nachdem er seine Lesebrille gesucht hat.

Liebster Bärilla,
wie bist du denn zu diesem Namen gekommen?
Wie auch immer, du hast mein Leben versaut. Nein, nicht
mein Leben, eher meinen Alltag. Ich sitze auf meinem
roten Meditationskissen (rot ist die Farbe des Feuers, der
Liebe, des Zorns), sehne mich nach dir, verfluche dich.
Am liebsten würde ich dich vergessen, noch lieber zu dir
kommen. Um mich fangen zu lassen in deinen Armen, um
mich frei zu fühlen in deiner Gegenwart, um dir die Hölle
heiß zu machen, mein Lieber.
Mit Hannes läuft es miserabel. Nein, stimmt so nicht! Wir
sind freundlich und respektvoll miteinander, aber es fehlt
jede Tiefe in dieser Beziehung. Das war mir auch nicht
wichtig, lange, aber jetzt zerreißt es mich fast. Apropo fast:
Fast hätte ich ihm von uns erzählt, weil ich es nicht mehr
aushalten wollte und damit endlich die Dynamik in mein
äußeres Leben kommt, die innen schon längst abläuft.
Wann kommst du?? Soll ich kommen???
Was würde sein, wenn wir uns sehen, spüren, sprechen,
fühlen, umarmen?
Und vor allem: Was würde sein, wenn bei uns der Alltag
beginnt? Verliebtsein ist ja ganz schön (allerdings oft auch
nicht, scheiße!), aber was wäre danach?

Könnten wir wenigstens einen Teil der Verbindung halten,
die uns durch unsere Schwarzwaldreise getragen hat?
KÖNNTEN WIR??

Rena

Es gibt in der Welt
einen einzigen Weg,
auf welchem niemand
gehen kann
außer dir.

Wohin er führt?

Frage nicht,
gehe ihn!
   FRIEDRICH NIETZSCHE [32]

P.S. Welchen Weg habe ich zu gehen, welchen du – und
werden sich unsere Wege treffen?

Wow, der Brief wirft ihn um; er liest ihn wieder und wieder. Rena hat getroffen, was er fühlt. Alles ist möglich, alles ist offen, und es gibt keinerlei Garantie für nichts. Nur Entscheidungen, Kopfsprünge ins kalte Wasser, Möglichkeiten ohne doppelten Boden. Selten hat er seine eigene Hilflosigkeit und sein Nichtwissen so deutlich gespürt, selten aber auch die kraftvolle Energie, die in ihm tobt.

Was soll er tun? Wie reagieren?

Ich will Rena, hat er vor einigen Tagen laut gesagt. Was soll das überhaupt heißen? Und was bedeutet das jetzt, in diesem Moment, nach diesem Brief?

„Karl, ich brauche einen Schnaps, sofort!", ruft er, als er aufgeregt zum Platz seiner alten Freunde rennt.

„Komme schon!", ertönt es aus dem Inneren des Wohnwagens.

„Und wie wären dazu Kaffee und Kekse?", hört er Inges Stimme.

„Wunderbar, aber zuerst muss ich euch einen Brief vorlesen …"

....

ABENDS sitzt er in der gelblichen Dämmerung auf seinem Felsen, schaut auf das träge plätschernde Meer. Inge und Karl hatten, ausnahmsweise völlig übereinstimmend, gemeint, er solle unbedingt Kontakt zu Rena über Claudia aufnehmen.

„Jetzt muss etwas geschehen!", hatten sie gesagt, „egal was."

Zum Beispiel könne er Rena fragen, ob sie nicht kommen wolle; sie habe es ja selbst zweimal im Brief erwähnt.

Kann ich das verantworten?, fragt er sich. Das würde doch bedeuten, dass sie mit Hannes sprechen muss. Bin ich wirklich bereit, Rena aus ihrer Sicherheit zu reißen? Und was ist, wenn es mit uns schief geht? Dann habe ich eine Beziehung zerstört, und Rena steht vielleicht alleine da. Aber ist das überhaupt meine Verantwortung? Muss sie nicht selbst entscheiden, was sie will und wie sie ihr letztes Lebensdrittel gestalten möchte?

Schon während der Meditation hat er in diesen Fragen keine Antworten erhalten, sondern nur noch mehr Fragen. Und Verunsicherung.

Bedeutet denn Freiheit zwangsläufig Verlust der Sicherheit? Was ist Sicherheit überhaupt? Heißt Sicherheit, soweit es sich auf die gesättigte Mittelschicht in Deutschland bezieht, materielles Auskommen, ein gutes Haus zu haben, keine Risiken mehr einzugehen, wenn man älter wird? Steht Sicherheit vor einer lebendigen Beziehung? Meistens schon, oder?

Ist eine solche Sicherheit ein kleiner Tod auf Raten? Oder ist das, was Rena und ich erleben, völlig unrealistisch? Idealistische Verliebtheit? Flucht vor dem Altern?

Auf jeden Fall ist für mich das Ganze das kleinere Problem, denkt er. Ich müsste für Rena nichts aufgeben außer mein Alleinsein, und das fällt mir nicht schwer, solange mir etwas Zeit für mich bleibt. Aber Rena müsste eben einen viel größeren Schritt wagen ... es muss in jedem Fall ein Schritt für sie selbst sein, es darf nicht für mich oder allein wegen mir sein ..., aber um darüber nachdenken und sprechen zu können, bräuchten wir Zeit miteinander.

Alleine, jeder für sich, werden wir keine Klarheit bekommen. Wir brauchen den Austausch, egal wo und wie. Das könnte hier sein, hmm, ein verlockender Gedanke, das kann auch zu Hause sein. Aber, ich finde, Hannes muss allmählich beteiligt werden, wenn uns, Rena und mir, unsere Beziehung wichtig ist. Das muss sie entscheiden, aber ich kann sie unterstützen, indem ich ausdrücke, wie es mir geht, und das Risiko eingehe, ihr zu sagen, dass ich sie als Frau und Partnerin will. Das ist meine Verantwortung. Ihre Entscheidung danach, das ist ihre 'Ver-antwort-ung', ihre Antwort auf meine Aussage ...

....

KURZ vor dem Aufwachen hat er einen beeindruckenden Traum. Seine Mutter und er stehen unter der Rheinbrücke gegenüber von Worms auf einem steinernen Podest über dem Rhein. Es ist die hessische Seite dieses Flusses, die Gegend, in der er seine Jugend verbracht und viele kindliche Abenteuer erlebt hat. Um sie herum recken sich große Pappeln, deren Blätter rauschen, in die Höhe, die Wiese hinter ihnen erstrahlt in einem vollen, leuchtenden Grün.

Er wendet sich zu seiner Mutter, die ihn freundlich ansieht. Sie umarmen sich, innig, fest. Dann dreht er sich zu dem Fluss und springt mit einem kühnen, weiten Kopfsprung in das Wasser. Er schwimmt, plötzlich nackt und frei, unter Wasser, das überirdisch klar ist, und hat überhaupt keine Probleme mit dem Atmen. Während er unter dem Schatten der riesigen Brücke hindurch taucht, sieht er über sich in der Weite ein großes Ausflugsschiff durch das glasklare Wasser fahren. Er kann Menschen an der Reling des Schiffes erkennen. Sie freuen sich, lachen, winken. Es ist nicht sicher, ob sie ihm zuwinken oder ob sie ihn überhaupt sehen können, aber das spielt keine Rolle. Ihr Glücklichsein lässt ihn innerlich aufjubeln, während er kraftvoll in die andere Richtung weiter taucht …

Am Abend sitzt er mit einem unbekannten Mann auf der anderen Seite des Flusses auf einem Kiesstrand an einem großen, rotgelb lodernden Lagerfeuer. Es ist dämmrig, die Umgebung ist in ein wunderbares Licht getaucht. Sie braten große Fische auf dem Feuer. Alles ist gut …

....

„HALLO, Claudia."

„Uhh, das ist ja eine Überraschung. Von wo rufst du an?"

„Von einem Campingplatz am Mittelmeer in Spanien. Wie geht es dir?"

„Soweit ganz gut, abgesehen von einer leichten Midlifecrisis. Aber das ist ein anderes Thema. Du willst bestimmt wissen, wie es Rena geht, oder?"

„Genau!"

„Bei der geht es hoch und runter, seitdem du weg bist. Manchmal ist sie euphorisch, häufig wütend, oft einfach nur durcheinander. Völlig durch den Wind, könnte man sagen. Das ist auch ein Grund für meine Krise. Ich möchte so etwas auch noch einmal erleben … und dann wieder nicht, verstehst du?"

„Kann ich gut verstehen."

„Und wie geht es dir?"

„Ähnlich wie Rena, aber auf einem sehr hohen Urlaubsniveau. Es ist Wahnsinn, was ich alles erlebt habe, obwohl ich viel weniger Kilometer gefahren bin, als ich anfangs dachte. Es ist so viel passiert, äußerlich und vor allem innerlich …"

„Ätz! Neid! Ich glaube, meine Krise verstärkt sich gerade. Aber lassen wir das. Was willst du eigentlich?"

„Rena hat mir einen Brief geschrieben …"

„Ich weiß, ich bin über alles informiert."

„Sie spricht zweimal von 'kommen' in dem Brief. Glaubst du, das ist im Ernst gemeint?"

„Weiß ich nicht genau. Sie sicher auch nicht. Ich hab ja schon gesagt, es geht ständig hin und her bei ihr. Aber vorstellen könnte ich mir schon, dass sie alles stehen und liegen lässt, um dich zu sehen. Und du, willst du sie sehen?"

Tiefer Atemseufzer.

„Ja, ich möchte sie sehen. Und zwar oft und viel, wenn möglich. Das ist mir in den letzten Wochen klar geworden."

„Und. Was heißt das konkret?"

„Das heißt, dass entweder sie kommt, hierher, oder ich Anfang November nach Hause fahre."

„Entweder oder, wie soll das gehen?"

„Ich habe mir etwas überlegt. Hör zu!"

„Jetzt bin ich aber gespannt. Also, ich höre!"

„Ich werde ab morgen Abend eine Woche lang von 18.00 bis 18.30 Uhr in der Rezeption des Campingplatzes sitzen. Hier ist die Nummer …."

„Langsam, ich brauche erst etwas zum Schreiben …So, jetzt leg los …"

„ … und richte Rena aus, sie soll mich anrufen, wenn sie kann und will. Am liebsten wäre mir, wenn sie dabei sagen könnte, dass sie einen einfachen Flug nach Alicante oder Valencia gebucht hat. Ich würde sie zu jeder Zeit am Flughafen abholen."

„Langsam. Wohin? Ich notiere …"

„Valencia oder Alicante …ohne Rückflug."

„Wow, ein Flug ohne Wiederkehr, wie romantisch!"

„Witzbold! Sie kann ja mit mir und dem Wohnmobil zurückkommen."

„Ja, ja, ich versteh schon. Also, Valencia oder Alicante …und wenn sie nicht kommt?"

„Sag ihr, dass ich total verstehen kann, wenn sie nicht kommt. Auch wenn es schade wäre, denn hier ist meistens herrliches Spätsommerwetter …"

„Hör auf, Neid, kann ich mitkommen?"

„Nein, diesmal, ich betone, diesmal leider nicht …"

„Also gut, ich merk schon, du ziehst die ernsthafte Nummer ab."

„Beim nächsten Mal bist du dabei, Claudia, versprochen, … wenn es ein nächstes Mal gibt …"

„Und was ist, wenn sie es nicht schafft? Du kannst dir vorstellen, dass das eine heftige Geschichte ist. Sie müsste nämlich Hannes endlich reinen Wein einschenken …"

„Ist mir völlig klar. Wenn sie nicht kommt, egal aus welchem Grund, fahre ich in einer Woche hier los … nach Hause. Was immer das bedeuten mag …"

„Ich dachte, du hast so herrliches Spätsommerwetter …"

„Hab ich auch. Aber erstens bin ich wirklich gesättigt von Sonne und Meer und zweitens will ich unbedingt Rena sehen und sprechen …"

„Sie ist dir schon wichtig …."

„Sehr!! Ich habe die Reise auch nicht satt, es ist wirklich gut, so lange unterwegs zu sein, trotz aller Hochs und Tiefs. Aber ich merke, dass ich jetzt zuerst die Geschichte mit Rena angehen will. Es hat eine ganze Weile gedauert, bis es mir klar wurde, aber nun weiß ich es sicher."

„Das hört sich gut an"

„Ja, sag ihr das."

„Mach ich. Heute noch. Sie wird sich freuen, egal wie sie sich entscheiden wird. Ich glaube, sie hat dich sehr lieb, wie es auch ausgeht."

„Ich sie auch! Sag ihr das! Und, Claudia, du bist eine wunderbare Freundin, nicht nur für Rena …"

„Ihr seid verrückte alte Hühner, ihr beiden; ich liebe … und ich beneide euch."

„Mach's gut, Claudia!"

„Du auch … und grüße das Meer von mir!"

Verschwitzt bringt er das Handy von Inge und Karl zurück.

....

SEINE Strandsäuberungsaktion läuft derweil weiter, als wäre nichts geschehen. Er arbeitet mittlerweile langsam, bewusster, meistens voller Freude. Am nächsten Vormittag, er füllt gerade nackt einen Eimer mit Algen, kommt ein älteres Paar mit kurzen Hosen und Wanderschuhen über die Felsen geklettert und läuft auf ihn zu.

„Ist das ein FKK-Strand?", fragt der großgewachsene, weißhaarige Mann interessiert.

„Momentan schon", lacht er, „wie das allerdings im Hochsommer ist, weiß ich nicht."

„Da sind wir längst wieder weg", meint die Frau, die etwas kleiner ist und ihre grauen Haare in einem dichten Zopf trägt. „Wir haben nämlich für einige Monate eine Appartement in der Stadt gemietet und wollen hier den Winter verbringen. Freunde haben uns die Gegend empfohlen, weil die Macchia im Frühling toll blühen und es viele Orchideen geben soll."

„Und heute sind wir auf unserer ersten Wanderung", fährt ihr Mann fort. „Wir sind auch Naturisten, deswegen wollten wir gleich wissen, ob man hier nackt sein kann."

„Ist wirklich kein Problem zur Zeit. Es kommt ganz selten jemand vorbei. Ihr seid die ersten in den letzten Tagen."

„Und Sie reinigen hier den Strand. Das ist ja toll!", meint die Frau.

„Na ja, wir hatten einen Sturm vor einer Woche, die hohen Wellen haben den Strand überflutet und mit allem möglichen Unrat bedeckt. Irgendwie hatte ich Lust, für Ordnung zu sorgen, wenn ich auch sonst nicht so der Sauberkeitsfanatiker bin …"

„und dabei haben Sie eine Menge interessanter Sachen entdeckt", meint der Mann, der vor dem Schwemmholzbrett steht und seine Fundstücke betrachtet.

„Mein Mann war nämlich Biologielehrer, und wir sind viel getaucht früher", erläutert die Frau.

„Ha, da könnten Sie mir gleich helfen, mein Wissen zu erweitern, denn ich kenne nur die wenigsten meiner Schätze beim Namen. Was sind das zum Beispiel für zusammengeknüllte Bälle? Sind die von Pflanzen oder Tieren?"

„Das ist Neptungras; es wächst auf sandigem Boden zwischen drei und vierzig Meter Wassertiefe. Wenn es, zum Beispiel bei einem Seebeben oder einem Sturm, abgerissen wird, wird es zerrieben und von der Brandung zu diesen Kugeln zusammengepresst, die man tatsächlich Seebälle nennt."

„Und die weißen Schalen sind von Tintenfischen, oder?"

„Genau. Man nennt sie Schulp. Die werden ausgekocht, damit das Salz rausgeht, und danach als Sepiakalk für Wellensittiche und andere Käfigvögel verkauft. Ach, und die fischig riechenden Schnüre mit den kleinen dunklen Kugeln, die wie Beeren aussehen, die sind auch von Tintenfischen. Das sind nämlich Laichschnüre."

„Laichschnüre …?"

„Und das fingernagelgroße Teil, wirklich interessant, das so aussieht wie ein kleines Stück viereckiges Leder mit Schnüren an den Ecken, das ist ein Haiei."

„Ein Haiei? Ich dachte immer, Haie bringen lebendige Junge auf die Welt …"

„Die meisten schon. Soweit ich weiß, gibt es im Mittelmeer nur eine Haiart, den Eishai, der Eier legt. Er kann bis zu fünf Meter lang werden."

„Fünf Meter! Hier in der Gegend?"

„Nein, keine Angst, Sie werden wohl kaum einem begegnen. Es gibt nur selten Probleme mit Haien im Mittelmeer. Solche Eier werden Hunderte von Kilometern von den Wellen getragen …"

„Kennen Sie auch die Namen der Muscheln?"

„Die länglichen sind Messerscheiden. Die Einheimischen graben sie aus dem Sand in Ufernähe, wo sie in senkrechten Gängen leben …"

„Ach, an Sandstränden habe ich mehrmals gesehen, wie Menschen im flachen Wasser etwas gesucht haben …"

„Genau, die werden gewaschen, in Tomatensauce gekocht und gerne als Vorspeise mit Spaghetti oder Bandnudeln gegessen."

„Aber diese Muscheln sind doch am schönsten", mischt sich die Frau ein, die zwei kleine, perfekt geformte, schimmernde Gehäuse in die Sonne hält, wo sie bräunlich golden aufleuchten.

„Ja, die sind wirklich außergewöhnlich schön", meint auch ihr Mann, „und die findet man am Mittelmeer selten. Es sind allerdings genaugenommen keine Muscheln, sondern Schnecken. Sie heißen Birnporzellane, besser bekannt ist aber der Name Kauri."

„Aber gibt es die nicht vor allem im Indischen Ozean? Kauri, wurden die nicht sogar als Geld in Teilen Afrikas benutzt?

Das habe ich zumindest in einer Zeitschrift gelesen", fragt seine Frau.

„Ja, da hast du wirklich Recht. Nur sind sie dort viel größer als diese."

Der Mann fährt vorsichtig und bewundernd über den glänzenden Körper der daumengroßen Schnecke, dreht sie und betrachtet die regelmäßig gezackte schmale Öffnung, hinter der das verborgene Innere im Licht in einem zarten Rosa schimmert.

„Perfekt, wirklich perfekt", flüstert er.

„Wissen Sie was, die schenke ich Ihnen", ruft er spontan. „Ich hab ja noch eine zweite, die genauso schön ist."

„Wirklich? Aber …"

„Ein Willkommensgeschenk für Ihre Zeit hier, sozusagen", lächelt er.

„Vielen, vielen Dank!", rufen beide wie aus einem Munde. „Und wissen Sie was, wenn wir ein bisschen angekommen sind, kommen Sie einfach mal zum Essen zu uns …"

Die beiden sind schon eine ganze Weile gegangen, als er bemerkt, dass das Lächeln weiterhin auf seinem Gesicht regiert. Er summt, während er Algen in den Eimer stopft, fühlt sich entspannt und … glücklich. Beschenkt ist immer auch der Schenkende, denkt er, wenn ein Geschenk anderen eine Freude macht.

....

SANFT schaukelt die Hängematte in einer angenehmen, luftigen Mittagsbrise. Er schaut in das grüne Blätterdach der mittelgroßen Bäume, die ihn umstehen. In Deutschland leuchten sie Ende Oktober schon in buntem Herbstlaub, ach, und in der Schule beginnt bald die eine Woche Herbstferien, fällt ihm plötzlich ein. Ein warmes Gefühl von Verbindung durchrieselt seinen Körper, als er an seine Schule und die Menschen dort denkt. So weit weg und gleichzeitig so nah sind sie gerade. Nah und verbunden fühlt er sich den Menschen, weit weg, doch eher mit unangenehmen Gefühlen erinnert er sich an den Druck und die Hetze, die zu oft durch das Schulgebäude wabern. Einen Geschmack davon hatte er gekostet, als er vor einigen Tagen beim Strandsäubern in die innere Hektik geraten war.

Was steckt dahinter, warum hetze ich oft durch mein Leben?, fragt er sich.

Kurz darauf wird ihm heiß und ein prickelnder Energieschub durchfährt seinen Körper, wie schon öfters in den letzten Wochen, wenn eine neue Erkenntnis in ihm auftaucht; wie wenn eine neue Schicht Zwiebel abgeschält wird und er tiefer in die Hintergründe seines eigenen Lebens eindringt.

Angst! Wieder einmal findet er Angst in sich.

Ja, das ist es! Ich bin so schnell, weil ich im tiefen Grunde Angst habe zu versagen, glaube, der übergroßen Verantwortung nicht gerecht zu werden, die ich auf mir lasten fühle. Wenn ich schnell mit einer Aufgabe fertig werde, habe ich es geschafft – dann ist die Angst, versagen zu können, bewältigt. Allerdings auf Kosten des Spaßes und der Erfüllung bei der Arbeit. Die Arbeitslust geht verloren, kann sich überhaupt nur schwer aufbauen, weil ich es im Grunde schon vor dem Anfang geschafft haben will. Natürlich wirke ich deshalb manchmal hektisch, wie mir die Schüler rückmelden, und unruhig und überschnell, wie mir Esther während unserer Ehe regelmäßig vorwarf.

Meine Angst scheint der Brennstoff der Flamme Hektik und Schnelligkeit zu sein. Ich agiere schnell und hochkonzentriert, sozusagen eine Flucht aus der Verantwortungsangst durch Geschwindigkeit.

Gewiss ist das auch eine große Stärke von mir und deswegen war ich in aller Regel frühzeitig mit Korrekturen und anderen Aufgaben fertig; so versäume ich allerdings den Augenblick, das freudige, furchtlose Jetzt des Lebens.

Genauso geht es mir doch auch beim Wandern, wird ihm schlagartig bewusst. Am Anfang laufe ich regelmäßig schneller, als ich eigentlich möchte. Als wenn ich unter Druck stehen würde und wie getrieben zügig ein großes Stück der unbekannten Strecke zurücklegen müsste. Dabei sehe ich natürlich nur wenig von der Umgebung, und erst viel später nehme ich die Natur deutlicher wahr …und richtig stolz auf das Geschaffte bin ich eigentlich erst, wenn es vorbei ist und ich abends den Rückweg gefunden habe.

Die Tibeter, die das Mandala aus Sand geschaffen haben, fallen ihm ein. Sie schienen keine Angst vor ihrer Arbeit zu haben. Warum wohl?

Vielleicht, weil sie in ihrer Kindheit nicht durch häufige Leistungsansprüche überfordert wurden? Aber was hat mich überfordert, diesen traurigen Jungen, den ich auf den alten Schwarzweißfotos kaum je lächeln sah?

Mutti! Meine schwache, verlorene, unglückliche Mutter! Wie oft stand ich, abends, anstatt einschlafen zu können, auf der Brüstung oberhalb der Treppe und habe nach unten Richtung Wohnzimmer gehorcht. Lacht sie oder weint sie? Streiten oder feiern sie? Ist das weißweingeborene Geschrei lustig oder aggressiv? Kann ich, mit aufgeregtem Herzen, zurück ins Bett oder muss ich schluchzend nach unten laufen, um zu schlichten?

Wie gerne hätte ich Mutti gerettet …

Er kommt zu sich, als ein stärkerer Windstoß die Hängematte zum Schaukeln bringt. Eben noch stand er auf der Brüstung und hat mit wild klopfendem Herzen gehorcht. Auch jetzt schlägt es hart in seiner durchschwitzten Brust.

„Komm, wir gehen duschen", sagt er nach einer Weile leise zu dem kleinen, ängstlichen Jungen, der neben ihm liegt. „Hab keine Angst, ich pass auf dich auf."

Und er nimmt die schmale, verschwitzte Hand in seine.

BEIM Meditieren am späten Nachmittag trudeln seine Gedanken, ruhiger jetzt, noch einmal in Richtung seiner Hängematten-erinnerungen. Ob es anderen ähnlich geht wie mir?, fragt er sich. Genauso gut, wie ich unter Verantwortungsdruck unachtsam schneller werde, alles fix und vorzeitig erledige und dabei wahrscheinlich mein Blutdruck in die Höhe schnellt, werden andere vielleicht langsamer, schieben Arbeit vor sich her, bis sie unter höllischen Termindruck geraten, oder verweigern sie, ohne wirklich Einfluss darauf zu haben. Die gleiche Angst vor Überforderung, aber eben ein anderes individuelles Verhalten. Möglicherweise Variationen eines ähnlichen Hintergrundthemas aus der Kindheit.

Wieder hat sich ein buntes Steinchen in mein Lebensmosaik eingefügt, sinniert er weiter. Es könnte meine Definition von Freiheit verändern. Freiheit, heißt das „frei von Verantwortung sein", oder bedeutet Freiheit dann nicht letztlich, frei zu sein, Verantwortung – endlich für sich selbst – zu übernehmen? Eigene Entscheidungen treffen, für mich, nicht mehr für andere?

Ob ich allerdings dieses neue Wissen werde – sofort oder überhaupt – leben können, das ist die Frage. Dabei geht es doch darum, „alles zu leben", wie Rilke schrieb.

Spontan hat er Lust, den berühmten Brief des Dichters, den er vor vielen Jahren auswendig gelernt hat, leise vor sich hin zu sprechen, Meditation hin oder her:

„ …und ich möchte Sie, so gut ich es kann, bitten Geduld zu haben gegen alles Ungelöste in Ihrem Herzen und zu versuchen, die Fragen selbst liebzuhaben wie verschlossene Stuben und wie Bücher, die in einer fremden Sprache geschrieben sind. Forschen Sie jetzt nicht nach den Antworten, die Ihnen nicht gegeben werden können, weil Sie sie nicht leben könnten. Und es handelt sich darum, alles zu leben. Leben Sie jetzt die Fragen. Vielleicht leben Sie dann allmählich, ohne es zu merken, eines fernen Tages in die Antwort hinein."[33]

Vielleicht lebe auch ich in meine Antworten hinein, wenn ich meine Fragen lebe, meine Erinnerungen zulasse, mein inneres Wissen erweitere, um es kurz danach wieder zu vergessen … vielleicht ist das mein Weg …

Belustigt bemerkt er plötzlich, dass er sich ja eigentlich in der Meditation befindet, und er versucht unwillkürlich lächelnd, sich zumindest für einige Momente auf seinen Atem einzulassen und zu zentrieren.

....

AUFGEREGT sitzt er Punkt sechs Uhr in der kleinen Rezeption. Pedro weiß Bescheid. Ein Anruf aus Deutschland würde sofort an ihn durchgereicht.

Als das Telefon nach einigen Minuten klingelt, pocht sein Herz in Sekundenschnelle hart gegen seine Rippen. Doch Pedro spricht gelassen auf spanisch weiter. Fehlalarm. Er bleibt unruhig, würde am liebsten hin und her tigern. Das ist ja schrecklich, so zu warten, kaum auszuhalten. Die Zeit vergeht langsam, am Ende der halben Stunde ist er, er muss es sich zugestehen, enttäuscht.

Unruhig verlässt er den Campingplatz und dreht mit großen Schritten eine zügige Runde. Langsam wird sein Atem regelmäßiger, er hat das Gefühl, dass sich seine Lungen mit Luft füllen.

Spontan biegt er auf dem Rückweg in die kleine Bibliothek hinter der Rezeption ab, um sich ein Buch auszusuchen. Allmählich beruhigt er sich, während er die Regale durchschaut. Doch es bleibt ein unklares Gefühl in seinem Rücken, gepaart mit leicht unzufriedenen Gedanken; die altbekannte Unsicherheit hat ihn wieder einmal eingeholt. Das Gute daran ist, bemerkt er sofort, wie lange ich davon in der letzten Zeit verschont geblieben bin. Wenn das mal kein positives Zeichen ist, macht er sich selbst Mut. Und dass diese Warterei eine Tortur ist, hätte ich mir gleich denken können. Wie könnte es denn auch anders sein.

Er entscheidet sich für das Buch „Der Philosoph und der Wolf"[34], weil ihm der Untertitel „Was ein wildes Tier uns lehrt" in seiner Lage sinnig erscheint. Wie ein wildes Tier, so ist er sich in dem engen Raum vorhin auch vorgekommen. Wie eingesperrt, wie Rilkes Panther im Käfig, dem ist, „als ob es tausend Stäbe gäbe und hinter tausend Stäben keine Welt."[35]

In diesem Moment wird ihm bewusst, wie wenig Zeit er in den letzten Monaten in Räumen zugebracht hat. Bis auf die Nächte im Wohnmobil und manchmal einigen Stunden, wenn es geregnet und gleichzeitig gestürmt hat, hat er durchgehend in der Natur gelebt. Mit Blick auf Olivenbäume, Büsche, Pinien, Palmen oder gar das Meer, manchmal im Regen unter der Markise sitzend, ab und zu mit Bergen im Hintergrund, oft in der Hängematte mit nichts als dem Sternenhimmel über sich. Was für ein Geschenk! Kein Wunder, dass ihm vorhin zu eng war.

So geht das nicht, merkt er. Ab morgen will er sich einen Stuhl mitbringen und vor der Tür des Büros im letzten Sonnenlicht warten und lesen.

....

ZWEI Tage später bringt er um die Mittagszeit Rechen und Eimer zurück. Die Arbeit ist getan; stolz hat er sein Werk, einen makellosen, karibisch leuchtenden Muschelsandstrand, von den Felsen aus bestaunt und gemerkt, wie sehr ihn diese Arbeit in und mit der Natur und sein vor ihm liegender Erfolg gestärkt hat. Das ist eben anders als in der Schule, denkt er. Dort sind die Erfolge nicht so unmittelbar sichtbar und selbstbelohnend. Ob das, was man anderen beibringt, Früchte trägt, erfährt man erst spät oder gar nicht. Trotzdem, es ist auch ein gutes Gefühl, mit Menschen zu arbeiten. Die Pausen dabei sind allerdings, da ist er sich mittlerweile, gerade nach der Erfahrung der letzten

Woche, sicher, genauso wichtig wie die Arbeitsphasen. Vielleicht sollte man auch die Umwege, die zufälligen Begegnungen, die scheinbaren Missgeschicke und Fehler mehr schätzen. Wer weiß, was uns und unsere Entwicklung letztlich am meisten geprägt hat: die bewussten Lernschritte oder die scheinbar zufälligen Erfahrungen und anscheinend hemmenden Missgeschicke auf unserem Weg?

Als er Pedro das Handwerkszeug zurückgibt, zeigt der sein unwiderstehliches Lächeln und meint nur: „Halbe Stunde, kleiner Sektumtrunk!"

Es treibt ihm fast die Tränen in die Augen, als er zur Rezeption kommt. Pedros Frau hat einen Teller mit kleinen Schinkenschnittchen vorbereitet, garniert mit gelborangenen Melonenstücken und Bananenscheiben mit Zahnstochern. Der Manager hat die zwei Angestellten dazu gerufen, die jetzt in der Nachsaison noch am Platz beschäftigt sind. Pedro sagt einige Sätze auf spanisch, von denen er nahezu nichts versteht, die aber eindeutig ein Lob enthalten. Ein respektvollen Nicken beendet die Minirede. Alle lachen und stoßen mit ihm an. Er fühlt sich sehr geehrt.

....

WAS hat sich geändert?, fragt er sich, als er am nächsten Tag mit dem Buch, das ihn in den letzten Tagen auf eine ganz eigene Reise mitgenommen hat, um 18.00 Uhr auf seinem Stuhl vor der Rezeption sitzt. Was hat sich geändert, seitdem ich aufgehört habe zu arbeiten und unterwegs bin?

Mark Rowlands, Professor der Philosophie, der elf Jahre mit einem Wolf, dem er den Namen Brenin gibt, zusammenlebte, schreibt in seinem autobiographischen Buch: „Ich bezweifle, dass wir zum Glück befähigte Tiere sind, jedenfalls nicht in dem Sinne, wie wir uns Glück vorstellen. Die Berechnung … ist zu weit in unsere Seele vorgedrungen, als dass wir glücklich sein könnten. Wir jagen den Gefühlen nach, die den Erfolg unserer Machenschaften und Unwahrheiten begleiten, und wir meiden die Gefühle, die unser Scheitern begleiten. Sobald wir ein Ziel erreicht haben, halten wir Ausschau nach dem nächsten. Wir sind dauernd auf der Suche nach etwas Besserem, wodurch uns das Glück entgleitet. Gefühle – und Glück stufen wir als eines von ihnen ein – sind Produkte des Augenblicks. Doch für uns gibt es keinen Augenblick, jeder Moment wird endlos verlängert. Daher kann es für uns kein Glück geben."

Für mich, weiß er, hat es viele Glücksmomente gegeben, seitdem ich unterwegs bin. Viel mehr als früher, als ich noch durch den Alltag gehetzt bin und die Anforderungen von außen und innen erfüllt habe. Natürlich bin ich damit, dass ich meinem Wesen näher gekommen bin, genauso den schwierigen Seiten in mir und den damit verbundenen Gefühlen näher gekommen. Mehr Lachen also, mehr Tränen auch, aber insgesamt bricht das Glück, das grundlose Geschenk auf dem Weg, in den letzten Monaten viel häufiger über mich herein und nimmt mich mit in den Moment.

Wirklich geändert hat sich scheinbar nichts, aber alles ist, indem es weniger wurde, intensiver und farbiger geworden; ich habe mehr Lange-Weile als Langeweile; überall finden mich Überraschungen; und die Menschen sind freundlicher geworden, seitdem ich freundlicher bin und mehr Zeit habe.

Das Telefon in der Rezeption klingelt; sein Herz stockt, doch er wird nicht gerufen. Er probiert es mit einigen beruhigenden bewussten Atemzügen. Er liest weiter.

„Wenn wir uns das, was im Leben am wichtigsten ist, als Ziel oder Zweck vorstellen, dann hat es, sobald der Zweck erreicht ist, keinen Sinn mehr."

Und was wäre, wenn der Sinn des Lebens nicht irgendwo

außerhalb läge, sondern im Leben selbst? Im täglichen Auf und Ab, im Lachen und Weinen, im Bewältigen der Aufgaben, die uns jeder Tag bringt? Wenn es nicht mehr und nicht weniger gäbe als nur das?

„Wenn wir annehmen, dass der Sinn des Lebens in einem Zweck besteht, dann müssen wir hoffen, den Zweck nie zu erfüllen. Wenn der Sinn des Lebens in einem Zweck besteht, ist unser Scheitern, ihn zu erfüllen, eine notwendige Voraussetzung dafür, dass unser Leben weiterhin einen Sinn hat."

Wenn aber der Sinn des Lebens nun nicht in einem Zweck oder Ziel besteht, sondern das Leben selbst ist? Dann gibt es keine Notwendigkeit des Scheiterns, kein unermüdliches, rastloses Suchen, sondern lediglich erfahrendes und erweiterndes Weitergehen – bis zum Tod.

Und tatsächlich, einige Seiten weiter, er hat beim versunkenen Lesen sogar vergessen, dass er auf einen Anruf, einen sehr wichtigen Anruf, wartet, schreibt es Rowlands selbst: „Das Wichtigste im Leben ist nicht etwas, das wir je besitzen können. Der Sinn des Lebens ist genau in etwas zu finden, das zeitliche Geschöpfe nicht besitzen können: in Momenten. Deshalb fällt es uns so schwer, einen plausiblen Sinn unseres Lebens zu identifizieren. Momente sind das Einzige, was wir …nicht zu besitzen vermögen. Unser Besitz von Dingen beruht auf der Auslöschung des Moments … des Moments, der uns immer durch unsere gierigen Finger und zugreifenden Daumen gleitet."

Der Autor hat natürlich Recht. Momente kann man nicht festhalten, nicht anhäufen, wie Wertpapiere, oder sammeln, wie Spielzeugautos in einer Vitrine. Aber man kann lernen, sie bewusst zu erleben, die Guten wie die Schwierigen, und man kann sie genießen, gerade dann, wenn man sich nicht zwanghaft an ihnen festhält. Er kann es nicht so unausweichlich negativ wie der Wolfsphilosoph sehen. Wir können den Augenblick nicht besitzen, klar, aber wir können ihn leben. Manchmal leicht, eingebettet in das Ganze, häufig schwer, weil er uns entgleitet oder schmerzhafte Gefühle in uns zurücklässt. Allerdings, das glaubt er sicher, gelingt das wahrscheinlich eher, wenn Zeit im eigenen Leben ist; selbstverwaltete Zeit, die man benutzen oder, genauso wesentlich, einfach verstreichen lassen kann. Ohne Zweck, ohne Ziel.

Er weiß, er wird diese Gedanken wieder vergessen. Aber er wird das innere Wissen nicht mehr komplett verlieren; denn die freie Zeit, die er jetzt erlebt, ist Realität, selbst wenn sie vergangen ist, und sie ist Stärkung, gerade wenn seine Niederlagen kommen.

Auch wenn ich über fünfzig bin. Viele Fragen sind noch offen, umso mehr die Antworten. Nichts ist entschieden, gleich ob Rena mit mir zusammen sein will oder nicht; nichts muss entschieden werden: das bedeutet, frei zu sein, zu besitzen, als besäße man nicht, und sich jung zu fühlen, unabhängig vom tatsächlichen Alter.

Es ist kühl geworden, die Sonne ist hinter den Pinien verschwunden. Als er in die Rezeption schaut, sieht er, dass es schon kurz vor sieben ist. Er hat wieder einmal die Zeit verloren - und er hatte völlig vergessen zu warten.

In diesem Moment klingelt das Telefon, und er weiß genau, dass es Rena ist ...

ENDE

Hier ist eigentlich Schluss! Doch wem die eigene Fantasie oder dieses Ende nicht genügt, der blättere eine Seite weiter ...

ENDE 2

AM nächsten Abend, wenige Minuten nach achtzehn Uhr, erscheint Pedro, kurz nachdem das Telefon geklingelt hat, in der Tür zum Büro und nickt ihm zu.

„Hallo, hier ist Rena!"

„Hi, wie geht es dir?"

„Gut und miserabel zugleich … ich habe einen Flug nach Alicante gebucht …"

„Wann?"

„Nächsten Montag, in drei Tagen."

„Hast du dir das gut überlegt?"

„Nein!"

„Wann kommst du an?"

„Nachmittags, um 15.20 Uhr."

„Ich hol dich ab."

„Ich hab Schiss!"

„Ich sowieso."

Pause.

„Und Hannes?"

„Ist stinksauer auf dich. Du hast unsere Ehe kaputtgemacht, meint er."

„Stimmt. Ich bin schuld!"

„Das bist du! Aber ich bin auch froh darüber."

„Trotz allem?"

„Trotz allem! Nein, wegen allem."

„Gut!"

„Hannes will übrigens, dass nichts übers Knie gebrochen wird, wie er sagt. Er gibt mir zwei Wochen ehefrei, hat er gemeint. So lange könnte ich auf jeden Fall zurückkommen."

„Nicht schlecht. Da muss ich mich ganz schön anstrengen, was?"

„Idiot!"

„Aber im Ernst, das ist wirklich fair von ihm."

„Finde ich auch."

Pause.

„Also, bis Montag ... ich freu mich ..."

„Ich freu mich ganz doll auf dich ..."

Piep, piep, piep, piep, ...

Betäubt legt er den Hörer auf.

„Kommt sie?", fragt Pedro, als er von draußen zur Tür hereinschaut.

„Ja, sie kommt. Aber das war jetzt fast zu viel für mich ..."

Pedro lacht.

„Ich habe Farbe und ein Brett da. Du kannst ihr ein Wilkommensschild malen, wenn du willst."

....

ALS an der Anzeigentafel die Aufschrift „Gelandet" blinkt, schlägt sein Herz stark gegen seine Brust. Er schwitzt, trotz des klimatisierten Empfangsgebäudes.

Mit einem breiten Lächeln kommt sie auf ihn zu.

Sie umarmen sich fest, ganz fest.

„Wow, bist du braun", sagt sie, „ ... und deine Haare sind gewachsen ... und dünn bist du geworden ..."

„Du auch. Und Sonne könntest du Bleichgesicht auch vertragen." Ernster: „Du siehst müde aus. War es schwer?"

Sie nickt, Tränen im Blick.

„Es war viel ... es wird nicht immer leicht mit mir sein in den nächsten Tagen ..."

„Ich weiß."

Als sie draußen ins nachmittägliche Sonnenlicht eintauchen, er trägt ihren Rucksack auf den Schultern, nimmt sie seine Hand.

Schweigend laufen sie bis zum Wohnmobil.

Er erinnert sich an eine Situation vor drei Monaten am Blautopf. Lächelt.

„Willst du fahren?"

....

Das war das Happyend. Doch das Telefongespräch könnte auch anders verlaufen.

AM nächsten Abend, wenige Minuten nach achtzehn Uhr, erscheint Pedro, kurz nachdem das Telefon geklingelt hat, in der Tür zum Büro und nickt ihm zu.

„Hallo, hier ist Rena!"

„Hi, wie geht es dir?"

„Miserabel! Und dir?"

„Ich bin ein bisschen aufgeregt …"

„Hör zu! Ich pack das nicht! …"

Er hört ersticktes Schluchzen. Ihm wird kalt, sein Herz rast.

„Ich kann das nicht. Kann nicht mehr schlafen, nicht mehr essen …"

„Was ist los? Erzähl einfach."

„Ich habe mit Hannes gesprochen … er ist total sauer auf dich …"

„Das kann ich verstehen …"

„Er will unsere Ehe nicht aufgeben, sagt er. Er will eine neue Chance … alles soll sich ändern … er will sich ändern. Man könne sich nicht so einfach nach fünfundzwanzig Jahren trennen … ich weiß einfach nicht mehr, was ich tun soll. Ich schaff das nicht …"

„Was schaffst du nicht?"

„Ich kann nicht zu dir kommen, Hannes jetzt allein lassen; er ist total am Ende … er hat sogar geweint … das ist alles zu groß, zu viel für mich …"

Wieder schluchzt Rena am Ende der Telefonleitung. Er findet es schrecklich, das anhören zu müssen, würde gerne neben ihr sitzen, sie im Arm halten, Zeit haben …

„Ich muss es noch einmal mit Hannes versuchen, das bin ich ihm schuldig …"

„Mmmhhh …"

„Wir müssen erstmal den Kontakt abbrechen. Ich will und kann dich vorerst nicht sehen. Verstehst du mich?"

„Verstehen kann ich dich, aber das ist natürlich große Scheiße für mich ..."

„Ich kann einfach nicht mehr! Auch wenn du nach Hause kommst, nimm vorerst keinen Kontakt zu mir auf, bitte."

„Okay. Kann ich wenigstens Claudia anrufen und fragen, wie es dir geht?"

„Von mir aus. Aber du darfst nicht erwarten, dass ich gleich antworten werde ... Ich muss jetzt erst Hannes eine Chance geben ... ich komm mir so dreckig vor ... ich will dich nicht so aus meinem Leben rauswerfen, aber ich weiß überhaupt nichts mehr ..."

„Mach dir nicht auch noch Sorgen um mich. Das Ganze tut mir zwar verdammt weh, aber es wird mich nicht umwerfen. In mir ist viel passiert, so viel Positives, ich werde es schaffen, das versprech ich dir ..."

„Das ist gut ... und du bist mir nicht böse?"

„Na ja, ich werd schon allerhand Gefühle haben in den nächsten Tagen. Aber ich versteh dich und deine Situation. Schade nur", er muss mehrmals schlucken, bevor er weitersprechen kann, „schade nur, dass ich dir meinen wunderschönen Strand nicht zeigen kann ..."

Und jetzt schluchzen doch beide.

„Mach's gut", meint er nach einer Weile, „pass gut auf dich auf ..."

„Du auch, du auch ...", sie kann nichts mehr sagen.

Betäubt legt er langsam den Hörer auf. Als Pedro von draußen zur Tür hereinschaut, schüttelt er nur traurig den Kopf. Pedro schaut ihn mitfühlend an und streicht kurz mit seiner linken Hand über seine Schulter.

„Rena hat vorläufig Schluss gemacht mit unserer Beziehung",

sagt er beim Zurückgehen zu Karl, der unruhig um seinen Wagen herum streift, als wenn er etwas geahnt hätte.

„Aber ich will jetzt nicht darüber reden …"

Karl nickt und schlurft niedergedrückt zu seinem Wohnwagen.

Er holt sich ein Bier aus dem Womo, streift seinen dicken Pullover über, denn schließlich will er ja nicht krank werden, und trottet durch das Wäldchen zu seinem Felsen.

Guter, alter Felsen, denkt er mit einem aufwallenden warmen Gefühl, als er sich auf den Steinthron niederlässt. Heute bringe ich keine gute Nachricht …

....

EINE Woche später. Es war keine besonders schöne Zeit für ihn, zumindest zeitweise nicht. Manchmal hat er beinahe bei Claudia angerufen, aber er hat es gelassen. Bei Inge und Karl konnte er weinen, ab und zu schimpfen, reden, trinken … und die beiden haben bei allem tüchtig mitgehalten. Pedro und seine Frau haben ihm täglich ein wenig spanisch beigebracht, sie sind zu Freunden geworden. Am zweiten Tag nach dem Telefongespräch ist er in die Stadt gefahren und hat sich eine verzierte Kladde gekauft. Er will Tagebuch schreiben, seine Gedanken loswerden und ordnen, dazwischen ungeordnet auskotzen. Sie wollen und müssen raus, er merkt sofort, wie gut es ihm tut, unzensiert den Stift laufen zu lassen. Außerdem notiert er alle Gedichte, die er je auswendig gelernt hat, und seien es nur noch Fragmente, wie zum Beispiel bei „Stufen" von Hermann Hesse[36].

Die Sprüche an seiner Wohnmobilwand bringen ihn zum Lachen und zum Weinen. Ihm ist sonnenklar, was für eine gesegnete Zeit er gehabt hat in den letzten Monaten. Doch manchmal kotzt ihn alles an. Einmal hat er wütend seinen Muschelstrand verlassen, seine längst beendete Arbeit als sinnloses Rumgekratze verflucht.

Insgesamt fühlt er sich zeitweise ruheloser als in den Wochen vorher, verlassen, dann wieder getragen von den Freunden und der herrlichen Umgebung.

„Wie eine Schneeflocke im wütenden Feuer", am liebsten würde er diesen Satz aus seiner Erinnerung verdrängen. Aber der lässt nicht locker, umfängt ihn weiter liebevoll, erschreckt ihn manchmal, macht ihn wütend – und ab und zu lässt er sich von ihm in die offene Weite des Lebens tragen.

Im Grund geht es ihm gut. Er ist halt nur sehr traurig, manchmal.

Als wenn das Wetter in enger Verbindung mit ihm stünde, wechselt es häufig. Es regnet öfters, mal verdrängt die Sonne die Wolken, mal umgekehrt. Nicht nur die Tage werden nun, Anfang November, kürzer, auch Luft und Meer sind spürbar kühler geworden. Nachts braucht er zusätzlich die dicke Wolldecke, abends hat er sie in der Hängematte um sich gewickelt.

Nach der Woche sichtet er seine Alternativen: Heimfahren ins Kalte, zumindest vorerst ohne Aussicht auf Kontakt mit Rena, oder hier bleiben bei den neuen Freunden, vielleicht sogar für einen Monat in eins der Holzhäuser wechseln?

Da bräuchte ich eine Aufgabe, sagt er sich. Ich könnte einen Roman schreiben, über meine Auszeit, die Reise, Rena und mich. Vielleicht würde mir das gut tun. Aber das ist zu frisch; mein Tagebuch ist mir lieber, es nimmt mich, wie ich gerade bin, fordert keine Struktur von mir.

Auch an die Erzählungen von Tobias und Paul, den beiden Fahrradfreaks, erinnert er sich: Capo de Gata, die weißen Dörfer und Städte Andalusiens, der Algarve im Süden Portugals ... aber würde ich auf einer solchen Reise nicht die Traurigkeit und das Alleinsein mit mir schleppen? Oder würde die Neugier, die Abenteuerlust, das Neue mich tragen?

„Nichts ist entschieden, nichts muss entschieden werden."

Doch, langsam schon. Zwar nicht im übertragenen Sinne, denn da gibt es keinen Sieg und keine Niederlage, nur Leben. Aber in seinem konkreten Sein steht ein nächster Schritt an.

Und plötzlich spürt er, als er sich, auf seinem Felsen am Meer sitzend, an seinen Traum erinnert, es ist Zeit weiterzuziehen. Er wird an diesen magischen Ort in der Sierra, den er zutiefst liebgewonnen hat, wiederkommen. Aber nun heißt es: „Wohlan denn, Herz, nimm Abschied und gesunde!", wie Hesse einst schrieb.

....

ERNEUT, wie schon einmal, wie schon tausende Male in seinem Leben, nähert er sich einer Kreuzung. Die Abschiedsumarmungen seiner Freunde sind noch nicht in seinem Körper verklungen, da sieht er die Auffahrten zur Schnellstraße vor sich, die ihn entweder nach Norden oder nach Süden zwingen.

„Nichts ist entschieden, nichts muss entschieden werden", wie oft in den letzten Tagen meldet sich dieser Satz in ihm. Richtig. Jetzt gleich, in wenigen Sekunden, ist eine Entscheidung fällig. Wieder einmal … sein ganzes Leben lang. Und dennoch: vieles ist möglich …

Auf der Ablage am Beifahrersitz seines Wohnmobils schimmert im Sonnenlicht golden die kleine Kauri …

....

ANMERKUNGEN, LITERATURHINWEISE
UND DANKSAGUNG

1// Das Gedicht von Rilke ist entnommen von der CD „Rilke Projekt – Bis an alle Sterne" von 2001.

2// Dieser Spruch hängt seit Jahren an unserer Pinnwand. Keine Ahnung, woher er ist. Das Gleiche gilt für den Spruch von Cicely Saunders, der später folgt.

3// Auszug aus dem Regionalführer „Schwarzwald" vom ADAC.

4// Die genannten Stell- und Campingplätze finden sich im „CampingCard & Stellplatzführer" von acsi, s. hierzu www.CAMPINGCARD.com, oder im Reisemobil Bordatlas, s. hierzu www.bordatlas.de.

5// Unter www.wutachschlucht.de finden sich Wandervorschläge.

6// Cameron, Julia: Der Weg des Künstlers, München 2ooo, S.123ff. Ein empfehlenswertes, stark handlungsorientiertes 12-Wochen-Programm-Übungsbuch.

7// Informationen zu diesen Seminarhäusern finden sich unter info@benediktushof-holzkirchen.de und www.sonnenhof-holzinshaus.de.

8// Büssing, Arndt/ Wenger, Michael: Der Tau am Morgen ist weiser als wir, Berlin 2003, S.46.

9// Für die Auvergne gibt es eine Vielzahl von Karten- und Wandermaterial. Wohnmobilisten sei empfohlen: Engel, Jürgen/ Vergenz, Esther: Mit dem Wohnmobil durch die Auvergne, Fulda 2011.

10// Einen schnellen und leicht zu findenden Überblick bietet der GU Kompass „Alpenblumen – bestimmen leicht gemacht", München 2003.

11// Levine spricht in seinem beeindruckenden Buch in diesem Zusammenhang von gebundener Energie, die auch bei schweren Traumata manchmal aufgelöst werden kann. Siehe dazu Levine, Peter A.: Trauma-Heilung, Essen 1998.

12// Das hier beschriebene Kloster gibt es nicht in der Auvergne; es ist eine Erfindung. Allerdings gibt es ein tibetisch buddhistisches Kloster Kundröl Ling bei Le Bost in dieser Region, in dem man Retreats besuchen kann.

13// „Wie könnte eine Schneeflocke im wütenden Feuer bestehen?", der Satz steht im Ochsenbild 8 von dem chinesischen Meister Kakuan aus dem zwölften Jahrhundert. In: Reps, Paul: Ohne Worte – ohne Schweigen, Bern, München, Wien 1987, S.182.

14// „Die Warner", in: Fried, Erich: Um Klarheit. Gedichte gegen das Vergessen, Berlin 1985, S.11.

15// „Aquamarin". Instrumental-CD von Friedemann, Stuttgart 1990.

16// Thomas, Claude AnShin: Krieg beenden - Frieden leben, Berlin 2003. Beeindruckendes Buch, nachdrückliche Persönlichkeit. Gibt ab und zu Kurse auch in Deutschland.

17// Lechner, Walter: Nicht die Droge ist´s – wir sind alle süchtig, Oberursel 1998. Enthält das Programm der Anonymen Alkoholiker (AA). Zum Zitat des Philosophen, es ist Ortega y Gasset, s. S.83.

18// Schönfelder, Peter und Ingrid: Was blüht am Mittelmeer?, Stuttgart 1990.

19// Das Gedicht „Achte gut auf diesen Tag" ist aus dem Sanskrit, einer altindischen Sprache, übersetzt. Es findet sich ähnlich in: Reifahrt, Wilfried/Scherpner, Martin; Der Elefant – Texte für Beratung und Fortbildung, Frankfurt 1993, S.43.

20// Das Gedicht findet sich in: Knaupp, Michael (Hrsg.); Friedrich Hölderlin, Werke und Briefe in einem Band, Stuttgart 1992.

21// „Spiel mir das Lied vom Tod" von Sergio Leone, ein sehenswerter Westernklassiker von 1968 mit Charles Bronson, Henry Fonda und Claudia Cardinale.

22// Tibetischer Lama und Gelehrter, geboren 1935.

23// Lipps, Susanne: Pyrenäen; Richtig Wandern, Köln 1994, und Engel, Jürgen: Mit dem Wohnmobil durch die Pyrenäen, Stuttgart 2012. Die beschriebenen und genannten Wanderungen und Orte finden sich in diesen Büchern.

24// Leitgeb, E: Die schönsten Helden- und Rittersagen des Mittelalters, Wien o.J. Immer noch überkommen mich beim Lesen dieses alten Buches mit dem abgewetzten grünen Umschlag viele Kindheitserinnerungen, wenn ich die Texte mittlerweile allerdings als angestaubt und kitschig empfinde.

25// Le Goff, Jacques: Ritter, Einhorn, Troubadoure, München 2005. Mit Hilfe des reich bebilderten, historisch allerdings etwas unkritischen Buches habe ich die Aussagen überprüft und ergänzt.

26// Engel, Jürgen: a.a.O., S. 165. Auf den folgenden Seiten wird die Wanderung beschrieben und auch der Weg zur Bréche de Roland und der Wohnmobilstellplatz.

27// Die Fabel heißt im Original „Sie tanzte nur einen Winter", geschrieben 1955 von Georg Born. Sie ist eine freche, kreativ erweiternde Variante der alten, konservativen Fabel „Ameise und Grille", die dem Sklaven Äsop aus dem 6. Jahrhundert vor Christus und Babrios, einem Dichter aus dem 2. Jahrhundert vor Christus, zugeschrieben wird. Hier zum Vergleich beide Fabeln.

AMEISE UND GRILLE (Babrios)

Aus dem Versteck im Winter schleppt' die Ameise
Zum Trocknen Korn, das sie im Sommer einbrachte.
Da bat die Grille – denn sie hatte Heißhunger:
„Gib mir davon, sonst muss ich kläglich umkommen."
„Was tatest du denn im Sommer?", frug die Ameise.
„Da war ich sehr beschäftigt, sang und sang immer."
Und jene lachte, ihren Vorrat wegschließend:
„Sangst du im Sommer, tanze nun im Frostwetter!"

SIE TANZTE NUR EINEN WINTER (Georg Born)

Es war Sommer. Auf einer Wiese, wo sich die Blumen im weichen Wind wiegten, saß eine Grille. Sie sang. Am nahen Waldrand eilte geschäftig eine Ameise hin und her. Sie trug Nahrung für den Winter zusammen. So reihte sich Tag an Tag. Der Winter kam. Die Ameise zog sich in ihre Wohnung zurück und lebte von dem, was sie sich gesammelt hatte. Die sorglose Grille aber hatte nichts zu nagen und zu beißen. In ihrer Not entsann sie sich der fleißigen Ameise. Sie ging zu ihr, klopfte an und bat bescheiden um ein bisschen Nahrung. „Was hast du im Sommer getan?", fragte die Ameise hintergründig, denn sie liebte die Tüchtigkeit über alles. „Ich habe gesungen", antwortete die Grille wahrheitsgetreu. „Na gut, dann tanze!", antwortete die Ameise boshaft und verschloss die Tür. Die Grille begann zu tanzen. Da sie es gut machte, wurde sie beim

Ballett engagiert. Sie tanzte nur einen Winter und konnte sich dann
ein Haus im Süden kaufen, wo sie das ganze Jahr singen konnte.
Moral:
Ein guter Rat ist oft mehr wert als eine Scheibe Brot.

Aus: Poser, Therese (Hrsg.): Fabeln, Arbeitstexte für den Unterricht, Stuttgart 1980, S. 14 und S. 47 (Rechtschreibung nach neuen Regeln).

28// Spruch von einer Postkarte, die mir eine vor einigen Jahren verstorbene Freundin vor zwanzig Jahren geschickt hat.

29// Der Ausschnitt aus einem Brief, den Rilke an einen jungen, verzweifelten Schriftsteller schrieb, findet sich als Prolog des Begleitheftes der Rilke-CD; s. Anmerkung 1.

30// Zum Thema „Gefährliche Helfer" s. „Natur und Heilen", September/2013, S. 12-21.

31// Beattie, Melody: Kraft zum Loslassen; Tägliche Meditationen für die innere Heilung, München 1991, S. 314. Die später folgende Widmung mit dem Spruch von Emerson findet sich auf der Umschlaginnenseite meiner Ausgabe.

32// Den Spruch von Nietzsche habe ich 2013 mit der Weihnachtspost bekommen.

33// Zu Rilke, s. Anmerkung 1 und Anmerkung 29.

34// Rowlands, Mark: Der Philosoph und der Wolf; Was ein wildes Tier uns lehrt, München 2010. Die Zitate finden sich ab S. 260ff.

35// Zu Rilke, s. Anmerkung1. Hier das ganze Gedicht:

DER PANTHER
(Im Jardin des Plantes, Paris)

Sein Blick ist vom Vorübergehn der Stäbe
so müd geworden, daß er nichts mehr hält.
Ihm ist, als ob es tausend Stäbe gäbe
und hinter tausend Stäben keine Welt.

Der weiche Gang geschmeidig starker Schritte,
der sich im allerkleinsten Kreise dreht,
ist wie ein Tanz von Kraft um eine Mitte,
in der betäubt ein großer Wille steht.

Nur manchmal schiebt der Vorhang der Pupille
sich lautlos auf. Dann geht ein Bild hinein,
geht durch der Glieder angespannte Stille –
und hört im Herzen auf zu sein.

36// Zeller, Bernhard: Hermann Hesse, Reinbeck bei Hamburg 1963,
S.136.

STUFEN

Wie jede Blüte welkt und jede Jugend
dem Alter weicht, blüht jede Lebensstufe,
blüht jede Weisheit auch und jede Tugend
zu ihrer Zeit und darf nicht ewig dauern.
Es muß das Herz bei jedem Lebensrufe
bereit zum Abschied sein und Neubeginne,
um sich in Tapferkeit und ohne Trauern
in andre, neue Bindungen zu geben.
Und jedem Anfang wohnt ein Zauber inne,
der uns beschützt und der uns hilft, zu leben.

Wir sollen heiter Raum um Raum durchschreiten,
an keinem wie an einer Heimat hängen,
der Weltgeist will nicht fesseln uns und engen,
er will uns Stuf' um Stufe heben, weiten.
Kaum sind wir heimisch einem Lebenskreise
und traulich eingewohnt, so droht Erschlaffen;
nur wer bereit zu Aufbruch ist und Reise,
mag lähmender Gewöhnung sich entraffen.

Es wird vielleicht auch noch die Todesstunde
uns neuen Räumen jung entgegensenden,
des Lebens Ruf an uns wird niemals enden ...
Wohlan denn, Herz, nimm Abschied und gesunde.

Danken möchte ich Helga, Waltraud und Edith
für die Durchsicht des Manuskripts und viele Diskussionen
und Gespräche über die Themen des Romans.
Dank genauso an Nicole, die das Buch gesetzt und gestaltet hat.
Besonders bedanken möchte ich mich bei allen „Müllsammlerinnen",
die mir, bewusst oder unbewusst, in meinem Leben begegnet sind.
Ich habe viel von euch über das Leben gelernt.
Das größte Dankeschön geht an das Große Ganze,
das schaurig-schöne Leben. Jeder Tag ist – voll von Missgeschick,
Leid, Krankheit und Glück – eine Herausforderung,
ein Abenteuer, eine Gnade.

GERHARD WINKLER, 1955 in Worms am Rhein geboren, unterrichtete
als Deutsch-, Politik- und Jonglierlehrer an verschiedenen Gymnasien
und Volkshochschulen in Süddeutschland. Er übt seit dreißig Jahren das
meditative „Sitzen in der Stille". 1997 schloss er eine Ausbildung als Psy-
chotherapeut ab und assistiert regelmäßig in diesem Kontext.
Jahrelange Auszeiten mit ausgedehnten Rucksackreisen und seit einem
Jahrzehnt mit dem Wohnmobil erfüllen seine Träume vom Leben in und
mit der Natur.
Seit 2015 wohnt er mit Frau und Hund in einem kleinen Dorf an der Alt-
mühl. Im gleichen Jahr erschien sein Debütroman „Die Müllsammlerin".

Vorschau

TELLOS SOHN
oder
WELCHEN WOLF DU FÜTTERST

Das Leben von Tello, einem bekannten Gitarristen, gerät aus den Fugen, als er einen anonymen Brief erhält: „Dein Sohn wird heute zwei Jahre alt. Bitte keinen Kontakt aufnehmen", lautet der kurze Text, der den kinderlosen Rockmusiker zwingt, sein bisheriges Dasein in Frage zu stellen.

Was bedeutet ein Kind für ihn? Wie wird seine Frau reagieren, wenn sie von seinen One-Night-Stands erfährt? Warum schreibt die Mutter diesen Brief? Und wird ihr Mann die Nachricht verkraften?

Doch vor allem: Soll das Kind erfahren, wer sein wirklicher Vater ist?

Gerhard Winklers zweiter Roman erzählt amüsant und gleichzeitig ernst von der Wahrheit und Wirklichkeit des Lebens – die bekanntlich von Mensch zu Mensch sehr unterschiedlich ausfallen kann …

DER ROMAN WIRD VORAUSSICHTLICH MITTE 2017 ERSCHEINEN.